意象・主題・文體
——原型的修辭詩學考察

朱玲　著

第三輯
總序

　　三載以來，通過兩岸學者及出版界同仁的協力合作，《福建師範大學文學院百年學術論叢》在臺北已出版兩輯凡二十種，目前第三輯十種又將推出，我為之由衷高興。

　　朱子詩曰：「千里煙波一葉舟，三年已是兩經由。今宵又過豐城縣，依舊長江直北流。」（〈次韻擇之發臨江〉）他吟嘆的是人生履跡，我卻想藉以擬喻兩岸學術傳播交流的景況：煙海茫茫之間，矢志於弘揚中華文化的學人，駕一葉之扁舟，舉學術以相屬，僶俛努力，增進溝通，諸多同道，樂曷如之？今宵，我又提筆為第三輯作序，腦海中浮現的盡是福建師範大學文學院百年學術精品入臺後相繼產生的美好影響，以及兩岸學術交流更加輝煌的明天。

　　本輯所收論著，依舊如前兩輯的格調：辯章學術，融貫古今。

　　述古代文化者凡有四種：一是張善文《象數與義理》，考論歷代易學發展的主要流派；二是郜文倩《古代禮俗中的文體與文學》，溝通禮與文在特定意義上的關聯；三是歐明俊《唐宋詞史論》，從史的角度評騭唐宋詞作的蘊蓄；四是涂秀虹《明代建陽書坊之小說刊刻》，就版本範疇追考明代建本小說刊行的情貌。

　　論現代文學者亦有四種：一是鄭家建《透亮的紙窗（修訂本）》，為多層面的現代文學理論與個案研究；二是朱立立《臺灣及海外華文文學散論》，考察漢語文學在臺灣及海外的發展創新；三是余岱宗《現代小說的文本解讀》，參合審美風格對現代小說名著作出新的解

讀；四是拙作《現代散文學論稿》，探討現代散文多樣發展的情形，乃亦忝列此間。

另有語言與修辭學專著兩種：陳澤平《十九世紀以來的福州方言——傳教士福州土白文獻之語言學研究》，考論福州方言在近代的歷史演變和話語特點；朱玲《意象‧主題‧文體——原型的修辭詩學考察》，從修辭詩學角度闡發文學原型的意蘊。

以上十種，合為論叢第三輯，與前兩輯相輔相成，共同呈示我校中文學科近年較有代表性的研究成果，並奉獻給臺灣文教學術界的同道，以相切磋研磨，以期攜手發展。

唐劉知幾云：「尺有所短，寸有所長。切磋酬對，互聞得失。」（節《史通》〈惑經〉語）無論是斗室間的師友講習，還是大規模的學術研討，劉氏之語仍然是今天頗可遵循的正確理念。當此全球化浪潮洶湧澎湃的關頭，如何不丟失我們五千年的學術文化，發揚傳統精華，滋培濟濟多士，實屬兩岸學者應相與擔當的歷史使命，也是本論叢陸續刊行的首要宗旨。

臺北萬卷樓圖書公司為論叢的編校出版付出辛勤工作，我們始終感荷於心，謹再次敦致謝忱。

汪文頂

西元二〇一六年仲冬序於福州

目次

前言

　　各民族、各時代的文學都會存在一些共通現象，這樣的共通現象反覆出現在作品的語詞、敘述，文本以至文體各個層面。這些現象不僅會喚起我們對文學的某些聯想，而且會喚起我們關於一些群體和個人的記憶，於是，興奮、憂傷、歡欣、悲憤……便從作品的話語層面移入我們的心裡。加拿大著名學者弗萊把這種「典型的或反覆出現的形象」稱為「原型」，原型「可用以把我們的文學經驗統一並整合起來。而且鑒於原型是可供人們交流的象徵，故原型批評所關心的，主要是要把文學視為一種社會現象、一種交流的模式。這種批評通過對程式和體裁的研究，力圖把個別的詩篇納入全部詩歌的整體中去」。[1]

　　然而，由於民族、時代以及作家個體的差異，呈現在文本中的「原型」又必然帶有特異性。這種特異性不僅沒有削弱人們對於以往同類原型的回憶，反而會激發人們對原型的興趣，加深對原型的印象，豐富對原型的認知。

　　不滿足於僅僅指出「原型」以及「原型」的共通性，更重於考察其特異性，考察原型與語境的互動作用，是本書的寫作目的。

　　廣義修辭學認為，表達者對於話語的選擇、組織，都是修辭：表達者出於一定的修辭意圖，受客觀修辭語境的規約，選擇說這而不是說那，選擇這樣說而不是那樣說，選擇對此人說而不是對彼人說等等，都屬於修辭研究的對象。

1　諾斯羅普‧弗萊撰，陳慧等譯，吳持哲校譯：《批評的解剖》（天津市：百花文藝出版社，2006年），頁142。

　　廣義修辭學的理論框架由「兩個主體、三個層面」構成：

　　兩個主體為：表達主體和接受主體；

　　三個層面為：

　　修辭技巧層面——對句層面以下語言單位的修辭研究，如字詞錘鍊、辭格運用等等；

　　修辭詩學層面——突破單個文本的句層面分析，上升至對於文本、文體的或者一種普遍存在的修辭現象的研究；

　　修辭哲學層面——研究生存狀況對於修辭的影響以及修辭參與人的精神建構，這樣就把研究對象與語境的互動作用納入研究範圍。

　　對這三個層面的修辭研究，並非在某一層面孤立進行。廣義修辭學提倡：即使以修辭技巧層面作為主打分析對象，也得分析其和文本、和人的精神建構之間的關係；進行修辭詩學層面的研究，除了研究文本或者文體，也會研究與文本或者文體相聯繫的句子及句以下層面的語言單位，同時更應該研究其修辭與人的精神建構之間的關係；修辭哲學層面的研究更不能流於空泛，而必須與前兩個層面結合起來。

　　為了討論的方便，本書採用「原型」作為上位概念，而把反覆出現的意象、傳統主題和文體作為「原型」的下位概念，分析以意象群形態出現的傳統修辭原型系統，以及作為原型的敘述主題和文體，這實際上是選擇了廣義修辭學的第二層面為切入點，在內容上向第一和第三層面延伸。

一　修辭詩學考察：作為原型的意象

　　「意象」作為一種原型，可能是人們最熟悉的、最習慣使用的概念。但由於這個由「意」和「象」兩個語素合成的概念，其語義容易引起爭論，所以我們曾在《接受修辭學》一書中提出區別不同層面的「象」，即：

（一）現實層面的物象。即客觀或者想像中客觀存在的事物；

（二）心理層面的意象。它包括：創作主體心理層面的意象；接受者根據「語象」在心理層面生成的意象。

（三）符號層面的語象，在文學作品中，它以語言形式呈現。[2]

　　創作主體感知客體時，其中某些「物象」成為關注重點，於是在心理層面激起相應的聯想和反應──生成創作主體心目中的「意象」；這些「意象」進入文本層面的語流，以語言符號形態呈現，接受者在接受文學作品時，他接受的只能是語流，關注的是語流中的意味深長的「語象」符號；這類「語象」符號在接受者心理層面同樣激起聯想和反應，生成接受者心理層面的「意象」。

　　從創作主體對物象的感知、創作到接受者完成審美接受，「象」在整個流程中的變化可大致描述如下圖：

物象──審美意象 1──語象──審美意象 2
（創作主體）（文學符號）（接受主體）

之所以區分創作主體的審美意象 1 和接受主體的審美意象 2，是因為：

　　文學不是外在客體的感性現實化，而是浸染著主體情緒的內在心象的物態化，在文學文本生成過程中，外在客體偏離了純粹自然物的屬性，人格化自然超越了現實化自然。相應地，在主體思維活動中，也完成了由物象向意象 1 的轉換。

　　在文本創作的物質實現階段，審美體驗凝固為語言符號。文學作品借助意象 1 而具有了基本的藝術單元，借助語象而獲取存在形式。接受者正是根據語象，在頭腦中產生意象 2。

2　參見譚學純、唐躍、朱玲：《接受修辭學》（上海市：上海教育出版社，1992年），頁80。

　　由於審美意象 2 混合有接受者自己的人生經驗，浸染了接受者的情緒，因而，它與審美意象 1 之間，雖然有著基於「物象」的共通基礎，但經常會有差異。而不同的接受者，根據同一語象所領略到的審美意象，也往往會有不同。

　　這意味著每一個接受者通過「語象」解讀出自己的「意象」，有著相當大的自由闡發的空間。

　　本書選擇在傳統文學中高頻出現、為人熟知的情愛修辭原型系統作為分析對象，在動態過程中考察特具代表性的情愛修辭原型「比翼鳥」和「連理枝」，從一個角度闡明中華傳統思維特徵對原型形成的影響。

二　修辭詩學考察：作為一種原型的敘述主題

　　「主題」（dianoia）也是反覆出現於文學作品的原型之一。弗萊把著力表達一種理想或觀念意義的文學稱為「主題文學」：「當讀者提問『這部小說的結局如何呢？』時，他是在問該小說的情節，特別是情節中的決定性關頭，也即亞里斯多德稱作『發現』或『認識』的東西。但是他同樣也會問『這個故事的要領是什麼？』，這後一個問題便關係到 dianoia（思想），並且說明了主題和情節一樣，也含有『發現』的成分」。[3]

　　雖然弗萊認為，抒情性作品其「主題性」比小說、戲劇等虛構性作品更強，但同時他也強調，「任何文學作品都既有虛構的一面又有主題的一面，而兩者中究竟哪一個更為重要的問題，往往僅是看法不同，或在解釋時強調了不同的方面」。[4]由此，弗萊分析了西方文學發

3　諾斯羅普‧弗萊撰，陳慧等譯，吳持哲校譯：《批評的解剖》（天津市：百花文藝出版社，2006年），頁77。

4　諾斯羅普‧弗萊撰，陳慧等譯，吳持哲校譯：《批評的解剖》（天津市：百花文藝出版社，2006年），頁77-78。

展的一系列模式是如何表現主題的，並得出結論：「西方文化的每個時期都明顯地最接近自己模式的古典文學」，「每一種文學模式都逐漸形成自身『存在的投影』」。[5]

弗萊提倡的「原型批評」，包括對於程式的研究。[6]他認為這種研究事關重要：「只要抓住一首符合傳統程式的詩篇，並追溯其中的原型如何滲透到文學的其他部分中去，我們幾乎獲得一次全面的文科教育」。弗萊以十九世紀小說為例，說明程式的普遍性：

> 十九世紀小說中一種十分常見的模式是安排有兩個女主角，一個陰鬱，另一個歡快。那個陰鬱的女人通常總是易於動情、傲慢不遜、相貌平平，是個外國人或猶太人，有幾分不受歡迎，或犯點像亂倫那樣累禁不止的罪孽。當兩個女人都與同一個男人產生曖昧關係時，作品的情節往往只好淘汰那個陰鬱的；如故事以喜劇收場，那就叫兩個女子變成姐妹。[7]

普遍、反覆存在的程式實為原型，原型分析由此擴展到敘述結構層面。

美國民間文藝學家湯普森曾提出「主題」概念，「一個主題是一個故事中最小的、能夠持續存於傳統中的成分。要如此它就必須具有某種不尋常的和動人的力量」。[8]歌德則認為，「人們稱作主題的東

---

5 諾斯羅普‧弗萊撰，陳慧等譯，吳持哲校譯，：《批評的解剖》（天津市：百花文藝出版社，2006年），頁93-94。

6 諾斯羅普‧弗萊撰，陳慧等譯，吳持哲校譯：《批評的解剖》（天津市：百花文藝出版社，2006年），頁142。

7 諾斯羅普‧弗萊撰，陳慧等譯，吳持哲校譯：《批評的解剖》（天津市：百花文藝出版社，2006年），頁142。

8 斯蒂‧湯普森撰，鄭海等譯：《世界民間故事分類學》（上海市：上海文藝出版社，1991年），頁499。

西，本來是一種曾經重複並將反覆出現的人的精神現象，詩人作為歷史的現象來證實」。[9]臺灣學者李達三則把主題、意象或原型等等歸入「主題」的下位層次：「主題（Motif）指的是一個主題、人物、故事情節或字句樣式，其一再出現於某個文學作品裡，成為利於統一整個作品的有意義線索；也可能是一個意象（或原型），由於其一再出現，使整個作品有一脈絡，而加強美學吸引力；也可能成為作品裡代表某種含義的符號」。[10]

總的來說，人們使用「主題」這些概念，都會注意到它們所具有的「反覆出現」或「持續存在」的特徵。

本書所考察的一系列別有意味的古代文學主題，是反覆、持續存在於文學、文化中的原型主題；更重要的是，這些主題都是由對立統一的兩個概念構成，這些主題中關鍵概念的對立和統一，一方面在深層反映了人們認知世界時的困惑；另一方面也不同程度地促成了作品的反諷色彩。

三　修辭詩學考察：作為一種原型的文體

作為從眾多作品中抽象出的概念「文體」，其語義重心更多落在形式方面，因而弗萊認為「題材的研究是以形式類似為基礎的」。他批評「修辭派文學批評竟然絲毫不考慮體裁，沒有比這種做法更令人吃驚的了：修辭批評家只顧分析擺在面前的作品，不大注意它是戲劇、抒情詩還是長篇小說。……他們把結構僅僅視為一件藝術品，而

9　轉引自盧卡契撰，徐恒醇譯：《審美特性》（北京市：中國社會科學出版社，1991年），卷2，頁483。

10　李達三：《比較文學研究之新方向》（臺北市：聯經出版事業公司，1984年），附錄（二）「比較文學常用語彙」，頁391。

沒有考慮到結構是人工製品，還可能具有其本身的功能」。[11]

文體同樣是一種原型。弗萊以詩歌為例，說明這一問題：「我們在考察一首詩時，不僅可視其為對自然的一次模仿，同時還可看作是對其他詩作的一次模仿。據蒲伯記載，維吉爾曾發現：仿效自然與仿效荷馬，歸根結底是同一碼事。」[12]維吉爾的發現，固然有其時代的原因：在相當長時期內，歐洲文學熱衷於模仿古代經典；但是作者必須基本遵守文體規定，這是毫無疑問的。這種文體的話語秩序，便自然成為相對固定的「傳統程式」流傳，即使「一首新詩也揭示了業已存在於詞語秩序中的某些東西」，「詩歌只能從其他詩歌中產生；小說也只能由其他小說產生」。[13]

中國古代文體稱名，其語義本身便具有原型意義。正是文體稱名的語義，成為構建文體話語秩序的基本規定。在文體的發展中，文體的內容和形式都有調整和變化，但是基本的話語秩序卻一直延續下來。本書從中國古代傳統文體稱名的語義入手，解析文體話語秩序構建各方面的特徵。

另外，此書附錄包括四篇論文：附錄一和附錄二是對廣義修辭學的闡明，附錄三和附錄四都與話語應用相關。

---

11 諾斯羅普‧弗萊撰，陳慧等譯，吳持哲校譯：《批評的解剖》（天津市：百花文藝出版社，2006年），頁142。

12 諾斯羅普‧弗萊撰，陳慧等譯，吳持哲校譯：《批評的解剖》（天津市：百花文藝出版社，2006年），頁137。

13 諾斯羅普‧弗萊撰，陳慧等譯，吳持哲校譯：《批評的解剖》（天津市：百花文藝出版社，2006年），頁139。

上篇
原型：意象和主題的修辭詩學考察

第一章
比翼鳥與連理枝：情愛原型系統的修辭詩學考察

　　情愛修辭，是存在於各個民族話語的普遍現象，而中國古代以象言意的修辭傳統，古人的含蓄性格，促成了極為豐富的情愛意象的生成，這些情愛意象在傳承中不斷衍生，形成以比翼鳥和連理枝為代表的極具中華文化特色的情愛修辭原型系統。這一修辭原型系統的生成，經過了漫長的歷史時期，有著特殊的文化語境。

一　傳統情愛修辭原型：一個龐大的符號系統

> 在天願為比翼鳥，
> 在地願作連理枝。──白居易〈長恨歌〉

　　比翼鳥與連理枝，頻頻出現於古代文學作品中，幾乎成為中國家喻戶曉的傳統情愛修辭原型，正由於其影響力，圍繞比翼鳥和連理枝，又衍生出了極具中華文化特色的龐大情愛修辭原型系統。

（一）「比翼鳥」系列：動物情愛修辭原型系統

　　在中國，很多類似於比翼鳥的雙飛雙宿鳥類、魚類以及其他動物，都成為情愛修辭原型，出現於文學藝術中。如：

〔鴛鴦〕「芙蓉隨風發，中有雙鴛鴦，雙魚自踴躍，兩鳥時回翔。」
（傅玄〈秋蘭篇〉）

〔雁〕「莫打南來雁，從他向北飛。打時雙打取，莫遣兩分離。」（沈
詢〈更著宴〉）

〔鷺鷥〕「雙雙鴛鷺戲蘋洲，幾行煙柳柔。」（米芾〈阮郎歸・海岱樓
與客酌別作〉）

〔雎鳩〕「雙鳩關關宿河湄，憂來感物涕不晞。」（陸機〈燕歌行〉）

〔鳧〕「寧作野中雙飛鳧，不願雲中別翅鶴。」（鮑照〈行路難〉）

〔鶴〕「入門無所見，但見雙棲鶴。棲鶴數十雙，鴛鴦群相隨。」（荀
昶〈擬相逢狹路間〉）

〔鷗〕「可憐雙白鷗，朝夕水上游。何言異棲息，雌往雄不留。」（何
遜〈詠白鷗〉）

〔鵠〕「願為雙飛鵠，比翼戲清池。」（曹丕〈於清河見輓船士新婚與
妻別〉）

〔燕〕「思為雙飛燕，銜泥巢居屋。」（《古詩十九首》〈東城高且長〉）

〔鶯〕「豈可為鶯儔燕侶三春約，忘卻你鵬路鯤程萬里遙。」（徐複祚
《紅梨記》〈詩要〉）

〔鳳凰〕「比翼和鳴雙鳳凰，欲棲金帳滿地香。」（盧綸〈王評事駙馬
花燭〉）

〔鸞〕「似鸞鳳和鳴，相應青雲際。效鶼鶼比翼，鴛鴦雙雙戲。」（無
名氏〈張協狀元〉第十六齣）

〔鷓鴣〕「新帖繡羅襦，雙雙金鷓鴣。」（溫庭筠〈菩薩蠻〉）

〔鸂鶒〕「怪殺雙鸂鶒，橫塘只並飛。」（唐寅〈桂枝香〉）

其他雙飛同心的鳥類如：「願為鷰鳳鳥，雙飛翔北林。」（曹丕
〈又清河作一首〉）「佳人貽我蘭蕙草，何以要之同心鳥。」（傅玄
〈擬四愁詩〉之二）

此外，還有類似於比翼鳥的其他動物原型：

如雙飛的蝴蝶：「花塢蝶雙飛，柳堤鳥百舌。不見佳人來，徒勞心斷絕。」（蕭衍〈春歌〉）民間傳說中的梁山伯與祝英台化蝶成為千古佳話。

如比目魚，交頸獸：《爾雅》〈釋地〉點出比目魚的特點：「東方有比目魚焉，不比不行。」揚方〈合歡詩〉之一：「齊彼同心鳥，譬此比目魚。」傅玄〈擬四愁詩〉之一：「佳人貽我明月珠，何以要之比目魚。」曹植〈種葛篇〉：「下有交頸獸，仰見雙棲禽。」劉叉〈怨詩〉：「鳥有並翼飛，獸有比肩行。」馮夢龍《警世通言》〈宿香亭張浩遇鶯鶯〉：「並連鴛枕，如雙雙比目同波；共展香衾，似對對春蠶作繭。」

民間婚姻喜慶活動中，作為情愛修辭原型的動物更多，如喜鵲、孔雀、龍鳳等。

上述引例可見，有時這些原型甚至會同時出現於一部作品中，雖然詩句對偶是這種狀況頻繁出現的原因，但其作為原型的意義典型性和流行性也起了促成作用。

（二）「連理枝」系列：植物情愛修辭原型系統

外形繁茂且纏綿勾連的草木，形成了「連理枝」系列的情愛修辭原型系統。如：

〔松柏、梧桐〕〈焦仲卿妻〉：「兩家求合葬，合葬華山旁。東西植松柏，左右種梧桐。枝枝相覆蓋，葉葉相交通。中有雙飛鳥，自名為鴛鴦，仰頭相向鳴，夜夜達五更。」

〔梓樹〕傳說戰國時，宋康王奪韓憑妻何氏，憑怨而自殺，何聞亦殉情而死，兩塚相望，宿昔之間，便有大梓樹生於二塚之端，旬日而大盈抱，屈體相就，根交於下，枝錯於上。宋人稱之為相思樹。一對鴛鴦棲於樹上，雙棲雙飛。

〔相思木〕據任昉《述異志》載，戰國時，魏國苦秦之難，有民從征

戍秦，久不返，妻思而卒，既葬，塚上生木，枝葉皆向夫所
在而傾，因謂之相思木。

〔連理花〕即並蒂花。董解元〈西廂記諸宮調〉：「繡著合歡連理花，
雉子兒交頸舞。」

〔連理木／連理樹〕白居易〈和夢遊春詩一百韻〉：「籠委獨棲禽，劍
分連理木。」湯式〈一枝花〉自省〉：「並頭蓮忙折，連理樹
勤栽。」

〔並根穗〕楊方〈合歡詩〉之一：「食共並根穗，飲共連理杯。」

〔並根藕／同心蓮〕古樂府〈青陽歌曲〉：「青荷蓋綠水，芙蓉發紅
鮮，下有並根藕，上生同心蓮。」

〔並蒂芙蓉〕杜甫〈進艇〉：「俱飛蛺蝶元相逐，並蒂芙蓉本自雙。」

〔相思豆〕「紅豆生南國，秋來發幾枝？願君休採擷，此物最相思！」
　　　（王維〈相思〉其二）

　　藤、樹互相纏繞的物象也被賦予情愛的想像，如《樂府詩集》中
有「與君為新婚，菟絲附女蘿」句，而民間傳說《劉三姐》中以「山
中只見藤纏樹，世上哪見樹纏藤」比喻男子對姑娘的追求。

（三）「同心」、「合歡」：日常用品情愛修辭原型系統

　　在中國古代話語中，由連理枝發展而來，衍生出以「連理」、「同
心」、「合歡」為特徵的、極為豐富的日常用品情愛修辭原型系統，這
些情愛修辭原型有時在詩體文學中成對配合使用。如：

〔連理帶／連理襦〕即繡有連理枝的帶子、短上衣。辛延年〈羽林
郎〉：「長裾連理帶，廣袖合歡襦。」許景先〈折柳篇〉：「寶
釵新梳倭墮髻，錦帶交垂連理襦。」

〔連理杯／合歡杯／同心杯〕施肩吾〈夜起來〉：「香銷連理帶，塵覆合
歡杯。」何景明〈種瓠詞〉：「願為連理杯，長以奉君飲。」
姚燮〈雙鳩篇〉：「但得生死常相隨，此酒不減同心杯。」

〔同心結〕蕭衍〈有所思〉：「腰中雙綺帶，夢為同心結。」

〔同功綿／同功繭〕兩蠶以上共作一繭，為同功繭，其絲稱為「同功綿」，象徵男女情深。黃摩西〈長相思和太白韻〉：「幾時繰得同功繭，替君柱上重安弦。」楊方〈合歡詩〉之二：「寢共織成被，絮共同功綿。」

〔合歡被〕織有對稱圖案花紋的聯幅被，象徵男女歡愛。《古詩十九首》〈客從遠方來〉：「文采雙鴛鴦，裁為合歡被。」

〔合歡帶〕朱熹〈擬古〉之七：「結作同心花，綴在紅羅襦。雙垂合歡帶，麗服眷微軀。」

〔合歡扇〕有對稱圖案的團扇，比喻男女歡會。班婕妤〈怨歌行〉：「裁為合歡扇，團團似明月。」

〔合歡結〕蕭衍〈秋歌〉之一：「繡帶合歡結，錦衣連理文。」此外，還有合歡鈴、合歡襦等等。

　　由此可見，在中國，比翼鳥和連理枝以及類似修辭原型已經形成了傳統色彩極為濃厚的龐大符號系統，在這個符號系統的深層，蘊含著華夏的古老文化。

二　鳥獸與草木：從神話到修辭原型

　　在中國的古老觀念中，鳥和草木一直與春天、生命和情愛相聯，如管理春天的東方之神人面鳥身，他的名字叫「句芒」，意思是繁茂的草木彎彎曲曲、角角杈杈，[1]這種草木與連理枝的外形暗合；此外，「句芒」與婚姻之神「高楳」乃音轉，其功能相通。但若作深層的追溯，比翼鳥與連理枝從原始崇拜的對象，發展為具有代表性的動植物等情愛修辭原型，都有一個逐步演變的過程。

1　參見袁珂：《中國古代神話》（北京市：中華書局，1961年），頁49。

（一）比翼鳥／並體獸：從神話到修辭原型

在華夏古老神話中，比翼鳥以及類似的其他動物是原始崇拜對象。

在《山海經》中，與比翼鳥相關的動物有鳥（多為水鳥）和獸，它們至少具有以下特徵中的一種：

一、身體異樣。只有一翅一目，必須兩隻配對行動；或者兩隻、三隻身體相並，共同行動。

二、鳴聲類似於「鶼鶼」、「蠻蠻」、「雙雙」。

此外，它們有的還有一些特異功能，如作為水情的象徵或可作藥用。

比翼鳥是一種外形似野鴨、顏色青紅、名為鶼鶼（蠻蠻）的鳥，因為只有一翅一目，必須兩鳥配對才能飛翔，《山海經》曾有記述：

> 比翼鳥在其東，其為鳥青赤，兩鳥比翼。——〈海外南經〉
> 崇吾之山，有鳥焉，其狀如鳧，而一翼一目，相得乃飛，名曰蠻蠻，見則天下大水。——〈西次三經〉

袁珂注：「孔晁注云：『比翼鳥，不比不飛，其名曰鶼鶼。』鶼鶼蓋即蠻蠻之音轉也。」這時，比翼鳥還只是作為水情象徵的靈禽。

《爾雅》〈釋地〉也說：「南方有比翼鳥焉，不比不飛，其名謂之鶼鶼。」郭璞注：「似鳧，青赤色，一目一翼，相得乃飛。」

《山海經》中，具有食魚習性同時也被稱作「蠻蠻」的，還有生活於水中的青獸。如〈西次四經〉：

> （洛水）其中多蠻蠻，其狀鼠身而鱉首。

郝懿行注：「蠻蠻之獸，與比翼鳥同名。」《文選》〈羽獵賦〉注

引郭氏〈三蒼解詁〉曰：「似狐，青色，居水中，食魚。」

此外，在《山海經》中，還有身體或頭相並的獸。如：

> 南海之外，赤水之西，流沙之東，有獸，左右有首，……有三
> 青獸相並，名曰雙雙。——〈大荒南經〉
> 並封在巫咸東，……前後皆有首，黑。——〈海外西經〉
> 有獸，左右有首，名曰屏蓬。——〈大荒西經〉

袁珂先生認為，並封和屏蓬、雙雙都是一類的獸，它們或前後、或左右有頭，或三身相並，顯示的都是獸牝牡相合之相。此外他還認為，〈大荒東經〉所謂「三青馬」、「三青鳥」、「三騅」，可能也都是雙雙之類。[2]

「雙」作為會意字，本義是手持兩隻鳥。《周禮》〈秋官〉〈掌客〉：「乘禽日九十雙。」鄭玄注：「乘禽，乘行群處之禽，謂雉雁之屬，於禮以雙為數。」孫詒讓正義：「《方言》云：『飛鳥曰雙，雁曰乘。』《廣雅》〈釋詁〉曰：『雙、耦、匹、乘，二也。』」把身體相並的三青獸也稱為「雙雙」，實際上是把並體行動的鳥、獸視為具有同一種性質的事物。

《山海經》中還有一些「自為牝牡」的並體鳥獸，郭璞為之注曰：「言自相配合也」。這些雌雄自相配合的鳥獸，也應與比翼鳥屬於同一類型，如：

> （亶爰之山）有獸焉，其狀如狸而有髦，其名曰類，自為牝
> 牡，食者不妒。——〈南山經〉

2　參見袁珂：《山海經全譯》（貴陽市：貴州人民出版社，1991年），頁286，注1、注3，另頁308，注84。

（帶山）有鳥焉，其狀如鳥，五采而赤文，名曰鶄鵁，是自為牝牡，食之不疽。——〈北山經〉

（陽山）有鳥焉，其狀態如赤雉，而五采以文，是自為牝牡，名曰象蛇。——〈北次三經〉

弄明生白犬，白犬有牝牡。——〈大荒北經〉

可見，在早期神話裡，雌雄同處或雌雄並體的動物種類相當豐富，雖然在《山海經》的敘述中，這些鳥、獸仍然只是受到崇拜的山水之間的靈物，並沒有同人類情欲置於一處類比，但是它們「雌雄同處，自相配合」的物象特徵，已經隱含了象徵情欲、並發展成為人們心中情愛修辭原型的審美信息。

如果往更早的歷史追溯，我們則可以發現鳥、尤其是水鳥，以及魚作為生殖婚配的隱喻：

在新石器時期的仰韶文化中，大量彩陶紋飾的中心主題是生殖崇拜，鳥和魚經常被畫在同一件器物上，如河南臨汝閻村遺址出土的一個彩陶缸，上有鸛鳥銜魚的圖樣，陝西姜寨出土的彩陶葫蘆瓶繪有魚鳥紋。此外，喻意指向生殖的鳥紋和魚紋也是當時頻頻出現的紋樣，如大地灣出土的距今約五千五百年的彩陶瓶，瓶口到瓶身被巧妙地塑成類似孕婦的造型，瓶身的紅底上繪有黑色鳥紋，半坡則出土很多魚紋彩陶盆。

聞一多先生在《說魚》中談到「吃魚的鳥獸」，指出詩歌中大量「鳥獸食魚」的題材都是作為男女情愛的隱喻。[3]

趙國華先生提出「鳥銜魚」和「鳥啄魚」是男女性結合的象徵。[4]劉毓慶先生在〈《詩經》「雎鳩喻夫妻」說的文化審視〉一文中

3　聞一多：〈神話與詩〉，見《聞一多全集》（北京市：生活・讀書・新知三聯書店，據上海開明書店1948年版重印），頁133。

4　趙國華：《生殖崇拜文化論》（北京市：中國社會科學出版社，1990年），頁259。

也認為，雎鳩即魚鷹，是一種以魚蛙為食物的非常兇猛的水鳥，漢代以後，儒家解經者把它理解為具有鴛鴦之性的鳥。[5]更有意思的是，法國人類學家列維─斯特勞斯《野性的思維》中提到，土著人用同一個詞來指愛人的擁抱和鳥攫誘餌。[6]可見水鳥、魚以及鳥食魚作為情愛象徵不僅由來已久，且分佈於廣大範圍。

以雌雄共同行動或並體動物比喻夫妻進入文本見於《公羊傳》：宣公五年，齊高固夫婦一同回到叔姬的娘家魯國，此事受到公羊子的批評：「其諸為其雙雙而俱至者矣。」意思是說這一對夫婦違反當時的禮制，如同比翼鳥和並體獸一樣共同行動。所以何休注《公羊傳》曰：「言其雙行匹至，似於鳥獸。」楊士勳疏曰：「雙雙之鳥，一身二首，尾有雌雄，隨便而偶，常不離散，故以喻焉。」郭璞釋「雙雙」：「言體合為一也。《公羊傳》所云，雙雙而俱至者，蓋為此也。」可以看出公羊子使用這一比喻，貶義色彩明顯。

在《詩經》〈關雎〉中，我們看到「關關」叫的雎鳩與美好愛情相關聯：

關關雎鳩，在河之洲。窈窕淑女，君子好逑。

另外在《詩經》〈鴛鴦〉中，人們以「鴛鴦于飛，畢之羅之」為喻，祝福婚姻美滿。在《小雅》〈白華〉中，女主人公以「有鶩（按，一種水鳥。）在梁，有鶴在林」為喻，表達自己對丈夫的想念。

水鳥用作情愛的隱喻，可能有以下原因：

一是在人們的印象中，水鳥的配偶關係一般比較固定，多雙飛雙

5　劉毓慶：〈《詩經》「雎鳩喻夫妻」說的文化審視〉，見葉舒憲主編：《文化與文本》（北京市：中央編譯出版社，1998年），頁197。

6　列維─斯特勞斯撰，李幼蒸譯：《野性的思維》（北京市：商務印書館，1987年），頁62。

宿。如黃鈞宰《金壺七墨》提到，禽類中雁為最義，生有定偶，喪其一，終不復匹，民間話語也有「雁孤一生」之說。

第二種原因可能是，一些水鳥在水邊，常常是一腿站立，一腿縮起，一翅垂下，一翅合攏，這種外形很容易讓人想像它只有一足一翼，必須雌雄配對才能活動，《詩經》〈鴛鴦〉中的詩句似乎也可以說明這一點，如「鴛鴦在梁，戢其左翼」，這句話的意思是「鴛鴦落在魚堰上，收起它的左翅膀」[7]，另朱熹《詩集傳》引張子曰：「禽鳥並棲一正一倒，戢其左翼，以相依於內。舒其右翼，以防患于外，蓋左不用而右便故也。」[8]水鳥棲息時的獨特外形激發了古人的審美聯想，這些鳥因此成為男女情愛的象徵。

而獸類成為同比翼鳥一樣的情愛符號，可能有以下原因：那些身體相並的獸類，其「名」與比翼鳥的叫聲即「名」（鳴）相通，如「蠻蠻」、「雙雙」與「鶼鶼」相通。要說明這一點，我們先找出語言學方面的依據：

一些哲學家認為，以事物的聲音給事物命名，是上古語言的重要來源。如古希臘的自然派認為，詞天然地代表著它們所指稱的東西，他們通過研究詞源，指出一些詞模仿了它們所指稱事物的聲音，如：

neigh（馬叫）　bleat（羊叫）　tinkle（鐘錶聲）　hoot（貓頭鷹叫）

雖然自然派的觀點因為不能說明普遍的語言現象而受到一些人的指責，但據人類學家和語言學家的考察，語言中確實有一部分詞，它們的發音是對動物叫聲、樂器以及其他事物聲音的模仿。《山海經》

7　樊樹雲：《詩經全譯注》（哈爾濱市：黑龍江人民出版社，1986年），頁380。

8　樊樹雲：《詩經全譯注》（哈爾濱市：黑龍江人民出版社，1986年），頁381。

的敘述，也可以證明這一點，在《山海經》中，「名」通「鳴」，書中很多「其名（鳴）自號（叫）」的動物，意為它的叫聲是叫自己的名字。如：

> （禱過之山）有鳥焉，其狀如鵁而白首、三足、人面，其名如瞿如，其鳴自號也。——〈南次三經〉
>
> （章莪之山）有鳥焉，其狀如鶴，一足，赤文青質而白喙，名曰畢方，其鳴自叫也。——〈西次三經〉

因此，身體相並的獸名「雙雙」，應是模仿其叫聲，而比翼鳥「名曰蠻蠻」、「其名曰鶼鶼」，也即它的叫聲是「蠻蠻」、「鶼鶼」。此外，後來流行的情愛象徵「鴛鴦」，以及雎鳩的叫聲「關關」，都應為擬聲詞，它們和擬聲的「雙雙」、「鶼鶼」、「蠻蠻」音通。這一現象應是值得注意的。

擬聲詞本身只是對自然聲音的模擬，帶有極大的含混性。泰勒曾在《原始文化》中指出擬聲詞進入語言詞彙系統後的變化：

> 假如某一種語言為了它自己的便利而將語言本身限制在整套母音和輔音的一小部分之內；或者將模仿的聲音限制在語音必須適合的範圍之內，這樣模仿的語音就變成了適應原有語音的「清晰」的詞彙，從而失去更多的模仿準確性。[9]

「雙雙」、「鶼鶼」、「蠻蠻」、「鴛鴦」等都是借成音節的漢字去模仿動物叫聲，聲母很大成分是出自主觀揣測，含混性極大，因而這些

9　E・泰勒撰，連樹聲譯：《原始文化》（上海市：上海文藝出版社，1992年），頁206。

表示動物叫聲的擬聲詞互通也是自然的。

　　或許是以這些互通的擬聲詞為「名」，在比翼鳥、鴛鴦、雎鳩等鳥類和一些獸之間拉起了連通的紐帶，[10]從而導致人們對這些動物的行為特性——雙行雙止，甚至外形——體合為一的相似性聯想，它們都發展成為喻義指向情愛的象徵，而那些雙飛雙宿，以及能引起人們成雙成對審美聯想的動物也都紛紛進入情愛修辭原型系統。

　　靄理士曾說：「在動物中間，性欲也很有幾分『理想化』的程度，特別鳥類中間；鳥類可以為了失偶的緣故，傷感到一個自我毀滅的境界。」[11]鳥類，尤其是一些水鳥的這種習性，使得它們成為中國文學中高頻出現的情愛象徵，具有了原型意味。

（二）連理枝：從神話到情愛修辭原型

　　《山海經》中有很多奇異且具有藥用功能的草木：

> （雲雨之山）有赤石焉生欒，黃本，赤枝，青葉。群帝焉取藥。
> ——〈大荒南經〉

袁珂先生認為這些草木多為不死藥。[12]

　　另外，靈山有「（十巫）從此升降，百藥爰在。」袁珂先生認為，雲雨山、靈山以及下面提到的姑媱之山、青要之山，很可能都是

10　在原始人看來，「名」與外形特徵和性質往往是有關聯的，如人類學家泰勒發現某印第安部落的名稱和巨嘴鳥的叫聲（名）相類，而前者生有高隆的鼻子，後者生有巨大怪異的鳥喙。參見 E・泰勒撰，連樹聲譯：《原始文化》（上海市：上海文藝出版社，1992年），頁212。

11　H・靄理士撰，潘光旦譯：《性心理學》（北京市：生活・讀書・新知三聯書店，1988年），頁432。

12　袁珂：《中國神話傳說》（北京市：中國民間文藝出版社，1984年），上冊，頁42。

巫山。[13]巫山也是生長瑤草、荀草的地方：

> 姑媱之山，帝女死焉，其名曰女屍。化為瑤草，其葉胥成，其
> 實如菟丘，服之媚於人。——《山海經》〈中次七經〉
> （青要之山）有草焉，其狀如蘭，而方莖黃華赤實，其本如藁
> 本，名曰荀草，服之美人色。——《山海經》〈中次三經〉

　　《山海經》中還有一些高大茂盛、枝葉重疊鉤連的樹木，如〈海外北經〉中長千里的尋木，〈穆天子傳〉曾說穆王「乃釣於河，以觀姑繇之木」，袁珂先生認為「姑繇之木」即尋木，它與姑媱之山的瑤草、青要之山的荀草功能相通。瑤草由熱情浪漫的帝女之精魂化成，其神奇的由來，綿長鉤連且枝葉重疊的外形，「服之美人色」、「媚於人」的功能，很容易讓人產生男女情愛的審美聯想。這些都預示著這些物象，以後將會發展成為象徵男女情愛的修辭原型——連理枝。
　　類似的、且在中華享有盛名的植物還有奇異的扶桑：

> 湯谷上有扶桑，……有大木，九日居下枝，一日居上枝。
> 　　　　　　　　　　　　　　　——《山海經》〈海外東經〉

　　扶桑又稱榑桑、扶木、若木。榑，大也。扶，相扶持也。若，郭璞曰，大木之奇靈者為若。「桑」，象形符號像桑枝葉重疊蔽翳之形。總的來說，它們都是指極其高大且枝葉繁茂的樹，這些樹常常會因此而互相覆蓋鉤連。
　　《山海經》〈中次十一經〉描繪了大桑樹的奇異情形：

---

13 袁珂：《中國神話傳說》（北京市：中國民間文藝出版社，1984年），上冊，頁344。

（淪水）其上有桑焉。大五十尺，其枝通衢，其葉大尺餘，赤理黃華青柎。

《呂氏春秋》〈求人〉：「禹東至榑木之地，日出九津青羌之野，攢樹之所。」「攢樹」，即樹木糾結的樣子。據《十洲記》說，遙遠的東海中有扶桑島，「地多林木，葉皆如桑。又有椹樹，長數千丈，大二千餘圍。樹兩兩同根偶生，更相依倚，是以名為扶桑。」又曰：「扶桑在碧海中，樹長數千丈，一千餘圍。」桑歷來被認為是尊貴的樹，它不僅是中國發達極早的蠶桑業的支柱，「桑中」也成為人們向上天祈禱以及男女嬉遊以至野合的地方。傳說中禹曾與塗山氏女在桑臺交合，神話中一些著名人物也孕育或出生於桑林之中。《呂氏春秋》「古樂」、「本味」篇各有記述：

帝顓頊生自若水，實處空桑，乃登為帝。
有侁氏女子采桑，得嬰兒于空桑之中，……察其所以然，曰：其母居伊水之上，孕，夢有神告之曰：「臼出水而東走，毋顧。」明日視臼出水，告其鄰，東走十里，而顧其邑盡為水，身因化為空桑，故命之曰伊尹，此伊尹生空桑之故也。

另王嘉《拾遺記》卷一：

窮桑者，西海之濱，有孤桑之樹，直上千尋，葉紅椹紫，萬歲一實，食之後天而老。帝子與皇娥泛於海上，……及皇娥生少昊，號曰窮桑氏，亦曰桑丘氏。

桑林是古代青年男女約會的地方。《詩經》〈隰桑〉：

隰桑有阿，其葉有難，既見君子，其樂如何？

《詩經》〈桑中〉：

爰采唐矣？沬之鄉矣？云誰之思？美孟姜矣！期我乎桑中，要我乎上宮。

除了東方的扶桑以外，西方崑崙山的大樹有高大的建木：

有木，青葉紫莖，玄華黃實，名曰建木。──《山海經》〈海內經〉

（崑崙之虛）上有木禾，長五尋，大五圍。──《山海經》〈海內西經〉

　　東西部兩大仙境的參天大樹遙相呼應，引出一對配偶神：管理東方的扶桑大帝東王公和治西方的西王母，傳說中的大鳥張左翼覆西王母，張右翼覆東王公。枝葉繁茂的大樹和鳥在此又與情愛相關聯。
　　正是植物互相纏繞糾結、綿綿不斷以及花朵並蒂的外表引發人們關於男女情愛的想像，其蓬勃豐茂的外形催發人們關於生命、情感不朽的觀念發生。對於人的感情、情愛關係的重視、珍愛，促使自然物象向具有審美屬性的修辭原型轉化，連理枝因而成為象徵愛情的原型符號。

三　比翼鳥／連理枝：修辭原型演變和詩意思維

　　比翼鳥和連理枝的源起及其轉化、擴展形式，可示如下圖：

水鳥、魚、鳥食魚

（彩陶紋飾：生殖崇拜象徵）

↓

（食魚的）比翼鳥和並體獸

（《山海經》：水濱靈物）

↓

雙飛雙宿的動物

（文學藝術：情愛修辭原型）

高大繁茂的扶桑、建木

長而葉子重疊的草

（《山海經》：神靈之物）

↓

枝葉鉤連相交的樹木花朵

（文學藝術：情愛修辭原型）

↓

其他植物

（文學藝術：情愛修辭原型）

↓

情人的衣物用品

（文學藝術：情愛修辭原型）

從上圖我們可以看出，比翼鳥和連理枝從初民原始崇拜的對象發展成為情愛修辭原型系統，是從神靈境界逐步降至人間的。

　　人類學家列維－斯特勞斯對原始部落的考察和研究成果，有助於我們分析比翼鳥和連理枝產生的思維基礎。

列維—斯特勞斯認為，在原始部落的語言中，一種邏輯，其詞項
是由從心理過程或歷史過程遺留下來的零零散散的觀念所組成，並像
這些觀念本身一樣缺乏必然性，這些零散觀念只是從產生了它們的歷
史的角度，而並非從運用著它們的邏輯的角度來看，才具有這種性
質。[14]比翼鳥和連理枝從原型發展到情愛象徵，正是經過漫長的歷史
時期在初民特有的思維狀態下完成的。斯特勞斯曾對原始部落的邏輯
分類進行描述，認為其邏輯系統同時在幾個軸上發揮作用：

> 它們在各個項之間建立的關係，絕大多數情況下，都依據鄰近
> 性或類似性。鄰近性如該植物生於另一更重要的藥用植物附
> 近，該植物與一種動物有聯繫（作為其食物、其棲息處或由於
> 接觸），類似性如該植物機體的一部分與人體的某部位相像，
> 雖不屬於同一系統，卻具一種或幾種共同特徵。[15]

列維—斯特勞斯所說的「鄰近性」，即事物的地理環境和空間距離成
為分類依據，這或許能夠解釋作為情愛象徵的鳥獸，多為水濱食魚動
物；而作為情愛象徵的草木，多為神聖地方的大木長草。他所說的
「相似性」原則，則可以解釋，那些情愛象徵物所具有的共同外形特
徵，是形體的互並相連。

　　比翼鳥和連理枝的原型發生於神話時代，神話思維的特徵是感性
直觀性，構成要素是表象和形象觀念。表象思維是以原有表象系列為
基點，運用類比和聯想，與新表象進行對比、融合並組成新的形象觀
念。在這一過程中，已有的經驗表象是識別事物的「相似塊」，類比

---

14 列維—斯特勞斯撰，李幼蒸譯：《野性的思維》（北京市：商務印書館，1987年），
　　頁49、73-74。

15 列維—斯特勞斯撰，李幼蒸譯：《野性的思維》（北京市：商務印書館，1987年），
　　頁66。

和聯想則是相似規律在思維中的表現，它體現為尋找本不相干的事物之間的相似點，即把輸入信息與原有信息的「相似塊」相匹配，這些「相似塊」雖是不能精確定義的「類」，但它在表象思維中的作用類似於概念在抽象思維中的作用。[16] 比翼鳥並體同棲和連理枝糾結鉤連的原型特徵，構成表象思維的「相似塊」，於是在人們想像中，可以與「相似塊」匹配的其他動植物甚至日常用品等，紛紛經同化進入這一情愛修辭原型系統。

斯特勞斯又說：

> 婆羅洲的伊班人使某種啄木鳥具有一種象徵作用，因為他們認為這種鳥的叫聲含有一種「勝利」感和莊嚴的告誡聲調。……這些例子有助於我們理解，不同的種族怎樣能在其象徵方式中使用同一種動物，卻又採用這種動物的一些互不相干的特性：棲息處、氣象聯想、鳴叫聲等等；活的或死的動物。此外，每種細節特性都可以用不同的方式來解釋。[17]

比翼鳥和其他並體動物的叫聲、棲息處以及所引發的氣象聯想（水情）的相通，使得它們具有了「同樣的性質」，因而它們有可能同樣發展成為情愛修辭原型。

此外，先民們面對的是世俗經驗世界和不可見的非經驗神秘世界，當他試圖解釋後者時，原有的世俗經驗模式出現解釋空檔。於是他轉而從「自我」出發，構築一個「生命一體化」的「宇宙論」模型。在這個模型中，生命互滲、融為一體，主客體之間極為相似。[18]

---

16 夏甄陶：《認識發生論》（北京市：人民出版社，1991年），頁467-469。

17 列維—斯特勞斯撰，李幼蒸譯：《野性的思維》（北京市：商務印書館，1987年），頁66。

18 夏甄陶：《認識發生論》（北京市：人民出版社，1991年），頁471。

古人與自然的融通、敏銳的觀察，促成了他們對外界和自身情愛關係的修辭認知。自然界植物的相交鉤連，動物求偶時節的美麗外表，鳥類肆無忌憚的雙飛配合親密舉動，不斷激發古人產生「人與自然」之間的審美聯想，發達的情愛修辭原型系統因而成為中華傳統文化中別有詩意的部分。

　　詞義擴展主要源於詞的比喻性應用，很多語言符號在出現時是指稱具體實物的專指語詞。但在人類認識不斷拓展和深化的過程中，專指的具體詞義被借用來指稱其他事物，這樣，原來感性具體的詞義就逐步演變為抽象的類詞義。比翼鳥、並體獸以及瑤草、尋木、扶桑等原本都為專稱，它們的連體特徵成為人們的關注焦點，這種特徵所蘊涵的審美信息，促使它們由專稱向情愛象徵符號轉移，於是「雙、比、合、連、同」成為這些情愛符號的性質修飾語，並轉化為中國人獨具特色的審美心理形式，這些語詞激發並喚起感知者腦海中的思維過程，促使人們在想像中構造大量類同事物，包括一些無生命無感情物體也被「人化」，經修辭匯聚成為系統性原型。

　　泰勒認為，後世的動物寓言與原始人的萬物有靈觀相關。在原始人的想像中，周圍世界佈滿具有神奇魔力的存在物，原始人把這些「超自然物」當作神靈崇拜，這就是萬物有靈觀。萬物有靈觀是蒙昧人的哲學基礎，同樣也構成文明民族的哲學基礎，以及富於哲理的寓言的基礎。他說：

　　　　蒙昧人認為，半人的動物不是為了說教或嘲笑而虛構出來的生物，而是純粹現實的生物。動物寓言對於那些賦予低級動物以語言能力和人類的道德品質的人來說，不是毫無意義的事物。要知道，這些人認為，每一隻狼或鬣狗都可能是鬣狗人或變獸人。他們甚至相信，「我們祖母的靈魂偶然也能夠遷入鳥體

　　內」，……在這些人身上，崇拜動物可能總是宗教的組成部
分。[19]

　　中華民族屬於成熟較早的民族，雖然在她的早期，曾在原始崇拜的基
礎上，產生了很多有關動物神靈的神話，但這些神話只有極少數發展
為寓言。更為突出的現象是，在神話消歇之後，由於對人事以及社會
經驗的關注，以及內在體驗的豐富，出現了大量以人為主角的寓言。
這樣的文化土壤，使得《山海經》中那些山間水畔外形奇異的鳥獸草
木，作為具有非凡力量的神靈，在「人」的世界中，沒有轉化為動物
寓言的主角，卻成為了與人事密切關聯的情愛修辭原型。

　　華夏初民的這種早期思維，構成後世詩意思維的基礎。十八世紀
義大利的維柯在《新科學》中把人類發展分為三個階段：神的時代，
使用「象形語言」；英雄時代，使用「英雄語言」，絕大部分是以物擬
人、有具體形象的屬於隱喻格的字；以後進入人的時代，這時抽象思
維得以發展。[20] 想像活動即詩的活動發生在人類歷史的最初階段，但
是它與後來的詩以及其他文化事項有著密切聯繫。比翼鳥和連理枝成
為情愛修辭原型的發展脈絡，以及在後世詩文藝術中的高頻出現，正
體現了華夏初民富於詩意的想像活動在後世的延續。

---

19 E・泰勒撰，連樹聲譯：《原始文化》（上海市：上海文藝出版社，1992年），頁
　397。

20 參見 G・維柯《新科學》中有關詩性智慧和三種語言（字母）的論述，《新科學》
　（北京市：人民文學出版社，1987年）第二卷和第四卷第五部分。

第二章
神與人：主題的修辭詩學考察之一

　　神人交往的主題，在中國文學中，延續的時間特別長，出現的頻率也很高。[1]其中，人與水中神異婚戀的神話傳說又佔有極大比重，如有關湘夫人、洛神的故事，以及柳毅和白蛇等傳說，這些故事構成了中國文學史上線索完整、形態多樣的文本系統。本書將這些傳說視為一個處於演變中的主題，另一方面，水神祭祀是華夏歷時久遠、覆蓋面積極廣的祭拜活動，而為水神娶親又是相當長時期內水神祭祀的重要內容，這樣就形成了兩條線索：

　　一、水神祭祀以及為水神娶親的民俗。

　　二、人與水中神異婚戀的文本延續。

這兩條線索引發了如下思考：

　　第一，上古神祇甚多，為什麼獨為水神娶婦？

　　第二，這兩條線索之間，是否有什麼聯繫？

　　第一個問題，可以從中國源遠流長的水文化得到答案，關於第二個問題，本書認為，有關人與水中神異婚戀的眾多傳說所形成的主題，是「水神娶親」民俗在文學中的投射。闡釋人與水神婚戀故事和中國水文化的關聯，我們可以得知，水文化的豐厚蘊涵是怎樣從方方面面滲透進中國文學。通過考察「水神娶親」原型在不同時期文學文

1　在西方，古代文學中人與神的交往頻繁，中世紀以後，人與上帝主要是精神上的交往，人匍匐在神的腳下作靈魂懺悔。浪漫主義文學有一些人與精靈交往的故事，但這些遠遠趕不上中國文學中人神交往的主題那麼豐富，那麼持久纏綿。

本中的置換變形，我們可以了解這一主題相應於華夏文明的發展脈絡。本章的討論將從三方面展開：

一　華夏水神的特殊地位和特權

人與水神婚戀的傳說，與源遠流長的華夏文化密切相關：

在中國，為氣候、地理以及生產方式所決定，水成為維繫國家和民眾實際生存的重要因素，水神在中國具有非同尋常的地位（這部分內容參見本書第八章「神話：文體建構的修辭詩學考察之一」第三節「水神敘述：華夏代表性神話」）。

古人對家庭親情的重視，往往讓人們採取聯姻方式，把一些原本敵對的關係轉化為家庭親情關係，人們屢屢為水神娶親，正是借此化解人與水神之間關係的緊張和疏離，從而達到人神親和、風調雨順的目的；此外，在中國，水作為萬物發生之源，和人的生殖婚戀密切相關：

《周易》已經把雨水當作萬物和人之本原：「雲行雨施，品物流行。」《管子》〈水地篇〉更曰：「水者何也，萬物之本原也。」「人，水也，男女精氣合而水流形。」「水者，地之血氣，如筋脈之流通也。」

女子沐浴或與水接觸後受孕的傳說頻頻見於古籍。《山海經》〈海外西經〉郭璞注：「有黃池，婦人入浴，出即懷孕矣。」《梁書》〈東夷傳〉：「扶桑東千餘里有女國，……至二三月，競入水則任娠，六七月產子。」

另外，「浴」通「谷」，「谷（浴）」的象形符號為兩山之間的出水口，本身也是生殖的象徵。《說文》〈谷部〉云：「泉出通川為谷。」《老子》第六章：「谷（浴）神不死，是謂玄牝。玄牝之門，是謂天地根。綿綿若存，用之不勤。」針對自然來說，谷（浴）是生長莊稼的低窪濕潤之處，是自然繁殖力的代表；；針對人類來說，谷屬陰，暗寓女性生殖之意。所以，「谷（浴）」與「玄牝」都顯示為女性崇

拜，其生命在宇宙萬物綿綿不斷的繁衍中延續，不僅可以「不死」，而且是用之不盡的天地萬物之根。

　　古代男女交往、戀愛場所大多在水邊，這種風俗歷代延續。

　　農曆三月三為上巳節，節日主要活動之一是水濱洗浴，以祈子和祈求豐年。嘩嘩流淌的春水，春暖花開的環境，洗浴後的興奮，春季所帶給人的生理、心理變化，使得這時的水濱成為男女自由戀愛、交合的最佳場所。在春季的特殊時空條件下，道德規範變得十分寬鬆：「於是時也，奔者不禁」。《墨子》〈明鬼〉：「燕之有祖澤，當齊之社稷，宋之桑林，楚之雲夢也。此男女所屬而觀也。」據統計，《詩經》中有關水濱婚戀的詩歌有十七首。如〈關雎〉、〈溱洧〉、〈淇澳〉、〈桑中〉、〈褰裳〉等，傳說中孟姜女和范喜良以及織女與牛郎的戀愛都發生在水邊女性沐浴之後。舊曆七月初七，為乞巧節，傳說這一天織女要下天河沐浴，古有在乞巧節沐浴和取水的風習，取來的水為「聖水」。

　　少數民族風俗可以印證這一點。《後漢書》〈鮮卑傳〉載：「以季春月大會于饒樂水上，飲宴畢，然後配合。」魏視亭《荊南苗俗記》記述，苗家風俗，每年四月八日，情竇初開的苗族青年男女，會分為兩排站在神廟前的池塘邊，彼此對歌，詞極穢褻。情投意合的，或馳逐於山坡，或梟溷於水際，雙雙勾挽，入廟朝神，婚姻關係由此確定。每到除夕午夜送舊迎新時，苗家人都要爭往井邊搶挑第一擔水，搶到頭水的未婚青年，成為婚戀中被傾慕的對象。四川摩梭人中的不育婦女，在進行求子的巫術活動時，必須到水池中洗浴，並喝一個石柱附近的水。在缺水之處，水與生殖、生命的關係更為重要明顯，據說沙漠中的人一生中沐浴三次：出生、結婚和死亡，這三次用水，意蘊豐富，象徵著整個生命過程。

　　古代遊仙故事，多虛構豔遇，作者常將仙遇地點設在水畔。如劉義慶〈幽明錄〉中「劉阮入天臺」，劉晨和阮肇就是吃了水流漂來的

杯子中的胡麻飯以後，又順著水流來到仙境。張鷟《遊仙窟》中主人公則是緣細葛，泝輕舟，在桃花澗邊看到一個絕色女子，向水側浣衣……頻出的水濱婚戀故事，使「水」成為與男女情愛相關的原型符號。

可以作為佐證的是，在中國，早期月神兼為水神，掌管水旱和婚姻生殖。

月屬陰，女媧為陰帝，最早的月神，兼為水神，《論衡》〈順鼓篇〉：「久雨不霽，攻社，祭女媧。」古人往往根據月相推測水情和國情，如《開元占經》卷十一引〈帝覽系〉：「月暈圍辰星，所守之國有大水。」

月神兼水神同時也掌管婚姻、繁衍。女媧被尊為高禖，即最古老的媒祖，《風俗通義》曰：「女媧禱祠神，祈而為女媒。因置婚姻。」《說文》曰：「媒，謀也。謀合二姓。妁，酌也，斟酌二姓。」另《詩》云「匪媒不得」、「子無良媒」，這些都顯示了中國古代媒妁行使職能時為家族利益計的審慎，以及媒妁在婚姻締結階段的權威性。

民間流傳的解夢語，同樣把「水」、「月」夢象與婚戀、生育相聯繫：

> 夢大水，主婚姻。／夢水流洋，有新婚。
>
> 夢月初出，非聯佳儷，必產祥麟。
>
> 夢月圓明亮，大吉。為光華圓滿之象。凡事享福無不遂意，婚必合，孕必貴，名必揚，利必倍，訟必理，病必瘳。家道昌，壽命永。
>
> 夢燒香拜月。男女夢此，主有私情暗約，凡婦女當得夫，主歡心。事事隱暗之中，必有際遇吉祥。

正因為傳統觀念中水和婚戀、生殖有著密切關係，所以水神被想

像為多情好色的角色。如吳承恩《西遊記》中的豬八戒原來是天河水神，他曾調戲月神嫦娥，貶謫人間後仍然十分貪戀女色。而水神也一直在古代享有娶親的特權。

二　獻祭水神：由人成神的美麗少女

在考察人與水中神異婚戀的故事時，我們發現，其神異的一方基本上屬於兩類：

一、美麗的女性水神，她們多是被獻祭、後來自己也成為水神的年青女子。

二、受祭的水中靈異。

前者成為極富浪漫色彩的神人婚戀故事的女主角，後者則很大部分在文明時代仍保持著古老的獰厲面目，有的並演變為殘害異性或作祟的精怪。兩相比較，前一類在文學作品中佔據的比重和影響都大得多，我們的討論也將從這一部分女子開始。需要說明的是，在本書的討論中，「神人婚戀」主題的女性主角有獻祭以後完成由人向神轉換的女性，另外也包括這部分女性的變體，因此，我們在第三節所考察的女性將不限於本節所提到的女神。

本節討論包括兩個方面：一、獻祭女性的特殊身分。二、獻祭女性水死成神的遭遇。

在兩性權力更替的遠古時期，女性在暴力的威壓下，失落了自己的地位，成為男性的附屬品，也成為取悅男性神祇的工具。在多神並存的宗教背景下，出於不同的現實原因，往往有不同的獻祭對象。中國上古時期，暴雨成潦，無雨則旱，女性大多作為兼管水旱之神的祭物，成為水神（包括雷雨等與水有關的神）祭壇上的獻禮。早期獻祭的女性，一般為帝王之女，其高貴出身，使得她們成為獻給水神的最佳祭物。

　　伏羲美麗的女兒宓妃溺於洛水，成為河伯之妻。河伯在傳說中是個好色之徒，以至於屢屢娶美女為妻。宓妃的溺死，也就成為向河伯的獻祭行為。

　　炎帝的女兒死時都很年輕，且其死亡都與水相關。如：

> （崇吾之山）有鳥焉，其狀如烏，文首、白喙、赤足，名曰精衛，……是炎帝之少女名曰女娃，女娃游于東海，溺而不返，故為精衛。常銜西山之木石，以堙于東海。——《山海經》〈北山次經〉

　　白浪滔天的大海給古人的印象是極為恐怖的，即使是帝王想求得海上寶物仙方，也得派大批人，浩浩蕩蕩乘船前往。炎帝時期的一個年幼少女，為何要去遊東海結果溺水而死呢？聯繫到袁珂先生認為女娃填海目的是為了治水，[2]可以得知，這位承擔了如此重任的少女「游于東海」，實際上負有特殊使命——獻祭，嬌小的精衛鳥銜石以堙東海，隱含著用少女獻祭水神，以阻止東海生成暴雨颱風、造成洪澇災害的原型。

　　《山海經》〈中次十一經〉曰：

> （淪水）其中多蛟，其上有桑焉。大五十尺，其枝通衢，其葉大尺餘，赤理黃華青柎，名曰帝女之桑。

　　這裡的「帝女之桑」即傳說中炎帝少女所據之桑，這位少女或化作白鵲，或化為女子，居於桑樹之上，炎帝以火焚樹誘之下樹，她在

2　袁珂：〈略論《山海經》的神話〉，見袁珂：《神話論文集》（上海市：上海古籍出版社，1982年），頁29。

火中焚化升天。這個故事的原型正是在桑林中焚燒女子以獻祭水神。
桑林在古代有以下巫術意義：

　　一、被認為是雲雨發生的神奇地方，《淮南子》高誘注曰：「桑林
者，桑山之林，能興雲作雨也」；

　　二、桑樹是顯示生殖崇拜的「祖」、「社」的自然物化形象，所以
桑間也是男女歡會的場所；

　　基於天人感應的觀念，第二點與第一點相通：桑林中的巫術活
動，具有祈求風調雨順、自然生命興旺和男女和諧、人類生命繁衍的
雙重文化含義，傳說中禹和塗山氏女曾在桑臺交合，就應含有這樣的
雙重目的。[3]而「雲雨」在後世發展為中華特有的人類性行為隱喻，
應該與桑林上述文化特徵相關。

　　三、「桑」又通「喪」，同時也是死亡的象徵，它暗寓著將人在這
個特定的場所處死，以獻祭神祇。傳說中商湯曾在桑林自焚求雨，可
以作為桑林為祭所的佐證；

　　正是因為桑林所具有的深層文化內涵，使得它成為炎帝少女被焚
化嫁給水神的地方。

　　《山海經》〈中次七經〉記載了炎帝另一女兒的遭遇：

　　　　（姑瑤之山）帝女死焉，其名曰女尸，化為瑤草。其葉胥成，
　　　　其華黃，其實如菟丘，服之媚于人。

　　《文選》〈別賦〉注引〈高唐賦〉：帝之季女，名曰瑤姬，未行而
亡，封於巫山之臺，精魂為草，實為靈芝。炎帝之女瑤姬的死因在這
裡雖沒有明說，但瑤姬就是行雲施雨的巫山神女，曾幫助大禹治水，

3　關於桑間作為男女歡會場所，可參見本書第一章〈比翼鳥與連理枝：情愛原型系統的
　　修辭詩學考察〉中「桑」的相關闡述。

具有水神神格，後成為道教中的雲華夫人，即掌管雲的女仙。「尸」，是祭祀時神靈附體的巫，王國維曰：「古之祭也必有尸，宗廟之尸，以子弟為之。」[4]聞一多認為「神尸乃神靈之所依憑附著」。[5]而「女尸」在主持祭祀中，又負有特殊使命，即以自己的女性魅力去取悅神，所以郭沫若釋「尸女」是通淫之意。聞一多認為尸祭是一種性巫術。此外，巫山因巫得名，應是行使巫術的地方。可見，沒有出嫁就死去的「女尸」瑤姬是獻祭給神的女巫，死後葬在巫山陽臺。

神女所處之地，更進一步證明了其獻祭身分。高唐，即高塘、高壇，古代臺、壇、塘、社、陵，都是土堆積而成的高地，因離天較近，而隱含著向上天祭告的象徵意義。如《周易》說到啟筮享神於大陵之上，酈道元注「大陵」：「即鈞臺也。」傳說中禹懲處防風氏時，因為防風氏身長三丈，刑者不及，於是築高塘臨之，「高塘」因此又稱「刑塘」。

上古殺俘獻祭，祭與刑並無多大差別，後世秋刑、秋斬，實際上也暗含在秋天這一肅殺季節行刑向上天祭告之意。所以，高唐、巫山之臺和大陵、鈞臺、刑塘一樣，都是行刑獻祭的地方。而高唐附近可使女人倍增魅力的瑤草，正是為取悅神而被獻祭的熱情美麗的瑤姬的象徵。

炎帝另一個女兒的遭遇見於劉向《列仙傳》〈赤松子〉：

> 赤松子者，神農時雨師也，……常止西王母石室中，隨風雨上下。炎帝少女追之，亦得仙，俱去。

炎帝少女作為女性追隨赤松子而去，暗含的文化信息正是以少女獻祭雨神。

4　王國維：《宋元戲曲史》（上海市：華東師範大學出版社，1996年），頁2，。
5　聞一多：《九歌解詁》（上海市：上海古籍出版社，1985年），〈九章解詁〉，頁8。

黃帝之女魃為止雨付出了莫大代價，《山海經》〈大荒北經〉：

> 有係昆之山者，有共工之臺，射者不敢北向。有人衣青衣，名
> 曰黃帝女魃。蚩尤作兵伐黃帝，……蚩尤請風伯雨師縱大風
> 雨，黃帝乃下天女曰魃，雨止，遂殺蚩尤。魃不得復上，所居
> 不雨。……後置之赤水之北。

魃身處共工之臺這一特殊的地方，她為止住大風雨以及隨之而來
的大洪水而出場，結果收到奇效，但她本人卻不能「復上」，所居之
處不雨，只好遷至赤水之北，被人們稱為赤水女子魃。漢代張衡運用
了大量神話材料的〈東京賦〉有「溺女魃於神潢」一句，透露出有關
魃直接死因的信息。可以說，女魃也是獻給雨神的祭物，歸宿也在
水邊。

堯的兩個女兒都死於水。堯舜的統治處於水旱災害頻發時期，他
們二人自然都承擔起治理水旱的重任。堯，甲骨文作「垚」，三土堆
壘，是以土築壇臺或堤壩以祭祀、治水的象形符號，堯先後派鯀禹治
水，前後歷時二十多年，「十日並出」也發生在堯時期。堯將自己的
女兒娥皇、女英嫁給了舜，舜南巡時死於蒼梧，其南巡目的極可能是
視察水情和治理水患，結果以身殉職，成為水神。舜的妻子亦殉自己
的丈夫，跳入洞庭湖而死，《山海經》〈中次十二經〉中有關於二妃死
後成為水神的描述：

> （堯帝之二女）常游于江淵，澧沅之風，交瀟湘之淵，是在九
> 江之間，出入必以飄風暴雨。是多怪神。

帝王之女獻祭，是中國特定歷史時期的文化現象，隨著人們對於自身
生命的珍愛日益強烈，獻祭的命運又相繼落到一般女巫和民女身上。

　　《山海經》中有大量以女巫獻祭的傳說。〈大荒西經〉：「（大荒之中）有人衣青，以袂蔽面，名曰女丑之尸。」袁珂注：「乃祀神之女巫也。」〈海外西經〉：「女丑之屍，生而十日炙殺之，在丈夫北，以右手鄣其面。十日居上，女丑居山之上。」郝懿行注：「十日並出，炙殺女巫，於是堯乃命羿射殺九日也。」〈海外西經〉：「女祭女戚⋯⋯居兩水間。」袁珂注：「女祭女戚，當是女巫祀神之圖像也。」這些女巫，都是為祈雨而被獻祭水神的尸女。

　　水神娶婦，傳說中往往效果顯著，如《焦氏易林》曰：「雨師娶婦，黃岩季子，成禮既婚，相呼而歸，潤澤田裡」；「河伯娶婦，東山氏女，新婚三日，浮雲灑雨，露我菅茅」。

　　甲骨卜辭就有將女子沉河或焚燒獻祭的記載，一些古籍更是詳細描述了為水神娶民女的情況，如《史記》〈滑稽列傳〉：

> 當其時，巫行視人家女好者，云是當為河伯婦，即娉娶。洗沐之，為治新繪綺縠衣，閒居齋戒。為治齋宮河上，張緹絳帷，女居其中。為具牛酒飯食。行十餘日，共粉飾之，如嫁女床席，令女居其上，浮之河中。

　　另據應劭《風俗通義》載，秦昭王伐蜀，令李冰為守，江水有神，歲取童女二人為婦。李冰盛飾己女，準備投獻蛟神。後因向蛟神獻酒，酒不見少，李冰怒而持劍躍入江中與之搏鬥，終戰勝水怪。西門豹治鄴與李冰的故事，都產生於戰國時代，這正是中國經過周代「重人事輕鬼神」的精神醞釀，理性旗幟高揚的時代，當時尤其在北方，人們以「不語怪力亂神」的方式對鬼神進行消解，西門豹和李冰，代表了當時的理性行動者，他們採取的措施，與當時的理性思潮相呼應，進一步遏止了為水神娶婦的陋習。

中國水為萬物之源的觀念，使得人們想像，人水死後可以復生。中國的神，尤其是水神，很多是死亡以後進入神界的。

希臘神話中，神雖然開始也來自部族首領，但他們較為徹底地脫落了原有的部族性質，演化為跨地區的職能神。更重要的是，希臘神各自的位置一旦固定下來，凡人就徹底失去了進入神界的機會。我們所看到的希臘神話，除了極少數半神半人的英雄死後可以成神外，所有的凡人，以及大多數神與人之子，都不能逃脫死後去冥間的命運。如特洛亞戰爭中的頭號英雄阿喀琉斯，他是海洋女神忒提斯和人間國王的兒子，出生極為高貴，他的母親曾竭盡全力讓自己的兒子長生：在阿喀琉斯出生後，忒提斯抓住孩子的腳在冥河之中浸泡，以使他刀槍不入，但阿喀琉斯最終還是因為沒有浸到冥河水的腳踵中了一箭，而痛苦地死去。此外如宙斯、波塞東等等神祇的兒子，都難免慘遭死亡。

與古希臘不同，中國一直有一些人享有進入神界的特權。

中國古老的神多來自祖先，而且其祖先性質一直保留，後世相當一部分人死後也可成神，中國神祇，包括水神在內，因而有了源源不斷的補充。可以成為水神的人，早期常常是治水（旱）的帝王、巫、獻祭者，後來又加上有功或有德、甚至有緣之人，如水神玄冥，原為水正，《國語》〈魯語上〉：「冥致力其官而水死。」成為北方之神。鯀、禹和後來的屈原，甚至傳說中的柳毅都成為水神。而在這部分神祇中，女性水神又佔有相當比例，這些女性，無論是獻祭而死，或是意外溺水而死，在古人看來，並無什麼不同，他們認為這都是出於神的需要，都是自覺或不自覺的獻祭行為。獻祭給水神的女性，最終歸宿都是充當男性水神的配偶，自身也得到新生，成為水神，如宓妃變成黃河支流洛水的女神，曾獻洛書給大禹幫助治水，以其管理水旱的功能受到人們重視。堯之二女成為洞庭、湘江以及漢水的水神，瑤姬

成為行雲布雨並助禹治水的神女。她們死得慘烈，復「生」得也異常美麗，她們的神靈或化為植物如瑤草，或化為動物如精衛鳥，她們青春而充滿活力的身影則時時出現於後世傳說中。

有關女子水死成神的觀念一直延續到後世，劉敬叔《異苑》載，漢安帝時代浙江上虞巫師曹盱，迎水神時溺死，其女曹娥循江號哭七天，投江而死，三日後，父女屍體俱出，被當地人尊為曹娥江水神。另外有關廣州金華夫人的傳說也如此：金華夫人少女時為女巫，沒有出嫁，善於調媚鬼神。其後溺死湖中，數日不壞，有異香，即有一黃沉女像容貌絕類夫人者浮出，人以為水仙，取祠之，廣州舊有很多金華夫人祠。而在現代詩人郭沫若借助神話材料發出吶喊的詩歌〈女神〉中，我們似乎也可以看到這些女子死後成神的身影。

以年輕女性獻祭水神，是中國古代祭拜活動中最令人驚心動魄的一幕，在中國的古老歷史中，為了戰勝水旱災患，為了拯救陷於水深火熱之中的民眾，不僅有無數的華夏男性英雄克服了難以想像的艱難困苦，付出自己的畢生精力，前赴後繼與洪水乾旱搏鬥，也有很多年輕貌美的女性，將她們柔弱的身軀投入滔滔江河之中，熊熊烈火之上，酷暑烈日之下，在那特定的時代，用她們的生命奏響了與洪水乾旱搏鬥的悲歌。這些女子的特殊身分及命運，使得她們成為中國的特殊神祇：在後來的傳說中，她們滿腔深情地和男人戀愛，而她們的戀愛，也總是籠罩著如夢似幻的情調，很少能逃脫淒涼哀婉的結局。

三　人與水神婚戀主題敘述形態演變

神話學家認為，上古時期，儀式和神話是合為一體的，神話是對儀式的解釋，二者形成原始文化的兩個範疇：動作範疇和語言範疇。動作範疇的儀式，往往構成宗教較穩定的部分，而語言範疇——神話

傳說則隨著時代的發展，流傳地域的擴大，呈現種種變化。[6]人與水中神異的婚戀故事，正是因其延續的時間長、流傳地域廣、數量多，構成了中國文學史上線索完整、形態多樣的「人神交往」敘述系統。這一系統在創作、傳播過程中，被不斷演繹、渲染，越來越豐富、細膩，其關注焦點、主角身分等，也因為歷史、個人等方面的原因，而不斷演變，最後形成截然不同的面貌。如果作粗略的劃分，人與水神婚戀神話傳說中的婚配雙方按時間的先後呈現出以下類型：

一、女子與男性水神及其化身的婚配；

二、男人與女性水神的婚戀；

三、男人與具有水神神性的女人婚戀。

第一種類型主要體現於感生神話中；第二種類型呈現為詩體形態和敘述形態，它持續的時間最長，內容也趨於豐富、完整；第三種為尾聲，它已經進入寫實形態，顯示了人與水神婚戀主題的終結。

先看第一種類型。

上古有「聖人皆無父，感天而生」之說，另《說文》〈女部〉釋「姓」：「古之神聖人，母感天而生子，故稱天子。」綜觀「感天而生」的傳說，可以發現，所謂「感天」實際上主要是感水神兼圖騰——龍蛇，以及水神變體（虹雷電）等。華夏早期這類傳說極多，僅列出幾例：

華胥履雷澤大跡而生伏犧（太昊）、附寶感雷電而生黃帝、少典妃女登感神龍而生炎帝、握登感大虹而生舜，另有女樞感虹而生顓頊，慶都感赤龍而生堯等，她們所感的對象龍、雷電和虹都與雨水密切相關，都與水神同格。

隨著社會的發展，人們對於帝王的崇拜心理越演越烈，感龍而孕

6　C‧A‧托卡列夫、E‧M‧梅列金斯基撰，魏慶徵譯：《神話與神話學》，見中國民間文藝研究會編：《民間文學理論譯叢》（北京市：中國民間文藝出版社，1986年），第1集，頁10。

的政治色彩也越來越濃：即不但將敘述焦點集中於感——孕、生（帝王），而且把它作為帝王——真龍天子降生的先兆。如《史記》〈高祖本紀〉記劉邦：

> 其先劉媼嘗息大澤之陂，夢與神遇。是時雷電晦冥，太公往視，則見蛟龍於其上。已而有身，遂產高祖。

　　另東晉孝武帝亦為其母感龍所生。中國古代沒有發展出像西方那樣統一的精神至高神，但帝王皆被神化，其神化的起點就是從「感天而生」的奇異出生經歷開始，以至最終形成中國傳統文化中帝王與神龍一體的概念。

　　因「感」而生男性帝王的神話，應開始於母系社會向父系社會的轉化時代，這樣說的根據是：

　　一、當時人對兩性生殖過程的認識仍然朦朧，因而很自然地把生殖歸於女子與圖騰或神的交往。而後世出現的有關帝王降生的神話，則是為了給帝王設置一個高起點，為了印證「君權神授」的理論，而有意編造出來的故事。

　　二、母系向父系社會轉化時期，也正是農耕生產方式進一步確立、推廣的時代，因為農業對於天氣有更強的依賴性，所以，自然崇拜也在這時盛行，此外，見於中國歷史傳說的幾次大的洪澇乾旱，差不多也發生在這個時代。我們可以看到，感生神話中，神這一方幾乎都是水神及其變體。

　　三、農耕生產方式，使得人們過上定居生活，男人的主要任務也從漁獵或遊牧，轉向在田地上耕作，這一點，從漢字「男」的造型也可以看出：「男」，從田從力，以往以女子為主體的採集活動，此時讓位給男子的農耕，男子的經濟、政治地位日益顯赫。所以，感生神話中，生出的孩子，多為男性帝王。

　　總之，感生神話的共同原型是女人與男性水神及其化身的婚配，男性水神此時以獸形、半人半獸形以及電、虹等自然現象的形態出現；這種婚配帶有濃重的吉祥色彩，它反映了早期人類對水神及其化身的純崇拜心理；由於遠古人類敘事能力的限制，更由於父系社會中男性話語的過濾，流傳下來的感生神話，感生行為成為敘述的全部內容，內容單薄得只剩下「感×生×」的輪廓，而且沒有獨立的文本形式，只是零星地裏夾在對於帝王生世的渲染中；由於這些女子與水神及其化身婚配的重要使命就是生育帝王，其形象極為抽象，其自身的命運為人們所忽視。

　　第二種類型即男人與女性水神的婚戀，表現為詩賦和小說文體形態。

（一）詩賦形態

　　中國自上古起詩體文學就綿延不斷，古代抒情絕少空洞的叫喊，多為因事生情、就事抒情，所以抒情詩總是帶有濃烈的敘事成分。男人與女性水神的戀愛故事正是在注重抒情的詩體文學中拉開序幕，並得到發育。

　　《詩經》中存在歌詠人對水神愛而難求的詩歌。如〈漢廣〉詩句點出主題：「漢有遊女，不可求思，」接著反覆詠歎：「漢之廣矣，不可泳思，江之永矣，不可方思。」歷來解詩皆以「遊女」為漢水女神。茫茫漢水，阻隔了人與女神的婚戀之路，水中女神成為一個美麗的可望而不可及的幻影、一個美好卻難以達到的理想，撩撥著人的心弦。

　　人與水神之戀在楚辭中表現得尤為哀婉動人。楚處於水鄉澤國，雨水充沛，原始巫風極盛，有很大一批掌管雲雨、江湖的神受到祭祀，而「以陰巫接陽神，或以陽神接陰鬼」，即以美女靚男與神交通，是重要的祭祀方式。

〈湘君〉、〈湘夫人〉中，湘水女神深情地在秋波浩渺的洞庭湖畔等候情人：

> 帝子降兮北渚，
> 目渺渺兮愁予。
> 嫋嫋兮秋風，
> 洞庭波兮木葉下。〈湘夫人〉

水濱、秋風、落葉、波濤……蕭瑟冷清的環境，渲染出悲涼的氛圍，而詩中對水下生活的想像，以及「鳥何萃兮蘋中，罾何為兮木上」、「麋何食兮庭中，蛟何為兮水裔」的疑問，都讓人預感到這場戀愛的不幸結局。湘水女神想像情人正在趕來，但終不見情人的蹤影，不禁滿心哀怨，在氣憤地將情人的定情物拋入江中後，女神仍折芳草以寄情。

據考，〈山鬼〉所寫的就是早期巫山女神的形象，這位美麗浪漫又有些怪異的女神愛上了人間的公子，未能赴約的公子讓她苦思苦等，心神不安：

> 怨公子兮悵忘歸，
> 君思我兮不得閒。
> 山中人兮芳杜若，
> 飲石泉兮蔭松柏，
> 君思我兮然疑作。

神女瑤姬的故事到宋玉時更為明朗。宋玉〈高唐賦〉和〈神女賦〉寫楚懷王、楚襄王與巫山神女的戀愛經歷，與神女戀愛成為美麗纏綿似真而幻的夢，它定下了神人相戀故事的夢幻基調。溺死後成為

洛神的宓妃也是多情浪漫的人物,她是河伯的妻子,曾與英雄羿戀愛。曹植〈洛神賦〉寫人間男子在水邊邂逅洛神,與之戀愛,最終亦因「人神之道殊」而分離,洛神滿懷愛戀、哀怨之情離去。繼宋玉以後,還有江淹類似作品如〈水上神女賦〉等。

　　除少數作品,詩賦形態多採取第一人稱視角,在女性水神主角之外,有一個或隱或現的男性主角。文本渲染的是女性水神美麗的姿容神韻,纏綿悱惻的戀愛心理,如夢似幻的婚戀場景,淒豔哀婉的悲劇結局。

　　此類文本,形成人(男人)／神(女性水神)相戀模式,男人雖有時處於潛在地位,但整個敘述立場都出自男人,不過女性水神的個體性和人性也在不斷增強,體現了戰國以後人的主體地位上升。

　　與以往的作品相比,楚辭和〈高唐〉、〈神女〉二賦,都標誌著中國文學從民間集體創作走向文人個體創作,賦因為篇幅的增長,作者有了可以渲染的空間,女子的美貌、戀愛之中的纏綿悱惻、分離的哀怨憂傷都得到淋漓盡致的展現。不過,在〈高唐〉、〈神女〉賦中,仍然僅有敘事輪廓。及至〈洛神賦〉,因為突出了洛神在自然中的活動,作者在較廣闊的空間中動態地表現洛神,並加進男主人公的行動和心理,所以它的內容,較前二賦更為豐富。但總的說來,作者皆以向人講述事件經過為創作契機,對情節還是未表現出濃厚興趣,人與水神婚戀的故事敘述,也只呈現大致輪廓。

(二)小說形態

　　人與水中神異婚戀故事的小說形態,其發展脈絡大致如下:

　　漢魏以後,連同佛教一同輸入了印度民族的豐富想像和富麗堂皇的文體,豐富了中國文學的小說創作領域。不過此時只是小說的醞釀期,故事題材多為輾轉相傳的變異之談、鬼怪之說,體裁結構都十分簡陋。此外,陰陽五行、天命、讖緯和星相學的興盛,導致怪事異物

分化為祥瑞和妖異災變。受道教觀念影響，水中動物包括蛇、螺、蛙等修煉成人成仙的故事頻頻見於傳說，這些變化都融入了此期人與水神的婚戀傳說，使得這些傳說產生出變體：一方面，水中女神仍然呈現出絕美的面貌、善良的心地，另一方面，眾多的水中妖異也參與人的生活，給人們帶來危害。

劉向〈列仙傳〉中，鄭交甫在漢水邊遇見兩位美麗的江妃，上前訴說愛慕，得到女神的佩飾，他戀戀不捨地離去，卻發現佩飾已不在，兩位女神也消失在煙波浩淼之中。

據陶淵明《搜神後記》述，孤兒謝端，得到一個大螺，置於甕中，此螺乘謝端不在家時變成少女為其料理家務，後被謝發覺，少女自稱是漢中白水素女，因為謝端偷窺了她的形體，所以她必須離開。時天忽風雨，她翕然而去。類似的故事也出現於皇甫氏的〈原化記〉。

據吳均《續齊諧記》述，單身在外的趙文韶月夜思歸而唱〈西烏夜飛〉，他的歌聲吸引來一位美麗的年輕女郎，兩人在一塊彈琴唱歌，夜深「遂相佇燕寢，竟四更別去」，臨行時互相贈送禮物。第二天，趙文韶偶至清溪廟，發現自己送給女郎的東西在清溪女神座上，而廟中的清溪女神像正與自己夜來所見到的女郎一模一樣。

作為妖異的傳說，是蛇妖或化為可感而不可見的存在，或仍為可怕的動物，纏住人，對人造成傷害。如曹丕《列異傳》中的〈魯少千〉和〈壽光侯〉的故事等。

此期文本敘述形態的特點為：

題材來源為口頭傳說的記錄，男女主人公作為行動實體進入作品，其中一方有的仍為水中動物，但可以變化為人，其「人性」特徵也在增強，如能做事、有人的欲望。主角性格雖然抽象為善惡兩種，但有了初步輪廓。女性水神此期作為神、怪的兩面性十分明顯，它從一個側面顯示了男性對女性水神（怪）既愛又懼的雙重心理。

　　從敘述方面看，故事較完整，情節豐富完善。如精衛的故事在任昉《述異記》中，有了具體情節，像這類有開頭結尾、情節較為複雜、男女主人公出場構成完整人物關係的故事，預示著真正的小說即將出現。

　　唐宋以後，城市繁榮帶來市民階層興起，民間說話藝術發展，佛教、道教在市民文化衝擊下走向世俗化，另外，商品經濟發展，社會生活日趨豐富複雜，文學傳播範圍空前擴大，這些都使得敘事文學有了明顯突破，人與水神及其化身婚戀故事的文本形態也有了相應變化，在話本、戲劇出現以後，這類題材成為說話和舞臺演出形式，更進一步適應了俗民的審美趣味和道德要求。

　　柳毅傳書的故事見於李朝威的〈柳毅傳〉：柳毅為受丈夫虐待的洞庭龍王之女傳遞書信，龍女得以為叔父錢唐龍王所救，柳毅恐揹上奪人之妻的名聲，拒絕洞庭龍王許嫁龍女，但最後幾經周折，二人終成眷屬，柳毅也成洞庭之神。柳毅與龍女最後達到婚姻美滿的結局，是人與水神之戀成功的罕例，它顯示了人神之戀的進一步世俗化。不過，柳毅成神後也獰如夜叉的故事尾巴，仍然曲折地透露出人們對人與水神之戀的深層恐懼心理。

　　明代話本《警世通言》〈白娘子永鎮雷峰塔〉記述人與白蛇的婚戀傳說。有關白蛇故事的異文很多，初見於宋代話本，後經馮夢龍鋪敘渲染，情節更為曲折動人。白娘子和許仙都有了很多「市民氣」，白娘子對許仙一片真誠，精心安排自己與許仙的婚事，但是又屢次欺騙他，害他吃官司；她很善良，但也搞些小偷小摸的門道。她聰明又調皮，詭計多端，捉弄想要她現原形的雲遊先生，嚇退捉蛇人。就是這樣一個善良聰明可愛但又有著性格缺陷的蛇仙，最終還是得到嚴懲：被壓在塔下。

　　此期文本敘述形態的特點為：

　　雖然主題涉及懲戒、成仙，但男女主人公的性格不再抽象，而是

作為有愛情、有欲望，善良卻又有缺點的、活生生的人出現。男人取代以往的女神，佔據敘事的中心位置。其身分從君王貴族轉變為當時社會芸芸眾生中的成員如書生、商人，他們很少浪漫衝動，多是從現實出發，謹慎地考慮自身名譽、性命等。女性主角的現實色彩也愈益濃厚，為了爭取自己的婚姻幸福，她們熱情聰明大膽，對所愛的男子一片真誠，精心安排自己的婚事，如龍女事隔幾年後仍然來到柳毅身邊，白蛇竭盡全力要和許仙生活在一起。而作者所表現出的對女性的同情和欣賞，是對個性解放思潮的呼應。

　　雖然題材來源於虛構以及傳說，但經過了進一步的整理加工。敘述模式趨於複雜：出現多個人物，組成人物關係網絡，各以自己的行動，共同推動情節發展；故事地點變換：或發生於富有浪漫色彩的荒郊野外，或發生於熱鬧的城市中；情節進展時間拉長，因而趨於豐富曲折，情節發展有了明顯的波瀾起伏：如柳毅與龍女婚姻中的周折，許仙與白蛇共同生活中不斷發生的意外，這些有明顯衝突、波瀾起伏的戲劇化情節，為此類劇碼的產生準備了必要條件。這類故事現實化的增強，預示著文學作品中人與水神婚戀的敘述接近尾聲。

　　第三種即男人與具有水神神性的女人婚戀類型，見於清代《紅樓夢》，曹雪芹對水中女神──女性的不幸命運投以深深的關注和同情。《紅樓夢》中林黛玉號為「瀟湘妃子」，這位「神仙妹妹」，是最典型的「水做成的骨肉」，小說第一百十六回描述了寶玉二遊太虛幻境同仙女的一段對話：

> 那仙女道：「我主人是瀟湘妃子。」寶玉聽道：「是了，你不知道，這位妃子就是我的表妹林黛玉。」那仙女道：「胡說！此地乃上界神女之所，雖號為瀟湘妃子，並不是娥皇、女英之輩，何得與凡人有親？」

　　在此，作者將林黛玉設置為同湘妃有聯繫又有區別：黛玉的神性不僅在於她終歸太虛幻境，更在於她與凡俗的格格不入；黛玉因恩愛情緣，執著地在下世度過了一生，但我們難以想像，這樣一位神仙妹妹如何能如凡人一樣結婚生子、料理家務。黛玉所有的一切終屬神界，同其他女性水神的婚戀一樣，寶黛之間的戀愛只能以悲劇告終。

　　之所以把《紅樓夢》中寶黛的愛情故事也歸入人與水中神異婚戀的主題系統，是因為，「女性水神」──「女神」，已經成為中國傳統文化中具有普泛性的女性象徵符號，對「女性水神」──「女神」的嚮往和思念，已成為男人濃烈的「情結」，「女性水神」──「女神」不管以什麼身分出現，都是男人心目中理想女性的化身。

　　神話學家貝塔佐尼在談到神話的衰落時說：

　　　　當一個世界由於內在的退化和外力的壓迫而瓦解時，另一個世
　　　　界在它的廢墟上升起來，當一種文化形式凋謝時，另一種文化
　　　　形式又應運而生。原有的基本要素的結構聯繫消亡了。分化、
　　　　離散、溶解，它們完全失去了相互間的黏著和連貫，成了分解
　　　　的離心力量的犧牲品。神話亦是如此，而且更是碎片之中的碎
　　　　片，它們失去其真正的宗教特性，在本質上成為具有自身意識
　　　　形態的新結構（另有其意識形態）的異己之物。神話成了新生
　　　　活邊緣上的一些刺，它們完全離開了孕育它們的母體，失去了
　　　　維持活力的各種結合力，儘管它們依然存在於世界上，書傳口
　　　　誦，但卻僅僅用來娛樂和消遣。[7]

　　在中國，有關女性水神的故事，雖然在不斷發展的文明中已脫落了原始宗教意味，但並沒有僅僅用於娛樂和消遣，它成為中國這個抒

7　拉斐爾‧貝塔佐尼：《神話的真實性》，見A‧鄧迪斯編，朝戈金等譯：《西方神話學
　　論文選》（上海市：上海文藝出版社，1994年），頁46。

情文學大國裡許多男人情愫、理想的寄託物，這就使得有關女性水神的故事在文學史上保持了特有的新鮮活力，並成為原型，不斷以新的面貌出現。

在古代，男人與心目中「女神」的婚戀，永遠像夢一樣美，也像夢一樣縹緲，一樣不可企及。在曹雪芹的小說中，阻斷這種婚戀的，已不是人神殊隔、也不是妖異傷人，而是那個社會中人自身所造成的一切。有關女性水神早期和中期的傳說，男性對女性更多出自玩賞。《白蛇傳》中，白蛇仍為妖孽。只有曹雪芹以平等的地位，去關注、珍惜、讚美女性，將女性水神與現實女性融為一體，通篇故事以現實為夢境，當作家將自己的目光投注於現實時，意味著古代男人與女性水神——女性愛情夢幻故事的終結。

世界各地文學中，人與神的婚戀，人大多成為祭壇上的獻禮。弗雷澤談到希臘神話中希波呂托斯與女神戀愛、後來慘死時，指出那些英俊的青年為了和永生的女神們有短暫的愛情歡樂，總要付出自己的生命，他結合西方傳說中所說的紫羅蘭的紫紅、秋牡丹的鮮紅，玫瑰的豔紅光澤，都是自己流出的血，認為這類故事包含了關於人的生命與大自然生命關係的哲理：大地上的收穫，是對自然的一種掠奪，人得到這種收穫，必須以年輕的生命去贖取。[8]在中國，「人神婚戀」故事出自男子之口，這些美麗女神往往成為男子的精神理想以至欲望情愫的超現實寄託，而這些女神的遭遇和結局，則是男子出自現實考慮的安排。因而，男人與女性水神婚戀的故事，實際上體現了男人在現實與超現實夾縫中的突圍與困窘。不過，女性水神在中國古代男人的心中，畢竟還是像「玫瑰公主」在西方男人心中一樣，是濃得化不開的情結，只是前者更多的是淒涼、哀婉，後者更多一些衝動和浪漫。

8　J・弗雷澤撰，徐育新等譯：《金枝》（北京市：中國民間文藝出版社，1987年），上冊，頁13。

第三章

遊與歸：主題的修辭詩學考察之二

　　如果把中國古代的「遊」按目的大致地劃分一下，那麼可以分為以下幾類：

　　一、出於政治目的，如宦遊、遊說等。

　　二、出於經濟目的，如商旅之遊。

　　三、出於科學目的，如徐霞客等人的考察之遊。

　　四、出於審美目的，如遊覽名山大川。

　　以上都是現實境界中的「遊」，出現於文學作品的，還有一種非現實境界的遊，即遊仙，這是出於長生和快樂目的的幻遊。

　　當然，以上這幾類並非互相排斥，而是相通的，因為一些遊者，他們的審美素養極高，思想感情極為豐富，所以特別容易因感物觸景而生情，即使旅行是出於其他目的，途中見到美麗的景物，也會創作出以遊山水為主題的作品，如蘇東坡等。當他們人生感懷特別深沉之時，也會將自己的理想寄予另一世界，寫下一些遊仙色彩濃烈的作品，如李白等。

　　與主題「遊」相映照的，是層出不窮的「思歸」作品。「歸」從形式上也可以分為世俗之歸和超越世俗之歸兩大類：

　　世俗之歸，包括對於故鄉、親人的思念，甚至包括在牢騷中所體現出的對於官場、社會的留戀，這些題材，反映了作家對於社會生活的深深依戀。

　　第二類包括歸於山水和神界仙境，這是超世脫俗之歸，是把自己

的情愫和理想寄於山水、仙界之中，為自我尋找一方優美潔淨、自由快樂的天地。

因此，相對於世俗社會，去往山水之境和神仙之界，這是遊；相對於遠在世俗社會之外尋找精神的安頓之處，這是歸。這種「遊」和「歸」，分別從兩根軸出發，但歸於重合，它顯示了古代知識分子行為價值座標的轉換，也顯示了他們是如何在個體生命價值實現或失落之時，或痛苦而矛盾、或曠達而瀟灑地調適自己的人生。

正是在這個意義上，本書討論中國文學中的「仙界之遊」和「山水之遊」，並把「歸」作為與之映照的主題加以闡釋。

一　仙界之遊：童年記憶和審美想像

遊於神仙境界，在人類童年時期就是令人嚮往的事。《國語》〈楚語下〉記載：

> 古者民神不雜……及少皞之衰也，九黎亂德，民神雜糅，不可方物。夫人作享，家為巫史，無有要質。……顓頊受之，乃命南正重司天以屬神，命火正黎司地以屬民，使復舊常，無相侵瀆，是謂「絕地天通」。

傳說中「絕地天通」的大事發生以後，一般人失去了與神交往的機會，享有進入神界資格的僅僅是少數人，他們多為帝王、祖先或神職人員，遊歷神仙境界成為他們的專利。如《山海經》〈大荒西經〉敘述夏啟和十巫的故事：

> 西南海之外，赤水之南，流沙之西，有人珥兩青蛇，乘兩龍，名曰夏后開。開上三嬪於天，得〈九辯〉與〈九歌〉以下。此

　　　天穆之野，高二千仞，開焉得始歌〈九招〉。

　　　有靈山，巫咸、巫即、巫肦、巫彭、巫姑、巫真、巫禮、巫
　　　抵、巫謝、巫羅十巫，從此升降，百藥爰在。

　　神仙境界也因此而更加美好，成為人們可以想像而不可企及的地
方，如《山海經》〈大荒西經〉描述的「沃之野」：

　　　沃之野，鳳鳥之卵是食，甘露是飲。凡其所欲，其味盡存。爰
　　　有甘華、甘柤、白柳、視肉、三騅、璇瑰、瑤碧、白木、琅
　　　玕、白丹、青丹，多銀鐵。鸞鳳自歌，鳳鳥自舞，爰有百獸，
　　　相群是處。

　　這個美好的地方，吃的是鳳凰蛋，喝的是甘露，有各種美味，還
有無數的珍寶，鸞鳥鳳凰在這裡歌舞，百獸也和平共處。這是古人從
自己的生活體驗出發，用語言構築的神界「烏托邦」。
　　進入文明社會以後，人們對人事的關注逐漸超過神事，上古神祇
也漸漸退隱。同時，文明帶來的異化，使人感到生存的沉重，世事無
常；對於生死認識的逐步清晰，又使人體會到生命的短暫和脆弱，神
仙傳說逐漸蓬勃發展。戰國初年，燕齊一帶出現了靈魂不死的傳說，
這是中國西部的神仙觀念二度進入中心地帶，它的影響很快擴展開
來。此時的所謂「神仙」，就是升天的靈魂，「仙」，本作「僊」，《說
文》〈人部〉：

　　　僊，長生僊去。
　　　仙，人在山上貌。

　　段玉裁注：「《釋名》曰：『老而不死曰仙。』仙，遷也，遷入山也。故其制字人旁作山也。」古人認為，那些可以升往高處如天上和山上的人為仙，進入這種境界才是「真」的、「永久」的，值得追求的，聞一多先生曾說：

> 人能升天，則與神一樣，長生，萬能，享盡一切快樂……活著的肉體是暫時的，死去所餘的靈魂是永久的，暫時是假的，永久是真的，故仙人又謂之「真人」。[1]

　　人有了死後轉化成仙的可能，神仙境界也成為人們想像中一些人可以遊歷的美好地方。在莊子〈逍遙遊〉、〈齊物論〉中，神人從外表到他的特有行為——遊，都是審美化的：

> 藐姑射之山，有神人居焉。肌膚若冰雪，綽約若處子。不食五穀，吸風飲露。乘雲氣，御飛龍，而游乎四海之外。其神凝，使物不疵癘而年穀熟。

> 至人神矣。大澤焚而不能熱，河漢沍而不能寒，疾雷破山、飄風振海而不能驚。若然者，乘雲氣，騎日月，而游乎四海之外，死生無變於己，而況利害之端乎？

> 吾聞諸夫子，聖人不從事于務，不就利，不違害，不喜求，不緣道，無謂有謂，有謂無謂，而遊乎塵垢之外。

1　聞一多：〈神話與詩〉，見《聞一多全集》（北京市：生活·讀書·新知三聯書店，據上海開明書店1948年版重印），頁161。

　　聞一多先生這樣評價莊子的神仙思想：「真的是『天』，假的是『人』。全套的莊子思想可說從這點出發。」[2]

　　隨著神仙思想影響的逐步擴大，普通人對神仙境界不僅心嚮往之，且躍躍欲試。仙界漫遊成為文學創作的重要主題。

　　遊仙主題，從體裁看可以分為詩詞和小說（嚴格地說有些是前小說）兩類，但這兩類的區別並不僅限於體裁，在思想傾向方面它們也體現出不同的特點，即：在遊仙詩中，詩人回到現實，仍然不能擺脫自己「心繫社會」的現實情結。而遊仙小說中，主人公經過一番仙界的物質享受之後，再重返現實，往往在巨大的時空落差中，另有一番人生感觸，最終他們也多返回仙境。

　　詩歌中最早出現遊仙主題的是屈原的〈離騷〉和〈遠遊〉。楚文化的浪漫因子激發了詩人的想像，詩人上天入地，為自己的理想而苦苦求索，但〈離騷〉中，有些神仙與現實中的小人無異，天上的境界成為現實社會的延續，還並非那麼美好。

　　漢代神仙之說大興，有關仙界之遊的作品也大量增多。如賈誼〈惜誓〉：

> 飛朱鳥使先驅兮，駕太一之像輿。
> 蒼龍蚴虯于左驂兮，白虎騁而為右騑，
> 建日月以為蓋兮，載玉女于後車，
> 馳騖于杳冥之中兮，休息乎崑崙之墟。

　　詩人乘車遊仙，龍虎為驂騑，朱雀為先驅，美麗的玉女坐在車後，歷眾山而觀江河，在無極的太空中遨遊。作品氣勢磅礡，出世求仙色彩濃烈。

2　聞一多：〈神話與詩〉，見《聞一多全集》（北京市：生活‧讀書‧新知三聯書店，據上海開明書店1948年版重印），頁146。

　　魏晉以後，士大夫普遍崇尚玄學，以老莊思想為主的道家哲學盛行，服藥成仙的道教大興，這股風潮影響極廣，體現在文學上，造成遊仙題材的增多，以至於後來蕭衍的《文選》將「遊仙詩」單獨列為一個類別。

　　郭璞作了十九首〈遊仙詩〉，其中有這樣的描繪：

> 青溪千餘仞，中有一道士。……閶闔西南來，潛波渙鱗起。
> 靈妃顧我笑，粲然啟玉齒。蹇修時不存，要之將誰使？

　　詩人想像在高聳千仞的青溪山看到其中隱居的得道高士，在水波蕩漾的河邊看到對自己粲然而笑的靈妃，作品以遊仙「坎壈詠懷」，寓旨懷生。

　　唐代道教成為國教，遊仙題材成為很多人美好的精神寄託。李白一生更是「雲臥三十年，好閑復愛仙」，他的很多作品遊仙氣息極為濃厚。如〈夢遊天姥吟留別〉：

> 熊咆龍吟殷岩泉，慄深林兮驚層巔。
> 雲青青兮欲雨，水澹澹兮生煙。
> 列缺霹靂，丘巒崩摧。
> 洞天石扉，訇然中開。
> 青冥浩蕩不見底，日月照耀金銀臺。
> 霓為衣兮風為馬，雲之君兮紛紛而來下。
> 虎鼓瑟兮鸞回車，仙之人兮列如麻。

　　詩中經過一番自然景色的鋪墊，以迷離恍惚、險峻陰慘的背景映襯即將出現的光明美好的仙境。接著，仙界的石門在電閃雷鳴、山巒崩裂中轟然敞開，只見萬里青空，浩蕩無際，閃閃發光的金銀臺上日

月照耀，無數仙人穿著彩虹的衣服，以飄風為馬，青鸞駕車，紛紛從天而降，猛虎彈奏著琴瑟，仙人密密麻麻，整個場景氣勢磅礡，熱烈隆重，輝煌絢麗。在驚喜之中，詩人彷彿既找到了自己，又迷失了自己。

　　遊仙詩，多描述自己的行程狀況，同時將仙境寫成神秘優美、令人神往的地方。在遊仙詩的結尾，詩人經常有從仙境猛然驚悟、跌落塵世的遭遇。如吳筠〈步虛〉詩之五，在濃墨重彩描繪了仙境之後，結尾不由地感歎：「俯矜區中士，夭濁良可嗟。」而李白〈夢遊天姥吟留別〉的結尾，更是發出對世事的感慨：

> 忽魂悸以魄動，怳驚起而長嗟。
> 惟覺時之枕席，失向來之煙霞。
> 世間行樂亦如此，古來萬事東流水。
> 別君去兮何時還，且放白鹿青崖間，須行即騎訪名山。
> 安能摧眉折腰事權貴，使我不得開心顏。

　　這時候，美好的仙界與污濁的現實形成更為強烈的反差，詩人對社會愈加不滿，對自己不能施展政治抱負、壯志難酬愈加悲憤難平，對於自己的現實境遇也愈加灰心。這種複雜的心理表明了詩人的遊仙、出世傾向下，掩蓋著難解的現實情結。

　　不過，到了宋代周邦彥的筆下，「遊仙」經歷顯得輕鬆而飄逸：

> 白玉樓高，廣寒宮闕，暮雲如幛褰開。銀河一派，流出碧天來。無數星躔玉李，冰輪動，光滿樓臺。登臨處，全勝瀛海，弱水浸蓬萊。（〈鎖陽臺〉）

　　一派仙風道骨的詞人，解除了現實的負擔，完全陶醉於良辰美

景、美酒仙娥，在月宮中樂而忘返，甚至在遲遲歸去時耳邊仍仙樂嫋嫋。

　　遊仙小說以另一番面貌吸引著接受者，相傳陶淵明所撰的志怪小說《搜神後記》中，獵人袁相、根碩追逐山羊，經過赤城絕壁和瀑布，進入山洞，遇到兩位美貌少女，與之成婚。

　　劉義慶〈幽明錄〉，記劉晨、阮肇在天臺山迷了路，幾乎餓死。後順著一道溪流逆流而上，遇到兩位美貌仙女，在仙女的家裡受到款待，並與之成婚。劉、阮因苦苦思念家鄉，半年後才返回，但一切無復相識，只見到七世孫。最後他們又離開了，去了誰也不知道的地方。

　　《幽明錄》的另一篇小說，寫一個叫黃原的人，看到一頭青犬，帶它去打獵，結果因追鹿而進入一個山洞，與洞中的仙女成婚。黃原回家後，每到三月初一，就彷彿聽見空中有飛車經過。

　　此外如唐代《窮怪錄》，也描述了很多書生與仙女的豔遇。張鷟《遊仙窟》以及《太平廣記》所收的〈枕中記〉，直到蒲松齡《聊齋志異》中的〈仙人島〉等，都是古代遊仙小說中的佳作。

　　與遊仙詩不同，遊仙小說對仙境的描繪不僅僅限於自然風光，而且還有仙境內部的美好事物，如《拾遺記》卷十：

　　　其山又有靈洞，入中常如有燭於前，中有異香芬馥，泉石明朗。采藥石之人入中，如行十里，迥然天清霞耀，花芳柳暗，丹樓瓊宇，宮觀異常。乃見眾女霓裳冰顏，豔質與世人殊別，來邀采藥之人，飲以瓊漿金液，延入璇室，奏以簫管絲桐。餞令還家，贈之丹醴之訣。雖懷慕戀，且思其子息，卻還洞穴，還若燈燭導前，便絕饑渴，而達舊鄉。

　　這些小說中的仙境雖然處於山洞或大海之中，外表十分荒涼，裡面卻別有一番天地：高宅大院，富麗堂皇，珠寶珍玩，琳琅滿目，與

大富大貴人家無異：

> 其家筒瓦屋。南壁及東壁下各有一大床，皆施絳羅帳，帳角懸
> 鈴，金銀交錯，床頭各有十侍婢。──劉義慶《幽明記》〈劉
> 阮入天臺〉

> 別見一大第連雲，珠扉晃日，內有帳幄屏幛，珠翠珍玩，莫不
> 臻至，愈如貴戚家焉。──裴鉶《傳奇》〈裴航〉

　　這些男人在仙境中也總是能享受到美酒佳餚，香屋嬌妻。和遊仙
詩一樣，男主角都是因為偶然機會進入仙境，但在小說中，男人的
「偶然」往往是仙女的精心策劃和安排。這些仙女全都溫柔美貌，善
解人意，熱情主動，聰明能幹，她們不僅為男人安排好仙境中的一
切，而且為他們計畫好日後的生活，男人從這裡得到莫大的滿足。因
而，當他們回到人間以後，總是念念不忘仙境中的一切，他們中的大
多數最終也能回到那個美好快樂的地方。所以，遊仙小說雖然以主人
公的「出世」為結尾，但表現的是強烈的物質享受之欲，在小說深層
起主導作用的，仍然是作者享受人生的現實情結。

二　山水之遊：人對自然的審美情思

　　山水作為審美對象雖然是魏晉以後的事，但是古人對人與自然之
間關係的關注和思索，卻發生得很早。

　　山水，是與人類相伴的兩種主要地理形態，中國發達極早的採集
－農耕生產方式，使得人的生存與大自然息息相關，滋生萬物的大自
然，養育了中華民族，因而，在中國，人與自然之間的互相感應和接
納、人對自身與自然之間關係的努力調適，很早就成為重要課題。山

水也成為深植於中國人心靈世界最穩固、最有魅力的文化之象，在中國人的話語系統中，「山」和「水」已經偏離了自身的物質形態，成為一種審美符號，當我們說「侃大山」、「打江山」時候，當我們讚美「山清水秀」、「山川如畫」的時候，當我們悲歎「山河破碎」、呼喊「還我河山」的時候，其實是在表述一種滲入我們血脈的文化，同時也是在還原一種關於山和水的歷史記憶。

在中國，山水是從原始崇拜的靈物發展為審美對象的。古老的神話集《山海經》中，碧水環繞的山岳近六千座，山間水畔成為神異之物生長之處，其中有面目猙獰的怪獸，它們或食人、或使病疫流行，如〈北山經〉所述羊面人身的怪獸，「目在腋下，虎齒人爪，其音如嬰兒。名曰獳鴞，是食人。」〈東山經〉中的怪獸，「其狀如牛而白首，一目而蛇尾，其名曰蜚，行水則竭，行草則死，見則天下大疫」。但其中也不乏令人神往的美好地方，那些奇山異水，往往物產豐饒且各有特色，如〈西次三經〉中的描繪：

> （不周之山）河水所潛也，其原渾渾炮炮，爰有嘉果，其實如桃，其葉如棗，黃華而赤柎，食之不勞。

而〈海內經〉更是把都廣之野描繪成亦仙亦凡的境界，那兒百穀自生，鸞鳳歌舞，無論從物質享受或審美的角度看，這都是當時人所能想像到的最美麗的地方。這些描繪，表明我們的祖先對於外部的山水世界，既攜帶莫名的恐懼，也充滿美好浪漫的奇想。

人們常說，「山是人類的保姆，水是文明的搖籃」，依山傍水歷來是華夏民族理想的居住環境。中國的園林，不取對稱、規則等幾何範疇的美感，而是以自然山水點綴其間。中華發達極早的風水理論十分注重安居之處山水的韻律，取山水外形流暢深長，忌破碎歪斜，因

而，在出於功利和迷信的考慮之中，風水理論顯然也夾雜了對山水的審美，它顯示了上古時期對於山水的視覺快感本能由沉睡而甦醒。

華夏早期大規模的治水運動，使得山水的總體地勢有了很大改觀。治山理水，不再僅僅是借助神話的想像，而是依靠人自身的行動，人的力量也由此得到證明。這增強了主體創造的快感，使得原來侷限於視覺感官的情緒發展成為一種相對獨立的心理力量。相對來說比較適於人類生存的山水，在原來的自然韻律基礎上，向人工韻律轉化，山水開始「人化」，這為後世山水審美提供了最初的契機，在世界的古老民族中，只有中國人對山水之美有如此詩意的體驗。

可以說，正是與自然關係極為密切的農耕方式，初民對山水的治理，神話對山水的描繪，以及發達極早的風水理論，從多方面培養了中國人對於靈秀山水的興趣。

徐復觀先生在《中國藝術精神》中指出：

> 我國在周朝初年，開始從宗教中覺醒，而出現了道德地人文精神以後，自然中的名山巨川，便由帶有威壓性的神秘氣氛中，漸漸解放出來，使人感到它對人的生活，實際是一種很大的幫助，……這便使山川與人間，開始了親和的關係。尤其自然中的草木魚獸，與人的親和關係，更為密切。[3]

誠如徐先生所說，在《詩經》中，我們已經可以看到自然界中的灼灼桃花與那位生命力充盈、「宜室宜家」的女子互相映照，桑的生命過程與那位被氓遺棄女子的遭遇一致，依依楊柳和霏霏雨雪映襯出征夫出征、歸家的心境，展現出一幅幅自然與人相通互融的畫面，奠定了後世山水文學情景交融的基調。

3　徐復觀：《中國藝術精神》（瀋陽市：春風文藝出版社，1987年），頁192。

　　在《楚辭》中，對於山水景物描寫的篇幅開始增多，如屈原〈涉江〉：

> 入溆浦餘僮佪兮，迷不知吾之所如。
> 深林杳以冥冥兮，乃猨狖之所居。
> 山峻高以蔽日兮，下幽晦以多雨。
> 霰雪紛其無垠兮，雲霏霏而承宇。

　　在作者眼中，自然或神秘幽暗，荒野蒼涼，或雲遮霧障，淒風苦雨。在這兒，自然環境顯然是人物憂怨心境的外在投射。

　　漢代輝煌的帝國物質文明幾乎吸引了所有文人的目光，創作體物鋪采、歌功頌德的賦，成為他們歌頌物質文明、勸諷皇帝的重要途徑。東漢以後，漢王朝的各種矛盾日益加深，積弊也日益暴露，動亂摧毀了昔日的繁華盛世，文人對「國」和「物」的歌頌熱情漸漸冷卻，他們開始從外在的物質生活和環境世界中抽身退出，轉而關注自身的生存狀態和心靈世界，為自我尋求一方安定恬靜的土地，於是他們將目光轉向了田園山水。

　　張衡〈歸田賦〉中自然景色已經顯得十分誘人，美麗風光成為失意知識分子的精神慰藉：

> 仲春令月，時和氣清。原隰鬱茂，百草滋榮。王雎鼓翼，鶬鶊哀鳴。交頸頡頏，關關嚶嚶。於焉逍遙，聊以娛情。

　　魏晉時期，知識分子的自我意識覺醒，他們在高標個性、吟詠情感的同時，更發現了山水自然的美。如曹植〈公宴詩〉對秋夜西園的描寫：

　　　　明月澄清景，列宿正參差。

　　　　秋蘭被長阪，朱華昌綠池，

　　　　遊魚躍清波，好鳥鳴高枝。

　　詩中沒有悲秋的感傷，而是星月朗照，池水清澈，花草秀麗，魚躍鳥鳴，大自然處處充滿生機。

　　由於社會環境的惡化，大批士人在佛學玄風的影響下，或遁跡於山林，或徜徉於江湖，用整個身心去貼近自然，復原自己的本真面貌，山水田園詩大量湧現：陶淵明辭官而「歸去來」，在「采菊東籬下，悠然見南山」的生活中自得其樂。謝靈運在〈山居賦〉中，以自己家族遊逸山水的傳統為榮耀：「選自然之神麗，盡高棲之意得，謝平生於知遊，棲清曠於山川。」他在辭官以後，更是任情遨遊，寫下大量以山水為題材的詩歌，如〈石壁精舍還湖中作〉：

　　　　昏旦變氣候，山水含清暉。

　　　　清暉能娛人，遊子憺忘歸。

　　　　出谷日尚早，入舟陽已微。

　　詩人喜愛沐浴在清暉中的山水，整日流連其間，忘記了回家。等到泛舟湖上時，已是傍晚，詩人在這樣美麗的景色中，捨舟登岸，覺得山光水色中有無窮的意味，自己充分享受到真正的人生。

　　謝靈運以後，山水詩擺脫了玄言的影響，真正勃興起來，到唐代時，山水詩臻於成熟。

　　王維、孟浩然是盛唐山水田園詩的出色代表。王維一生顯赫，官至丞相，因為厭倦了污濁的官場，四十歲以後，一直是半官半隱，寫下了許多山水詩，如〈鳥鳴澗〉、〈山居秋暝〉等，在這些優美的詩中，我們可以想見一位身居物外、怡然自得、閒適歸隱的居士，佇立

於幽山空谷間，月色映照下的山野，顯得格外空濛、澄淨，他細細地
品嗅清寒疏淡的蓮、桂的芬芳，側耳靜聽落花擊地、竹喧松搖、清泉
細流、飛鳥鳴啼，大自然中流動著生命的音響，點染著生命的色彩，
山野空而不虛，月夜靜而不寂，詩人寧靜、閒適的心緒和山景夜色交
融一處，讓人深深感受到歸隱山中的人生樂趣。王維的詩，以禪趣入
詩，把山水視為獨立於自身之外的、可以表現和確證自己本質力量的
客體，詩人處於純審美境界、山水也作為純審美對象，表現了人與山
水之間無蔽無礙、和諧同一的關係。

　　另如〈田園樂〉其二：

　　　　桃紅復含宿雨，柳綠更帶春煙。
　　　　花落家僮未掃，鶯啼山客猶眠。

　　一切是那麼自由自在，這位高人的閒逸情懷與外界景物互相映
照，短短的四句詩中，流淌著隱居生活懶散恬適的不盡意味。

　　李白在孤身浪跡天涯時，正是在清奇秀麗的山水中發現高潔的自
我，尋求到山水與心靈相契合的情致。如詩人避世宣城時寫下的〈獨
坐敬亭山〉：

　　　　眾鳥高飛盡，孤雲獨去閑，
　　　　相看兩不厭，最愛敬亭山。

　　儘管大半生懷才不遇，壓抑憤懣，但面對敬亭山，孤獨的詩人仍
然覺得自己找到了一個親切平等的伴侶，山在李白的眼中，有了生命
和人格，此時唯有它，可以收留自己，不至於厭棄自己。詩人雖然仍
時時感到壯志未酬、報國無門的苦悶，但畢竟從山水中得到一些慰藉。

　　山水詩以外，中國古代還有大量的山水散文。

在柳宗元的〈小石潭記〉中，永州荒郊罕有人跡的小石潭悅耳的水聲吸引了作者：

> 從小丘西行百二十步，隔篁竹，聞水聲，如鳴佩環，心樂之。

透過竹林，飄然而來的流水聲，宛如玉佩玉環相擊一般，使人愉悅，以至作者急不可耐地尋聲而來，發現這是一個被人遺忘了的美的角落：

> 伐竹取道，下見小潭。水尤清洌。金石以為底，近岸，卷石底以出，為坻，為嶼，為嵁，為岩。青樹翠蔓，蒙絡搖綴，參差披拂。

一叢修篁掩映著一口小潭，潭水清澈，潭底石頭清晰可見，翻捲著露出水面，或如水中的高坻，或如別致的小島。岸上翠蔓纏繞著青樹，結成一張綠色的大網，參差不齊的枝葉，披披掛掛，隨風搖曳，游魚也增加了小潭的生氣：

> 潭中魚可百許頭，皆若空游無所依。日光下澈，影布石上，怡然不動；俶爾遠逝，往來翕忽。似與遊人相樂。

悠然自得的魚兒，好像不在水裡，而是在空中浮游。金色的太陽照射到潭裡，游魚的影子映在水底的石塊上，忽而一動不動，像是在休息；忽而又飛快地游遠了。它們成群結隊，在水中來來往往，游的是那麼自由自在，彷彿在和遊人共享大自然的樂趣。

〈小石潭記〉是柳宗元因參與王叔文集團改革，貶謫永州後寫下的作品，作者在被視為蠻荒之地的永州，長流十年不返，孤高清遠、

富有才華的詩人和寂靜幽邃、寒潔淒清的小石潭一樣，不為世用。這裡，詩人的自我形象在外部世界復現了。

〈小石潭記〉給人的總體印象是「憂」，在文章的結尾，作者的「憂」借小石潭淒清的情境抒發：

> 四面竹樹環合，寂寥無人，淒神寒骨，悄愴幽邃。以其境過清，不可久居，乃記之而去。

同樣是因支持改革而遭貶謫，歐陽修在安徽滁州寫下了不朽的山水名篇〈醉翁亭記〉，與〈小石潭記〉讓人明顯地感受到淒清落寞不同，〈醉翁亭記〉迴蕩著歡樂的旋律：

整篇文章由五個樂章組成，即山水之樂，遊人之樂，眾賓之樂，禽鳥之樂，太守之樂。全篇的二十一個「也」字，增添了歡樂的氣氛，最後一節「也」字的連用，更是使文章一氣呵成，在暢快又餘韻繚繞的旋律中，結束全文，如：

> 已而夕陽在山，人影散亂，太守歸而賓客從也。樹林陰翳，鳴聲上下，遊人去禽鳥樂也。然而禽鳥知山林之樂，而不知人之樂；人知從太守游而樂，而不知太守之樂其樂也。醉能同其樂，醒能述以文者，太守也。

古人正是在遊於山水中，找到了人生樂趣和自身歸宿。

三　思歸：尋找「母體」審美替代

哲學家和心理學家認為，人脫離母體之後，會有強烈的孤獨無助和淒涼的感覺，他總是渴望回歸母體。因為實際上這已經不可能，所

以人們往往去尋求一些替代：家、故鄉、自然，包括一些自然物如月亮、太陽甚至山洞等等，總之，所有能夠喚起人安定、親切、溫馨感覺的，都成為人們渴求、追索的對象，成為母體的替代物。

　　榮格曾針對一個女孩的夢，分析「母親」象徵的原型特徵：

> （母親象徵）指出生地，指自然、指進行消極創造的事物，因而是指實體和物質，指物質的自然、下體（子宮）以及植物功能。它也意味著無意識的、自然的和本能的生活，意味著生理領域，意味著我們寓居於內或者說包容著我們的肉體，因為「母親」還是一個容器，一個孕懷和滋養的空洞的形狀（子宮），因此它代表的是意識的基礎。處於某物之內或者被包含在某物之內暗示著黑暗、夜晚──一種焦慮狀態。
>
> 母親象徵所指的是一個更黑暗的意義，它巧妙地逃避一切概念化，只能被朦朦朧朧地理解為肉體中的一種隱秘的、與自然密切關聯的生活。……潛伏於這一象徵之下的心理現實是如此難以想像地複雜，我們只能在很遠的地方來對它加以識別，而且即使這樣，也還只能對它作出一點朦朦朧朧、若隱若現的認識，這種心理現實正是需要用象徵的方式才能表現出來。[4]

　　在此，「母親」與人類的古老回憶，如自然、蒙昧、植物功能等等相聯繫，這一象徵也暗示著人的深層焦慮等等難以想像的複雜心理。人類，無論是群體的人或個體的人，最先認同的親人就是母親。雖然進入父系社會以後，母親的社會和家庭地位都大為降低，但「母親」仍然以種種方式，給人類以精神慰藉。所以，無論在東西方，母親和母體替代都具有極強烈的吸引力。

4　C・榮格撰，蘇克譯：《尋求靈魂的現代人》（貴陽市：貴州人民出版社，1987年），頁27-28。

　　在希臘神話中，俄狄浦斯因害怕神諭實現而出走、漂泊，然而，神秘的命運卻驅使著他恰恰回到母親身邊，這種回歸讓他付出巨大代價：殺父娶母，受到懲罰。但無意中犯下罪過的俄狄浦斯為自己找到最終的安頓：進入聖地，死在雅典獻給歐墨涅德斯的叢林裡，歐墨涅德斯是土地和黑夜的神靈，也是母親的象徵。俄狄浦斯兩度回歸「母親」，表現了人對母體的強烈依戀。此外，荷馬史詩〈奧德賽〉也表現私有財產出現、定居制確立後，人對自己家鄉的思念和急切的回歸欲望。

　　在後來的西方社會，宗教和科學為人們提供了精神安頓之處。西方的基督教，不僅以上帝和聖母所在的天國，為人類提供靈魂皈依的地方，而且，它也以聖地的名義，接納著現實中為社會所拒絕的人。在西方，一個人即使受到整個社會的冷淡、拒絕，他仍然可以在基督教那裡找到自己的靈魂安頓之處以及棲身之地。

　　隨著文明的發展，對於科學、理性的熱中，也使一些西方人尋找到另一種母體替代——理性的精神家園。

　　十八世紀德國浪漫主義詩人諾瓦利斯曾說：

　　　哲學原就是懷著一種鄉愁的衝動到處去尋找家園。[5]

　　羅素把詩人的表述轉換成了哲學話語：

　　　追求一種永恆的東西乃是引人研究哲學的最根深柢固的本能之一。它無疑地是出自熱愛家鄉與躲避危險的願望；因而我們便發現生命面臨著災難的人，這種追求也就來得最強烈。宗教是

5　轉引自趙鑫珊：《哲學・科學・藝術斷想》（北京市：生活・讀書・新知三聯書店，1987年），頁4。

從上帝與不朽這兩種形式裡面去追求永恆。上帝是沒有變化
的，也沒有任何轉變的陰影；死後的生命是永恆不變的。[6]

愛因斯坦則找到超越普通宗教的新的「回歸」，他說：

在我們之外有一個巨大的世界，它離開我們人類而獨立存在，
它在我們面前就像一個偉大而永恆的謎，然而至少部分地是我
們的觀察和思維所能及的。對這個世界的凝視深思，就像得到
解放一樣吸引著我們，而且我不久就注意到，許多我所尊敬和
欽佩的人，在專心從事這項事業中，找到了內心的自由和安
寧。[7]

看來，佛洛伊德在自己的研究中，把社會文明的進步歸於「戀
母」情結的轉移和昇華，不是完全沒有道理的。

由於自然在西方主要是被當作征服和科學研究的對象，所以西方
人總是以一種冷峻、理性的眼光去打量自然。十九世紀初浪漫主義詩
人也曾將自然作為喧囂城市和工業文明之外的自身安頓之處，但這種
現象僅僅是曇花一現，接踵而至的是大批作家比以往任何時代都更深
地沉入社會之中，這不僅指他們的作品，也包括他們的生存。

二十世紀的西方精神分析學文學批評，把傳統文學敘事模式歸納
為：原有的解決辦法被破壞了，最終得到恢復。按拉康的理論，正是
一個最初的丟失物──母親的身體，引出了我們生命的故事，驅使我
們在欲望無休無止的轉喻運動中追尋這一失去的天堂的替代物。佛洛

6　B・羅素撰，馬元德譯：《西方哲學史》（北京市：商務印書館，1982年），上冊，頁
　　75。
7　《愛因斯坦文集》〈自述〉，見許良英、范岱年編譯：《愛因斯坦文集》（北京市：商
　　務印書館，1976年），卷1，頁2。

伊德認為，正是回到我們不會受到傷害的位置的欲望，回到先於意識生活的無機物狀態的欲望，使我們不斷奮進，欲望受到我們無法完全佔有的東西的刺激，成為敘事文學膾炙人口的一個源頭。如果我們永遠不能佔有，我們的欲望就會變得難忍，乃至於變為不快。在此，「回歸」成為「母親」的同義語，只是，西方人的「歸途」總是充滿煩難、艱苦和勞碌。

在中國，古人很早就為自己尋找遠世脫俗的安頓之處，大多知識分子尋找的可以回歸自我的地方，正是自然山水和神仙境界，這是從現實社會的游離，達到身心的安頓。這種安頓的最早源頭，當從先秦時代說起。

「游」，許慎《說文》〈方部〉中的解釋為：「旌旗之流也。」即旌旗兩旁的垂掛物。段玉裁注：

> 旗之游如水之流，故得稱流也。……又引伸為出游、嬉游，俗作遊。

因為旌旗的垂掛物可以如水流一樣在風中自由自在地飄蕩，所以「游」後來引申為「出遊」的「遊」。

像水流一樣無掛礙的「遊」具有獨特的審美意蘊——自由自在。因而「遊」在中國，也極富美學意味。在莊子筆下，「遊」是高頻出現的詞，下面從〈秋水〉、〈逍遙遊〉、〈在宥〉中各引一例：

> 若夫乘天地之正，而御六氣之辯，以遊無窮者，彼且惡於待哉！故曰：至人無己，神人無功，聖人無名。
> 出入六合，遊乎九州，獨往獨來，是謂獨有，獨有之人，是之謂至真。
> 莊子與惠子遊于濠梁之上。莊子曰：儵魚出遊從容，是魚樂也。

　　此外，〈在宥〉篇的末尾，莊子借鴻蒙之口對「遊」作了一句總結：「仙仙乎歸矣」，因而，所謂「不知所求」的「遊」，得到的正是「仙仙乎歸」，這是「無不忘也，無不有也」，進入忘卻一切，又擁有一切的審美境界。

　　徐復觀先生在《中國藝術精神》中，認為「遊」是莊子精神自由解放的象徵，它貫串在《莊子》整個書中。莊子所說的至人、真人、神人，都是能遊的人。也是藝術精神呈現出來了的人，藝術化了的人。只有不以實際利益為目的的「遊」，才能給人以真正的快感與滿足，才合於藝術的本性。[8]所以，莊子的「遊」，是「澹然無極而眾美從之」，歸於自由快樂的遊，是「天地與我並生，而萬物與我齊一」，身心溶入整個宇宙的遊，也是審美意蘊特別深厚的遊。

　　應該說，在理性崛起、文明進程加速的戰國時代，這種自由快樂的「遊」，與汲汲奔走、四處遊說之「遊」，為士人的人生設置了兩個互相映照的端點。前者雖然不如後者那樣引人注目，但也是一些人的深層心理，具有一定的普遍性。因為即使是感歎世間無道，以天下為己任的孔子，有時也會表現出另一種精神境界，如《論語》〈先進〉中記錄孔子與學生的一段對話：孔子在得知子路、曾晳、冉有的勃勃雄心時，或哂之，或不作答，唯獨贊同風流倜儻、超然物外的公西華，此篇對公西華的描繪也最細膩傳神：

　　　　鼓瑟希，鏗爾，舍瑟而作。對曰：「異乎三子者之撰。」子曰：「何傷乎？亦各言其志也。」
　　　　曰：「莫春者，春服既成。冠者五六人，童子六七人，浴乎沂，風乎舞雩，詠而歸。」夫子喟然歎曰：「吾與點也！」

8　詳見徐復觀：《中國藝術精神》（瀋陽市：春風文藝出版社，1987年），頁55。

　　與其他對話中，孔子以師長教訓的口氣言說不同，這段對話的主體部分，是在輕鬆和諧的閒談氣氛中進行的，在這種特定的氛圍中，孔子喟然感歎，真誠地顯露出自己追求的另一面——遊於自然：春光明媚的暮春時節，與同伴在沂水邊沐浴，唱歌，賞心悅目，無掛無礙，人融於春色之中，這的確是特具魅力的「遊」。

　　漢字「休」，是一個會意符號，表現的是人和樹互相依偎，樹為放鬆的人提供了一個舒適、悅目的生存環境，人也把大樹邊作為自己的安頓之處。「休」在古代又可訓為「美」，作為一個審美觀念[9]，「休」正是指人在大自然中閒適、輕鬆，忘卻塵世間的煩惱，整個身心都回歸自然，這種美，是在中國歷史上綿延了數千年，為古人的言語所讚美、為古人的行動所實踐的獨特的美。

　　所以，莊子推崇的那種超越現實追求、擺脫世俗羈絆的遊，在先秦已經有一定的心理基礎，在後世，更是得到知識分子極其廣泛的認同。

　　如果說「遊於自然」表現了進入文明社會以後，中國古人尋找歸宿的生命訴求，那麼，他們為自己在人生結點設置的神界仙境，則是他們尋找回歸的心理補償，尤其在遊仙小說中，古人更用修辭幻象為自己安排了一個溫馨舒適的天地。

　　先秦時莊子所說的那些遊者，都是神仙氣息極濃的人，他們所遊的廣袤自然，也是空空蕩蕩的仙境。到了後世，那些遊仙作品中，幾乎無一例外的，都有了女性的參與，她們雖為妻子，但大多母性極強，那些遊仙者的一切都由她們安排。而這些男人中的大多數，除了到一定的時間會想家以外，其他也都是對她們言聽計從，舒舒服服地享受她們提供的一切，甚至一些人生難題，也常由這些妻子兼母親解

9　陳良運先生指出審美觀念「休」的美學內涵是使人感到舒適暢美，即精神與肉體的放鬆感愉悅感。詳見陳良運：《美的考索》（南昌市：百花洲文藝出版社，2002年），第2章。

決。這些女性形象的塑造，仍然表現了男人渴望回歸「母體」的深層心理。

　　當然，中國古人所尋找的這些歸宿，雖得來不難，但畢竟不能盡如人意：如果沒有堅實的物質基礎，在山水的優美之外，必然會有平民生活的艱辛，而神仙境界，終究只是「畫餅」而已。不過，山水和仙界，千百年來，還是為中國人提供了現實和幻想中的身心安頓之處。

第四章

狂與醒：主題的修辭詩學考察之三

　　在文學作品中，作家塑造狂人形象，都有著特定的修辭意圖：揭示罕有的清醒。通常，「狂」與「醒」是一對相反的概念符號，人們往往會從世俗的認識習慣出發，去判斷和區分「狂」與「醒」，即使絕大多數人陷於謬誤和虛偽之中時，這種判斷標準仍然難以改變。因而，有些對人生思考深刻、對現實把握清醒、對社會變化敏感的人，由於不能隨波逐流、人云亦云，不能將真實自我遮蔽起來，就會陷入迷茫和痛苦，表現出違背常規的舉動和言語，結果常常被歸為「狂人」。在這裡，世人所認同的「狂」和「醒」從根本上被置換：所謂「狂人」，其實對一切看得很清楚，因而是覺悟的；而那些沉迷在俗世纏繞中，自以為清醒的人，實際上卻糊塗。文學中的「狂」成為覺悟之人的外表顯示，透過「狂」，我們看到的是清醒和睿智、脫俗與本真。

　　本章以《紅樓夢》中的「狂」與「醒」主題為分析個案，並在文學、文化的大語境中探討「狂」與「醒」主題。

一　「狂」與「醒」：《紅樓夢》的重要主題

　　在《紅樓夢》的開頭，曹雪芹便表明：「你道此書從何而來？說起根由，雖近荒唐，細諳則深有趣味」，又聲稱自己「本意原為記述當日閨友閨情，並非怨世罵時之書」，是用「假語村言，敷演出一段故事來，以悅人耳目」，讓讀者「在醉淫飽臥之時，或避世去愁之

際，把此一玩」，但他所題一絕卻又聲明：「滿紙荒唐言，一把辛酸
淚，都云作者癡，誰解其中味。」一本由「癡」作者寫出的「根由荒
唐」的書，其中卻別含滋味：在「癡」、「狂」、「荒唐」中讀出「清
醒」和「覺悟」，是《紅樓夢》的主旨之一。而這種滋味解讀的引
導，在很大程度上由小說中的兩類獨特人物承擔。

　　《紅樓夢》中描述的「狂」與「醒」，大致可分為兩種類型：

（一）癲狂與清醒睿智

　　《紅樓夢》中引人注目的人物，除了美麗鮮活的女子，還有幾個
瘋癲落脫的僧道。作者筆下，這些僧道外貌的落脫腌臢和風神不凡形
成對比，如第一回的幾處描寫：

> 俄見一僧一道源源而來，生得骨格不凡，風神迴別。
> 二師仙形道體，定非凡品。
> 那僧則癩頭跣足，那道跛足蓬頭，瘋瘋癲癲，揮霍談笑而至。
> 一個跛足道人，瘋狂落脫，麻屣鶉衣。

第二十五回對僧道的描寫更為詳細：

> 一個癩頭和尚與一個跛足道人。見那和尚是怎的模樣：
> 鼻如懸膽兩眉長，目似明星蓄寶光。
> 破衲芒鞋無住跡，腌臢更有滿頭瘡。
> 那道士又是怎生模樣：
> 一足高來一足低，渾身帶水又拖泥。
> 相逢若問家何處，卻在蓬萊弱水西。

第一百十七回的描寫與上面形成呼應：「真人不露相，露相不真
人」的和尚「滿頭癩瘡，渾身腌臢破爛」。

　　這些僧道總是在情節發展的關鍵時刻不失時機地按照「顯在」和「隱在」的兩種方式「出場」，承擔自身在文本中的特殊功能：

1 點明題旨

　　《紅樓夢》表面看起來「大旨談情，亦不過實錄其事」，其題旨卻深含哲理。第一回中作者借僧道的話和詩，對英蓮生世、甄家命運作出預言：英蓮雖然生在殷富人家，嬌生慣養，卻五歲就被人販子拐騙，後來又被呆霸王薛蟠強佔為妾，被夏金桂虐待，受盡磨難。而富裕且行善好施的甄家也在元宵大火後，一敗塗地。人生無常、樂極悲生，在宗教層面上解釋，是凡事皆有定數，從哲學的意義上理解，是事物向對立面轉化。這種貫穿全書的主旨，正是在書的開頭就被這瘋瘋癲癲的僧道明白不過地點出。照常人看來清醒不過的人，因為陷入塵世太深，反被這兩個瘋人笑為「癡」。

　　甄士隱在女兒被拐騙、家道破落後，再次見到瘋道人，他口裡唱著〈好了歌〉，並做了「終極」解說──

　　　　可知世上萬般，好便是了，了便是好。若不了，便不好，若要
　　　　好，須是了。

　　這首〈好了歌〉成為《紅樓夢》的立意宗旨，決定了全書的深層悲涼風格。

　　在第二十五回中，寶玉、鳳姐被馬道婆施了魔法，險些喪命。結果是僧道摩弄了一番玉，又說了些「瘋話」，使得寶玉和鳳姐身安病退。在僧道癲癲狂狂的話語中，同樣隱含著混合佛、道思想的哲理：

　　　　天不拘兮地不羈，心頭無喜亦無悲，
　　　　卻因鍛鍊通靈後，便向人間覓是非。

只有遠離文明，混混沌沌，無欲無求，才能進入自由境界，一旦「鍛鍊通靈」，墮入如夢般的人生，成為能思考、有欲求的人，是非煩惱就會接踵而至。必須及早退步抽身，才能真正醒悟。

2 支撐全書敘述框架

瘋癲僧道頻頻以「顯在」出場方式規定事態的發展：

第一回：寶玉由茫茫大士、渺渺真人攜入塵世，後經幾世幾劫又由僧道帶回，空空道人委託曹雪芹傳述《紅樓夢》，這已經把長線情節進展規定為一個終點回歸起點的圓。同時僧道預言甄家短期內的衰敗命運，以短線印證賈家由盛而衰的命運。僧道帶甄士隱出家，展示色空觀念。

寶玉繼「失心」、「失玉」後又「失相知」，以至於「飯食不進」，和尚送玉、接引寶玉二至太虛幻境、出家，送玉回青埂峰。這是把第一回的壓縮敘述擴演為一個完整複雜的情節「圓圈」。

而對書中人物人生和結局的預示，往往由瘋癲僧道以「隱在」方式完成。如第三回黛玉回述幼時瘋和尚的「不經之談」，預示她人生的短暫悲涼；第八回中癩和尚贈言的金鎖與寶玉合對，正式開啟了金玉良緣和木石姻緣的情感糾葛；第九十二回妙玉扶乩，請的是拐仙——跛道人，仙乩所書「入我門來一笑逢」更在全書接近尾聲時預言了主人公的結局。

總的來說，特殊人物瘋癲僧道的出場，承擔了重要文本功能，是《紅樓夢》的重要修辭設置。

（二）癡狂與脫俗本真

與僧道的瘋癲相映襯，《紅樓夢》描述寶玉，用得最多的關鍵字構成了反義義場：外表聰明靈秀——內裡癡狂瘋傻。

如第三回用兩次描寫，讚美了寶玉的外貌：「面若中秋之月，色如春曉之花，鬢若刀裁，眉如墨畫，面如桃瓣，目若秋波。雖怒時而

若笑，即嗔時而有情」；「面如傅粉，唇若施脂，轉盼多情，語言常笑。天然一段風騷，全在眉梢；平生萬種情思，悉堆眼角」，但緊接著便是對賈寶玉做出的全面負性評價：

> 無故尋愁覓恨，有時似傻如狂。
> 縱然生得好皮囊，腹內原來草莽。
> 潦倒不通世務，愚頑怕讀文章，
> 行為偏僻性乖張，那管世人誹謗！

作者更通過數人評說，進一步將寶玉的癡狂展示於讀者眼前：「黛玉亦常聽得母親說過，二舅母生的有個表兄，乃銜玉而生，頑劣異常。」

王夫人則描述寶玉「若這一日姊妹們和他多說一句話，他心裡一樂，便生出多少事來……他嘴裡一時甜言蜜語，一時有天無日，一時又瘋瘋傻傻。」

就連傅試家的兩個婆子也嘲笑寶玉是「外像好裡頭糊塗，中看不中吃」，「時常沒人在跟前，就自哭自笑的；看見燕子，就和燕子說話；河裡看見了魚，就和魚說話；見了星星月亮，不是長吁短歎，就是咕咕噥噥的」。

可以從幾個方面解剖寶玉的「瘋癲傻狂」：

1 對異性的癡迷和關心

《紅樓夢》中，賈寶玉是女性崇拜論者，對於女性的美十分癡迷。賈寶玉「一直有個呆意思存在心裡。你道是何呆意？因他自幼姐妹叢中長大，親姊妹有元春探春，叔伯的有迎春惜春，親戚中又有湘雲、黛玉、寶釵等人，他便料定天地間靈淑之氣，只鍾於女子，男兒們不過是些渣滓濁沫而已。因此把一切男子都看成濁物，可有可

無」。（第二十回）因而他不惜以獨特的語言讚美他心目中的女性：

> 女兒是水做的骨肉，男子是泥做的骨肉，我見了女兒便清爽，
> 見了男子便覺濁臭逼人！（第二回）

寶玉對女子，無論小姐、丫鬟都體貼入微。聽說迎春受夫家虐待時，寶玉十分難受，對王夫人說了一番將迎春接回家的話，被王夫人斥為「發了呆氣」，「別在這裡混說了」。寶玉對待下層女子的態度也被當時社會視為怪異。在搜檢大觀園時，寶玉見「入畫已去，今又見司棋亦走，不覺如喪魂魄一般」，他「一聞得王夫人進來清查，便料定晴雯也保不住了，早飛也似的趕了去」，聽到王夫人的決定，他「心下恨不能一死」。一有機會，便獨自迫不及待地去看望晴雯。後來又「一夜不曾安穩，睡夢中猶喚晴雯，或魘魔驚怖，種種不寧。次日便懶進飲食，身體作熱。此皆抄檢大觀園，逐司棋、別迎春、悲晴雯等羞辱、驚恐、悲淒之所致」。第三十五回寶玉自己燙了手，卻反去關心玉釧兒，遭到兩個婆子的嘲笑：「果然竟有些呆氣。他自己燙了手，倒問別人疼不疼，這可不是呆了嗎！」「大雨淋的水雞似的，他反告訴別人『下雨了，快避雨去罷。』且是連一點剛性也沒有，連那些毛丫頭的氣都受的。愛惜東西，連個線頭兒都好的，糟蹋起來，那怕值千值萬的都不管了。」

作者為賈寶玉設置了一個「鏡像」式人物——前半生的甄寶玉，其言行與賈寶玉同出一轍：甄寶玉不但見了女孩子就溫厚和平，聰敏文雅，而且每逢挨打吃疼不過時，還「姐姐」、「妹妹」亂叫以解疼。他說：「必得兩個女兒伴著我讀書，我方能認得字，心裡也明白，不然我自己心裡糊塗。又常對跟他的小廝們說：這『女兒』兩個字，極尊貴、極清淨的，比那阿彌陀佛，元始天尊的這兩個寶號還更尊榮無對的呢！你們這拙口臭舌，萬不可唐突了這兩個字，要緊。但凡要說

時，必須先用清水香茶漱了口才可。設若失錯，便要鑿牙穿腮等事。」

所以警幻仙子這樣評價賈寶玉：「如爾則天分中生成一段癡情，吾輩推之為『意淫』。……汝今獨得此二字，在閨閣中，固可為良友，可于世道中未免迂闊怪詭，百口嘲謗，萬目睚眥。」警幻仙子用心良苦，特地安排了「迷津」，以警醒寶玉，但寶玉「執迷不悟」。

2 對出身貧賤朋友的敬重

《紅樓夢》中年輕的富貴公子、顯赫的達官貴人甚多，但寶玉卻對秦鍾等出身貧賤的朋友情有獨鍾：

> 那寶玉一見秦鍾，心中便如有所失，癡了半日，自己心裡又起了個呆想，乃自思道：「天下竟有這等的人物！如今看了，我竟成了泥豬癩狗了！可恨我為什麼生在這侯門公府之家？要也生在寒儒薄宦的家裡，早得和他交接，也不枉生了一世。我雖比他尊貴，但綾錦紗羅，也不過填了我這糞窟泥溝：『富貴』二字，真真把人荼毒了！」（第七回）

元妃晉封時，寶玉為秦鍾患病而「悵悵不樂」，賈府上下皆大歡喜，「獨他一個皆視有若無，毫不介意，因此眾人都笑他越發呆了。」聽說柳湘蓮等人的不幸，他更是「閒愁胡恨，遭遇一重不了一重添，弄的情色若癡，語言常亂，似染怔忡之症」。為蔣玉函挨打，他還說「我便為這些人死了，也是情願的。」

3 對人們所推崇的時文、官場的厭惡和拒斥

寶玉平素深惡時文八股一道，「說這原非聖賢之制撰，焉能闡發聖賢之奧，不過是後人餌名釣祿之階」，他常常口出狂言：

> 我最厭這些道學話。更可笑的，是八股文章，拿他誆功名，混
> 飯吃，也罷了，還要說「代聖賢立言」！好些的，不過拿些經
> 書湊搭湊搭還罷了。更有一種可笑的，肚子裡原沒有什麼，東
> 拉西扯，弄的牛鬼蛇神，還自以為博奧。（第八十二回）

　　儘管賈政屢屢刻意讓寶玉和賈雨村等周旋，但寶玉「懶與士大夫
諸男人接談，又最厭峨冠禮服賀弔往還等事」。當聽到寶釵、湘雲等
說到仕途經濟時，寶玉便大覺逆耳，不是拿腳就走，就是下逐客令。
還說：「好好的一個清淨潔白的女子，也學的釣名沽譽，入了國賊祿
鬼之流！這總是前人無故生事，立意造言，原為引導後世的鬚眉濁
物。不想我生不幸，亦且瓊閨繡閣中亦染此風，真真有負天地鍾靈毓
秀之德了！」「獨有黛玉自幼兒不曾勸他去立身揚名，所以深敬黛
玉」。

　　賈寶玉本來欣賞「詆盡流俗」的甄寶玉，但見面後，聽其「一派
酸論」，「愈聽愈不耐煩」，便稱其為「祿蠹」，「又發呆話」：「他說了
半天，並沒個明心見性之談，不過說些什麼『文章經濟』，又說什麼
『為忠為孝』……只可惜他也生了這樣一個相貌，我想來有了他，我
竟要連我這個相貌都不要了。」（第一百十五回）並因此勾起舊病，
神魂失所。

　　此外，生於富貴人家的寶玉還表現出對「天然」的癡迷和獨有看
法，這主要表現於第十七回「大觀園試才題對額」中。在此回，平時
溫文有禮的寶玉不顧眾清客的情面，懼父如虎的他也不怕賈政的呵斥
責罵，不僅發揮自己的才情，更憑藉自己對大觀園的熱愛和體驗，為
各處景致擬題匾額和對聯。當眾人皆不識蘅蕪苑中的異草時，寶玉侃
侃而談：

> 這些之中也有藤蘿、薜荔，那香的是杜若、蘅蕪，那一種大約

是芷蘭，這一種大約是清葛，那一種是金鐙草，這一種是玉蕗藤，紅的自然是紫芸，綠的定是青芷，想來〈離騷〉、《文選》等書上所有的那些異草，也有叫作什麼藿蒳薑薈的，也有叫作什麼綸組紫絳的，還有石帆、水松、扶留等樣，又有叫什麼綠荑的，還有什麼丹椒、蘼蕪、風連。……

當賈政喜歡「稻香村」的「裡面紙窗木榻，富貴氣象一洗皆盡」，問寶玉「此處如何」時，眾人「都忙悄悄的推寶玉，教他說好，寶玉不聽人言，便應聲道『不及「有鳳來儀」多矣』」，更反駁賈政：「古人常云『天然』二字，不知何意？」：

> 眾人見寶玉牛心，都怪他癡呆不改。今見問「天然」二字，眾人忙道：「別的都明白，為何連『天然』不知？『天然』者，天之自然而有，非人力之所成也。」寶玉道：「卻又來！此處置一田莊，分明間的人力穿鑿扭捏而成。遠無鄰村，近不負郭，背山山無脈，臨水水無源，高無隱寺之塔，下無通市之橋，峭然孤出，似非大觀。爭似先處有自然之理，得自然之氣，雖種竹引泉，亦不傷於穿鑿。古人云『天然圖畫』四字，正畏非其地而強為地，非其山而強為山，雖百般精而不相宜……」未及說完，賈政氣的喝命：「又出去！」剛出去，又喝命：「回來！」命再題一聯：「若不通，一併打嘴！」

寶玉的「長篇大論」挑戰了父親的權威，賈政氣得呵斥連連、思維混亂，所以畸笏叟此處評點曰：「所謂奈何他不得也，呵呵！」

可見，寶玉的「癡狂瘋傻」表現於對年輕女性、對出身低微朋友的敬重，對人們紛紛追逐的名利的厭惡，以及為了維護自己的看法，不惜挑戰權威。其實，在曹雪芹時代，這顯現的是一份難得的清醒。

二　借「狂」寫「醒」：傳統文學主題

借描寫「狂人」的瘋狂言行去揭示其深層所隱含的清醒和睿智，是中國，也是世界性傳統文學主題。

在希臘神話中，就已經出現了亦狂亦醒、意味深長的修辭符號「卡桑德拉」。阿波羅神廟的女祭司卡桑德拉拒絕了阿波羅的求愛，因此受到懲罰：她有準確預言的能力，但是又沒有人會相信她。所以當卡桑德拉披頭散髮地發出毀滅即將來臨的警告時，人們都把她當作瘋子來羞辱和嘲笑。古希臘人通過卡桑德拉的境遇，把步入文明時代的人的痛苦和恐懼表現得淋漓盡致：原始社會那淳樸而天真的一切無可奈何地逝去，對於原始習俗的「理想化」和留戀，人類在社會劇烈變革過程中所付出的犧牲、經歷的磨難，步入文明時所面臨的種種規範，都給人類帶來了心理和行為上的巨大壓力，匯合成人們在命運腳下的顫慄。文明不但誕生於血與火，而且它必然帶來人的異化，正是這種異化，造成「狂」與「醒」的概念扭曲，也使得「狂」成為文學史上審美張力極大的主題符號：莎士比亞悲劇《李爾王》中的李爾，在明白事情真相時陷入瘋狂，這時他才認識到世界真實的一面。而莎劇中那些瘋瘋癲癲的弄人，更是出語「警策」，道出事情的真諦。

巴赫金曾經對文學作品中的「瘋狂」主題做出精闢分析，他說：

> 瘋癲這一主題，對一切怪誕風格來說，都是很典型的，因為它可以使人用另外的眼光，用沒有被「正常的」，即眾所公認的觀念和評價所遮蔽的眼光來看世界。但是，在民間怪誕風格中，瘋癲是對官方智慧、對官方「真理」片面嚴肅性的歡快的戲仿。這是節慶的瘋癲。[1]

1　巴赫金：〈弗朗索瓦・拉伯雷的創作與中世紀和文藝復興時期的民間文化〉，錢中文

　　借「狂」寫「醒」，作為中國傳統文學主題，它反映了中國幾個特殊歷史時期的文化現象。

　　在「君權至上」專政體制下，中國古代出現了一些佯狂之人。商代時，就有箕子因諫紂不聽，而披髮佯狂，去做奴隸。春秋時有楚狂人接輿披髮佯狂後，又自髡，見到大哲人孔子，他還瘋瘋癲癲地唱歌嘲笑他：「鳳兮鳳兮，何德之衰，往者不可諫，來者猶可追，已而已而，今之從政者殆而。」他認為孔子在這種道無德衰之世，還迷戀從政為官，實在太糊塗。

　　漢代以後，對於個人欲望的約束、節制進一步得到強調，德也被理解為自我約束的一種能力，成為漢王朝這個大一統群體為保障自身存在而向下屬提出的要求。為了有效推行這種要求，統治者人為製造等級差別，給得到功名爵祿的人以榮寵聲色方面合法滿足的特權，從而把個人欲望實現導向做官的道路。這樣一來，修身、自治以修德，就與升官的標準相聯繫，而具有極強的制約力和誘惑力。通過一定自我約束以得到官位，從而合法享受榮華富貴，成為眾多的人生存奮鬥的途徑。但漢魏之間的社會動亂，擊碎了這種在群體保障中得到個人欲望滿足的安排，個體生命得到重視，衡量個體地位也有了新的標準，如王弼在《周易》〈頤卦注〉中說：「夫安身莫若不競，修己莫若自保，守道則福至，求祿則辱來。」當時很多名士以自守退讓、明哲保身的態度避開禍亂，有的甚至立志不仕，對社會及其規範採取公開不合作態度，形成一個隱逸於社會之外、身心自由狂放的游離性群體。他們衝決「禮」的束縛，「違時絕俗」、狂傲狷放成為當時士人的形象特點，又成為魏晉風度的典型標誌。劉義慶《世說新語》有相當多的篇幅專門記述這些人的狂態。如阮籍是當時有名的狂士，他常率

主編，夏忠憲譯：《巴赫金全集》（石家莊市：河北教育出版社，1998年），卷6，頁46。

意獨駕，不由徑路，車跡所窮，輒慟哭而反。《世說新語》〈棲逸〉記阮籍鄰居的女兒未嫁而卒。籍與無親，生不相識，卻因其有才色，而往哭盡哀而去。

葛洪《抱朴子》「疾謬」、「刺驕」對這些狂士的狂放言行做了細緻描述，各舉一例：

> 蓬髮亂鬢，橫挾不帶。或褻衣以接人，或裸袒而箕踞。……其相見也，不復敘離闊，問安否，賓則入門而呼奴，主則望客而喚狗。其或不爾，不成親至，而棄之不與為黨。及好會，則狐蹲牛飲，爭食競割，挃撥淼摺，無復廉恥。
>
> 或亂項科頭，或裸袒蹲夷，或濯腳於稠眾，或溲便於人前，或停客而獨食，或行酒而止所親。

「狂」作為對於傳統禮俗特有的抗拒和衝決行為，一直在後世延續。

在中國發展出的禪宗，以「頓悟」作為成佛了道的捷徑，出現了狂禪之風，禪宗人士信奉僧家自然是眾生本性，追求解脫無礙。這種風氣發展到極端，便是以瘋癲的語言呵佛罵祖，顛覆以往的話語權威，表現個人對佛理、人生的「參悟」：

> 道流佛法無用功處，只是平常無事，屙屎送尿，著衣吃飯，困來即眠。——《古尊宿語錄》卷四

> 這裡無佛無祖，達摩是老臊胡，釋迦老子是幹屎橛，文殊、普賢是擔屎漢，等覺妙覺是破執凡夫，菩提涅槃是系驢橛，十二分教是鬼神簿、拭瘡疣紙，四果三賢，初心十地是古塚鬼，自救不了。——《五燈會元》卷七

　　一些禪宗人士更以放蕩癲狂的行為，如手拿豬頭，口誦淨戒，趁出淫房，未還酒債等等，顯示對傳統觀念的背叛。

　　狂禪之風也曾受到激烈的批評，如柳宗元指責這些狂禪者是流蕩舛誤，迭相師用，妄取空語，顛倒真實。不過，禪宗仍然受到渴求掙脫束縛的士大夫的歡迎，明代禪宗與心學結合，禪悅之風大盛，以至有的人竟以古代「越禮任誕之事」為榜樣，仿而行之，他們或紫衣挾妓，或徒跣行乞，遨遊於通邑大都。雖然這種風氣一度受到嚴重打擊，但清代以後，它仍然成為一些士大夫的重要精神補充。

　　在這裡，世人所認同的「癲狂」和「覺悟」從根本上被置換，「覺悟」的合理性也被完全消解：所謂癲狂的人，其實對一切看得很清楚，因而是覺悟的；而那些沉迷在俗世纏繞中，自以為清醒的人，實際上卻糊塗。這正如古代一個故事所說：過去有個國家，除了國王以外，所有的人都因為喝了狂泉而發狂，可是他們都覺得自己很正常，反而把國王當成瘋子，國王最終在眾人的強迫下，也喝了狂泉的水，於是大家認為國王的狂病治好了，非常高興。文學中的「狂」主題就是這樣充滿了哲理。

　　通過描寫「醉狂」表現「本真之我」，也是中國文學的傳統現象。

　　上古飲食被當作宗教禮儀行為的一部分，《禮記》〈禮運〉甚至認為禮起於飲食：「夫禮之初，起諸飲食，其燔黍捭豚，汙尊而抔飲，蕢桴而土鼓，猶若可以致其敬於鬼神。」

　　隨著生產力的發展，人們改變了以往隨地坐下、用手抓食的原始飲食習慣，而使用食器、酒具，中國上古的飲食器具十分齊備，正說明了中國古代飲食文化和飲食禮儀的發達。

　　飲宴這種聚會形式，往往使人們開懷痛飲；酒這種烈性飲料，又使得飲者精神高度亢奮，於是愈加狂飲；而飲酒造成的熱烈狂歡的氛圍，也常常會使得「酒不醉人人自醉」，人們在這種場合，會拋卻禮

儀，失去溫文有禮的常態，陷入醉狂，肆無忌憚地顯露出自我本真的
一面。

　　以「醉狂」為主題的中國古代文學作品，對醉狂的態度有欣賞，
也有貶抑。在《詩經》中，我們已經可以看到對於飲宴狂歡場面的描
述，特別是賓客醉酒以後：

　　　　賓既醉止，載號載呶。
　　　　亂我籩豆。屢舞傞傞。
　　　　是曰既醉，不知其郵。——《詩經》〈賓之初筵〉

　　由於醉飲狂歡場面具有極強的吸引力，人們在行招魂之禮時，也
用這種場面來引發魂靈對人世的懷念：

　　　　竽瑟狂會，搷鳴鼓些。
　　　　宮庭震驚，發激楚些。
　　　　吳歈蔡謳，奏大呂些。
　　　　士女雜坐，亂而不分些。——〈招魂〉

　　宴飲中，一旦喝醉了，那些豔若桃花的美女，都跳起了輕浮活潑
的鄭舞。各種樂器競相吹奏，聲音大作，鼓急促地敲著，激昂、急促
的樂曲響成一片。大家乘著酒興，「先生」、「小姐」們混坐在一起，
也不管什麼禮節不禮節，把帽子、衣帶全解開，往旁邊一扔。人們歡
飲嬉戲，日以繼夜，酒彷彿激發了大家的靈感，全部都吟起詩來，你
唱我酬，興奮異常。

　　《史記》〈滑稽列傳〉記載了春秋時齊國淳于髡描述的宴飲狂放
場面：

男女雜坐，行酒稽留，六博投壺，相引為曹，握手無罰，目眙
不禁，前有墮珥，後有遺簪……日暮酒闌，合尊促坐，男女同
席，履舄交錯，杯盤狼藉，堂上燭滅，……羅襦襟解，微聞
香澤。

　　以上還只是對狂放無羈的醉態作外觀的描繪。魏晉六朝時期，酒
深層次進入名士的精神和生活，他們往往酒後拋卻世俗約束，吐露自
己的「真言」。當時的飲酒歌基調或豪壯慷慨，或低迴感傷，如政治
家兼軍事家曹操，他終生忙於社會政治活動，被世人稱為「奸雄」，
但酒後也會發出自己悲涼的感慨：

對酒當歌，人生幾何？
譬如朝露，去日苦多。
慨當以慷，憂思難忘。
何以解憂，唯有杜康。──〈短歌行〉

　　更有一些名士改變了以往把酒作為生活重要調劑的做法，視酒為
人生的全部寄託，把人生價值和歡樂置於杯酒之中，如《世說新語》
〈任誕〉載名士畢卓述說自己的心願：

一手持蟹螯，一手持酒杯，
拍浮酒池中，促足了一生。

　　而張翰則明明白白地告訴別人，身後名不如即時一杯酒。
　　醉狂成為名士狂放不羈、傲物任性精神的外化，《世說新語》有
很多篇目描寫醉狂：

阮公鄰家婦有美色，當壚酤酒，阮與王安豐常從婦飲酒，阮醉，便眠其婦側。夫始殊疑之，伺察終無他意。

（阮籍）嗜酒能嘯，善彈琴。當其得意，忽忘形骸，時人多謂之癡。

諸阮皆能飲酒，仲容（咸）至宗人間共集，不復用常杯斟酌，以大甕盛酒。圍坐，相向大酌。時有群豬來飲，直接上去便共飲之。——《世說新語》〈任誕〉

阮籍嗜酒荒放，露頭散髮，裸袒箕踞。其後貴族子弟……皆祖述於籍，謂得大道之本。故去巾幘，脫衣服，露醜惡，同禽獸。甚者名之為通，次者名之為達也。——《世說新語》〈德行〉

《世說新語》〈任誕〉載劉伶常常「縱酒放達，或脫衣裸形在屋中。人見譏之，伶曰：『我以天地為棟宇，屋室為褌衣，諸君何為入我褌中？』」劉孝標注《世說新語》則說劉伶「隨意放蕩，以宇宙為狹，常乘鹿車，攜一壺酒，使人荷鍤隨之，云：『死便掘地埋。土木形骸，遨遊一世。』」

當時的文人，常以酒為題吟詩作文，如孔融曾寫〈與曹操論酒禁書〉，王粲有〈酒賦〉，劉伶更在〈酒德頌〉中描繪了「大人先生」的醉態：「行無轍跡，居無室廬，幕天席地，縱意所如。止則操卮執觚，動則挈榼提壺，唯酒是務，焉知其餘，……先生於是方捧罌承糟，銜杯漱醪，奮髯箕踞，枕麴藉糟，無思無慮，其樂陶陶。兀然而醉，豁然而醒，靜聽不聞雷霆之聲，熟視不見太山之形，不覺寒暑之切肌，利欲之感情。俯觀萬物，擾擾焉，如江漢之載浮萍。」

陶淵明曾作〈飲酒〉詩二十首，在醉狂中尋覓人生「深味」：「不覺知有我，安知物我貴。悠悠迷所留，酒中有深味。」

後世的詩人李白、辛棄疾等也寫下了很多醉狂佳作。

在中國，因為酒可以成為人際關係的潤滑劑，醉狂之後的失態往往可以得到諒解。因而一些人在醉狂之中可以言平時所不敢言，為平時所不能為，顯露真我。據魏泰《東軒筆記》述，客人張績在一次宴會上乘醉拉扯主人的家妓，主人王韶不但不加責備，反而以令客失歡的罪名罰家妓喝酒。醉狂的人在此獲得了特權。

難怪陶淵明在〈飲酒〉其二十中宣稱：「但恨多謬誤，君當恕醉人。」醉狂引起的失態、失禮就這樣得到了世人的寬容，而那些酒後吐露真言和隨心所欲行事的人也在「醉狂」中顯露出本真不羈的自我。

三　「狂」與「醒」主題的文化解析

在人類早期社會，原始初民認為自己與圖騰是一體的，其間存在著一種神秘的互滲關係，因而，初民在入迷地舉行圖騰崇拜儀式、狂熱地跳著圖騰舞蹈的時候，「是要通過神經興奮和動作的忘形失神（在較發達的社會中或多或少也有類似的情形）來復活並維持這樣一種與實質的聯繫，在這種聯繫中匯合了實在的個體、在個體中體現出的祖先、作為該個體的圖騰的植物或動物種。」[2]原始初民正是在這種迷狂、熱烈的儀式中，感到自己在部族中的地位、體會到自身生命的實質。

原始社會的巫師也多由那些有生理缺陷和性格瘋癲的人擔任，巫師通神時更必須進入瘋狂狀態。人類學家馬林諾夫斯基在《文化論》中把巫師性格作為巫術四大要素之一，他說：

> 巫術的超自然性在這裡表現於法師的反常性格。殘廢、半癲、
> 駝背、白癡、雙生、神經衰弱、同性戀、性欲反常等人物，常

2　列維—布留爾撰，丁由譯：《原始思維》（北京市：商務印書館，1987年），頁85。

是因為他們性格的不健全而獲得法師的資格。巫術亦常是婦女的特權，尤其是那些特殊狀態中的婦女，如醜婆、處女、孕婦等，所舉行的巫術效力更大。[3]

另據秋浦《鄂倫春社會的發展》所述，在鄂倫春族，「突然得瘋癲病，咬牙切齒，亂蹦亂鬧，也是要成為薩滿的一種徵兆。」[4]

即使是那些精神正常的巫師，在與神交通時，也得陷入迷醉和瘋狂，以獲得與神溝通的方便。林惠祥在《文化人類學》中這樣描述神巫通神的情形：

> 在幾分鐘後，他的全身便漸顫動，面皮稍稍扭動，手足漸起痙攣，這種狀況漸加劇烈，直至全身搐搦戰慄，猶如病人發熱一樣。有時或兼發呻吟嗚咽之聲，血管漲大，血液的循環急激。此時這神巫已經被神附體。以後的言語和動作都不是他自己的，而是神所發的了。神巫口中時時發出尖銳的叫聲。

當應答大眾問話的時候，神巫的眼珠前突，旋轉不定，他的聲音很不自然。臉色死白，唇色青黑，呼吸迫促，全身的狀態像個瘋癲的人。其後汗流滿身，眼淚奪眶而出，興奮的狀態乃漸減。最後神巫叫聲「我去了」，同時突然倒地。或用棒捧擊地面。神巫興奮的狀態過了些時方才完全消失。[5]

這些神巫讓人信服的「預見」和「道理」，正來自他們的癲姿癡態、狂言瘋語。

3　B・馬林諾夫斯基撰，費孝通等譯：《文化論》（北京市：中國民間文藝出版社，1987年），頁72-73。

4　秋浦：《鄂倫春社會的發展》（上海市：上海人民出版社，1980年），頁170。

5　林惠祥：《文化人類學》（北京市：商務印書館，1934年），頁328。

　　此外，在《山海經》中，一些神異的動物也有類似於瘋狂的特徵，如〈大荒西經〉：「有五采之鳥，有冠，名曰狂鳥。」郭璞注曰：「《爾雅》云：『狂，夢鳥。』即此也。」袁珂按：「狂，《玉篇》作鵟，疑即鳳凰之屬：所謂狂者凰也，夢者鳳也。」[6]在此，「鳳凰」與「夢狂」語音相通，語義也因此相通。「狂」，在上古時代也就具有不一般的神異意義。

　　總之，上古時代那些性格瘋癲、行為狂亂的人，獲得了與神交通的特權，具有和神交通的特異功能以及超現實的特殊力量，人的異常和法力的超自然在此形成同構關係。只是隨著社會的發展，人們開始用理性的眼光、文明的標準去打量這些人在生理和性格、行為方面的「不正常」，結果不僅是這些人的預言在人們心中失去效應，他們自身也成為理性否定和嘲笑的對象，成為非正常的「狂人」。

　　對於「非理性」的「狂」的審視，在歷史上由來已久，人們從各個不同角度對「狂」的精神現象作出闡釋。

　　在中國，《紅樓夢》第二回中曹雪芹借賈雨村之口，運用中國傳統的「氣」和「正」、「邪」的理論，對寶黛等人「癡狂」的來源作了探討，他認為天地生人，大仁者乃秉天地之正氣而生，大惡者乃秉天地之邪氣而生，太平無為之世，清明靈秀之氣充斥朝野，所餘之秀氣，飄蕩之中，遇到一絲半縷誤而泄出的殘忍乖僻之邪氣，兩不相下，必至搏擊掀發後始盡，其氣必賦人，發洩一盡而散。男女偶秉此氣而生的，既不能成仁人君子，也不能成大凶大惡，其聰俊靈秀之氣，在萬萬人之上，乖僻邪謬不近人情之態，又在萬萬人之下，他們或為情癡情種，或為逸士高人，或為奇優名倡。按賈雨村的解說，「癡狂」是天地間正邪之氣相爭的結果。

　　在西方，西元前四世紀前後，哲學家柏拉圖對迷狂的闡釋非常著

6　參見袁珂：《山海經全譯》（貴陽市：貴州人民出版社，1990年），頁302注10。

名，他認為人類許多最重要的福利都是從迷狂而來，他把迷狂分為以下四種：

第一種是那些女預言家和女巫、女仙們，在迷狂中為人們預言、指路，為人們帶來福澤，因而古代制定名字的人把「預知未來那個最體面的技術」稱為「迷狂術」。

第二種是人們通過迷狂的儀式，為一些家族禳除天譴的災禍疾疫，使其永脫各種苦孽。

第三種迷狂，是由詩神憑附而來，它成為創作靈感來臨時的特殊心態，柏拉圖認為詩人在迷狂中創作的詩比神智清醒的詩要好得多，他在〈伊安篇〉中借蘇格拉底的口說：

> 科里班特巫師們在舞蹈時，心理都受一種迷狂支配，抒情詩人的心靈也正是如此。他們一旦受到音樂和韻節力量的支配，就感到酒神的狂歡，由於這種靈感的影響，他們正如酒神的女信徒們受酒神憑附，可以從河水中汲取乳蜜，這是她們在神智清醒時所不能做的事。抒情詩人的心靈也正像這樣，……因為詩人是一種輕飄的長著羽翼的神明的東西，不得到靈感，不失去平常理智而陷入迷狂，就沒有能力創造，就不能做詩或代神說話。[7]

第四種迷狂，來自人對上界的回憶。柏拉圖認為不朽的靈魂是完善的、羽毛豐滿的，它飛行上界，主宰全宇宙，如果失去了羽翼，它就會下落，一直到附上塵世的肉體，成為靈魂和肉體的混合物。雖然這些「可朽的動物」從上界跌落到人間，但是其中一些人可以借助反

7　柏拉圖：〈伊安篇〉，見朱光潛譯：《文藝對話集》（北京市：人民文學出版社，1980年），頁8。

省，回憶到靈魂隨神周遊時，望見永恆本體境界中的一切，這樣的人如哲學家，漠視凡人所重視的東西，聚精會神觀照神明的事物，就會被眾人看成瘋狂，柏拉圖借蘇格拉底之口說：

> 有這種迷狂的人見到塵世的美，就回憶起上界裡真正的美，因
> 而恢復羽翼，而且新生羽翼，急於高飛遠舉，可是心有餘而力
> 不足，像一個鳥兒一樣，昂首向高處凝望，把下界一切置之度
> 外，因此被人指為迷狂。現在我們可以得到關於這種迷狂的結
> 論了，就是在各種神靈憑附之中，這是最好的一種。[8]

柏拉圖的神秘主義理論，對於歐洲哲學有著深遠的影響。如新柏拉圖主義者認為世界本原是超越一切對立之上的太一，經驗和理性都無法認識它，只有人陷於狂亂癡迷時，才能認識真理。

福柯認為，瘋狂與理性的對立，構成社會的一種排斥原則。自中世紀中期以後，瘋人的言語被視為無效，不具備任何可信性和重要性，但另一方面，人們卻又把常人所不具備的奇特功能賦予瘋人的言語：能夠說出隱藏的真理；預示未來；能夠在幼稚中見到其他人的智慧所不能感受的東西。奇怪的是在歐洲的很多世紀裡，瘋人的言語不是充耳不聞就是被當作真理之言。它不是在說出的時候即遭排斥而落入虛空，就是人們在其中發現了素樸或狡黠的理性，比正常人的理性更為重要理性的理性。[9]

文藝復興時期的人文主義者在反對中世紀禁欲主義的同時，肯定人的情欲，著名的愛拉斯謨曾在〈瘋狂頌〉中讚美因不斷衝動的情欲

8　柏拉圖：〈斐德若篇〉，見朱光潛譯：《文藝對話集》（北京市：人民文學出版社，1980年），頁116-126。

9　米歇爾・福柯：〈話語的秩序〉，許寶強、袁偉選編，肖濤譯，袁偉校：《語言與翻譯的政治》（北京市：中央編譯出版社，2001年），頁3-4。

而產生的瘋狂，他認為瘋狂是人類的慈母大自然有遠見地在各處撒下的調味劑，因為，按照斯多葛派哲學家的說法，明智，那就是以理性為指導；瘋狂，那就是任憑情欲擺佈。朱庇特大神把理性埋沒在腦袋中的一個小角落裡，卻把身上其餘的部分都交給了不斷衝動的情欲。

十八世紀，歌德轟動歐洲的小說《維特》描寫了一個精神意識異于常人的形象。

歌德寫《維特》前已經有一個主題較長時間浮現在他心上：這位主人公天生有著最細膩的感覺，在某種程度上過著一種靈魂最深處的生活。後來歌德聽說年輕的耶路撒冷由於榮譽感遭受損害以及愛情不幸而自殺的消息，在突然的直覺中想出了小說的本事，於是寫出了《維特》，歌德說他要描寫一位天生有深刻純潔的感情和真正的明察秋毫的慧眼的少年，他沉湎在狂熱的夢幻之中，埋藏在冥想之下，一直到最後。在這時期中發生的各種不幸的激情，特別是一場沒有結果的戀愛，使他自盡，把一顆子彈射進自己的腦袋。瑞士文藝理論家沃爾夫岡・凱塞爾在《語言的藝術作品》中這樣評價《維特》：「我們必須把這部小說作為一部富有感覺的人的小說，而不是作為一部失戀的小說來看待。對於一位已經訂婚的女人的戀愛是一個連帶的動機，而不是一個中心的動機，更不是小說的動機。」[10]

《維特》之所以在歐洲引起巨大反響，並不是因為書中所寫的所謂「婚外戀」和失戀、自殺的情節，而是因為它把一個感覺極為敏銳豐富、對周圍一切的觀察過於細膩、有著狂熱的夢幻冥想、且又十分自尊的人置於全書中心位置，以前，這種人被視為反常的人，是「瘋子」，但是現在，究竟應該怎樣理解和對待維特這樣人的感覺、感情，包括他們被常人指責的怪癖行為、怪誕想法，再進一步說，這些怪人的所思所為是不是比我們這些常人更合理，更應該得到尊重，這

---

10 W・凱塞爾撰，陳銓譯：《語言的藝術作品》（上海市：上海譯文出版社，1984年），頁88。

些問題被歌德以「吶喊」的方式提出，在西方歷史上，對人的感覺、以及內心情感世界的重視，在這裡又上了一個新的臺階，它不僅預示著浪漫主義狂飆的來臨，而且預示著對人的感覺和內心的重視必將帶來豐碩的成果，這些成果突出表現在二十世紀的各門科學如哲學、精神分析學中。

進入近現代以後，非理性情態更成為人們關注的對象。如英國哲學家布拉德雷認為，直接經驗是認識一切事物的基礎和前提，它是認識主體的混沌、神秘的體驗，完全是非理性的東西，而科學和理性則無法把握實在。美國實用主義哲學家詹姆斯認為人的經驗指的是一切心理活動，包括夢境、昏迷、精神失常時的心理活動，它是只能領悟，不能用言語表述的。

精神病理學家、心理學家雅斯貝爾斯將人的精神和心理狀態引入本體論、認識論，認為人的精神病態、迷亂癲狂是人的認識的最佳狀態，存在本身就是非理性的，只有不相信自己的眼睛，失去健全理智、胡言亂語的時候，才揭開了存在的本質。

現代精神分析學，使人類對於「狂」的分析和理解登上一個新的高度。精神分析學是在對精神病的治療過程中逐漸產生和發展起來的，所以它具有極強的實踐性和可操作性，此外，精神分析的應用範圍也很廣：它不僅成為治療精神病的有效方法，更成為探索人類精神的手段。正是精神分析學，第一次使得人類的精神現象，包括病態的、非正常的以及潛在的精神現象，都成為社會關注的對象、科學研究的課題，因而它在二十世紀獲得了廣泛而深刻的世界性影響。

精神分析學以一整套理論，對「狂」做了深入細緻的研究。精神分析學認為，人格是由三部分構成：本我、自我和超我。其中，本我是人的各種本能衝動的總和，它奉行「快樂原則」，它的最初和唯一的目的是要達到一種絕對不受約束的本能欲望的滿足。由於社會總是以貌似文明的種種「應該」，來要求社會中的每一個人，不允許本我

無限制地追求滿足，本我不得不屈從社會規範，這樣一來，本我與現實之間就產生了衝突，為了調節這種衝突，本我的一部分分化出來，形成「自我」，它代表的是理性和良好的理智。自我在本我和現實之間竭力周旋，但是往往顧此失彼，由此形成的失衡往往會給人造成巨大精神壓力，甚至會導致精神失常。

人的全部精神活動由意識和無意識兩部分組成，意識像浮在水面的冰山，只占很小一部分，而無意識像水下的冰山，它的體積更大，起主要的決定作用，它不但是意識的來源，而且是真正的精神現實。無意識常常會顯現於人的行為層面。此外，抵抗、壓抑、轉移、昇華，是精神分析學的幾個重要概念。人的一些羞於言明的事遭到某種力量的頑強「抵抗」，被阻止在意識系統之外，強制停留於無意識系統，這就是「壓抑」，不過「抵抗」和「壓抑」並不能使各種本能、欲望消失，它們總是尋求著得到表現的機會，因為公開表現不可能，於是只能借助某種掩蓋的方式：或進入夢境，或表現為漫無邊際的幻想，或呈現出精神病患者的瘋狂狀態，或者在宗教、科學、文藝等活動中轉換為一種變相發洩。因此，根據精神分析學說，「狂態」是人的無意識與意識爭鬥、最終借「非正常形態」表現的結果，這種情況不同程度地存在於所有人身上，精神分析學家荷妮在《自我的掙扎》中說：

> 「應該」對一個人的人格與生活底效應，隨著對他們的反應或他們經歷的方式而有所不同，但是某些效應是不可避免而且是規則的，雖然其程度大小有異。「應該」總會產生一種緊張的感覺，一個人愈試圖在行為中去實現他的「應該」，則此種緊張程度愈大。……他也許會感到莫名的障礙、緊張或被困擾。或者，要是他的「應該」與他所受教化的期望一致，他也許會感到這種緊張是微乎其微的。然而「緊張」也可能強烈得促使

一個積極者的欲望從活動與義務中隱逝。[11]

　　當然，本書所描述的種種「狂態」，並非是道地的精神失常狀態，這些人的狂態，往往是個人的見解、價值觀念與整個社會發生衝突時，而轉向其他形式的表現。但在這些人的狂態下，我們同樣可以體味到當時社會施加在這些人身上的巨大壓力。

　　在中國，先秦時期，屈原的巫身分及其狂傲精神，楚文化的浪漫狂放因數，狷狂不羈的老莊精神，使得與文明規範相衝突的「狂」，獲得某種程度的認可甚至讚許，這就為後世精神受到嚴重壓抑的知識分子打開了一條審美方面的發洩通道，也為他們找到了一種以狂態對抗社會的獨特形式。中國知識分子，沒有像西方人那樣，尋求一條通往天國的精神救贖道路，也較少去尋找一條可以寄託終生的科學研究道路。古代社會提供給他們的，除了使人精神倍受折磨的仕途，以及通過文藝創作實現自我，就是以瘋言狂行、避世遠害的方式，表示對社會的不合作態度。因而在中國，狂意味著獨特的反抗和叛逆，文學中的「狂」主題，是這種現象的獨特反映，而源源不絕的「狂」主題也給崇尚溫柔敦厚的中國文學注入了尼采所說的酒神精神。

---

11 K・荷妮撰，李明濱譯：《自我的掙扎》（北京市：中國民間文藝出版社，1986年），
　　頁80-81。

第五章

愛與怨：主題的修辭詩學考察之四

雖然「愛」是永恆的文藝主題，但歷覽古今文學作品，很少有人能如曹雪芹把愛情寫得那麼驚心動魄。當我們細讀《紅樓夢》時，卻發現：

曹雪芹寫寶黛愛情，幾乎沒有寫寶黛二人花前月下甜言蜜語、卿卿我我，更不寫肌膚之親。即使在第十九回「意綿綿靜日玉生香」中，寶黛同床而臥，親密無間，已經與襲人有過雲雨情的寶玉與黛玉之間仍然一派純潔。所以脂硯齋評曰：「若是別部書中寫此時之寶玉，一進來便生不軌之心，突萌苟且之念，更有許多賊形鬼狀等醜態邪言矣」；與通常的愛情敘事相反，曹雪芹寫寶黛相愛，著墨多在二人的哭鬧爭吵，黛玉臨終的最後一句話，仍是對寶玉的不理解和怨恨。以怨寫愛，成為《紅樓夢》敘事的特殊修辭設置。

與中國傳統作品中的戀人「相見時難」相比，《紅樓夢》中寶黛愛情的發生語境又有著自身特色：

一、寶黛是一對有著報恩前緣、又有著真摯愛情的戀人。

二、他倆處於幾乎天天見面、沒有明顯外來壓力的情境之中。

這樣朝夕相處、耳鬢廝磨的戀人，其刻骨銘心的相愛方式卻是接連不斷、紛繁細碎的矛盾衝突，從而使「愛」的傾訴在《紅樓夢》中轉化為了「怨」的宣洩。

一　「還淚」預設：「愛」向「怨」的轉化

黛玉來到人間，本是為了報答灌溉之恩：

（神瑛侍者）常在西方靈河岸上行走，看見那靈河岸上三生石畔有棵「絳珠仙草」，十分嬌娜可愛，遂日以甘露灌溉，這「絳珠草」始得久延歲月。後來既受天地精華，複得甘露滋養，遂脫了草木之胎，幻化人形，僅僅修成女體，終日游於「離恨天」外，饑餐「秘情果」，渴飲「灌愁水」。只因尚未酬報灌溉之德，故甚至五內鬱結著一段纏綿不盡之意，常說「自己受了他雨露之惠，我並無此水可還，他若下世為人，我也同去走一遭，但把我一生所有的眼淚還他，也還得過了。」（第一回）

中國古有「滴水之恩當湧泉相報」之說，然而黛玉的報恩之舉卻是要把「一生所有的眼淚」還給恩人，這樣一來，原本虛空的人生，只能借「還淚」向有價值的人生轉換，生命在無奈之中走向他途。當「欠淚的，淚已盡」時，黛玉的生命也走到了盡頭。對於一無所有，「精著來、光著去」的生命個體，「還以一生的眼淚」實在是中國式生命痛感的體現。

流淚之舉的生理、心理特點暗中預設了所報之恩向「怨」的轉化，也為寶黛之間的正常情愛轉向不正常的表達做了鋪墊。儘管癩頭和尚曾經警告林家：黛玉的病「若要好時，除非從此以後總不許聽見哭聲，除父母之外，凡有外姓親友之人一概不見」，但是林黛玉還是宿命地在父母雙亡後留在了賈府，而且，寶黛的交往又總是伴隨著「流淚」：

有著恩愛前緣的寶黛第一次見面，寶玉就因黛玉無玉而摔玉，而

且「滿面淚痕」地為黛玉抱不平，結果引起黛玉當晚第一次為寶玉而「淌眼抹淚」，傷心不已。

第五回本為「遊幻境指迷十二釵，飲仙醪曲演紅樓夢」，但作者不忘在前面加上一段文字敘述寶黛之間的「愛」與「怨」：

> 便是寶玉和黛玉二人之親密友愛處，亦自較別個不同：日則同行同坐，夜則同息同止，真是言和意順，略無參商。
>
> （寶玉）如今因與黛玉同隨賈母一處坐臥，故略比別的姊妹熟慣些。既熟慣，則更覺親密；既親密，便不免一時有求全之毀，不虞之隙。這日，不知為何，他二人言語有些不合起來，黛玉又氣的獨在房中垂淚，寶玉又自悔言語冒撞，前去俯就，那黛玉方漸漸的回轉來。（第五回）

「這日，不知為何」，以及作者連用的兩個「又」字，暗示了兩人的衝突之多——多到難以找出衝突的原因。而「言語不和——黛玉哭泣——寶玉認錯俯就」，幾乎成為寶黛後日交往的主要行為模式：

十七回「大觀園試才題對額」後，黛玉誤以為寶玉將她做的荷包給了小廝而賭氣剪破做了一半的香囊，得知真相後又愧又氣，更聽了寶玉一句玩笑話「我連這荷包奉還」，「越發氣起來，聲咽氣堵，又汪汪的滾下淚來」，「賭氣上床，面向裡倒下拭淚」，「禁不住寶玉上來『妹妹』長『妹妹』短賠不是」。

第二十回，黛玉因見寶玉和寶釵同去賈母處而生氣，和寶玉鬥嘴後賭氣回房，恰好寶釵又把前來賠不是的寶玉拉走，於是黛玉「越發氣悶，只向窗前流淚」，「沒兩盞茶的功夫」，寶玉二度前來勸慰，「林黛玉見了，越發抽抽噎噎的哭個不住」。寶玉「打疊起千百樣的款語溫言來勸慰」。

第二十六回，寶玉聽到黛玉春困吟出的「每日家，情思睡昏

昏」，又看見她剛睡起的模樣，不覺心癢神蕩，斗膽說了一句：

　　　　若共你多情小姐同鴛帳，怎捨得你疊被鋪床。

結果黛玉放下臉來哭了。黛玉這次生氣因為晴雯晚間不開門而大大升級，在怡紅院外，她「不顧蒼苔露冷，花徑風寒，獨立牆角邊花陰之下，悲悲戚戚嗚咽起來」，夜間，「林黛玉倚著床欄杆，兩手抱著膝，眼睛含著淚，好似木雕泥塑的一般，直坐到二更天才睡」。第二天上午，儘管大觀園中因祭餞花神而熱鬧非常，但黛玉卻獨自在埋香塚哭訴〈葬花詞〉。

　　衝突最激烈的，是第二十九回，寶黛二人因「金玉良緣」而發生口角。寶玉「心裡乾噎，口裡說不出話來，便賭氣向頸上抓下通靈寶玉，咬牙狠命往地下一摔」，「臉都氣黃了，眼眉都變了」，黛玉哭得「臉紅頭漲，一行啼哭，一行氣湊，一行是淚，一行是汗，不勝怯弱」。在聽到賈母「不是冤家不聚頭」的抱怨之後，二人又「好似參禪的一般，都低頭細嚼這句的滋味，都不覺潸然淚下。雖不曾會面，然一個在瀟湘館臨風灑淚，一個在怡紅院對月長吁。卻不是人居兩地，情發一心！」後來寶玉前去賠罪，「只見林黛玉又在床上哭」，而寶玉說黛玉若死他去做和尚時，卻觸怒了黛玉，挨了她一番指責。「寶玉心裡原有無限的心事，又兼說錯了話，正自後悔，又見黛玉戳他一下子，要說又說不出來，自歎自泣：因此自己也有所感，不覺掉下淚來」。

　　正是在不斷的哭鬧流淚中，寶黛二人的愛情也在升級和成熟：寶玉由起初「見了姐姐忘了妹妹」，到後來生生死死都癡情於黛玉，以至於和寶釵成婚後毫無反顧地出家。以「怨」寫「愛」成為曹雪芹愛情敘述的修辭特色。

　　在《紅樓夢》中，以林黛玉「還淚」為代表，構成了一個整體

「哭泣」的世界，其他女子也終生嗚嗚咽咽，流盡眼淚。因而在《紅樓夢》中，有很多淒苦的語象，如離恨天、灌愁海以及癡情、結怨、朝啼、暮哭、春感、秋悲、薄命等司，以至整部書都被淚水所浸泡。

二　「愛」轉向「怨」：交流阻隔與信息不足

　　行為言語是人類情感的交流方式。在行為方面，賈寶玉可謂對黛玉關懷備至：「憑我心愛的，姑娘要，就拿去；我愛吃的，聽見姑娘也愛吃，連忙乾乾淨淨收著等姑娘吃。一桌子吃飯，一床上睡覺。丫頭們想不到的，我怕姑娘生氣，我替丫頭們想到了。」時時處處，寶玉都毫無顧忌地維護黛玉，即使是評詩，寶玉也希望黛玉能夠次次奪魁。

　　然而在言語交流方面，寶黛二人總是或因對話受阻、或因話語的有效長度不足而造成誤解，以至於釀成衝突，形成「愛」向「怨」的轉化。

（一）對話受阻造成衝突

　　《紅樓夢》中，黛玉與寶玉相處十多年，從兩小無猜到互相愛慕，兩人借對話敞開心扉的機會應該很多，然而，同其他小說中的愛情描寫相比，寶黛之間能夠順暢對話的機會卻很少。

　　不能用語言表達真心，而互相假意試探，冀希望於對方的了悟，是造成衝突的重要原因。第二十九回中作者對寶黛的複雜微妙心理有大段細膩分析：

　　　　原來那寶玉自幼生成有一種下流癡病，況從幼時和黛玉耳鬢廝
　　　　磨，心情相對；如今稍知些事，又看了那些邪書僻傳，凡遠親
　　　　近友之家所見的那些閨英闈秀，皆未有稍及黛玉者，所以早存

了一段心事，只不好說出來。故每每或喜或怒，變盡法子暗中試探。那林黛玉偏生也是個有些癡病的，也每用假情試探。因你也將真心真意瞞起來，只用假意，我也將真心真意瞞起來，只用假意，如此兩假相逢，終有一真，其間瑣瑣碎碎，難保不有口角之事。即如此刻，寶玉的心內想的是：「別人不知我的心，還有可恕，難道你就不想我的心裡眼裡只有你！你不能為我解煩惱，反來以這話奚落堵我，可見我心裡一時一刻白有你，你竟心裡沒我。」心裡這意思，只是口裡說不出來。那林黛玉心裡想著：「你心裡自然有我，雖有『金玉相對』之說，你豈是重這邪說不重我的？我便時常提這『金玉』，你只管了然自若無聞的，方見得是待我重，而毫無此心了。如何我只一提『金玉』的事，你就著急？可知你心裡時時有『金玉』，見我一提，你又怕我多心，故意著急，安心哄我。」看來兩個人原本是一個心，但都多生了枝葉，反弄成兩個心了。那寶玉心中又想著：「我不管怎麼樣都好，只要你隨意，我便立刻因你死了也情願。你知也罷，不知也罷，只由我的心，可見你方和我近，不和我遠。」那林黛玉心裡又想著：「你只管你，你好我自好，你何必為我而自失。殊不知你失我自失。可見是你不叫我近你，有意叫我遠你了。」如此看來，卻都是求近之心，反弄成疏遠之意。如此之話，皆他二人素習所存私心，也難備述。

作者曾描寫寶玉對黛玉的試探。如第二十三回，寶玉借《西廂記》對黛玉傳達愛的信息，結果卻被敏感的黛玉認為是「說混帳話」欺負她：

「我就是個『多愁多病的身』，你就是那『傾城傾國的貌』。」黛玉聽了，不覺兩腮連耳的通紅了，登時豎起兩道似蹙非蹙的

眉，瞪了一雙似睜非睜的眼，桃腮帶怒，薄面含嗔，指著寶玉道：「你這該死的，胡說了！好好兒的，把這些淫詞豔曲弄了來，說這些混帳話，欺負我。」說到「欺負」二字，就把眼圈兒紅了，轉身就走。

有時寶玉一心討好或者呵護黛玉，但溝通的信息錯位，反而弄巧成拙：

第六十四回黛玉祭奠父母，寶玉怕他過於傷心，趕去勸慰：「只是我想妹妹素日本來多病，凡事當各自寬解，不可過作無益之悲。若作踐壞了身子，將來使我……」，「覺得以下的話有些難說，連忙咽住」，明明是關切和擔心黛玉，卻招來了對方的哭泣：

> 只因他雖說和黛玉一處長大，情投意合，願同生死，卻只是心中領會，從來未曾當面說出。況兼黛玉心多，每每說話間，怕造次得罪了黛玉，致彼哭泣。今日原為的是來勸解黛玉，不想把話又說造次了，接不下去，心中一急；又怕黛玉惱他，又想一想自己的心實在的是為好，因而轉急為悲，早已滾下淚來。黛玉起先原惱寶玉說話不論輕重，如今見此光景，心有所感，本來素昔愛哭，此時亦不免無言對泣。

另二十二回鳳姐拿戲子比黛玉，大家心裡都知道，但不敢說，惟有湘雲接口說出。寶玉聽了，連忙瞅了一眼湘雲，這一眼所傳遞的語義信息，在湘雲和黛玉各自的接受中，產生了語義變異，惹來了黛玉對寶玉的氣惱：「你不比不笑，比人比了笑了還利害呢！」「你為什麼又和雲兒使眼色！這安的是什麼心？莫不是他和我頑，他就自輕自賤了？」，寶玉「細想自己原為他二人，怕生隙惱，方在中調和，不料並未調成功，反已落了兩處的貶謗」。

深深愛著對方，時時關心對方，卻又在日常對話中連連惹對方生氣，信息交流不通暢造成了寶黛之間的尷尬局面。

（二）欲言而難言及話語有效長度不足促成悲劇

話語交流，尤其是在複雜狀況之下的交流，話語的長度十分重要：雙方交流的信息量必須足夠達到雙方互相理解、不致誤會的地步。[1]

但欲言又止、難以言說的微妙場景常常發生在寶黛之間：

> 黛玉還有話說，又不能出口，出了一回神，便說道：「你去罷。」
> 寶玉也覺心裡有許多話，只是口裡不知要說什麼，想了一想，也笑道：「明兒再說罷。」一面下臺階，低頭正欲邁步，復又忙回身問道：「如今夜越發長了，你一夜咳嗽幾次？醒幾遍？」（第五十二回）

> （寶玉）又覺得出言冒失了，又怕寒了黛玉的心。坐了一坐，心裡像有許多話，卻再無可講的。黛玉因方才的話也是衝口而出。此時回想，覺得太冷淡些，也就無話。寶玉一發打量黛玉設疑，遂訕訕的站起來說道：「妹妹坐著罷，我還要到三妹妹那裡瞧瞧去呢。」……黛玉送至屋門口，自己回來，悶悶的坐著，心裡想道：「寶玉近來說話，半吞半吐，忽冷忽熱，也不知他是什麼意思。」

---

1 關於話語信息量的有效長度問題，可以關注本書附錄三〈表達與接收：關鍵信息和規範程式〉中的相關論述。

原來黛玉立定主意，自此以後，有意糟蹋身子，茶飯無心，每日漸減下來。寶玉下學時，也常抽空問候。只是黛玉雖有萬千言語，自知年紀已大，又不似小時可以柔情挑逗，所以滿腔心事，只是說不出來。寶玉欲將實言安慰，又恐黛玉生嗔，反添病症。兩個人見了面，只得用浮言勸慰，真真是「親極反疏」了。（第八十九回）

彼此深愛著的寶黛之間，偶爾也有動情的對話，但按設想本應敞開心扉的訴說，出口卻成了「三言兩語」。這對戀人對話的有效長度，遠遠不能和西方小說的類似描寫相比。難以達到應有效果。

第二十回中，面對賭氣回房的黛玉，寶玉不僅「打疊起千百樣的款語溫言來勸慰」，且解釋道：「頭一件，咱們是姑舅姊妹，寶姐姐是兩姨姊妹，論親戚，他比你疏。第二件，你先來，咱們兩個一桌吃，一床睡，長的這麼大了，他是才來的，豈有個為他疏你的？」

這番話打動了黛玉，引出寶黛互相吐露心聲：

我為的是我的心。

我也為的是我的心。你難道就知道你的心，不知道我的心不成？

脂硯齋在此評點說：「此二語，不但觀者不解，料作者亦未必解；不但作者未必解，想石頭亦不解；不過寶、林二人之語耳。石頭既未必解，寶、林此刻更自己亦不解，皆隨口說出耳。」這兩句話，雖是寶黛之間難得的內心交流，但畢竟信息量太少，以至於雙方沒有通過此次難得的機會達到彼此絕對信任的地步。照說還可以有進一步傾訴的可能，但關鍵時刻，話題卻又被黛玉拉遠到衣服穿著上：「你只怨人行動嗔怪了你，你再不知道你自己惱人難受。就拿今日天氣

比，分明今兒冷的這樣，你怎麼到反把個青胘披風脫了呢？」事不
湊巧，在「情完未完」（脂硯齋語）之時，湘雲的到來打斷了二人的
對話。

第三十二回黛玉聽到寶玉在背後把自己引為難得的知己，「不覺
又喜又驚，又悲又歎」，想到自己的處境，不僅滾下淚來，被隨後走
來的寶玉看到，「禁不住抬起手來替她拭淚」，後又傾訴肺腑之言：

> 寶玉瞅了半天，方說道「你放心」三個字。
> 林黛玉聽了，怔了半天，方說道：「我有什麼不放心的？我不
> 明白這話，你到說說怎麼放心不放心？」
> 寶玉歎了一口氣，問道：「你果不明白這話？難道我素日在你
> 身上的心都用錯了？連你的意思若體貼不著，就難怪你天天為
> 我生氣了。」
> 好妹妹，你別哄我。果然不明白這話，不但我素日之意白用
> 了，且連你素日待我之意也都辜負了。你皆因總是不放心的原
> 故，才弄了一身病。但凡寬慰些，這病也不得一日重似一日。

黛玉雖再次聲稱：「果然我不明白放心不放心的話」，但終於被真
正打動：

> 如轟雷掣電，細細思之，竟比自己肺腑中掏出來的還覺懇切，
> 竟有萬句言語，滿心要說，只是半個字也不能吐，卻怔怔的望
> 著他。此時寶玉心中也有萬句言詞，不知從哪一句說起，卻也
> 怔怔的瞅著黛玉。

這是一次非常難得的交流機會，但卻非常短促，且黛玉沒有聽寶玉

「我說一句話再走」的勸告，而是「頭也不回竟去了」，沒有聽到寶玉後面更為關鍵的話：

> 我的這心事，從來也不敢說，今日我大膽說出來，死也甘心！
> 我為你也弄了一身的病在這裡，又不敢告訴人，只好捱著。
> 只等你的病好了，只怕我的病才得好呢。──睡裡夢裡也忘不
> 了你！

可惜，這是一段只有訴說，沒有傾聽的零交際。如果黛玉聽到這樣的話，建立起對寶玉的足夠信心，她去世時或許不會那樣悲哀。對於黛玉來說，比死更讓她傷心的是寶玉的「背叛」。可是，她哪裡知道寶玉的愛情呼喚呢？

　　直到最後一次見面，寶黛二人尤其是黛玉應該有很多急於要說的話，在都迷失「本性」的情況下，兩人很可能說出平時不能、也不敢說出的話，但這最後一次見面，「兩個人也不問好，也不說話」，除了迷迷癡癡地傻笑外，只說了短短的一句：

> 寶玉，你為什麼病了？
> 我為林姑娘病了！

這已經是他們兩人迷失本性之後最直露的信息交流了，這樣的交流顯然大大違背了當時的禮俗，因此「襲人紫鵑兩個嚇得面目改色，連忙用言語來岔。」黛玉臨終前唯一可以和寶玉交流心曲的機會就這樣被截斷了。

　　就寶黛二人相處的時間之長和關係密切程度而言，他們除了「雨過天晴」後的交流，較長而順暢的對話不多見。第十九回「情切切靜日玉生香」中，寶黛在安靜甜美的氣氛中說笑，但並非直接談情說

愛;而三十二回「訴肺腑」及三十三回「因情感妹妹」之後,寶黛關
係進入和諧發展的階段,但是仍然難有口無遮攔的愛情訴說。寶玉挨
打後讓晴雯送絹子給黛玉,是一次成功但卻是間接的交流:

> 這黛玉體貼出絹子的意思來,不覺神癡心醉,想到寶玉能領會
> 我這一番苦意,又令我可喜。我這番苦意,不知將來可能如意
> 不能,又令我可悲。要不是這個意思,忽然好好的送兩塊帕子
> 來,竟又令我可笑了。再想到私相傳遞,又覺可懼。他既如
> 此,我卻每每煩惱傷心,反覺可愧。如此左思右想,一時五內
> 沸然,由不得餘意纏綿,便命掌燈,也想不起嫌疑避諱等事,
> 研墨蘸筆,便向那兩塊舊帕上寫道……(第三十四回)

兩塊帕子記錄了黛玉的愛情期待,又見證了她對寶玉的憤恨離世。當
黛玉的愛情期待被擊碎之後,在「焚稿斷癡情」的與世決絕的舉動
中,黛玉的生命悲劇被推向高潮。

三　「愛與怨」主題的文化解析

　　熱烈、浪漫、誠摯,應該是情愛表述的基本風格。而中國文學史
上存在的為數不少的怨婦詩,卻濃墨重彩地寫「愛」中之「怨」;歷
代情歌,也往往把不能見面的戀人之間的情感想像、猜疑、埋怨表現
得纏綿悱惻。中國古典文學特有的感傷風格,有一部分就起於由
「愛」生成的「哀怨」。

　　情愛與哀怨之間之所以會發生如此不合邏輯的轉換,主要因為古
代戀人的示愛發生於特殊的中國古代傳統文化語境中。

（一）在中國實行了數千年的「禮」教傳統，阻塞了直接示愛的話語通道

　　若無特殊情況，古代青年男女直接單獨接觸機會極少。另一方面，「非禮勿視，非禮勿聽，非禮勿言，非禮勿動」成為人們的行事準則，青年男女一旦言行涉及情愛，便被視為淫亂。所以即便是寶黛二人言行中規中矩，將兒孫尤其是已婚兒孫淫亂視為正常的賈母還說：「如今大了，懂的人事，就該要分別些，才是做女孩兒的本分，我才心裡疼他。若是他心裡有別的想頭，成了什麼人了呢！」又說：「咱們這種人家，別的事自然沒有的，這心病也是斷斷有不得的。林丫頭若不是這個病呢，我憑著花多少錢都使得；若是這個病，不但治不好，我也沒心腸了。」

　　當然，上述狀況有時反而造成情愛的「逆反」表達：青年男女一旦有接觸機會，往往「一見鍾情」，從言語到行為，情愛表述即刻升溫。這種情愛敘事在當時流傳極廣，以至於大觀園裡不僅寶黛私下傳看《西廂記》、《牡丹亭》，寶釵也十分熟悉這些文本。此外，來賈府說書的「女先兒」和唱戲的女孩子表演的皆是同類內容，以至於「史太君破陳腐舊套」，不僅從家庭文化而且從創作根源上把這些情愛敘事狠狠批了一通：「開口都是書香門第，父親不是尚書就是宰相，生一個小姐必是愛如珍寶。這小姐必是通文知禮，無所不曉，竟是個絕代佳人。只一見了一個清俊男人，不管是親是友，便想起終身大事來，父母也忘了，書禮也忘了，鬼不成鬼，賊不成賊，那一點兒是佳人？便是滿腹文章，做出這些事來，也算不得是佳人了。……再者，既說是世宦書香人家，小姐都知禮讀書，連夫人都知書識禮，便是告老還家，自然這樣大家人口不少……你們自想想，那些人都是管什麼的？」「編這樣書的，有一等妒人家富貴，或有求不遂心，所以編出來污穢人家。再一等，他自己看了這些書看魔了，他也想一個家人，所以編了出來取樂」。

　　情愛的正常表達遭到抵觸，缺少通暢的對話成為重要交際障礙，於是戀人之間的猜疑、埋怨便往往佔據情愛表述的空間。古代有相當一部分「怨婦」詩成為文學史上的獨特政治文化載體，這也從一個側面說明了由「愛」轉為「怨」的訴說在文學史上的代表性。

（二）傳統語言觀使得體味言外之意成為審美訴求

　　在中國，傳說中伏羲已經製作八卦去描述千變萬化的外物，《周易》則對卦象做出具體闡釋。隨著理性的崛起，春秋到戰國時期對於「言」的使用和重視達到新的高度，一些內涵豐富的道理和體驗都需要用概念、語言去表述，「言」與「意」之間的偏差鮮明起來，隨之有了「言」不能「表物」、「盡意」的苦惱。如《老子》第一章、第二十五章對於「道」的表述：

> 道可道，非常「道」，名可名，非常「名」。

> 有物混成，先天地生。寂兮寥兮，獨立而不改，周行而不殆，可以為天地母。吾不知其名，強字之曰「道」，強為之名曰「大」。

用概念、語言去指稱、解說的「道」，已經不是「常道」。看起來，表述「道」惟有依靠「言」，但「言」又似乎顯得不能勝任，非常勉強，於是產生中國文化史上著名的「言／意之辨」。
　　《莊子》〈秋水〉有一段表述：

> 可以言論者，物之粗也；可以意志者，物之精也。

莊子對言意關係的認識，既保守又自信：「可以意志者」好像排除了「可以言論者」的可能性，因此，他往往借助「可以言論」的「形

象」（物之粗），暗示「不可言傳」的「道」（物之精），莊子的哲學文本，常常借用文學寓言的文體形式，在某種程度上，也許可以歸結為他對言意關係的認識。當我們讀解莊子的文本時，同時面對著一個哲人和一個詩人：他的文學寓言中，流貫著一種深邃的哲思；他的哲學思辨中，又充溢著瑰麗的詩性解說。從純文學的角度，不可能真正讀懂莊子，也不可能真正理解莊子關於言／意關係的表述，必須在文學之外設立闡釋路徑。因此，莊子追尋了一條依傍語言而又超越語言的道路。《莊子》〈齊物論〉有些話說得很容易亂人耳目：

> 天地與我並生，而萬物與我為一。既已為一矣，且得有言乎？既已謂之一矣，且得無言乎？一與言為二，二與一為三，自此以往，巧曆不能得，而況其凡乎？

　　這段話的表層語義是，本初之「一」，在言說中偏離自身，由此產生了「言不盡意」的痛苦，反映了「言」的有限性和「意」的無限性之間的矛盾；但其深層含義，並不是否定「一」的本體存在，而是一種「欲辨已忘言」的自我分裂，是對「道不可言，言而非也」這一哲學命題的形象化詮釋。

　　在莊子看來，重要的不是如何言說，而是主體如何進入言說，但又不落言筌，即所謂「得意忘言」。莊子的見解成為相當一部分人的言語審美追求，如史上有名的魏晉名士清談，言語都十分簡短；著名的禪宗問答，更是意在言外。

　　《紅樓夢》中一班聰慧的小姐，平時交流就十分含蓄。有著前緣的寶黛，對彼此情感要求甚高，但其愛情表述卻是將本可明晰的話語交流轉換為曲折隱晦的試探、猜測、旁敲側擊。這種曲線交流雖然大大增強了言語的審美意味，但極易形成誤會和矛盾，在這種情況下，愛的傾訴極易轉為怨的宣洩。

第六章

真與幻：主題的修辭詩學考察之五

　　「夢幻」是中國古代文學的常見主題。歷代作家，把「夢幻」寫得多姿多彩。

　　《紅樓夢》是中國古代小說的集大成者，它不僅代表了古代小說創作的最高成就，而且聚焦了歷代哲士文人的苦惱與思索，困惑與解脫，在小說展現出的紛紜複雜的情境之中，作者對人生矛盾的痛苦體驗得到哲理化提升，並化為推動敘事進展的對立統一的辯證修辭範疇。這些範疇體現了作者希圖破解生存之謎的努力，也使作品顯現出特殊的藝術張力。

　　尼采曾經這樣表述藝術哲學意義上現實與夢幻的關係：

> 凡是具有哲學傾向的人們，經常會感到我們日常現實世界也是一種幻象，它掩蓋了另一個完全不同的實在世界。叔本華認為，在某些時候能夠把所有人類和事物都看作純粹幻影或夢象的能力，乃是真正具有哲學才能的象徵。一個對藝術刺激敏感的人，其對夢幻世界的態度很像哲學家對哲學世界的態度：他仔細地觀察，並且從他的觀察中獲得樂趣，因為他借這些形象來解釋生命，借這些過程來描述生命。[1]

　　曹雪芹正是憑藉自己對藝術刺激的極度敏感，在書中設置了虛幻

1　F‧尼采撰，劉琦譯：《悲劇的誕生》（北京市：作家出版社，1986年），頁15。

形象和真實世界相互交錯的敘事結構，去解釋和描述現實生命，揭示繁華塵世的虛假和荒誕。

一　《紅樓夢》整體構架：真與幻互相映照

在文本層面，作為作者對人生的認知和體悟，夢形成《紅樓夢》的整體構架，組成幾組真幻互相映照的錯綜關係：

（一）辛酸和荒唐互為鏡像

小說從虛無縹緲的大荒山青埂峰下頑石的遭遇，以及「甄士隱夢幻識通靈」開始，把讀者引向虛幻的情境之中，並明確表示要借助「夢幻」警醒世人：

> 作者自云曾歷過一番夢幻之後，故將真事隱去，而借「通靈」說此《石頭記》一書也。
> 更於篇中間用「夢」「幻」等字，卻是此書本旨，兼寓提醒閱者之意。（第一回）

隱去真事、借助「夢幻」警醒世人已顯出違背常規理性的荒誕，與之形成呼應，書中夢幻之流綿延不絕，被逐步推向高潮。而寶玉失玉、得玉、二遊太虛幻境，夢幻的影響力達到頂點。最後一回則以偈語點明題旨：

> 說到辛酸處，荒唐愈可悲。由來同一夢，休笑世人癡！（第一百二十回）

從開篇的「滿紙荒唐言，一把辛酸淚」，到終篇時的「說到辛酸處，

荒唐愈可悲」，辛酸是真實的滋味，荒唐假託給了幻象。這就對書中「昌明隆盛之邦、詩禮簪纓之族、花柳繁華地、溫柔富貴鄉」的真實性，以及「不敢稍加穿鑿，至失其真」的「離合悲歡，興衰際遇」的合理性進行了徹底解構。

（二）現實與虛幻的情節節點

《紅樓夢》中疊出的夢幻，組成現實與虛幻世界的二重隱喻關係，形成重要的情節節點：

第五回賈寶玉夢遊太虛幻境，這兒「朱欄玉砌，綠樹清溪，真是人跡不逢，飛塵罕到」，是拒絕男人的真如福地，紅樓女子的永恆天地，也是作者眼中的真實世界。寶玉受到來自這一世界獨特的人生啟蒙教育，這種教育的實際宗旨同寶玉日常所接受的教育是相違背的：

> 警幻道：「……淫雖一理，意則有別。如世之好淫者，不過悅容貌，喜歌舞，調笑無厭，雲雨無時，恨不能天下美女供我片時之趣興：此皆皮膚濫淫之蠢物耳。如爾則天分中生成一段癡情，吾輩推之為『意淫』。惟『意淫』二字，可心會而不可口傳，可神通而不能語達。汝今獨得此二字，在閨閣中雖可為良友，卻于世道中未免迂闊怪詭，百口嘲謗，萬目睚眥。今既遇爾祖寧榮二公剖腹深囑，吾不忍子獨為我閨閣而見棄于世道，故引子前來，醉以美酒，沁以仙茗，警以妙曲，再將吾妹一人，乳名兼美表字可卿者，許配與汝。今夕良時，即可成姻：不過令汝領略此仙閨幻境之風光尚然如此，何況塵世之情景呢。從今後，萬萬解釋，改悟前情，留意于孔孟之間，委身于經濟之道。」（第五回）

警幻理解並讚賞寶玉的「意淫」，把他推為閨閣良友。只是因為受寧

榮二公的委託，才引領他看破紅塵進入仕途經濟之道。儘管警幻的教育未能完全奏效，但此次的經歷卻對這個孩子提出了一連串人生重要問題如功名、富貴、親情、生命、情欲等，這些為寶玉最終的遁世埋下伏筆。年幼的寶玉也是在幻境中獨立完成了自己的「成年禮」，並在離開幻境時初次領略到燈紅酒綠、脂濃粉香所遮蔽著的悲愁慘烈：

> 二人攜手出去遊玩之時，忽然至一個所在，但見荊榛遍地，狼虎同行，迎面一道黑溪阻路，並無橋樑可通。……警幻道：「此乃迷津，深有萬丈，遙亙千里，中無舟楫可通，只有一個木筏，乃木居士掌柁，灰侍者撐篙，不受金銀之謝，但遇有緣者渡之。……」話猶未了，只聽迷津內響如雷聲，有許多夜叉海鬼，將寶玉拖將下去。（第五回）

與第五回相應，一百一十六回寶玉再次遊歷太虛幻境，重閱金陵十二釵簿冊，「兩番閱冊，原始要終之道」，而那些原本親近的女子的古怪態度、迎春等一干人變作鬼怪形象，都大幅度增加著這次再教育的強度，寶玉紛繞的塵緣被斬斷，火熱的情思也幾乎全被冷卻，最終走上出家之路。

二　大觀園和太虛幻境：真實世界與幻象世界的隱喻

大觀園和太虛幻境分別是處於真與幻這兩個世界的異質同構的形相，隱喻男性社會以外的現實和超現實天地。《紅樓夢》中大觀園被渲染得富麗堂皇，充斥著讓人眼花繚亂的虛幻的物，如十八回「元妃省親」一節中的描寫：

> 園內帳舞蟠龍，簾飛繡鳳，金銀煥彩，珠寶生輝，鼎焚百合之香，瓶插長春之蕊。

苑內各色花燈閃爍，皆係紗綾紮成，精緻非常。……園中香煙繚繞，花影繽紛，處處燈光相映，時時細樂聲喧：說不盡這太平景象，富貴風流。

清流一帶，勢若游龍，兩邊石欄上，皆系水晶玻璃各色風燈，點的如銀光雪浪，上面柳杏諸樹，雖無花葉，卻用各色綢綾紙絹及通草為花，粘於枝上，每一株懸燈萬盞，更兼池中荷荇鳧鷺諸燈，亦皆係螺蚌羽毛做就的，上下爭輝，水天煥彩，真是玻璃世界，珠寶乾坤。船上又有各種盆景，珠簾繡幕，桂楫蘭橈。

只見庭燎繞空，香屑布地，火樹琪花，金窗玉檻，說不盡簾卷蝦鬚，毯鋪魚獺，鼎飄麝腦之香，屏列雉尾之扇。真是：金門玉戶神仙府，桂殿蘭宮妃子家。

這個物質世界雖然五彩繽紛、奢侈豪華，但難以掩蓋其蒼白虛幻的本質，它與太虛幻境互相映照，是後者在塵世中的鏡像。第十七回《大觀園試才題對額》的描寫隱含了這一點，書中寫寶玉隨賈政遊大觀園，看到正殿前的玉石牌坊，

寶玉見了這個所在，心中忽有所動，尋思起來，倒像在那裡見過的一般，卻一時想不起那年那月的事了。

石牌坊原題作「天仙寶境」，與「警幻仙境」互相呼應，後來奉賈妃之命換名為「省親別墅」，雖然這一題名把大觀園從超塵脫俗的仙境拉回到充滿人情味的人間，但也增添了它的臨時、短暫的意味。

表面看來，在大觀園中，眾多女孩子得到了安寧和自由。她們處於「混沌世界天真爛漫之時，坐臥不避，嬉笑無心」。相當一部分人還可以「吃穿和主子一樣，又不朝打暮罵」，「平常寒薄人家的女孩兒

也不能那麼尊重」。但是這些女孩畢竟沉溺於紅塵之中，在「嬉笑無心」的背後，時時有著唇槍舌劍、明爭暗鬥，雖然混沌天真，阿諛奉承、欺上壓下、殘害同類的也不乏其人。女孩子「做穩了奴隸」的地位是如此短暫、脆弱，她們的命運完全取決於主子的利益和心境，如果小有偏差觸犯了主子，她們只能毀滅。

林黛玉是寶玉身邊那些易於消逝的生命的代表。她雖然身分高貴，但父母早亡、寄人籬下的遭遇，使她實際上不得不把自己的命運完全交給別人，黛玉時時體驗到這一點：

> 今至其家，都要步步留心，時時在意，不要多說一句話，不可多行一步路，恐被人恥笑了去。（第三回）
>
> 今日寄人籬下，縱有許多照應，自己無處不要留心……不知前生作了什麼罪孽，今生這樣孤淒！真是李後主說的「此間日中只以眼淚洗面」矣！（第八十七回）

尤其是臨終以前的一段描寫：

> 紫鵑等看去，（黛玉）只有奄奄一息，明知勸不過來，惟有守著流淚。天天三四趟去告訴賈母，鴛鴦測度賈母今日比前疼黛玉的心差了些，所以不常去回。況賈母這幾日的心都在寶釵寶玉身上，不見黛玉的信兒，也不大提起，只請太醫調治罷了。黛玉向來病著，自賈母起直到姊妹們的下人，常來問候。今見賈府中上下人等都不過來，連一個問的人都沒有，睜開眼，只有紫鵑一人，自料萬無生理。（第九十七回）

黛玉短暫的一生，恰似經歷了春萌夏盛秋衰冬敗的一個循環。黛玉對自己的境遇有著深深的觸痛，又彷彿對自身生命的過早凋落有著預

感，所以她在賈府一直抱有「臨時觀念」，心頭總是縈繞著「回家」的念頭，「身子乾淨地回南」成為她臨終對一切都灰心絕望之後的執著嚮往，不受污染地離開賈府這充斥著骯髒、冷漠和欺騙的地方，離開大觀園這塊她得不到真愛的地方，那個「家」虛無縹緲卻冰雪潔淨，空幻卻沒有欺騙，是她擁有生命時的最後退路，是失去生命時的最後安慰。和那些來自幻境、造曆幻緣的女孩一樣，黛玉也把「死」作為最後手段，把死後魂歸之處作為自己的最終歸宿。死亡成為脫離塵世、求得精神涅槃的途徑和安頓。而最終，這些塵世中寄人籬下、受人擺佈的女子都被太虛幻境這一永恆世界接納為至高的神仙妃子和花神。

　　《紅樓夢》對沉溺於紅塵之中的寶玉的住所──怡紅院的描寫，如足以亂真的女子畫像、臥房門上的大鏡子、迴環的道路等，增添了它撲朔迷離的意味。作者第一次對大觀園作全面鋪寫時，就有意把對怡紅院的描寫獨立出來，置於酷似太虛幻境的牌坊描寫之後，並著筆寫了賈政等走入怡紅院的情形：

> 未到兩層，便都迷了舊路，左瞧也有門可通，右瞧也有窗隔斷，及到跟前，又被一架書擋住，回頭又有窗紗明透門徑。及至門前，忽見迎面也進來了一起人，與自己的形相一樣──卻是一架大玻璃鏡。轉過門去，一發見門多了。
> 忽見大山阻路，眾人都迷了路，⋯⋯（賈珍）乃在前導引，眾人隨著，由山腳下一轉，便是平坦大路，豁然大門現於面前。
> （第十七回）

為了增強怡紅院的虛幻色彩，作者在第四十一回裡，又詳細描寫了最為世俗、現實的劉老老酒醉後在怡紅院屢屢碰壁，怡紅院成為寶玉迷途知返的隱喻符號：

　　寶玉自小就沉溺於粉白脂紅、溫柔富貴之中，他對黛玉的愛情主要是出於敬重，但他對眾多女子的感情歸根結底出自對短暫而純潔的青春生命的迷戀，因此，寶玉對身邊環繞著的美麗女性總是遏制不住動情，以至於他不僅「見了姐姐忘了妹妹」，而且見到別的美女，甚至聽到有關美女的傳說他都會心動神往。然而世事煩難、韶華易逝，盛衰反覆難測，這又使得他對現實越來越不存什麼幻想。寶玉對於現實抗拒的最後一招總是「過一日，是一日，死了就完了。」「倘或我在今日明日、今年明年死了，也算是隨心一輩子了。」和歷史上眾多的士人一樣，寶玉很自然地從莊禪之中尋求慰藉。二十一回寶玉受了襲人的氣，結果「說不得橫著心：『只當他們死了，橫豎自家也要過的。』如此一想，卻倒毫無牽掛，反能怡然自悅。因命四兒剪燭烹茶，自己看了一回《南華經》，寶玉受莊子影響，意趣洋洋地寫下自己與周圍女子的交往感受，為《胠篋》續筆，寫完後，他「頭剛著枕，便忽然睡去，一夜竟不知所之」。自從二十二回聽寶釵念《寄生草》，寶玉彷彿「心有靈犀一點通」，逐步悟得禪機，此後常常一反自己愛繁華喜熱鬧的本性，從莊禪之道中尋得安寧。寶玉一生所經歷的，是人生及其環境從盛極一時跌入全面衰敗的時期，當他不得不面對身邊許多花朵般少女的逝去時，他對現實的失望也達到頂點。寶玉最後見到賈政時亦悲亦喜的表情，雖然表現了他對親情的最後留戀，但當僧道決然甚至有些殘忍地把他從現實的幻覺中扯開時，他也毫不回顧地走向那個「真實世界」。

　　在現實與夢幻的交錯之中，玉和賈寶玉、甄寶玉和賈寶玉又構成另兩組互相映照的隱喻關係。

　　第一回中，頑石經鍛鍊而通靈成玉，在女媧補天時又落選，於是有了無才補天的煩惱和怨愧，進入紅塵的欲望和欣喜，它被虛無的「茫茫」大士和「渺渺」真人攜入人間，因其「通靈」而沉溺於紅塵。又因未能改其冥頑渾沌之本性而與這個世界的主流格格不入。寶

玉是在紅塵之中迷失了自身的石頭之幻象，寶玉從失心到得心的惡夢，突現了寶黛二人關係的關鍵性進展，加深了二人結局的驚心動魄程度。玉之離世，「一為避禍，二為撮合，從此夙緣一了，形質歸一」，通靈寶玉重新返回時，寶玉也從塵世中覺悟。

　　甄寶玉和賈寶玉是現實世界裡相分裂的兩個「自我」，兩人的交往因而極具戲劇性。五十六回寶玉夢見甄寶玉時，兩人還是同名同貌同性：同樣喜歡年輕女孩，同樣厭棄功名經濟，甄賈寶玉此時是二而一的。到第一百一十五回甄賈寶玉會面，原先賈寶玉夢中尋覓、渴望見到的另一個自我，這時性情上已與他徹底背離，同樣的太虛閣冊和人生磨難，使甄賈寶玉走向不同的「覺醒」：甄寶玉淘汰了往日的迂想癡情，改變了「少時也曾深惡那些舊套陳言」的習性，以那些「顯親揚名」、「著書立說」、「言忠言孝」的大人先生為楷模，志於「立德立言」。而賈寶玉則同這個背離了的自我冰炭不投，對之深惡痛絕，結果神魂失所，人事不醒。甄寶玉的背離，由和尚送來的真寶玉填補，賈寶玉也徹底離棄了塵世中的「自我」，走向「真境」。

　　此外，書中鳳姐夢秦可卿、賈瑞夢鳳姐，湘蓮夢尤三姐、寶玉夢晴雯、襲人夢寶玉等，都為繁花似錦的世界籠罩了一層迷離恍惚的色彩，渲染著現實的虛假和荒誕，原本虛幻的夢成為主宰現實、主宰人物命運的真實力量。真與幻的互相映照，構成了連環結構，展現人生背離自身的生命歷程、回到原來起點的怪圈，這種回歸，不是實現了人生價值之後的更高意義上的回歸，而是否定此在意義、掏空人生價值的回到原處。

　　與夢相對應，在話語層面，《紅樓夢》中出現很多虛幻類義語象，如鏡子、語讖等。和尚手中的風月寶鑑和鏡子，渲染了色空觀念。金陵十二釵判詞和第二十二回的元宵燈謎以不容置疑的口吻宣判了那些金陵奇女子的悲慘命運。二十九回賈府顯赫排場的燒香活動中，神前所拈劇碼〈白蛇記〉、〈滿堂笏〉、〈南柯夢〉，預示了賈府的

由盛至衰的命運。另外還有元宵節夜宴上的笑話「聾子放炮仗——散了」，鐵檻寺、饅頭庵、水月庵、迷津、覺迷渡等，合成了具有強大渲染力的修辭場，顛覆著現實世界的真實和合理。

三　夢幻主題的文化解析

自古以來，人類對於生存於其中的變動不居的世界的感覺和想像，常常伴隨著日益發展起來的自我認識，成為讓人苦惱的一大困惑。「幻」字的構形就體現了這一點，《說文》：「幻，相詐惑也。從反予。」段玉裁注：「倒予字也。」反「予」是一個顛倒的「我」。本來直立是人脫離動物的重要特徵，歷經艱難獲得直立的「我」，卻總是被這個充滿欺騙、迷惑的世界倒掛起來，品味顛倒人生的荒唐和苦痛。

在生產力極為低下的人類早期，當原始人虔誠地舉行祭祀儀式，狂熱地跳著圖騰舞時，他們會在幻覺中，隨著部落的其他人一道，進入一個有祖先神佑護的世界，他們在幻覺中進入的虛幻世界不僅是神奇的，而且是溫暖安全的，同人們所置身於其中的充滿威脅和恐怖的世界成為對照。另一方面，夢境也構成野蠻人靈魂觀念的基礎，泰勒《人類早期歷史與文明發展的研究》曾說：「夢者的靈魂出門旅行，歸來時他帶著所有旅行時記得的東西回到了自己的家門。」在泰勒看來，後來發展了的種種原始宗教的複雜化了的觀念都是從這種最簡單的靈魂觀念上發展起來的。[2] 在當時，還不該有較多的人對另一世界的真實性產生懷疑。

隨著歲月的流逝，人類對於現實世界的感受越來越真切而複雜，在享受現世人生的同時，也飽嘗了苦難。在認識到古老神祇不可靠的同時，也意識到現實的荒誕。在走出神話時代之際，人們並不能建立

2　轉引自朱狄：《原始文化研究》（北京市：生活・讀書・新知三聯書店，1988年），頁30。

起理性可以解釋一切的足夠信心。對於現實世界的拒斥，轉化成對於另一世界的嚮往和想像。沉溺於這種想像，現實世界的真實性發生動搖。如果說，在「莊周夢蝶」之前的文本如《左傳》中，夢幻還是來自另一世界的對具體行為的告誡，帶有濃重的巫術色彩，那麼自莊子發出是「莊周夢蝶」還是「蝶夢莊周」的疑問之後，對於現實人生真實性的哲學質疑就開啟了中國的夢幻文學之流，疊出的夢遊、仙遊作品，都不斷消解著現實世界的真實和合理，增強著人們對另一世界的癡情和迷戀。但《紅樓夢》以前寫夢的作品如《枕中記》等，夢與主體所處的現實之間界限是清楚的，夢是現實以外的虛幻，是主體對於生命經歷強烈要求的虛假實現，所以這些寫夢作品，無論主角在夢中經歷了多麼輝煌複雜或痛苦難熬的過程，當他最終從夢中走出時，隨著現實清晰面目的顯露，他都可以得到一份清醒。直到《紅樓夢》，作者以總體為夢，現實為夢，夢取代真實，構成了大夢幻文本。

在西方文學中，夢幻也常進入文學書寫。在荷馬時代，人在夢境中相遇活人或死者的幻想是哲學沉思和迷信恐懼的一個重要主題。

柏拉圖認為，靈魂依附肉體是罪孽的懲罰，只是暫時現象，它因而失去原本的真純，彷彿蒙上一層塵障，看不清人間的事物。靈魂經過努力脫離肉體，飛升到天上的世界，如果修行很深，可達到最高境界，這時靈魂可以如其本然地觀照真實本體，即盡善盡美、永恆普遍的理式世界。等到靈魂再度依附肉體，投往人間，看到人間事物，它可以隱約地回憶起自己原來在最高境界見到的景象，這是根據現實世界的摹本回憶起理式世界的藍本，它會因此而感受到如醉如狂的欣喜。柏拉圖的學說源於當時東方國家的靈魂輪迴說，又被提到哲學的認知高度。這樣一來，現實世界成了虛幻的，理式世界才是真實的，僅僅生活在現實世界永遠也不可能認識真實本體。柏拉圖的學說為古希臘文學中的夢幻現象提供了哲學解說。

尼采曾經談到西方夢幻文學所顯示出的阿波羅文化特質──靜穆

和迷幻，他說：「作為一個個體而言，荷馬與阿波羅大眾文化的關係正如個別夢幻藝術家與種族和一般自然的夢幻能力的關係一樣。」[3]他認為，是阿波羅文學調節了古代原始而粗野的酒神精神，使世界獲得安寧。這樣，西方早期夢幻文學已經浸潤著現實秩序的和諧。中世紀的夢幻作品則渲染著天堂的輝煌和人生的苦難，但丁的《神曲》裡，雖然夢境中有很多恐怖場景，但夢幻的總體結構和秩序被安排得有條不紊，顯現出理性和清醒。

追求來世，蔑視現世生命的意義，是人們追求美好生存環境的努力落空希望破滅之後的選擇，在中國，古代宗教的雜多體現了生命意義和生存方式選擇的隨機性：一個個體之所以能夠接受數種宗教，正因為可以面對多種生命價值的選擇，希望自己對不利生存環境的解脫有更穩妥的方法、更方便的途徑，當然這些依賴宗教的選擇和途徑都是非現實的。曹雪芹在對人生的細細體味中，消解現實生存的真實和合理。這種體味和消解化成了以整體為夢、現實為夢的《紅樓夢》文本建構方式，《紅樓夢》對待現實和夢幻的態度，磨蝕了以往小說的歷史傳統，終結了古代夢幻文學之流，接續了審視現實的目光，把中國小說引向對現實更為清醒辛辣的揭露與諷刺階段。

3　F‧尼采撰，劉琦譯：《悲劇的誕生》（北京市：作家出版社，1986年），頁24。

下篇
原型：中國傳統文體建構的修辭詩學考察

第七章

文／體：語義和文體建構的修辭詩學考察

　　文體是特定的審美內容向特定形式凝定所形成的話語規範，是語言成系統運用的結果，它規定了文學語言的運用法則，或反過來說，是文學語言合乎審美設計的編碼定型為文體。文體，是文學語言的「語法」，是一套融合了審美和意義標準的符號規則及其運用標記。一種文體一經形成，就具有了不同於他種文體的符號組構樣式。一個民族完備的文體系統，是這個民族用審美化語言把握和表現世界的顯在方式之一。而漢民族古代文體系統，不僅因其內部構成的豐富複雜而引人注目，也因為它的絢麗多姿、生氣勃勃而讓人讚歎。文體的這些特點，一定程度上取決於漢字「文」、「體」語義系統對文體的審美規定，取決於組構文體的漢語的審美特性，以及古人獨特的語言觀。

一　「文」：從色彩組合到審美化語言組合

　　文體的「文」是古代文體以絢爛多姿面貌出現的根基，「文」的語義對文體有著質的規定，考察「文」的語義系統，可以得知，它經歷了下列變化：

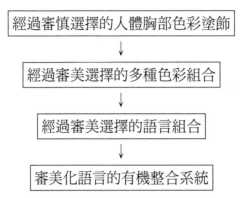

經過審慎選擇的人體胸部色彩塗飾

↓

經過審美選擇的多種色彩組合

↓

經過審美選擇的語言組合

↓

審美化語言的有機整合系統

　　文體的「文」是象形字，它的原型是人體胸部的彩色線條塗飾。開始的文身可能只是用單一的色彩，如用象徵生命的紅色塗抹身體，後來才發展到由各種色彩組合成圖案，成為原始人有意識組合的彩色線條符號系統，從殷代武丁到周代的甲骨文、金文中，「文」以各種字形出現，這些字形也許因為出自不同的時期、不同的氏族群體，所以有的可能用的是編織紋形，或陶器上的花紋、動物之形的紋樣[1]，但總的來說，「文」顯現的是各種線條的交錯。

　　初民的文身奇異而神秘，表現手段也難以被後人所理解，[2]但是文身作為原始人有意識組合的彩色線條符號系統，其中必然包含著豐富而古老的語義信息和審美信息：它是原始人出於生存目的對周圍世界幻想式的反映，也是較早的藝術形式。文身多與圖騰有關，《史記》〈周本紀〉曰：

　　　　〔古公亶父〕長子太伯、虞仲知古公欲立季歷以傳昌，乃二人
　　　　亡如荊蠻，文身斷髮，以讓季歷。

1　于民：《春秋前審美觀念的發展》（北京市：中華書局，1984年），頁131。
2　見朱狄：《藝術的起源》（北京市：中國社會科學出版社，1982年）「最早的藝術類型」中「文身」一節。

裴駰《集解》引應劭曰:「常在水中,故斷其髮,文其身,以象龍子,故不見傷害。」

《梅槎餘錄》:

> 黎俗,男女同俗,即文其身,不然上世祖宗不認其為子孫也。

佛洛伊德認為:

> 圖騰觀不但是一種宗教信仰,同時,也是一種社會結構……就宗教信仰方面來說,人們對圖騰具有一種出乎自然的尊敬和保護關係;就社會觀點來說,則它不僅表示出同部族內各族民之間的相互關係,同時也劃分出了與其他部族之間的應有關係。[3]

因而,「文」的原型作為「文身」,它的意義在於:

一、「文」是經過原始人審慎選擇的色彩塗飾,它經歷了從單一到系統組合的過程。

二、色彩組合為系統顯現出「場效應」,「文」象徵著自然物色相的融合交錯,是自然界的繽紛色彩在人體中心位置的濃縮。

三、「文」的社會功能是把屬於同一圖騰、持同一信仰的原始人凝固為一個團體,保護本團體的人不受外來傷害,由此而建立了當時社會系統內部的秩序。

「文」的原型在上述社會功能和審美結構特點方面,對後世的「文」有著一貫的規定性。

3　佛洛伊德撰,楊庸一譯:《圖騰與禁忌》(北京市:中國民間文藝出版社,1986年),頁134。

　　後來，「文」泛指不同色彩的線條互相交織，這時它已發展為獨立於人體之外、有系統的、為著審美目的而創造的藝術形式，許慎《說文》：「文，錯畫也，象交文。」《周易》〈繫辭傳〉：「物相雜故曰文。」韓伯康的《易》注挖掘其審美意味：「剛柔交錯，玄黃錯雜。」

　　光輝燦爛的「文」參與古人審美感覺的培養，也參與了華夏古老文明的建設，《周易》的賁卦，本義是「飾」，其卦象為離下艮上，即「山下有火，文相照也。」《周易》〈賁〉曰：「賁亨，柔來而文剛，故亨。分剛上而文柔，故小利有攸往，天文也。文明以止，人文也。觀乎天文以察時變，觀乎人文以化成天下。」這裡所說的觀乎「人文」和「天文」，從兩個方面合成了當時的為「文」之道。

　　「文」的系統性及其系統內部的變化成為上古時期的主要審美標準。大約在西周末或春秋前期，中國出現了「五色成文」的觀念。[4]「文」的內部構成的系統性被進一步強調，「文」的內部成分的數量及其排列變化的方式、秩序都有了規定：

　　「五」，不僅指數量，且含「陰陽交錯」意。許慎《說文》：「五，五行也。從二，陰陽在天地間交午也。」「五」的古文字形的中間部分象交錯之形，上下兩橫為天地的象徵，後來，「五」成為宇宙構成元素的數量，而具有了哲學色彩。「五色」組成的「文」也與廣闊的天地陰陽聯繫到了一起。

　　「文」的構成成分「五色」指青、赤、白、黑、黃，古代認為這五種顏色為正色，可能因為在社會生活的各方面「五色」都極具代表性，所以它的語義後來也泛化為指稱「各種顏色」。

　　「五色」在上古即與社會政治聯繫在一起。據《通鑑外紀》：「黃帝作冕旒，政衣裳，視翬翟草木之華，染五彩為文章。」《尚書》〈益

4　于民：《春秋前審美觀念的發展》（北京市：中華書局，1984年），頁132。

稷〉：「以五采彰施於五色，作服，汝明。」孫星衍疏：「五色，東方
謂之青，南方謂之赤，西方謂之白色，北方謂之黑，天謂之玄，地謂
之黃，玄出於黑，故六者有黃無玄為五色。」帝王鋪填社壇按方位用
五色土，《尚書》〈禹貢〉：「厥貢惟土五色。」孔穎達傳：「王者封五
色土為社，建諸侯，則割其方色土與之。」周代服飾的設色布彩，成
為禮的一項重要內容，正色用於尊者或上衣，並有相應的「五色」搭
配，如《禮記》〈月令〉：「衣青衣，服蒼玉，衣朱衣，服赤玉，衣黃
衣，服黃玉，衣白衣，服白玉，衣黑衣，服玄玉。」另有五色魚、五
色詔、五色氣、五色雀等，皆為吉祥物。

　　「五色」甚至與個體生存狀況相聯繫。《周禮》〈天官〉：「以五
氣，五聲，五色，眂其生死。」鄭玄注：「五色：面貌青、赤、黃、
白、黑也，察其盈虛休王，吉凶可知。」《史記》〈扁鵲倉公列傳〉：
「五色診病，知人死生，決嫌疑，定可治。」

　　因而，在中華文化中，「五色」是一個燦爛、莊重而又神秘的概
念。「五色」組成的「文」，作為符號組合，在中華文化中也佔據不一
般的地位：

　　《禮記》〈樂記〉強調「文」對於穩定秩序的重要：「五色成文而
不亂。」《周易》〈繫辭傳〉從哲學高度考察這一觀念：「參伍以變，
錯綜其數，通其變而成天下之文。」，經過錯綜通變的「文」，語義含
量無限放大，而成為「天下之文」。

　　與「五色」同時出現了五聲、五味等觀念，這些觀念經編排，被
納入陰陽五行的框架之中。這一過程表明，正是在人的生存享受被重
視、人自身的感覺被全面激活的情況下，包含審美意蘊的「人文」成
為人們更為關注的對象。

　　于民認為：

　　　　五聲、五色、五味的觀念的出現，標誌著古代人們的認識包括

審美認識的能力的提高。它突出了錯畫中色的地位，突出了色彩組織的規律性，突出了色彩在政治審美中的巨大作用，突出了目觀為美的主要特徵（華麗），是我國古代君主專制奴隸制下特定的政治經濟的反映。

西周末年史伯關於「物一無文」，即單一的色彩不成為文的提出，將「錯畫成文」的認識提到了哲學的高度。如果說「五色成文」的觀念更多地突出了五行思想的話，那末「物一無文」的觀念則突出了對立面諧和的觀點。這樣，從具體之「文」到初步抽象為「錯畫成文」的觀念，又經過陰陽五行思想的加工和提高，文的內容不僅空前深刻，也格外充實和廣闊了。它既包括著視覺的彩繪之文，也包括著聽覺的音聲相和之文、人的言聲動作的外觀之文，以及社會制度和自然現象之文。[5]

「文」成為脫離野蠻狀態之後，人的文明符號，成為繼神退出主宰地位之後，人自身空前活躍的行動成果，成為人的活動得到社會認可和讚許的標誌，也成為社會借此建立穩定和諧秩序的保證。

在先秦典籍中，「文」在諸多領域廣泛使用：

文字和文學：《左傳》〈昭西元年〉：「于文皿蟲為蠱。」杜預注：「文，字也。」《國語》〈楚語上〉：「若是而不從，動而不悛，則文詠物以行之。」韋昭注：「文，文辭也……謂文辭風托事物以動行也。」

染織：《尚書》〈禹貢〉：「厥篚織文。」孔傳：「織文，錦綺之屬。」

禮制：《論語》〈子罕〉：「文王既沒，文不在茲乎？」朱熹集注：「道之顯者謂之文，蓋禮樂制度之謂。」《左傳》〈桓公二年〉：「夫

5　于民：《春秋前審美觀念的發展》（北京市：中華書局，1984年），頁132。

德，儉而有度，登降有數，文物以記之，聲明以發之；以臨照百官。百官于是乎不敢易紀律。」

音樂：《禮記》〈樂記〉：「樂者，異文合愛者也。」孔穎達疏：「宮商別調是異文。」《荀子》〈樂論〉：「故樂者審一以定和者也，比物以飾節者也，合奏以成文者也。」

法令：《國語》〈周語上〉：「有不祭則修意，有不祀則修言，有不享則修文。」韋昭注：「文，典法也。」

道德：《國語》〈周語下〉：「夫敬，文之恭也。」韋昭注：「文者，德之總名也。」《荀子》〈不苟〉：「夫是之謂至文。「楊倞注：」言德備也。」

文成為與質、武相對的審美範疇。《論語》〈顏淵〉：「質勝文則野，文勝質則史，文質彬彬，然後君子。」《國語》〈楚語下〉：「天事武，地事文。」韋昭注：「地質柔順，故文。」

文成為美、善、德的同義詞。《禮記》〈樂記〉：「禮減而進，以進為文；樂盈而反，以反為文。」鄭玄注：「文，猶美也，善也。」《詩經》〈江漢〉：「釐爾圭瓚，秬鬯一卣，告于文人，錫山土田。」鄭玄箋：「告其先祖諸有德美見記者。」

出於對「文」的重視，上古典籍中出現了一些以「文」為詞根組成的語詞，如「文采」、「文辭」，都指經過審美化選擇的文章詞藻，《韓非子》〈難言〉：「捷敏辯給，繁于文采，則見以為史。」《左傳》〈襄公二十五年〉：「言之無文，行之不遠。晉為伯，鄭入陳，非文辭不得功勞。」《戰國策》〈秦策一〉：「繁稱文辭，天下不治。」。

此外，「文學」也引起諸子的關注，但指的是所有知識。「文學」最早見於孔子《論語》〈先進〉：「德行：顏淵、閔子騫、冉伯牛、仲弓。言語：宰我、子貢。政事：冉有、季路。文學：子游，子夏。」邢昺疏：「若文章博學，則有子游，子夏二人也。」墨子多次提到「文學」，指經過修治整飾的言語形成的知識，如《墨子》〈非命

中〉：「凡言談由文學之為道也。」〈非命下〉：「今天下君子之為文學
出言談也。」可能因為有些知識、言語因過度修飾而變得奇巧多義，
往往會擾亂正常法令的實施，因而韓非子把「文學」作為嚴正的法的
對立言論，《韓非子》〈問辯〉：「亂世則不然，主有令而民以文學非
之，官府有法民以私行矯之。人主顧漸其法令而尊學者之智行，此世
之所以多文學也。」雖然諸子對「文」的看法不一，但是「文」無疑
已經成為文明社會中人的重要本質特徵。

　　「文章」的本義亦為多種色彩的鋪排：「青與赤謂之文，赤與白
謂之章。」王夫之《讀四書大全說》〈論語〉則曰：「異色成彩之謂
文，一色昭著之謂章。」據現代學者朱芳圃考證，「章」是表示燃燒
的柴把光環的符號。繽紛奪目的彩色組成了美——「文章」，《周易》
中同「麗」聯繫在一起的賁卦，由「離下艮上」組成，其象為「山下
有火」：火光映照山上的草木，五彩繽紛，鮮豔奪目，構成了美。[6]
「文章」後指禮樂制度，如《禮記》〈大傳〉：「考文章，改正朔。」
鄭玄注：「文章，禮法也。」《論語》〈泰伯〉：「巍巍乎其有成功也，
煥乎其有文章。」朱熹集注：「文章，禮樂法度也。」在此，「文章」
和「文」互相輝映，以其燦爛面目閃耀在文明社會的舞臺上。

　　古代相當長的時期內，「文學」並不指後來所說的「以語言塑造
形象去反映現實的藝術」，「文章」也不指語言構成的單篇作品，這說
明在當時，人們還沒有把「文學」、「文章」從人類的眾多文明成果中
獨立出來。漢代以後「文章」才用來指文辭或獨立成篇的文字，如
《史記》〈儒林列傳序〉：「明天人分際，通古今之義，文章爾雅，訓
辭深厚，恩施甚美。」班固〈兩都賦序〉曰：「或以抒下情而通諷
諭，或以宣上德而盡忠孝，雍容揄揚，著於後嗣，抑亦雅頌之亞也。

6　李澤厚、劉綱紀：《中國美學史》（合肥市：安徽文藝出版社，1999年），〈先秦兩漢
　　編〉，頁285。

故孝成之世，論而錄之，蓋奏御者千有餘篇，而後大漢之文章，炳焉與三代同風。」而「文意」、「文義」、「文墨」等詞也都見於漢以後，這應該是漢代充分發達的文明帶來的結果。

　　從單純的色彩表意，發展到系統的色彩符號組合，再到系統的口頭語言和書面語言組合，在華夏文明的不斷發展中，古人表述方式極大豐富起來，文體也隨之產生。

二　「體」：從人體延伸到有機整一的語言系統

　　「體」，本指人的身體，《說文》：「體，總十二屬也。從骨，豐聲。」段玉裁為「體」下注詳細列出人體首、身、手、足的十二個部分。因而，體是由人體各個部分有機整合的、生氣貫注的有機系統。文體的「體」語義雖經轉化，但仍然保持了原有義素：

　　　〔＋富於生氣〕　　〔＋有機統一〕　　〔＋整體系統〕

「體」這一有機系統有著無限的延伸性，在古代神話中這一點表現得異常壯麗：

　　　首生盤古，垂死化身。氣成風雲，聲為雷霆，左眼為日，右眼
　　　為月，四肢五體為四極五嶽，血液為江河，筋脈為地裡，肌肉
　　　為田土，髮髭為星辰，皮毛為草木，齒骨為金石，精髓為珠
　　　玉，汗流為雨澤，身之諸蟲，化為黎虻。──《繹史》卷一引
　　　〈五運歷年紀〉

　　古代醫學經典更是以此為出發點，如成於春秋戰國時期的《黃帝內經》曰：「天圓地方，人頭圓足方以應之。」「天有四時，人有四

肢。」「歲有十二月，人有十二節。」《周易》也以此為立論依據，《繫辭傳》曰：「天地絪縕，萬物化醇；男女構精，萬物化生。」人體外化為宇宙萬物，因而變得無限博大；宇宙萬物成為人體的延伸，也因而有了勃勃生氣。

在古人眼中，人體本身就是一個美的存在，他們雖然不像古希臘人一樣，在人體中發現完美的比例，但是他們認為人體的「中正」之「理」，可以「發於」大「事業」，因而是最美的。如《周易》〈坤〉：「君子黃中通理，正位居體，美在其中，而暢于四支，發於事業，美之至也。」程頤《周易程氏傳》曰：「黃中，文居中也。……美積於中，而通暢於四體，發見於事業，德美之至盛也。」

中國傳統文化的一個重要觀點，即人體作為小宇宙，與大宇宙是相通互融的。所以上古時期「體」也用以指稱其他生物如祭祀用的牲畜和草木的形體，如《儀禮》〈公食大夫禮〉：「載體進奏。」鄭玄注：「體，謂牲與臘也。」《詩經》〈谷風〉：「采葑采菲，無以下體。」毛傳：「下體，根莖也。」用以指稱兆象符號，以及事物的表現形式、主體和法則，在古人眼中，這些無生物也與人體有著異質同構的關係。如《詩經》〈氓〉：「爾卜爾筮，體無咎言。」毛傳：「體，兆卦之體。」《周易》〈繫辭傳〉：「陰陽合德，剛柔有體，以體天地之撰。」孔穎達正義：「天地之內，萬物之象，非剛即柔，或以剛柔，體象天地之數也。」《禮記》〈中庸〉：「體物而不可遺。」鄭玄注：「體，猶生也。」孔穎達疏：「言萬物生而有形體。」《管子》〈君臣上〉：「君明，相信，五官肅，士廉，農愚，商工願，則上下體。」

「身」的語義也從另一方面印證了「體」的重要。有學者認為，中國人是用「身」這個名詞來指稱自己的，亦即是指不包括靈魂或精神的人之肉體部分。「身」在中國可以指人格、生命，可以用於一些在其他民族文化中不屬於「身」的場合，如「自身」、「身家」、「安身

立命」等。[7]

　　「體」具有極強的生成性，《禮記》〈中庸〉曰：「鬼神之為德，其盛矣乎！視之而弗見，聽之而弗聞，體物而不可遺。」鄭玄注：「體，猶生也。」

　　「體」成為人的行為，《周易》〈乾〉：「君子體仁，足以長人。」

　　「體」在魏曹丕《典論》〈論文〉中用於指稱「文體」：「夫人善於自見，而文非一體。鮮能備善，是以各以所長。」另劉勰《文心雕龍》〈神思〉：「若情數詭雜，體變遷貿。拙辭或孕於巧義，庸事或萌於新意。」

　　本用於指稱文雅有節的體態的「文體」，也在南朝鍾嶸《詩品》中用於指稱文章的風格或結構、體裁。《詩品》卷中：「宋徵士陶潛，其源出於應璩，又協左思風力，文體省靜，殆無長語。」

　　李澤厚說：「自魏晉到南朝，講求文詞的華美，文體的劃分，文筆的區別，文思的過程，文作的評議，文理的探求，以及文集的匯纂，都是前所未有的現象。它們成為這一歷史時期意識形態的突出特徵。」[8]所以，魏晉時期產生的對於文體的自覺認識，應該也是當時「人的自覺」導致「文的自覺」的一部分。

　　「體裁」一詞用於指稱詩文的結構和文風詞藻，見於《宋書》〈謝靈運傳〉：「爰逮宋氏，顏謝騰聲。靈運之興會標舉，延年之體裁明密，並方軌前秀，垂範後昆。」到近代以後它用於指稱文學樣式。

　　名詞「體裁」中動詞性語素「裁」的介入，使得作為「文體」同

7　孫隆基《中國文化對「人」的設計》，認為中國人的「心」對「身」起決定性作用，其「身體化」存在，將整個生活的意向都導向滿足「身」之需要，這種意向並不排除心智、感情、意志的發揮，而是以「身體化」需要為主導意向，「安身」與「安心」的需求，造成中國人的十分現實以及無個人主義的傾向。本書所引只是孫隆基先生的部分觀點。見劉小楓編：《中國文化的特質》（北京市：生活‧讀書‧新知三聯書店，1990年），頁214。

8　李澤厚：《美的歷程》（北京市：文物出版社，1981年），頁97。

義詞的「體裁」具有了動作性。「在漢語裡，詞能夠兼備名詞和動詞兩種功能，只是通過運用才固定為其中的一種功能。」[9]作為合成詞的「體裁」雖然指稱的是最終的創作成品的歸屬分類，但其中卻隱含著創作中語言審美化選擇的有目的過程：即在「體」之規約下的「裁」。

　　總之，在古代，「體」成為一個具有制約性的、語義覆蓋範圍極為廣泛的符號，這一符號所指稱的自然物和社會事物作為人體向外界的延伸，在古人眼中，都有了共同的基本義素：富於生氣、有機統一、整體系統。後世以「體」、「文體」指稱文章、文學的組合系統及其內部構成，也正是注意到「體」在文學、文章系統構成中的重要性和有機整體性，因而：

> 文體是由審美化語言材料組合而成的一個生氣充溢的有機系統。

　　而文體的基本風格分類陽剛和陰柔也從人體找到了立論依據：古代陰陽觀念是由《周易》中兩個形象的生殖符號表示的，《周易》〈繫辭傳〉：「乾，陽物也，坤，陰物也。」「剛柔相摩，八卦相蕩，鼓之以雷霆，潤之以風雨。」相對於西方優美和崇高這樣兩個抽象的美學風格基本概念，中國的陽剛和陰柔源於人體兩性的生理和心理基質。

　　古代文論十分關注文之「體」的生氣充溢的性質，如一些文論概念：風骨、詩眼、氣韻生動、神、情、活、肌理、……都應該是「體」的性質延伸。李調元《雨村詩話》：

> 作詩須用活字，使天地人物，一入筆下，俱活潑潑如蠕動，方妙。杜詩「客睡何曾著，秋天不肯明」，「肯」字是也。

9　W・洪堡特撰，姚小平譯：《論人類語言結構的差異及其對人類精神發展的影響》（北京市：商務印書館，1997年），頁321。

李調元以表示主觀意願的能願動詞「肯」作為詩的切入點，強調了詩的「活」與「動」。

成中英認為：

> 在西方的觀點中，自然和實在最好描寫為一種獨立的具體對
> 象，在其中展示為一種為科學探求的普遍律則。但中國哲學大
> 部分認為自然是一種不斷活動的歷程，各部分成為一種有生機
> 的整體形式，彼此動態的並聯在一起。……只要考慮一下事物
> 彼此關係和對終極實在的關係之發展，我們就有理由說實在是
> 一生機的全體，各種差異的活潑統合。由於中國哲學自然主義
> 的此種生機性質，因而在了解自然和實在一事上，就常常用到
> 生命一詞。[10]

「文」發展為「文章」、「文學」，並且有了文體，正是古人渴望將「人之文」語言符號化，將自己旺盛的生命力審美化地表現在語言的系統運用中。

三　古代文體建構：漢語對世界的一種審美把握

童慶炳對文體的界說是：

> 文體是指一定的話語秩序所形成的文本體式，它折射出作家、
> 批評家獨特的精神結構、體驗方式、思維方式和其他社會歷
> 史、文化精神。[11]

---

10 成中英：〈中國哲學的特性〉，劉小楓編：《中國文化的特質》（北京市：生活・讀
　　書・新知三聯書店，1990年），頁53-54。
11 童慶炳：《文體與文體的創造》（昆明市：雲南人民出版社，1999年），頁1。

　　他認為中國古代文論中「文體」的涵義起碼可以分為三個層次：體裁的規範，語體的創造，風格的追求。[12]從呈現層面看，文體是指文體獨特的話語秩序、話語規範、話語特徵等。從形成文體的深隱原因看，文體的背後存在著創作主體的一切條件和特點，同時也包括與本文相關的豐富的社會和人文內容。[13]

　　文體的選擇，表現了言說者對於事件關注的特殊視點，對於外界反應的獨特興奮點，以及認識外界的特有方式。可以說，文體建構，在某種程度上，是一個民族認識世界的方法論的體現。而中國古代文體，是經過審美組構的漢語言有機整合系統，它從各個向度展現了漢民族對世界的審美把握。

　　漢語保持了它與生俱來的審美特徵，培育了古人的審美化思維，使用漢語手段去把握世界的古代文體，也表現出強烈的審美化、體驗性特徵。

　　語音方面，單音節為主的古代字詞單位，是各類文體中排列規整的整句大量出現的前提，如蘇軾〈前赤壁賦〉：

> 清風徐來，水波不興。舉酒屬客，誦明月之詩，歌窈窕之章。少焉，月出于東山之上，徘徊于斗牛之間。白露橫江，水光接天。縱一葦之所如，凌萬頃之茫然。浩浩乎如馮虛御風，而不知其所止。飄飄乎如遺世獨立，羽化而登仙。

〈前赤壁賦〉是一篇融合了濃濃詩情和玄遠哲理的散文，文中無論寫景或抒發哲理，都用整句式，另陶淵明〈閒情賦〉除了少量句子基本為四音節外，其餘皆為六言即六個音節組合，每句的第四字為虛字，下面為其中的一段：

---

12 童慶炳：《文體與文體的創造》（昆明市：雲南人民出版社，1999年），頁10-39。
13 童慶炳：《文體與文體的創造》（昆明市：雲南人民出版社，1999年），頁102。

夫何瑰逸之令姿，獨曠世以秀群。表傾城之嚴色，期有德于傳聞。佩鳴玉以比潔，齊幽蘭以爭芬，淡幽情于俗內，負雅志于高雲。悲晨曦之易夕，感人生之長勤，同一盡于百年，何歡寡而愁殷。褰朱幃而正坐，泛清瑟以自信，送纖指之餘好，攘皓袖之繽紛。瞬美目以流盼，含言笑而不分。

這些賦通篇排列非常規整，但如果在其他語種中用多音節單詞表述，這樣精美的句子格局就會面目全非。

　　古代一些雙音節詞，多遵循聲韻方面的規則如雙聲、疊韻以及疊音等，常用的如「彷徨」、「徘徊」、「蕭瑟」「茫茫」、「悠悠」、「依依」、「綿綿」、「幽幽」、「脈脈」等，以及語詞內部重疊如「尋尋覓覓，淒淒慘慘戚戚」，如「悲悲戚戚」「枝枝葉葉」等，這些都增加了發達的抒情文體聲音的和諧和情感的悠長，早在《詩經》中就已經出現了疊音詞連用的現象，如〈碩人〉末一段除一句外，皆用疊音詞：

河水洋洋，北流活活。
施罛濊濊，鱣鮪發發，
葭菼揭揭，庶姜孽孽，……。

後來的曲中疊音詞更多，如梁辰魚《山坡羊》〈代劉季招寄情〉中前四句：

病淹淹難醫療的模樣，
軟怯怯難存坐的形狀，
急煎煎難擺劃的寸腸，
虛飄飄難按捺的情和況。

四句的開頭都是第二音節重疊，以聲托情。形成了奇特的語音修辭場。

漢語中母音占主導地位的音節構成，抑揚頓挫的聲調變化，都使句子的內部結構中心不斷向審美化方向偏移——相對於結構「合理」，人們更注意的是如何選擇語詞，甚至打亂語詞在句中的位置，讓文句給人更美的聽覺和視覺享受，著名的如「香稻啄餘鸚鵡粒，碧梧棲老鳳凰枝」。在人們對漢語聲調有了初步認識之後，就出現了沈約的「四聲八病」說，據《南史》〈陸厥傳〉：「汝南周顒善識聲韻，約等文皆用宮商，平上去入為四聲，以此制韻。」但這些理論的注意點不在於聲調如何成為語詞意義的區別性特徵，而在於如何使詩句音韻更加和諧，富於變化。

語詞方面，大量近義詞和類義詞，既反映了古人對世界的細膩體味，對現象的細密分類，也培養了古人為文時對語詞精細琢磨的習慣，如著名的「僧推（敲）月下門」，以及「春風又綠江南岸」，曾經由「到」先後改為「過」、「入」、「滿」，「但如是者十許字，始定為『綠』」，都是具有廣泛代表性的語言事件。這種習慣將人們的注意力轉移到語詞的審美方面。此外，由於漢語詞以單音節為主，音節內部組合又有限制，這就造成漢語詞彙中大量同音、多義現象的存在，對這些同音詞和多義詞的具體詞義的確認，也需要根據其使用的語境去體驗。

漢語語法建立在對詞與詞橫向拼接關係的體驗上，一些文體的句間聯繫，又往往建立在句子橫向鋪排後的跳躍上。從上古起這種獨具審美特點的思維就體現在《詩經》創作中，非主謂短語組成的句子在詩中占相當份量，其中的比興之象與人事間的關係跳躍性極大，如《詩經》〈竹竿〉中的一段：

> 淇水在右，泉源在左，
> 巧笑之瑳，佩玉之儺。

這段詩的兩個詩句組合，內部是結構相似的雙句鋪排，而兩個組合之間的聯繫則是體驗性、審美化的，而不是邏輯性的。此外，漢大賦通篇並無直接的讚美和歌頌，而是借助事物的鋪排，讓人從中體驗它所營造的富麗輝煌的總體環境和氛圍，一些詩詞也在寫景狀物的偏正短語密集鋪排中流淌出人的思緒感悟，如著名的「雞聲茅店月，人跡板橋霜」，如「枯藤老樹昏鴉，小橋流水人家，古道西方瘦馬」等。

　　洪堡特看到漢語獨到的優點，他認為漢語形式關係缺少語音索引標籤，「精神必須以更微妙的方式把形式關係跟言詞聯繫起來，但精神並未把形式關係直接賦予言詞，而是要到言詞中發現這類關係。所以，不管聽起來多麼矛盾，我仍堅持認為，恰恰是因為漢語從表面上看不具備任何語法，漢民族的精神才得以發展起一種能夠明辨言語中的內在形式聯繫的敏銳意識。」洪堡特還覺察到漢語特殊結構的原因，在於它遠古時期就已具備的獨特的感性語音，習慣在發音時把音節與音節明確分隔開來，一個聲調不能誘使另一個聲調發生變化。「任何一種語言都是從不發達的俗民語言發展起來的。漢民族具有探索思考，發明創造的意識，以及積極敏捷、足可駕馭想像的知性，因此，它能夠對自己的語言進行哲學的和科學的加工處理。然而，這樣的加工處理是沿著傳統的道路進行的，換言之，語言必須根據民眾講話的習慣把語音分隔清楚，確定並精細地區分在（不受重音、表情姿勢等輔助性理解手段限制的）更高層次的語言運用中清晰地表達思想所必需的一切，事實上，漢民族很早就完成了對漢語的加工處理。」[14]洪堡特所說的「明辨言語中的內在形式聯繫的敏銳意識」以及「音節與音節明確分隔」的獨特的感性語音，都培養了漢民族的感悟性思維，表意體系的漢字，其形體直接與人們所熟悉的概念指稱物而不是與外在的、

14　W・洪堡特，姚小平譯：《論人類語言結構的差異及其對人類精神發展的影響》（北京市：商務印書館，1997年），頁321-323。

和事物本身無關的語音相聯繫，綜觀漢字形體及語義系統，讓人體會其中充溢著一種全方位的關懷，一種幽深而又充滿人情味的情調。

如「毛」的古文字形顯示毛茸茸的毛髮形狀，《說文》：「毛。眉髮之屬及獸毛也。」饒炯「部首訂」：「夫毛類以密比叢生為性，直出旁達，其形不一。」會意字「盼」為「目分」，意思是「眼睛黑白分明」和「眼睛轉動」，給人的感覺十分美好。

「女」為一跪著的女子人形，其義轉化為「幼小、柔弱」，突出了女性的特徵。以「女」為義符組成的字，皆同「女」有關：有的突出了女性的親切、溫順、勤勞，如委，取其禾穀垂穗委曲之貌；妥，以手撫女為安撫；安，女居於室；婦，從女從帚，灑掃也；有的突出其年輕美麗，如妙、嬌、妍、好、媛、媚。也有的體現了來自男性的貶斥：如婪、婢、嫚、奸等，另「妖」的意義轉化，則動態地顯示了社會對美麗女性的態度變化：妖，本義為嬌豔美麗，但從先秦時期起，它已經用來指稱反常怪異的現象和事物，如《左傳》〈宣公十五年〉：「地反物為妖」，後又用於指稱害人的怪物。總之，「女」及「女」旁字的語義揭示了相當長時間中人們對女人的審美和價值判斷。

漢語中大量的形聲字，其聲符也內含意義的顯露，如「清」之「青」，不僅表音，也顯示清澈之水青青的顏色。

卡西爾《人論》曾經以希臘語和拉丁語的「月亮」為例，說明這兩種語言不同的語義關注點：希臘語的「月亮」是指月亮衡量時間的功能，拉丁語的「月亮」則是指月亮的清澄或明亮狀況[15]，而漢語「月」的語義關懷則包括：月牙兒彎彎的形狀及其柔和的光線；與女子有關因而也與婚姻、生殖有關的事物；時間。以「月」為語素構成的語詞所指稱事物覆蓋面更大，但都不同程度地與「月」的三方面語義相關：如「月眉」，突出女子秀眉如月形，「月夕」強調月的衡量時

---

15 E·卡西爾撰，甘陽譯：《人論》（上海市：上海譯文出版社，1986年），頁171。

間功能，「月水」則同時強調「月」的女性、生殖和時間特性。唐代開始出現的「月亮」一詞，使得「月」的稱名逐漸成為雙音節詞，更強調了它的皎潔光亮。可見，漢語詞彙的語義關懷是全方位的。這種全方位的關懷，使它獲得總體語義審美信息大於各部分語義審美信息相加之和的場效應。

　　運用這樣富於審美意味的語言去作文並建構文體，無疑會大大增強文體的魅力。

　　美國學者薩金特曾指出東西方語言觀的差異：

在西方的文學和語言學（無論是古代的還是現代的）中，我們常常能發現對於永恆的、甚至是神聖的語言的關注。它先於人類的各種語言，但又存在於各種語言的內部。它是一種本原的語言，一種深層結構，一種使我們互相關聯的普遍媒介，上帝可能曾用這種語言對我們說過話。如今這已是一種失去的語言，但是有些古代典籍和語言學法則可能使我們聽到它，詩歌則可能力求接近它。[16]

而在中國古代思想中，「自然中的文是始終存在的，人為的文則以兩種方式基於自然的文。一種方式是模仿，例如伏羲發明的八卦以及隨後的文字，另一種方式是對稱性的本體論，人為的文（文字、文學）可以用自然的文（紋理）來解釋。然而，正像西方的原始語言或『深層結構』，真正的、完美的文是一種在今天的討論中很難說清楚的內在的語言。」[17]

---

16 斯圖爾特‧薩特金：〈後來者能居上嗎：宋人與唐詩〉，莫礪鋒編：《神女之探尋》，（上海市：上海古籍出版社，1994年），頁76。

17 斯圖爾特‧薩特金：〈後來者能居上嗎：宋人與唐詩〉，莫礪鋒編：《神女之探尋》，（上海市：上海古籍出版社，1994年），頁76。

從總體上說，西方文學始終在追求一種終極的、永恆的「真理」，竭力去接近人類的「元語言」，這種語言是合乎理性的、嚴密而明晰的。西方從古希臘時期就開始了這種傳統，如柏拉圖堅持理念存在於上界，人們可以通過特殊方式去再現它。因而他主張寫文章的人要用科學方法探求事物本質，把散亂內容統一於一個普遍概念之下，找出全體與部分、概念與現象的關係。[18]亞里斯多德則提出「詩人的職責不在於描述已發生的事，而在於描述可能發生的事」，即按照永恆的宇宙法則會發生的事情，文藝作品的目的在於通過現象去揭示本質。

亞里斯多德理論的影響一直延續到後來的「典型」論，西方人保持了個別可以表現一般的信心。而在追求真理語言之外，其他包括語言技巧在內的藝術手段，都是人為的，可以把握的技藝。綜觀亞里斯多德《詩學》對於悲喜劇及各種詩歌的研究，可以發現，有關語言的使用和編排的討論在其中占了大部篇幅。如他指出各種文體之間的區別在於使用不同的媒介，如用「節奏、語言、音調來摹仿」，或者是「只用語言來摹仿。或用不入樂的散文，或用不入樂的韻文」；史詩和悲劇的相同在於都用韻文摹仿嚴肅的行動，規模也大，不同在於史詩純粹用敘述體韻文，不受時間的限制；他還指出，比較嚴肅的人模仿高尚的人的行動，他們最初寫的是頌神詩和讚美詩，比較輕浮的人則摹仿下劣的人的行動，他們最初寫的是諷刺詩；「在各種格律裡，短長格最合乎談話的強調」；相對於「深層結構」的「表層結構」，被亞氏稱為「語言的表達」，雖然他認為，在悲劇藝術的六個成分中，「語言的表達」即「通過詞句以表達意思」，只佔據第四位，但《詩學》從十九章到二十五章，有關言詞技巧的研究還是非常細密。[19]

---

18 柏拉圖：〈斐德若篇〉，見朱光潛譯：《文藝對話集》（北京市：人民文學出版社，1980年），頁152-153。

19 參見亞里斯多德撰，羅念生譯：《詩學》（北京市：人民文學出版社，1984年）。

　　中國古代沒有對「永恆、神聖」語言的關注，而是將「道」作為無所不包的法則化於社會和自然現象之中。前面說到的「文」即「道」的外化形式。

　　「道可道，非常道」，以人言去闡發和接近道，既成為一些人的追求，又成為難以企及的終點。當「人之意」成為文學表達重點時，古人同樣陷入「言」難表己「意」的尷尬之中。古人在理論上接觸到言意問題，常常會「假道而行」：如「立象見意」、「得意忘言」、「舉類邇見義遠」、「以少總多」、「境生象外」、「超以象外得其環中」、「象外之象景外之景」、「含不盡之意見於言外」、「妙處在不言處見」等。這些理論，或許是促成古代篇幅較短的詩歌、散文文體特別發達，而不多見西方式鴻篇巨著的原因。

　　除了上古的即興詩歌創作，客觀上表現了當時不自覺的清新樂觀的語言自信，以及漢大賦的字句堆砌，顯示那個時代的人，像相信物質極大豐富可以壓倒一切，於是也相信語言的數量可以達到「意」的充分表達外，在創作實踐中，古人總是表現出對言的苦苦追求，寫作詩文時總是對字句精錘細煉、慢咬細嚼，如「兩句三年得，一吟雙淚流」，如「為人性僻耽佳句，語不驚人死不休」，都成為人們語言追求的典範。中國古代詩文有「詩眼」、「文眼」，這都是特別洗煉、精彩而意蘊深厚的字句。據顧嗣立《寒亭詩話》：

> 古人有一字之師，昔人謂如光弼臨軍，旗幟不易，一號令之，而百倍精彩。張桔軒詩：「半篙流水夜來雨，一樹早梅何處春？」元遺山曰：「佳則佳矣，而有未安。既曰『一樹』，焉得為『何處』？不如改『一樹』為『幾點』，便覺飛動。」……又薩天賜詩：「詩信佳矣，但有一字不穩，『聞』與『聽』字義同，盍改『聞』作『看』，唐人『林下老僧來看雨』，又有所出矣。」古人論詩，一字不苟如此。

而古人對語言基本功的訓練也遠遠超過世界其他許多民族。

另一方面，在語言運用規律的探討和總結方面，仍然可以見出語言觀的影響，因為「真正的、完美的文是一種在今天的討論中很難說清楚的內在的語言」，所以儘管古代韻文有嚴格的格律要求，體制源於宋元經義的八股文，也有著刻板的行文格式，但大多情況下，古人都認為文無定法，而竭力提倡詩文應該立己法，立活法，接近天籟。如揭曼碩《詩法正宗》認為詩文有法：「文有文法，詩有詩法，字有字法，凡世間一能一藝，無不有法。」但呂本中〈夏均父集序〉又提出：「學詩當識活法。所謂活法者，而能出於規律之外，變化不測，而亦不背於規矩也。是道也，蓋有定法而無定法，無定法而有定法。」葛立方《韻語陽秋》曰：「作詩貴雕琢，又畏斧鑿痕。……此所以為難。」王若虛《文辨》有一段有趣的問答：「或問文章有體乎？曰：無。又問無體乎？曰：有。然則果何如？曰：定體則無，大體須有。」明代時，袁中道感於當時詩文拘泥古法，提出「以意役法，不以法役意，一洗應酬格套之習，而詩文之精光始出。」(〈中郎先生全集序〉) 袁宏道更明確地說：「文章新奇，無定格式，只要發人所不能發，句法字法調法，一一從自己胸中流出。」(〈答李元善〉) 清代劉熙載《藝概》〈詞曲概〉則認為古樂府中的「至語」本為「常語」，但經道出便成「獨得」，他提倡「極煉如不煉，出色而本色，人籟悉歸天籟矣」。

古代對詩文的欣賞，或偏重於字句的品評，或偏重於「神」的體味。前者容易失於細碎，後者則往往流於玄虛，而系統的、可供操作的文體創作規律總結則絕少出現。

四　古代文體系統：中國文化的產物和載體

中國古代文體系統，是傳統文化的產物，也是它的一種重要載體。

　　著名人類學家懷特認為：「全部文化或文明都依賴於符號，正是使用符號的能力使文明得以產生，也正是對符號的運用使文化延續成為可能。」[20]而「符號系統的原理，由於其普遍性、有效性和全面適用性，成了打開特殊的世界——人類文化世界大門的開門秘訣。」[21]

　　一九六九年，比利時物理學化學家普里高津創立了一種非平衡態開放系統的自組織理論——耗散結構論（Dissipative structure），這一理論認為，整個世界的宏觀層次中，有平衡態區域、近平衡態區域和遠離平衡態區域，統一的實體和永恆的模式只適用於平衡態區域及其鄰近區域，在遠離平衡態區域，其內部系統通過不斷與外界交換物質與能量，可能從原有的混沌無序狀態轉變為在時間、空間和功能上穩定有序的新狀態，這種在遠離平衡區域，通過耗散物質和能量而維持的宏觀有序結構就是耗散結構。

　　從耗散理論角度看，人類世界是複雜的、多元的，各個區域處於不平衡狀態，多彩的現實世界不可能還原為一個永恆的、統一的模式，人類文化也是複雜多樣的，中國文化作為人類文化的一個組成部分，是中華民族在特殊環境中生存、發展的產物，它是系統自身經過內部調節並與外界交流之後產生的一種特殊結構，是一種自組織的在「時間、空間或者功能上穩定有序的」特殊結構。

　　上古時期，「文」、「化」二字是可以單獨使用的單音節詞：有關「文」的語義演變，本章開頭已經論及。

　　「化」是古代文化的一個重要概念，本指生成、化育，如《周易》〈繫辭傳〉：「天地感而萬物化生。」古代甚至認為化育之氣先於天地產生，《鬼谷子》〈本經陰符〉：「化氣，先天地而成果，莫見其形，莫知其名。」陶宏景注：「至於化育之氣，乃先天地而成，不可

---

20 L‧懷特撰，沈原等譯：《文化的科學——人類與文明研究》（濟南市：山東人民出版社，1988年），頁33。
21 E‧卡西爾撰，甘陽譯：《人論》（上海市：上海譯文出版社，1985年），頁45。

以狀貌詰，不可以名字尋。」

　　「化」因此亦指造化，自然的變化或規律。《周易》〈繫辭傳〉：「是故形而上者謂之道，形而下者謂之器，化而裁之謂之變。」孔穎達疏：「化而裁之謂之變者，陰陽變化而相裁節之謂之變也。」

　　「化」後引申為改變人心風俗，教化。如《周易》〈乾〉：「善世而不伐，德博而化。」《禮記》〈學記〉：「聖人久于其道，而天下化成。」這些引例中的善、德、聖人之道等，皆是文明社會的道德概念，顯示了教化中「文」的中心地位。

　　修文偃武是中國傳統的教化手段，孔子認為詩教的核心是溫柔敦厚。另《韓非子》〈五蠹〉述舜禹曾「修教三年，執干戚舞，有苗乃服」，這是中國即將步入文明時期以文施行教化的成功例證。以文教化成為漢代大一統帝國的重要政策，它對春秋以來的戰爭暴力和秦的暴政起了撥亂反正的作用，「文化」也在漢以後凝固為合成詞，如劉向《說苑》〈指武〉：「凡武之興，為不服也，文化不改，然後加誅。」

　　「文化」作為雙語素詞，強調了「文」的生成性，即「文」可以引起事物的化育、改變。因而，現代意義的「文化」，即「人們在社會歷史實踐過程中所創造的物質財富和精神財富的總和，特指精神財富」，應該和古代的「文化」概念有一定的聯繫：它們都涵蓋了人類的所有文明成果，強調人的文明行為的生成實效。

　　文體作為文化的同語素詞，又作為文化的組成部分，它們之間有著不可分割的聯繫：文體作為古代「文」的一種話語彙集方式，既是「文」的「化育」結果，又參與了「文」的「化育」行為。本書將在後文討論中國古代各類文體建構時論及文體和文化之間的關係。

第八章
神話：文體建構的修辭詩學考察之一

　　人的敘事是從他自身以外的另一個「存在」──神開始的，這種有關神的敘事，延續了極為漫長的過程，韋爾斯曾指出此期神話講述的主要內容：

> 敘事的能力隨著詞彙的擴大而增長。舊石器人樸素的個人幻想，沒有體系的拜物伎倆，和基本的禁忌，開始代代相傳，形成了前後更加一致的體系。人們開始講故事，講他們自己，講部落，講它的禁忌和為什麼必須這樣做，講這個世界和為什麼會有這個世界等等的故事。[1]

　　新石器時代，是神話發生、發展的重要時期。在中國，新石器時代約開始於西元前七千年到前六千年。這時的華夏大地上，石具製作趨於精細，陶器製作也逐漸繁盛。進入仰韶時代，大量的彩陶製品展現出它作為人工製品的輝煌和美麗，人們在為自己的生活不斷添加絢麗色彩的同時，也用語言編織出大量美麗的神話。神話與彩陶以及後來源源不斷出現的各種人造器物上的畫面互相映照、互相詮釋，共同展現了那個時代的燦爛文化。

1　H・韋爾斯撰，吳文藻等譯：《世界史綱》（北京市：人民出版社，1982年），頁132。

　　新石器時代，也是各民族的大規模社會組織建立和發展、鞏固的時代，集體意識不斷增強，集體對各個成員的約束性要求也越來越多，部落啟動了當時各種可能的教育和宣傳手段，口口相傳的神話講述佔據社會話語活動的主要地位。而生產分工的出現，社會文化活動的相對獨立和發展，都使得神話講述逐步成為少數人的職責和權力，神話也漸漸擺脫了初期的粗糙、樸野和散亂的面貌，呈現為較完整的、內容分佈合乎部族需要的體系。

　　中國古代神話展現了華夏初民對於外部世界的關注視野，它濃縮了初民所想像的世界的全貌，以及它的所有「邏輯」和「理由」。因而，神話在社會生活中是不僅是神聖的，而且是「真實」的。《山海經》是中國早期神話總集，讀《山海經》，可以感覺到其中流動著莊嚴宏大的氣勢和力量，這種氣勢和力量，來自它的神聖內容，它少有變化的儀式化莊嚴語式，來自它與內容、語式格調相和諧的宏大有序的敘述結構。《山海經》作為華夏早期的莊嚴文體，在中國文學和中國文化中極具代表性。本章討論以《山海經》為代表的中國古代神話的文體建構、《山海經》的神話語言和敘述結構建構；因為水神神話在中國極具代表性，本章第三節討論水崇拜和水神神話。

一　《山海經》：神話的「真實」內容

　　《山海經》是古代的巫書，它經歷了漫長的創作和傳播過程，在此期間，華夏的各種神話也經歷了集中和匯聚。神話的講述權首先屬於部落中的權威人士，如首領、巫祝、長者。巫在上古，主要職能是作為人與神的中介，他通過以語言為主的種種手段，將人間的信息，包括讚頌、欲望等等傳達給神，又把神的要求、命令傳達給人。神話內容的很大部分源於部族集團為生存發展而進行的集體活動，這些故事講述在當時具有不一般的意義：

它們（按：指神話）的真實性不是源於邏輯，而是某種歷史。
它們首先源於宗教的尤其是巫術的規則。神話對崇拜目的的效
力，對於保存世界和生命的效力，存在於語言的魔力之中，存
在於它們具有的感召力。[2]

《山海經》作為古老神話總集，基本上囊括了我國神話的構成，
包括它的內容、形式及風格。它的主要描述對象是人們想像中的神，
但它的內容分佈，又從各方面體現了華夏早期的社會關注熱點，服從
於人的需求。考察《山海經》，可以得知，它是以華夏山水為總綱，
編織進了動植物神話、歷史人物神話等，因而《山海經》中的神話可
以分為以下類型：

（一）地理神話：國土意識的凝聚

在「絕地天通」以後，人們仰望浩渺的蒼穹，萌發美好幻想。山
的高大巍峨，直觀上在不可企及的天與人所立足的地之間構築了垂直
的聯繫，山成為進入另一個美好世界的途徑，如〈大荒西經〉：「有靈
山，巫咸、巫即、巫盼、巫彭、巫姑、巫真、巫禮、巫抵、巫謝、巫
羅十巫，從此升降，百藥爰在。」〈海外西經〉：「在登葆山，群巫所
從上下也。」《山海經》中以山水之神為主體的神系網絡，展現了初
民對於山水的想像。山水神話構成《山海經》的內容主體，也是它的
編排總綱。卡西爾說：

世界應該以一種具有確定形式的模式呈現給我們的審視和觀
察，其中每一種形式又都各有賦予其獨特個性的完全確定的空

---

2 拉斐爾‧貝塔佐尼：〈神話的真實性〉，見A‧鄧迪斯編，朝戈金等譯：《四方神話學
論文選》（上海市：上海文藝出版社，1994年），頁138。

間界限——這一切在我們看來都是再自然不過的事情。即使我
們把世界看成是一個整體，這個整體也仍然是由可以明顯區分
開的單位所組成的，並且，這些單位並不會互相融合，它們保
持著使自己與其他單位明確區分開的各自的同一性。然而，對
於神話製作意識來說，這些各自分開的成分卻不是如此這般地
分開給定的，它們不得不從整體中原始地逐漸地分化開來，選
擇和甄別的過程尚未經歷而又尚待經歷。[3]

《山海經》中的山水分佈及其狀況描述正體現了這種神話創作者
的意識，在中國，山水之所以進入神話視野，一方面是因為它自身構
成了烏托邦式的神界仙境，如〈海外西經〉：「此諸夭之野，鸞鳥自
歌，鳳鳥自舞，鳳皇卵，民食之。甘露，民飲之。所欲自從也。百獸
相與群居。」〈大荒南經〉：「不績不經，服裝也，不稼不穡，食也。
爰有歌舞之鳥，鸞鳥自歌，鳳鳥自舞，爰有百獸，相群爰處。百穀所
聚。」

另一方面則是因為山水之間存在著大量的靈異之物，如〈大荒南
經〉：「有雲雨之山，有木名曰欒。禹攻雲雨，有赤石焉生欒，黃本，
赤枝，青葉，群帝焉取藥。」〈大荒西經〉：「大荒之中，有方山者，
上有青樹，名曰櫃格之松，日月所出入也。」

因而，山水不是以它本來的自然面目，而是以一種理想化、神靈
化的面貌出現的；而山水成為《山海經》的敘述總綱，則因為華夏初
民在治理山水的過程中獲得了對山水的感性認識，激發了他們了解周
邊山水的渴望，激發了他們的熱愛國土之心。

在原始人那裡，「自然條件不只是被動地被接受的。此外，自然
條件不是獨立存在的，因為它們與人的技能和生活方式有關，正是人

3　E・卡西爾撰，於曉等譯：《語言與神話》（北京市：生活・讀書・新知三聯書店，
　　1988年），頁40。

使它們按特定方向發展，為它們規定了意義。自然本身是無矛盾的，它之所以成為矛盾的，只是由於某種特殊的人類活動介入的結果。而且按照某種活動所採取的歷史的與技術的形式，環境的特徵就具有不同的意義。另一方面，即使當環境被提高到唯一使環境能被理解的人的水準時，人與其自然環境的關係仍然是人類思維的對象：人從不被動地感知環境，人把環境分解，然後再把它們歸結為諸概念，以便達到一個絕不能預先決定的系統。」[4]

《山海經》中君臨山水的圖騰神，為山水增添了神秘色彩。古人的生存對於山水的依賴性，古人對於山水的調理整治、山水給予古人的優惠和便利，都使得山水神話在神話系統中佔有不一般的地位。

《山海經》包括〈山經〉和〈海經〉兩部分。其中〈山經〉包括「南山經」、「西山經」、「北山經」和「東山經」、「中山經」五種，各經內部又分「次經」。其中每一「經」和「次經」的結尾，都對其中提到的山以及總面積作一總結，如「凡南次二經之首，自櫃山至漆吳之山，凡十七山，七千二百里。」「西次三經之首，崇吾之山至於翼望之山，凡二十三山，六千七百四十四里。」「右南經之山志，大小凡四十山，萬六千三百八十里。」「凡北經之山志，凡八十七山，二萬三千二百三十里。」

這些數字不僅是對國土面積作一計量，同時也顯示了其中所充溢的對於遼闊國土的自豪感。

今天看來，夏的版圖不算遼闊，但在交通阻隔的上古，它已夠讓人大開眼界，足以引起「芒芒禹跡，畫為九州」的讚歎了，當時這種大國的自豪感，一定程度上成為華夏文明不斷延續的內在心理動力。而《山海經》敘述所體現的那種與其他部族融合、對其他宗教包容為

---

4 列維─斯特勞斯撰，李幼蒸譯：《野性的思維》（北京市：商務印書館，1987年），頁109。

主的態度，也成為後世中華民族的大政基調，是後來大版圖建立的基礎。黑格爾認為，史詩是民族精神標本的展覽館，中國上古缺少史詩，但民族的自豪感、憂患感、責任感卻通過《山海經》的講述強烈地體現出來。華夏的民族意識、愛國情懷，早在三千多年前，就已作為民眾教育常授不懈的內容，滲入民族品格中。

美的產生，源於人們在審美對象中看到自己的本質力量。中國神話中的山水，其中融注了初民戰山鬥水的力量、治理山水的喜悅。上古華夏同心協力的大規模群體行動，莫過於治理山水。鯀禹治水，經過了由「堙」的各自為政到「疏」的通盤合作的過程，參與其中的，是大規模的群體行動者。這些治水大軍，在中華大地上奔波忙碌，歷時十多年，將山川河谷，梳理了一遍，致使洪水前後地勢，有所變遷。堯至禹時的治水，可能是中國有史以來對民族命運影響最大的治水運動，地勢的改變導致地理的劃分，治水運動的全民族性推動了方國聯盟的初步統一，推動了第一個國家的誕生，國家以及國家版圖的概念也隨之產生。南征北戰的治水經歷，既使以禹為代表的群體行動者，對中華大地及周邊地勢有了感性認識，又刺激了他們的好奇感，激發了他們的大膽想像。由於洪水，以前的文物大多被滌蕩，人們現在面對的是新面貌的大地，前所未有的國家。描述這個國家的山水總體狀況，也就是描述古人治理山水行動的「總體記憶」。

卡西爾說：「記憶乃是更深刻更複雜的一種現象，它意味著『內在化』和強化，意味著我們以往生活的一切因素相互滲透。」「符號的記憶乃是一個過程，靠著這個過程，人不僅重複他以往的經驗而且重建這種經驗，想像成了真實的記憶的一個必要因素。」[5]上古的這些「地理學家」，正是用自己的想像，去補充通過勞作所得的實際見聞和經驗，造就了這一本神奇怪異、饒有趣味的書。而《山海經》中

5　E・卡西爾撰，甘陽譯：《人論》（上海市：上海譯文出版社，1985年），頁66。

的山水神話，也是這樣一個融匯著記憶與想像的、具有明顯「反思」特徵的符號載體，在當時，它較為完美地體現了大規模群體行動者經驗與想像的宏大氣魄。

（二）歷史神話：神系與部落首領

總體上說，《山海經》的敘述空間囊括了當時的華夏本土及周邊地區，涉及到少數民族如匈奴、異邦如朝鮮、倭國等，但這又是一本時空錯綜、敘述龐雜的書，因為它在空間敘述中編織進古華夏從女媧、帝俊、黃帝直到禹啟時部落首領的神話歷史片斷，空間鋪展中夾有大時間跨度的跳躍回環。

《山海經》中炎黃神系記載較詳，如〈海內經〉：「炎帝之妻，赤水之子聽訞生炎居，炎居生節並，節並生戲器，戲器生祝融。祝融降處于江水，生共工。共工生術器，術器首方顛，是復土穰，以處降水，共工生后土，后土生噎鳴。」另如〈海內經〉：「黃帝妻雷祖，生昌意。昌意降處若水，生韓流。韓流擢首、謹耳、人面、豕啄、麟身、渠股、豚止，取淖子曰阿女，生帝顓頊。」〈大荒西經〉接續了這一譜系：「顓頊生老童，老童生重及黎。」

〈大荒北經〉則記述了黃帝同蚩尤的一場戰爭：「蚩尤作兵伐黃帝，黃帝乃令應龍攻之冀州之野。應龍畜水，蚩尤請風伯雨師，縱大風雨。黃帝乃下天女魃，雨止，遂殺蚩尤。」

有關鯀禹治水的歷史事件化為神話，顯得極其悲壯。「洪水滔天。鯀竊帝之息壤以堙洪水，不待帝命。帝令祝融殺鯀於羽郊。鯀復生禹。帝乃命禹卒布土以定九州。」

直到有關夏后啟的神話，則呈現出一派歡樂景象，如〈海外西經〉：「大樂之野，夏后啟於此儛九代，乘兩龍，雲蓋三層。左手操翳，右手操環，佩玉璜。」〈大荒西經〉：「有人珥兩青蛇，乘兩龍，名曰夏后開。開上三嬪於天，得〈九辯〉與〈九歌〉以下。此天穆之

野,高二千仞,開焉始得歌〈九招〉。」

另有一些傳說中的英雄神話,他們多以戰鬥者的姿態出現,如〈海外南經〉:「羿與鑿齒戰于壽華之野,羿射殺之。」〈海內經〉:「帝俊賜羿彤弓素矰,以扶下國,羿是始去恤下地之百艱。」〈海外西經〉:「形天與帝至此爭神,帝斷其首,葬之常羊之山。乃以乳為目,以臍為口,操干戚以舞。」

歷史人物被神化,是中國神話的一個特點。它為中國神系提供了源源不斷的補充,同時也使得中國神系總是處於一種變動之中,不像西方神話中的神系一旦確定下來,就比較穩定。此外,歷史人物尤其是帝王的被神化,使得神壇上總是保留了人的位置,人造神也不斷在中華歷史上出現。

由於《山海經》是以山水為編排總綱,所以其中的歷史人物神話都裹夾在山水狀況的描述中,成為山水神話的附著,從歷史人物神話的這一敘述特點可以看到,這些被神化的重要歷史人物,他們的事蹟和命運都是和中華山水緊密聯繫在一起的,「重民族」勝於「重個人」,成為《山海經》的敘述原則。

(三)植物神話:採集農耕時代的泛靈意識

中國古老的採集和農耕方式,把植物和古人生存緊密地聯繫在一起。《淮南子》〈修務訓〉說到神農「嘗百草之滋味,水泉之甘苦,另民知所辟就。當此之時,一日而遇七十毒」,對植物的利用成為壯烈的神話。

《山海經》中的植物神話,可以分為兩種類型,

1 奇異草木:植物的治病健體功效

《山海經》中寫到花草樹木,它們都具有特殊療效,如〈西山經〉中的草木幾乎都可以治病:

　　（符禺之山）有木焉，名字曰文莖，其實如棗，可以已聾。其
草多條，其狀如葵，而赤華黃實，如嬰兒舌，食之使人不惑。
　　（石脆之山）其草多條，其狀如韭，而白華黑實，食之已疥
　　（浮山）多盼木，枳葉而無傷，木蟲居之。有草焉，名曰薰
草，麻葉而方莖，赤華而黑實，臭如蘼蕪，佩之可以已癘。

另外還有一些草木可以已心痛、已胕、已痔、已癭等。〈西次三經〉
中一些神奇的果木可以強健身體：

　　（不周之山）爰有嘉果，其實如桃，其葉如棗，黃華而赤柎，
食之不勞。
　　（崟山）其上多丹木，員葉而赤莖，黃華而赤實，其味如飴，
食之不饑。
　　其木焉，其狀如棠，黃華赤實，其味如李而無核，名曰沙棠，
可以禦水，食之使人不溺。
　　有草焉，名曰薲草，其狀如葵，其味如蔥，食之已勞。

這些描述反映了初民對於植物的神奇想像，也構成中醫藥學的最初
基礎。

2 豐茂草木：生命和神力的想像

　　《山海經》中有關大木長草的神話很多，這些植物常和神同處，
〈海內西經〉：「崑崙之虛，方八百里，高萬仞。上有木禾，長五尋，
大五圍。面有九井，以玉為檻。面有九門，門有開明獸守之，百神之
所在。」有些長草也具有特殊功能，如〈中次七經〉：「（半石之山），
其上有草焉，生而秀，其高丈餘，赤葉黃華，華而不實，其名曰嘉
榮，服之者不霆。」

　　這些植物的豐茂外形激起了古人有關旺盛生命力的想像。如有關建木和扶桑的大木神話，有關葍草、瑤草等等的長草神話，與中華特有的情愛修辭原型「連理枝」相關聯（可參見本書第一章「比翼鳥與連理枝：情愛原型系統的修辭詩學考察」）。

　　在此，原始宗教的泛靈意識支撐著神話文體的思維方式。這些神話對於植物的把握，融入了對於奇異草木的外形感知，然而更強調的是想像中和這些外形相應的神奇性質。中國古代的植物神話如此豐富，其功能得到如此強調，十分罕見。

（四）動物神話：狩獵到採集時代的神奇想像

　　原始人的想像中，周圍世界佈滿超自然的存在物，它們具有神奇的魔力，原始人把這些存在物當作神靈崇拜，這就是萬物有靈觀。在各個民族的早期，都存在著大量有關動物的神話。據人類學家研究，原始部落所崇拜的圖騰，絕大部分是動物，進入神話階段以後，動物又在各種類型的自然神話中扮演主角。這些具有非凡力量的神奇動物和人類相隨相伴，度過了漫長的歷史歲月。

　　神話是人類特定時期的活動在超自然想像空間的投影，動物神話與人類早期的狩獵活動相關聯。在農業活動開始以前，狩獵和採集是人類的主要謀生方式，雖然女子的採集在經濟上更為重要，但可能因為男子從事的狩獵活動更能體現出集體性，因而對社會語言和行為更有制約作用，所以，很多神話和儀典都圍繞著狩獵展開。狩獵民族的神話講述的絕大部分是動物故事，人們確信通過講述這些故事，可以召喚獵物，保證狩獵獲得極大成功。人們一旦熟知某種動物的神話，也就有能力支配這一物種的全體。在這些神話中，動物雖然是超出凡人的神靈，但它顯示了人在自然中的地位和視點的變化：人已經從自然中分化出來，以一種新的、外在的眼光去打量動物，這印證了在當時的想像中雖然人的力量還不如某些動物。但人畢竟已認識到自己是

一個與其他動物不同的特殊類屬物。在人和自然的關係從主客混沌不分進入主客體分化的過程中，人既希望確立自己的獨特地位，又和自然有著千絲萬縷的複雜心理聯繫，因而，在動物神話中，動物被視為雙重的象徵：既象徵野蠻──人類欲擺脫自然；又象徵親密──人類希望復歸自然。[6]

1 神奇的動物：原始人的伴侶

　　動物神話的初始形態是與動物圖騰崇拜相配合的故事，由於生產力的低下，生存環境的艱難，原始部落便把求助的目光，投向了自己剛剛從中分離的自然界，從自然物中選擇特有的崇拜物作為圖騰，試圖借助這種神奇的崇拜物完善自身，以抵禦並征服異己的自然現象。在中國古老的神話集《山海經》中，中華大地及其周邊地區的山間澤畔無處不存在著奇異的神鳥靈獸，它們威嚴地君臨著山山水水，成為主宰地域和一些自然及社會現象的神祇。

　　弗雷澤在談到圖騰時曾說：「假如我沒弄錯的話，這種思想就是為了要同一個動物，一個精靈，或其他強有力的神物建立相互感應關係，以便使人能把自己的靈魂或靈魂的某些部分安全地寄存在對方身上，並且又能從對方身上獲得神奇力量。……如果圖騰是一種令人害怕或危險的動物，那麼，他深信在部落中以它為名的人們能夠免於遭受痛苦。」[7]在初民心目中，被崇拜的動物圖騰，是部落的保護神、祖先和首領，以及部落整體和部落中的每一個人。

　　隨著生產力的發展，農耕方式的逐步確立，社會組織的日趨完備

6　C・朗撰，王熾文譯：《神話學》，中國民間文藝研究會研究部編：《民間文學理論譯叢》（北京市：中國民間文藝出版社，1986年），第1集，頁86-87。此外可參見朱玲：〈鷹與蛇：圖騰、神話主角與原型置換〉，《福建師大學報》2001年第3期。

7　J・弗雷澤撰，徐育新等譯：《金枝》（北京市：中國民間文藝出版社，1987年），頁967。

和擴大，人類開始用主體性更為強烈的眼光打量自然和社會，動物圖騰也逐漸脫離與人類的「血緣」關係、以及與某一部落的直接保護關係，而演變成某一種自然或社會現象的預兆和化身。如〈東山經〉：「（太山）有獸焉，其狀如牛而白首，一目而蛇尾，其名曰蜚，……見則天下大疫」，〈東次二經〉：「（耿山）有獸焉，其狀如狐而魚翼，其名曰朱獳，……見則其邑有恐」，還有一些動物「見則天下大水」、「見則其邑大旱」、「見則其邑有大兵」、「見則天下大穰」、「見則天下安寧」；另外一些動物則具有神奇的力量，如可以「禦兵」、「禦凶」、「禦火」，「禦百毒」，這種變化，體現了人類仍然把知曉和調整自然及社會狀況的希望寄託在想像中超自然的神靈動物身上。

《山海經》中的動物神靈按其形象大致可分為：

（1）獨立獸形

這類神靈以完全、獨立的動物外形出現。根據其外形特徵的差異，獨立獸形神又可分為三種：

一是以動物的原有外形出現，但有的形體被極度誇張。如《山海經》〈海內南經〉：「巴蛇食象，三歲而出其骨，君子服之，無心腹之疾。其為蛇青黃赤黑。一曰黑蛇青首，在犀牛西。」〈西次二經〉：「（鹿臺之山）有鳥焉，其狀如翟而五采文，名曰鸞鳥。」〈北次三經〉：「是有大蛇，赤身白首，其音如牛。」

二是對動物的外形加以變化，如〈海外東經〉：「青丘國在其北，其狐四足九尾。」〈西次三經〉：「有獸焉，其狀如赤豹，五尾一角，其音如擊石，其名如狰。有鳥焉，其狀如鶴，一足，赤文青質而白喙，名曰畢方。」

三是以混合的動物外形出現，如〈北次三經〉：「（景山）有鳥焉，其狀如蛇，而四翼、六目、三足，名曰酸與，其鳴自詨，見則其邑有恐。」這是蛇和鳥類的外形混合。〈北次二經〉：「有獸焉，其狀

如虎，而白身犬首，馬尾彘鬣。」為虎、犬、馬、豬的外形混合。

（2）人獸混合形

這種形式可以分為以下類型：

半人半獸形：這類神靈的頭與身體往往分別採取人與動物的外形，此類動物神在《山海經》中出現得也很多，如〈西次二經〉：「其十神者，皆人面而馬身。其七神皆人面牛身，四足而一臂，操杖以行，是為飛獸之神。」〈西次三經〉：「（神陸吾）虎身而九尾，人面而虎爪，是神也，司天之九部及帝之囿時。」

人獸形互轉：這類神靈或由人形轉變為動物之形，或有時以人的外形、有時以動物外形出現。如〈北次三經〉：「有鳥焉，其狀如烏，文首、白喙、赤足，名曰精衛，其鳴自詨。是炎帝之少女精衛名曰女娃，女娃游於東海，溺而不返，故為精衛。常銜西山之木石，以堙於東海。」玄冥為北方之神，其化身是龜。鯀能化龍；禹是虎鼻鳥嘴，可化為龍或熊。

人獸同現：即以人的形象出現的神，但身邊總跟隨著動物，包括以動物作使者，作坐騎，作飾物等。如中國的西王母以三青鳥作為使者，古代巫師的通天工具是各種不同的動物，〈海外東經〉中雨師妾「其為人黑，兩手各操一蛇，左耳有青蛇。右耳有赤蛇。一曰在十日北，為人黑身人面，各操一龜。」

綜上所述，動物神話的一個顯著特徵是動物的變形，黑格爾曾將希臘和埃及的神話動物作了對比，認為：

> 從精神的倫理方面來看，變形對自然是抱否定態度的，它們把動物和其他無機物看成是由人淪落而成的形象。因此，如果埃及人把一些自然原素的神提高到動物，使它們獲得生命，變形的情況就恰恰相反，……自然事物形狀被看作人所遭受的變

形，為著要懲罰他的某種或輕或重的過錯或罪行；這種變形被看作一種剝奪神性的災難的痛苦的生存，在這生存中人就不能再保持人形。所以這種變形不能指埃及人所理解的靈魂輪迴，因為這種靈魂輪迴是一種不涉及罪孽的變形，人變成獸，反而被看成是一種提高。[8]

但是在中國，這些動物變形是為了增加其神奇性；也有些是出於特殊的自然或社會的原因，如人為了獲得非凡的力量，會借助動物或者臨時化身為動物取得成功，對動物的崇拜在中國神話中留下深深的烙印。

此外，上述類型基本上是按時間先後出現的，「半人半獸形」、「人獸形互轉」以及「人獸同現」神話，顯示了人的形象對動物形象的逐步取代。湯普森說：

在任何地方的民間故事裡，人類世界與動物世界緊密地聯繫在一起，當從人到動物或動物到人的轉換發生時，我們可以在幾乎不留戀的情況下，很容易地適應這種轉換。[9]

這種「幾乎不留戀」的心理表明，隨著自然面紗被逐漸揭開，對人的重視正在淡化對神靈動物的膜拜，人類將徹底從動物界分離。當神話主角完全以人形神的面目出現、動物退居陪襯或附屬地位時，動物神話就走向了衰亡，充溢著精神和意識的人體成為人們崇拜和欣賞的對象，「人的形象固然與一般動物有許多共同處，但是人的軀體與動物軀體的全部差異就只在於按照人體的全部構造，它顯得是精神的

8　F・黑格爾撰，朱光潛譯：《美學》（北京市：商務印書館，1984年），卷2，頁183。
9　斯蒂・湯普森撰，鄭海等譯：《世界民間故事分類學》（上海市：上海文藝出版社，1991年），頁423。

住所，而且是精神的唯一可能的自然存在。所以精神也只有在肉體裡才能被旁人認識到。」[10]

　　在西方，古希臘神話雖屬於高級神話，純粹的動物神已悄然隱退，但在其中我們仍然可以看到頻頻閃現的動物身影，如有的人形神變形為動物：宙斯化為天鵝、白牛和女子戀愛，維納斯被變成魚，日神的妹妹變為貓；有的則由人變形為動物。如索爾色將俄底修斯的同伴變成豬，告密的孩子被變成貓頭鷹，農夫被變為青蛙，古希臘神話中有馬人和羊人，米諾斯的妻子與神牛生了一隻半牛半人的怪物。

　　在希臘神話中，相當一部分人轉變為動物，已經不是獲得非凡力量的手段，而是作為懲罰結果被消極地接受。黑格爾認為，古典型藝術的表現方式，就其本質來說，已不再是嚴格意義的象徵方式，希臘神話屬於古典型理想，儘管還保留了一些象徵型藝術的殘餘，但它的內容和形式是互相適合的，其形象也要求本身有有整體性和獨立自足性，[11]「藝術到了成熟期，按照必然律，就必須用人的形象來表現，因為只有在人的形象裡，精神才獲得符合它的在感性的自然界中的實際存在。」[12]因而，對動物性的貶低成為古典型藝術的特點。隨之而來的是有關狩獵的傳說，英雄因為獵殺危險的動物而被提到神的行列，如赫拉克勒斯和麥勒阿格。表現貶低動物意識較典型的作品是伊索寓言和喜劇，在這些作品中，動物已不再是受到尊敬的對象，而成為開玩笑的資料。[13]

　　泰勒指出古人和現代人心目中的動物形象差別，他說：

10　F‧黑格爾撰，朱光潛譯：《美學》（北京市：商務印書館，1984年），卷2，頁165-166。

11　F‧黑格爾撰，朱光潛譯：《美學》（北京市：商務印書館，1984年），卷2，頁164。

12　F‧黑格爾撰，朱光潛譯：《美學》（北京市：商務印書館，1984年），卷2，頁166。

13　F‧黑格爾撰，朱光潛譯：《美學》（北京市：商務印書館，1984年），卷2，頁179-182。

只有努力借助理智的反應，現代作者才能夠用比喻去模擬古老動物寓言中的動物。由於在他心目中動物已經變成了妖怪，難怪只有作為負載人們道德教訓或諷刺的漫畫，才可以想像。蒙昧人認為，半人的動物不是為了說教或嘲笑而虛構出來的生物，而是純粹現實的生物。動物寓言對於那些賦予低級動物以語言能力和人類的道德品質的人來說，不是毫無意義的事物。要知道，這些人認為，每一隻狼或鬣狗都可能是鬣狗人或變獸人。[14]

當人類告別神話，理性成為人類的主導精神時，以動物為代表的「怪力亂神」也開始退位，動物神話從總體來說失去了往日的輝煌，但它仍然一方面作為非正式渠道流傳的民間故事，給人們帶來愉悅，另一方面則轉變為富於寓意的形象，在描述人事的文學作品中展現著自己的魅力。

2 動物神話：變形與流向

古代神話定型、系統化以後，逐步向史詩、傳說和寓言轉化，人類自身的活動和歷史在逐步擠佔動物神話的地位。英雄時代，植根於原始經濟土壤的動物神話逐漸消亡和轉化，成為文學寶庫，派生和滋養了後世的文學形式。然而在東西方，動物神話流向了不同的文學河床。

在西方，動物活躍在短小精悍的寓言中，這時它們已降格為人事的比附，成為人生哲理的載體。「在舊世界，有道德意義的動物寓言屬於相當久遠的古代，但是，它沒有立刻取代單純的動物神話。歐洲人的智慧在許多世紀中從伊索的烏鴉和狐狸的聰明裡吸取了教訓，同

---

14 E・泰勒撰，連樹聲譯：《原始文化》（上海市：上海文藝出版社，1992年），頁397。

時，陶醉於雖然不完全是有教益的、但卻有藝術性的較為原始類型的動物故事之中。」[15]

　　在中國，直到商周，青銅器上饕餮之類的動物紋樣，特徵都在突出這種指向一種無限深淵的原始力量，突出在這種神秘威嚇面前的畏怖、恐懼、殘酷和凶狠。[16]戰國時代，發生了實質上的變化。「宗教束縛的解除，使現實生活和人間趣味更自由地進入作為禮器的青銅領域。於是，手法由象徵而寫實，器形由厚重而輕靈，造型由嚴正而『奇巧』，刻鏤由深沉而浮淺，紋飾由簡體、定式、神秘而繁雜、多變、理性化。」[17]與之相應，神話動物也以另一種面貌出現在新文體中。

　　中華民族屬於成熟較早的民族，對人事以及社會經驗有著特別的關注，內在體驗也十分豐富，雖然她在早期擁有很多有關動物神靈的神話，但這些動物神話只有極少數發展為寓言，中國古代寓言大量是以人為主角的。

　　不過，中國神話動物並沒有銷聲匿跡，而是分流到抒情和志怪文體中：在特別發達的詩歌以及詩意濃郁的中國文化中，我們可以發現大量的動物象徵，動物成為多情善感的中國古人生活情愫的寄託和象徵，具有了特定的象徵義。如詩歌中以各種想像中雙行雙棲的動物作為情愛象徵符號，還有以雁作為離別、傳書的象徵，魚作為生育、富裕的象徵等。當神話逐漸被上層文化「出局」之後，也有一部分動物進入「小說」一類雜談野錄，成為主要講述動物、人物冒險經歷的故事的素材，這就使古代文體始終保留了一個有動物活動著的神秘而有趣的空間。

---

15 E‧泰勒撰，連樹聲譯：《原始文化》（上海市：上海文藝出版社，1992年），頁399。
16 李澤厚：《美的歷程》（北京市：文物出版社，1982年），頁36。
17 李澤厚：《美的歷程》（北京市：文物出版社，1982年），頁47。

3 功能與傳統：動物神話流向的原因分析

　　動物神話在中國之所以走向和西方不同的發展道路，原因可能是多方面的。

　　首先，與流傳下來的動物神話本身的功能有關。

　　在《原始文化》中，泰勒把神話大致分為以下幾類：哲學神話，或解釋性神話；以真正的解釋為基礎然而理解不正確的、誇張的或歪曲的神話；把設想的事件妄加到傳奇人物或歷史人物身上去的神話；以那種把幻想性的隱喻現實化為基礎的神話；為推廣道德的、社會的或政治的學說而創作或採用的神話。[18]

　　解釋性的動物神話可分為：

　　一、用動物解釋自然或社會現象；

　　二、解釋動物自身的特性。

　　西方流傳下來的動物神話有很多是解釋性的，如解釋世界的創造、解釋人的生死。解釋性的神話後來可能會順理成章地用於解釋人生和社會，化為寓言。而中國《山海經》則主要是「為推廣道德的、社會的或政治的學說而創作或採用的神話」，它通過描述動物圖騰本身的形態和周邊環境，讓人們了解自己所處地域和周邊環境的概況。激發人們對生長於斯的土地的熱愛。這種神話中的動物，可能也很容易轉化為特別注重詩教傳統的中國詩歌中的語象，轉化成為發揮治身理家功能的小說中的形象。

　　其次，與中國重詩意抒發的傳統有關。

　　中國的詩歌傳統源遠流長，而詩人的感情抒發大多以自然物象為載體，動物也改變了自己在神話中的怪異形象，在古代詩歌中變得靈動可愛，善解人意。這種狀況在《詩經》中已經開始，魏晉詩歌以動

---

18 E・泰勒撰，連樹聲譯：《原始文化》（上海市：上海文藝出版社，1992年），頁362。

物尤其是鳥喻人更為常見。朱狄認為,「精神化」(spiritualized)(即神化)是萬物有靈論信仰通向詩化的橋樑。沒有「精神化」的傾向,萬物有靈論通向詩化的可能性是模糊的,而「精神化」一詞則把這種詩化傾向明朗化了。藝術中的自然不再是自然界的自然,而是被人的心靈所靈化、神化、詩化了的自然。因而,對自然的神化概念中包含著詩化自然的前景。[19]古人內心情感意識的豐富、與自然的融通,促成了抒情詩的發達,而神話中的動物也由遠古的靈化、神化而轉向詩化,成為詩歌的重要修辭原型(可參見本書第一章「比翼鳥與連理枝:情愛原型系統的修辭詩學考察」)。

　　泰勒曾說:「就連現代的詩人,跟在思想之神話階段上的非文明部族的智力狀態,也有許多共同點。原始人的幻想可能是幼稚的、狹隘的、令人厭惡的,然而詩人的較為自覺的虛構可能是被賦予了驚人巧妙的美的形式,但是,它們兩者在思想之現實性的感覺中卻是相同的。」[20]今天,當我們滿懷興趣地欣賞以動物為情感載體的詩歌,或以動物為形象的小說時,其實我們正在不自覺地走近已經遠離我們的古代神話動物。

(五)人形神神話:人與神的交往

　　中國古代神話中的另一重要類型,是人形神神話以及在此基礎上發展而來的人神交往神話。(有關「人形神」以及「人神交往神話」,可參見本書第二章「神與人:主題的修辭詩學考察之一」)。

---

19 朱狄:《原始文化研究》(北京市:生活・讀書・新知三聯書店,1988年),頁31。
20 E・泰勒撰,連樹聲譯:《原始文化》(上海市:上海文藝出版社,1992年),頁314-
　　315。

二　《山海經》：中國古代神話的語言體式及敘述結構

　　《山海經》約成書於春秋末到漢初，但其主要內容，可能是由原始社會末期酋長兼巫師的禹、益口述而世代流傳下來的[21]，在歷史的長河中，《山海經》的內容必然會有增減改變，但從其敘述語式和總體結構看，全書有統一風格：莊嚴而恆定規整的語式，顯示了神話的威嚴；平面鋪排的敘述模式，成為跨入文明社會時華夏遼闊國土、有序山川的異質同構形式。這說明，《山海經》在產生時，已非零言碎語的記述，而是一個有一定規模的話語系統。漫長的成書歷程，並沒有改變文本的總體風貌，應該說，《山海經》的語言樣式和敘述結構代表了華夏古神話的總體風格。

（一）《山海經》：規整的語句體式

　　古代神話是那一特殊時代的「官方權威」話語，它以威嚴而不容置疑的口吻規定當時的人們應該崇敬什麼、相信什麼，做什麼。

　　「權威話語」的典型句式應該是祈使句和陳述句，而不是疑問句。

　　祈使句被用來要求對方去使某事成為事實。在神話中，祈使句表現為神對人的命令，或者是人對神的祈求。希臘德爾福神廟中的「認識你自己」，就以不容置疑的語氣向人提出終生行為和思考的指向。中國古代《蠟辭》通篇為祈使句，表現的是人對自然的希求。

　　陳述句被用於告訴對方某事是事實。黑爾認為：「人們關於陳述句的那種感覺，即被認為是唯一的那種『嚴格的』陳述句是不容懷疑的，而其他語句則恰恰相反。」[22]神話中的陳述句多用來歌頌神的神奇且無可懷疑的性質、行為、言語和力量。

---

21 袁珂：〈前言〉，《山海經全譯》（貴陽市：貴州人民出版社，1991年），頁5。

22 R·黑爾：《道德語言》（北京市：商務印書館，2004年），頁11。

　　《山海經》通篇由十分規整的「嚴格的」陳述句組成，其中多為存現句，其基本句型為：

　　　　某地，有（多）某物（神），物（神）如何。

　　這種句式不僅體現了神話將所有事物都納入一個永恆不變的時空系統的特點，並且成為漢語無時態特徵的典型句式。這種句式莊嚴宣告所述事物的確定性及永恆存在性，給人的審美感覺是凝重、權威而恆定的。

　　《山海經》各山經之間、各山經內部，以及次經內部，語句序列模式都基本相同。如各經開頭：

　　　　北山經之首，曰單狐之山，多機木，其上多華草。逢水出焉，
　　　　而西流注于泑水。其中多芘石。

　　　　西山經華山之首，曰錢來之山，其上多松，其下多洗石。有獸
　　　　焉，其他狀如羊而馬尾，名曰羬羊，其脂可以已臘。

　　　　中山經薄山之首，曰甘棗之山。共水出焉，而西流注漁河。其
　　　　上多枏木。其下有草焉，葵本而杏葉，黃華而莢實，名曰籜，
　　　　可以已瞢。

　　各經結尾也基本相同，如：

　　　　凡南次三經之首，自天虞之山以至南禺之山，凡一十四山，六
　　　　千五百三十里。其神皆龍身而人面。其祠皆一白狗祈，糈用稌。

　　凡北次二經之首，自管涔之山至于敦題之山，凡十七山，五千
六百九十里。其神皆蛇身人面。其祠：毛用一雄雞彘瘞，用一
璧一珪，投而不糈。

　　各經內部的語句序列也都基本遵循同一模式，如「北次二經」內
部中的幾段：

　　又北五十里，曰縣雍之山，其上多玉，其下多銅，其獸多閭麋。

　　又北二百里，曰狐歧之山，無草木，多青碧。

　　又北三百五十里，曰白沙山，廣員三百里，盡沙也，無草木
鳥獸。

　　又北四百里，曰爾是之山，無草木，無水。

　　這些敘述，不避重複，在簡單而極有規律的語句序列中，顯示出
人對神永恆不變的虔誠和崇敬，它在深層體現了莊嚴肅穆的氣派，這
些句式也成為那個值得自豪的時代的永恆紀念。

（二）《山海經》：平面鋪排式敘述結構

　　《山海經》的敘述結構也是極有規律的，考察《山海經》，可以
發現，文本內部呈現為整齊、清晰的平面鋪排式網絡狀，總體可分為
三個層級：

　　一級結構　〈山經〉和〈海經〉

　　二級結構　〈山經〉和〈海經〉的下位層次，此級結構安排很有
規律：

〈山經〉

南山一	西山一	北山一	東山一	中山	中次五	中次九
南次二	西次二	北次二	東次二	中次二	中次六	中次十
南次三	西次三	北次三	東次三	中次三	中次七	中次十一
	西次四		東次四	中次四	中次八	中次十二

〈海經〉

海外南──海外西──海外北

海內南──海內西──海內北──海內東

大荒東──大荒南──大荒西──大荒北

海內經

　　三級結構　各經內部敘述線索，此級結構模式較為複雜，但仍有一定規律。

　　從線索上看，〈山經〉多取同向延伸式，如首篇〈南山經〉的結構如下：

　　　　南山經之首──又東三百里──又東三百八十里──又東三百
　　　　七十里──又東三百里──又東四百里──又東三百里──又
　　　　東三百里──又東三百五十里──總括、祭儀作結。
　　　　南次二經之首──東南四百五十里──又東三百四十里──又
　　　　東……總括與祭儀作結。

〈南山經〉內部除一處以「東南」開頭外，其他均以「又東……里」為線索。〈西山經〉則多以「西」或「又西」延伸，少量以「西南」、「西北」、「北」開頭。其他各經的線索規律皆大同小異，不再贅述。

　　〈海經〉中，〈海外南經〉的敘述採取中心輻射方式，即先以滅蒙鳥為中心，依次向西南、東南、東、東南、東、南、南輻射。其餘

除臨時改換中心為厭火國外，都以赤水為中心，一連向東輻射。其他
海外各經仍採取基本有規律的同向延伸方式，如〈海外西經〉以結匈
國為起點，除一處折向東外，其他十七處皆向北延伸。〈海外北經〉
則以長股國為起點，向東延伸。〈海外東經〉向北延伸。〈海內南經〉
大多向西、西北延伸，〈海內西經〉以下延伸方向較亂，且很多敘述
段落不以方向統領。袁珂先生解釋這種現象的原因是有圖為敘述依
據。[23]

　　從方位上看，〈海外南經〉的內部敘述取西南角到東南角，〈海外
西經〉取西南角至西北角，〈海外北經〉取東北至西北角，〈海外東
經〉取東南至東北角，並相應以南方火神祝融、西方金神蓐收、北方
海神禺強、東方木神勾芒結尾。

　　〈海內南經〉取位海內地區東南角以西，〈海內西經〉取海內地
區西南角以北，〈海內北經〉取海內西北角以東。按袁珂先生的看
法，此經方位與〈海外北經〉似相反實相同。〈海內東經〉與〈海外
東經〉方位相反，即東北角以南地區。〈大荒東經〉以下依次為東海
海外、南海之外、西北海之外、東北海之外，最後是〈海內經〉取位
東海之內的地區。

　　在交通阻隔、交往範圍狹小的上古時期，人交往的一個重要方向
是垂直向上的，即人與神的交流，隨著人的活動區域擴大，人自身的
地位越來越重要，他們的關注目光也越來越多地由垂直方向轉為水平
方向。這種水平方向基本上表現為兩種類型，即空間方面的平面鋪展
式和時間方面的縱向深入式，中國人偏於前者，而古希臘人偏於後
者。由《山海經》的總體結構我們可以感到，當時的作者已經突破個
人具體活動空間的概念，轉向對闊大空間和空間關係的表現。卡西爾
認為：

23　袁珂：〈前言〉，《山海經全譯》（貴陽市：貴州人民出版社，1991年），頁5。

對空間和空間關係的表現所意味的則多得多。要表現一個事物，僅僅能夠為了實際的用途而以正確的方法操縱它那是不夠的。我們必須對這個對象有一個總體的概念，並且從各種不同的角度來看待它，以便發現它與其他對象的各種關係，（換言之），我們必須在一個總體化的體系中指定這個對象的位置並規定它在體系中的地位。[24]

《山海經》清晰的平面鋪排模式，是這種闊大空間和空間關係的話語凝聚，它體現了日益清明起來的理性精神，從這裡我們可以感受到華夏文明照進文學的霞光。

（三）《山海經》敘述模式：國家意識和故土情懷的顯現

《山海經》的敘述模式，是國家意識確立時的產物，是中國傳統的集祖先、國家、鄉土為一體的愛國情懷的凝聚。

眾多學者認為，《山海經》本於九鼎或九鼎圖，其中的神怪和各經劃分，與九鼎圖物及其劃分有關。《左傳》〈宣公三年〉中王孫滿曾對九鼎作過一番描述：「昔夏之方有德也，遠方圖物，貢金九牧，鑄鼎象物，百物而為之備，使民知神奸。故民入川澤山林，不逢不若，魑魅罔兩，莫能逢之。用能協於上下，以承天休。」這段話將九鼎圖像視為對於神奸之物的簡單物質再現，是對九鼎功能的低調定位，他以「德」轉移他人視點，更是借此沖淡九鼎所體現的咄咄逼人的政治氣勢和經濟壓力。其實，九鼎圖像多為夏所管轄或征服、消滅的各方國獸形神，其中很多是圖騰，地位極其重要。夏是我國第一個奴隸制國家，其誕生以長期兼併戰爭為前奏，伴隨著血與火。初創時，夏氏族集團和其他十多個方國之間的聯盟鬆散，王權軟弱，經濟軍事力量

24 E・卡西爾撰，甘陽譯：《人論》（上海市：上海譯文出版社，1985年），頁59。

單薄，因而，融合其他部落，以保持安定，鞏固王權，發展經濟，成為首要任務。當時，九鼎上的圖騰匯集就如同「一篇聯合的宣言書，一面九洲方國的聯合旗幟，成了夏代奴隸制王朝的象徵，成了統治天下的權力所在。」[25]總之，《山海經》和九鼎，在宗教層面都具有控制神奸的神秘力量，在世俗層面則具有團結民眾、鞏固政權的功能，而採取平面鋪排敘述結構的《山海經》，正是與客觀上採取平面鋪排形式的九鼎圖像互相映照，組成異質同構的與當時上層建築相適應的意識形態，發揮重要作用。

　　謝選駿認為，各種氏族神話的廣泛傳播、彼此交融，產生了體系神話。「隨著生產力的發展，階級分化開始了，原始公社制逐漸瓦解，部落聯盟與雛形國家漸漸形成，各部落的交往日益頻繁。這一廣泛的社會進程，促使某些得勝的氏族的神祇及其神話『部落聯盟化』，而受到這些前氏族神祇、神話刺激的其他氏族，也會抬高自己的氏族神祇、神話予以宣傳。……這種競爭、角逐，勢必加強各氏族神祇的合併過程和各氏族神話的融合過程，進一步刺激了新神話的產生和舊神話的改造，為獨立神話凝結成體系神話鋪平了道路。」[26]他認為，希臘神話中宙斯主神地位的確立，「奧林匹斯神系」有了中樞和紐帶，「奧林匹斯神系裡形形色色的形象和來源各異的『神的族系』，都以各種形式與宙斯搭上了關係。通過宙斯的存在，複雜的神際關係明朗化、甚至大大簡化了，而且最終確立下來。」[27]

　　在中國，神的族系跨度不如希臘那樣寬廣，沒有構成以某個主神為首的、具有內在一致性的、互相協調的神際關係網絡。然而，如果考察《山海經》，可以發現，中國古代神話的集聚採取了另外一種思路，即以中華大地的地理狀況為總綱，組成神話的巨大網絡系統，它

---

25 于民：《春秋前審美觀念的發展》（北京市：中華書局，1984年），頁83。
26 謝選駿：《神話與民族精神》（濟南市：山東文藝出版社，1986年），頁17。
27 謝選駿：《神話與民族精神》（濟南市：山東文藝出版社，1986年），頁136。

體現了華夏民族步入文明社會時就擁有的故土情懷。

　　華夏初民的故土情懷是在長期的農耕經濟方式中孕育並發展起來的，生長於斯、勞作於斯，一代又一代同土地的親密接觸，自然會使人和故土之間建立起深厚感情。這種感情流淌在民族的血脈之中，其原型卻顯現在《山海經》的敘述之中。《山海經》以神話形式，展現了華夏初民對外部的關注視野，從它宏大有序的平面鋪排敘述結構，我們可以感受到中國文化的莊嚴宏大氣勢。

　　泰勒曾說：「神話是真正的詩，而不是文雅的、詞藻華麗的模仿；富有詩意的神話語言正是供那些單純的、沒有受過學校教育訓練的頭腦理解的。詩人也像科學家那樣觀察同一個自然界，但是他卻力圖以自己的最好的方式來使一切難懂的思想變得容易理解。他賦予這種思想以看得見、摸得著的形象，為此，他首先把世界的客觀顯示和變動列入聽眾能夠具體感受到的那種個人生活範圍。可見他廣泛地使用了『人是萬物的尺度』這個原則。只要尋到一把打開這種神話方言的鑰匙，它那複雜而易變的術語就將把神話方言變得明顯易懂，到那個時候再看，採用這種術語的關於戰爭、愛情、罪行、偶然事件和命運的故事的傳奇，只不過總是傳達著世界普通生活的永遠不斷的歷史。神話從構成詩歌靈魂的關於人和自然之間的無窮的類比中開掘出來，又傾注到那些對我們仍未喪失其永不凋謝的生命力和美的半人半神故事中，它是精美的藝術傑作，這種藝術作品與其說是屬於現代的，不如說是屬於過去的。」[28]

　　《山海經》正是以當時具有神秘力量的詩性語言去描述周邊自然，傳達自己對國土的美好理解和想像，傳達華夏民族在這塊土地上所進行的事業。在這些瑰麗的神話敘述中，我們可以領略到初民將自己的國土作為「萬物的尺度」，對周邊世界的把握和衡量。

---

28 E・泰勒撰，連樹聲譯：《原始文化》（上海市：上海文藝出版社，1992年），頁317。

三　水神敘述：華夏代表性神話

水崇拜是華夏文化的重要組成部分，水神在華夏神系中也佔據極為重要的地位，水神神話成為華夏極具代表性的神話。

華夏早期水神最廣泛的形象是龍蛇之形。《山海經》中有大量龍蛇形水神或以龍蛇為飾物的水神，如北方神禺強兼為風神和水神，他或為人臉鳥身，耳朵和腳下各有兩條青蛇；或駕著兩條龍。另〈海外東經〉描述「雨師妾在其北。其為人黑，兩手各操一蛇，左耳有青蛇，右耳有赤蛇。」

當動植物神話在漸漸升起的理性之光的照耀下，逐步褪色變形時，人形神卻因為與人的外形相同以及他們與人的生活接近而保存了下來，其中一部分又轉變為後世的「仙話」。

（一）漢字「神」的形義：雷電崇拜到水神崇拜

上古時期，「神」指天神，是天地萬物的創造和主宰者。《說文》：「神，天神，引出萬物者也。從示、申。」徐灝注箋：「天地生萬物，物有主之者曰神。」

甲骨文、金文「神」字或作「申」。許慎《說文》：

> 申，神也。七月，陰氣成，體自申束。

葉玉森《殷虛書契前編集釋》：「（甲骨文）象電燿屈折，《說文》『虹』下……許君曰『申，電也。』與訓『申，神也』異。余謂象電形為朔誼，神乃引申誼。」「申」本象電形，即下雨時的閃電，《說文》又曰：「電，陰陽激燿也，從雨水，從申。」象閃電之形的「申」引申為「神」，說明了古人對雷電的崇敬和膜拜心理。

據人類學家對原始部落及古老神話的研究，令原始人最早感到敬

畏的神是雷電之神，維柯曾想像人類早期神話產生的情景：「當時天空終於令人驚懼地翻轉著巨雷，閃耀著疾電，這只能是由於一種暴烈的壓力第一次在空氣中爆發的結果。……巨人們按本性是些體力粗壯的人，通常用咆哮或呻吟來表達自己的暴烈情欲，於是他們就把天空想像為一種像自己一樣有生氣的巨大軀體，把爆發雷電的天空叫做約夫（Jove，天帝），即所謂頭等部落的第一個天神。」「最初的神學詩人們就是以這樣方式創造了第一個神的神話故事，他們所創造的最偉大的神話故事就是關於天帝約夫的。這位人和神的皇帝和父親被想像為在拋擲電光弩箭。這個形象很通俗，很使人驚駭，也很使人受教益。……凡是這些人所看到的，想像到的甚至他們自己所作所為的，他們都相信那就是天帝約夫，並且對進入他們視野的全部宇宙以及其中各個部分，他們都賦予生命，使之成為一種有生命的實體存在。」[29]雷電之神在許多地區的神話中後都發展為主神，最著名的如希臘神話中的宙斯。

在中國，雷電震天動地的巨大威力，同樣震撼人心，古人對於雷神的崇拜僅次於天帝。《山海經》〈大荒東經〉中一則神話說明了雷神的威力：

> 東海中有流波山，……其上有獸，狀如牛，蒼身而無角，一足，出入水則必風雨，其聲如雷，其名曰夔。黃帝得之，以其皮為鼓，橛以雷獸之骨，聲聞五百里，以威天下。

黃帝以「出入水則必風雨」的雷神的皮和骨作為發號施令的標誌，正是維柯所說的由「神話時代」發展到「英雄時代」的語言。而神的時代所用的神的象徵性語言，其中很大一部分是由雷電現象構成的：

---

29 G‧維柯撰，朱光潛譯：《新科學》（北京市：人民文學出版社，1987年），頁163-164。

最初的人類都用符號說話，自然相信電光箭弩和雷聲轟鳴都是
天神向人們所作的一種姿勢或記號……他們相信天帝用些記號
來發號施令，這些記號就是實物文字，自然界就是天帝的語
言。各異教民族普遍相信這種語言的學問就是占卜，希臘人把
它稱為神學，意思也就是神的語言的學問。[30]

在《山海經》的雷神神話中，雷電之神的「風雨」和「雷聲」正
是神的預兆和神諭，只是到後來，夔「如雷貫耳」的聲音的威儡力，
已經被黃帝用來作為自己統治天下的徽號：夔皮為鼓，夔骨為枹，是
用比喻的方式，讓黃帝擁有了由雷電之神移交的「以威天下」的神奇
力量。

在中國，雷神崇拜後匯入了水神崇拜：

雷神崇拜包容甚廣的觀念中，以雷神為司水之神的觀念佔據首
要地位。這是因為，雷電往往與雨水相伴相隨。……古人奉雷
神為水神，所以在殷人的卜辭中，雷與雨有時同時出現。[31]

雲、虹與雨水密切相連，所以中國的雲神、虹神、雨神往往也是
水神。山谷則因與風雨有關，而受到崇拜，《禮記》〈祭法〉：「山林川
谷丘陵，能出雲為風雨，見怪物，皆曰神。」孔穎達疏：「風雨雲露
並益於人，故皆曰神而得祭也。」

雷神以及其他崇拜匯入水神崇拜，與華夏社會經濟狀況密不可分：
遠古時代，給華夏初民感覺最為強烈恐怖的，莫過於滔天的洪
水。古籍中不乏關於洪水的描述。如《尚書》〈堯典〉：「湯湯洪水方

---

30 G・維柯撰，朱光潛譯：《新科學》（北京市：人民文學出版社，1987年），頁165。
31 向柏松：《中國水崇拜》（上海市：上海三聯書店，1999年），頁122。

割，蕩蕩懷山襄陵，浩浩滔天。」《孟子》〈滕文公下〉：「當堯之時，水逆行，氾濫於中國，蛇龍居之，民無所定，下者為巢，上者為營窟。」《淮南子》〈本經訓〉：「舜之時，共工振滔洪水，以薄空桑，龍門未開，呂梁未發，江淮通流，四海溟涬，民皆上邱陵，赴樹木。」

神話中的上古部落戰爭總是伴隨著飄風暴雨，部落首領克敵制勝的重要手段之一就是「縱風雨」或令「雨止」。如共工與顓頊爭帝，怒觸不周之山，其後果是發大洪水。蚩尤與黃帝的整個爭鬥過程也是風雨交加。中國上古祖先神大多有治理水旱災患的功績，人民對於治水英雄比對那些善於征戰的英雄抱有更多的讚美和崇敬。

傳說中，著名的河圖洛書出自水中，其最初用途也是治水，後來才成為《連山》、《歸藏》以及《周易》的依據，《易》〈繫辭傳〉：「河出圖，洛出書，聖人則之。」八卦中坎、兌卦都是與水有關的卦。殷墟卜辭中，也有很多有關上帝掌管雨水和占卜雨水情況的記錄。

漢字系統中也積澱了初民對於洪水的恐懼和敬畏心理，漢字屬於「水」部的字蔚為大觀，且有大量漢字表現「水大」、「水長」、「深遠」、「瀰漫」之意，如：漢、江、泛、濫、沛、汪、永、汎、茫、漭、洏、汩、沖、沃、浩、灝、闊、洪、鴻、湯、滂、沱、薄、湧、溥、蕩、瀚、渾、淫、漠、溟、汪、洋、泱等。一些以「雨」作義符的漢字與水崇拜有關，如「儒」本作「需」，，從「雨」從「而」，「而」是「天」的隸變，《周易》〈需〉：「象曰：雲上於天，需。君子以飲食宴樂。」即「儒」最初的職責是以飲食宴樂去祭拜神；「靈」從「雨」，為楚人跳舞降神的巫，《說文》：「靈，靈巫，以玉事神。」「雩」從雨，是祈神降雨的祭拜儀式。《周禮》〈司巫〉：「若國大旱，則帥巫而舞雩。」

與水患相映照的，是酷日不雨帶來的苦旱。如堯時十日並出，草木焦枯，商湯時天大旱五年不收。此外，有關五年不雨、十年不雨的記載頻頻見於古籍中。人們對主宰苦旱的神抱有敬畏心理，如《山海

經》〈北次三經〉:「浴水出焉,是有大蛇,赤首白身,其音如牛,見則其邑大旱。」

中國跨入文明門檻的直接動因與水患有關:中國大規模社會組織是應治水需要產生,中國古代官僚政治組織也濫觴於治水。[32]進入文明社會以後,依靠天時地利的農耕生產方式,面水而居的住址選擇模式,西北高、東南低的總體地勢,降雨較集中的季風氣候,易發水患的長江黃河水域,仍然時時將「水」的利患擺在人們面前。古代中國的內亂多起於天災人禍,水旱災害往往是導致社會動亂的直接原因,風調雨順則成為政治清明的象徵,《尸子》〈君治篇〉:

> 神農氏理天下,欲雨則雨,五日為行雨,旬為穀雨,旬五日為時雨,正四時之制,萬物咸利,故謂之神。

這些漢字、符號及簡短的描述中都應該隱含著美麗的古代水神話。

(二)華夏神統中水神的重要地位

水神在華夏神統中長期佔有重要地位,這表現在以下方面:

1 中國擁有龐大的水神系統

因為中國地域遼闊,部族眾多,而且幾乎是逢水立神,水神因此呈現出多元並存的面貌,形成龐大的水神系統。如中國主要江河的水神:黃河水神河伯馮夷;洛水女神伏羲之女;湘水女神舜之二妃;長江水神共工及其臣子相柳、奇相;淮河水神無支祁等。人間無窮無盡的水患,往往由那些掌管江河、脾氣怪僻的江神河伯一手造成。

---

32 王亞南:《中國官僚政治研究》(北京市:中國社會科學出版社),1981年,頁6。

2 水神往往同時掌有多種權力，大多具有多重重要神格

女媧是創造神、治水之神，也是掌管婚姻、生育、音樂之神；炎帝神農兼為羌人姜姓的水神、農業神、火神、太陽神；黃帝同時主管雷雨；北方神玄武兼為水神和死神；共工為羌族的水神、祖先神、天神；伯益為水神、山神、畜牧神、祖先神。

此外，水神還在一定程度上掌管生死，並具有懲惡功能。如水神玄武，兼為死神。

中國神統無單一明細的分工，一方面，與專制政治體制下的官僚制度互相映照，另一方面，也可能是為了地域性祭祀的方便，這樣可以得到多神同祭的效果。

3 水神是皇家和民間的常規祭祀對象

古代祭祀多與雨、水有關，華夏早期水神已備受祭祀。向掌管雷雨的神叩問未來的雨水情況，成為原始宗教需要解答的主要問題，甲骨卜辭中有關於「其自西來雨？其自東來雨？其自北來雨？其自南來雨？」的叩問。歷代對水神的祭拜活動綿延不絕。周朝，祭祀活動走向正規，天子諸侯廣祭包括江、河、淮、濟在內的大川，除夕祭祀的八種神中，也有水（即隍）庸（即城），這是因為中國古代城市建築周邊多為水城結合，水不僅是人們日常生活的必需資源，而且成為抵禦敵人進攻的自然防線。秦漢以後，海神祭祀被列入國家祭典，水神的化身——龍的政治身分也日益明顯，祥瑞色彩愈來愈濃。佛教進入中國以後，佛教系統中的龍與中國傳統水神合為一體，仍然受到廣泛的祭拜。

4 古代水神多具有祖先和英雄身分

古代水神，多為部族祖先，是了不起的英雄，這不僅為初民得到

水利提供了條件，而且為中國人後世與水旱災患鬥爭提供了楷模。

（三）古代水神神話

古代水神神話覆蓋範圍廣，延續時間長，演變形式也複雜多樣，以至於形成了一條神話到仙話的敘述鏈。中國水神神話大致分為以下四種類型：

一、治水神話

洪水神話是世界許多民族共同擁有的文體種類，然而，在華夏神話中，洪水苦旱給人們帶來的不是傳說中人的毀滅和再生，而是艱苦卓絕的治水運動：全民在治水英雄的帶領下，經過長期奮戰，在治理水患的同時，也建立了一個新面貌的中國：大規模社會組織應治水需要而逐步完備，官僚政治組織也在治水中產生，據柳詒徵《中國文化史》，「中國」之國名，始見於〈禹貢〉，指洪水之後的文明中心，後世沿用了這一概念。

因而，在中國古代神話中，我們看到的，不是成天嬉戲吵鬧，飲酒調情的神祇，而是受人愛戴的治理洪澇乾旱的神化英雄：

女媧在「四極廢，九州裂，天不兼覆，地不周載，火焰炎而不滅，水浩洋而不息」，水旱地震併發之時，「斷鰲足以立四極，殺黑龍以濟冀州，積蘆灰以止淫水」，死後化為神。「共工氏之霸九州也，其子曰後土，能平九州，故祀以為社。」（《禮記》〈祭法〉）

羿在十日並出、草木焦枯之時，張弓搭箭，仰射十日。

湯在天大旱五年不收時，以身禱於桑林。結果感動上天，降下神雨。

最著名的當屬大禹治水的神話，《淮南子》〈本經訓〉：「舜之時，共工振滔洪水，以薄空桑。龍門未開，呂梁未拔，江淮通流，四海溟涬。民皆上丘陵，赴樹木。舜乃使禹疏三江五湖，辟伊闕，導廛澗，平通溝陸，流注東海。鴻水漏，九州趕，萬民皆寧其性。」

　　總之，在中國的古老歷史中，為了戰勝水旱災患，為了拯救陷於水深火熱之中的民眾，有無數的華夏英雄克服了難以想像的艱難困苦，付出自己的畢生精力，前赴後繼與洪水乾旱搏鬥，他們進入神界，或許是民眾出於對他們的崇敬，給他們的最高獎勵。

　　二、女子獻祭水神神話；

　　三、感生神話；

　　四、人與水神婚戀神話（二與三、四部分的具體內容參見本書第二章〈神與人：主題的修辭詩學考察之一〉）

第九章
詩：文體建構的修辭詩學考察之二

　　詩產生於各民族的早期，但在中國，詩的延續時間之長、它對古人的人生作用之大，卻屬世界各民族中罕見。

一　從頌神到頌人：早期詩體的功能與性質轉換

　　最早的詩歌是用於祭神的，「詩」為「寺人」之「言」，「寺」為寺廟官署，所以「寺人之言」的詩應該是當時的「官方語言」，相傳黃帝時的〈彈歌〉，就應該是一首祭神歌。《中國美學史》有一段相關論述：

> 我們認為在遠古的氏族社會中，還不可能產生後世那種抒發個人情感、被作為文藝作品來看待的「詩」。當時所謂的「詩」，是在宗教性、政治性的祭祀和慶功的儀式中禱告上天、頌揚祖先、記敘重大歷史事件和功績的唱詞。它的作者是巫祝之官，而不是後世所謂的「詩人」。[1]

　　我們現在所能看到的中國最早的詩歌總集《詩經》中，仍然保留了一些雜糅著神話傳說和史料的詩篇，這些詩歌都是借歌頌祖先功勞

---

[1] 李澤厚、劉綱紀：《中國美學史》（合肥市：安徽文藝出版社，1999年），先秦兩漢編，頁105。

善德去祭拜祖先神的，如〈商頌〉中的〈長發〉、〈玄鳥〉和〈殷武〉，〈大雅〉中的〈生民〉、〈公劉〉、〈大明〉、〈皇矣〉、〈緜〉、〈文王〉，在這些詩歌中，歷史人物雖然被神化，但詩歌題材的歷史成分比重超過了神話成分，這正是神話消歇的徵兆。

《呂氏春秋》〈古樂〉描述了傳說中早期詩歌的功能轉換過程，即由獻祭上帝，發展為祭上帝的同時又歌頌並記錄帝王的功勞善德：

> 帝顓頊生自若水，實處空桑，乃登為帝，惟天之合正風乃行。其音若熙熙淒淒鏘鏘，帝顓頊好其音，乃令飛龍作效八風之音，命之曰〈承雲〉，以祭上帝。……
>
> 帝嚳命咸黑作為聲，歌〈九招〉、〈六列〉、〈六英〉，……帝嚳乃令人抃拊，或鼓鞞，擊鐘磬，吹苓、展管箎，因令鳳鳥天翟舞之，帝嚳大喜，乃以康帝德。
>
> 帝堯立，乃命質為樂，質乃效山林溪谷之音以歌……命之曰〈大章〉，以祭上帝。
>
> 舜立，……帝舜乃令質修〈九招〉、〈六列〉、〈六英〉，以明帝德。
>
> 禹立，勤勞天下，日夜不懈，通大川，決壅塞，鑿龍門，降通漻水以導河，疏三江五湖，注之東海，以利黔首，於是命皋陶作為〈夏籥〉九成，以昭其功。
>
> 湯於是率六洲以討桀罪，功名大成，黔首安寧。湯乃命伊尹作為〈大護〉，歌〈晨露〉，修〈九招〉、〈六列〉以見其善。
>
> 周文王處岐，諸侯去殷，三淫而翼文王。散宜生曰：殷可伐也。文王弗許，周公旦乃作詩曰：文王在上，于昭於天。周雖舊邦，其命維新，以繩文王之德。武王即位……乃命周公為作〈大武〉……商人服象，為虐於東夷，周公遂以師逐之，至於江南，乃為〈三象〉，以嘉其德。

　　這些詩歌對祖先神和帝王的頌揚，不僅出於人們的敬畏，也因為這些祖先神和帝王多為道德的楷模、人民的功勳，他們為了民族和後代的利益，敬業盡職，勤謹節儉。可以說，早期詩歌史，顯現了華夏民族的早期政治沿革史：它是在抒發自己對祖先神和帝王的感激敬佩的「情志」的同時，又記（志）下了他們的功勞善德，以構建一個人神共處的和諧社會，《尚書》〈堯典〉中舜的一段話說明了當時的詩歌功能：

　　　　夔！命汝典樂，教胄子。直而溫，寬而栗，剛而無虐，簡而無傲。詩言志，歌永言，聲依永，律和聲，八音克諧，無相奪倫，神人以和。

詩歌在歌頌祖先神的功績和品行中達到娛神及神人和諧的目的，這一點和希臘早期史詩對讀，差別非常明顯：

　　古希臘的荷馬史詩，以完整的敘事文體形式展現了神的紛爭和人的紛爭，甚至有神與人之間的紛爭。以宙斯為首的神總是在喝酒嬉鬧、吵架打鬥，互相欺騙，惡作劇、玩女人，很少顧及自己的後代。希臘人對於神懷有深深的恐懼和敬畏，卻很少懷有中國古代頌歌中所抒發的那種對祖先神的由衷敬佩和熱愛。而中國古人對神的發自內心的歌頌，或許形成了文體的抒情慣性，為後世抒情文體的發達打下了最初的基礎。

　　雖然頌神詩歌在上古一直佔據重要地位，但隨著人的地位的提高，人的意識的覺醒，人的活動越來越得到重視，詩歌關注的眼光也逐步轉換到人身上。到《詩經》產生的時候，不僅一些詩歌功能從頌神轉向了頌人，而且有相當部分詩歌轉向日常情感的抒發，形成在中國綿延數千年的抒情詩體。

卡西爾認為抒情詩植根於神話動機中，在其最高級、最純粹的產品中也還與神話保持著聯繫：「藝術在根源和起始上似乎與神話密切相聯，即使在其發展過程中也沒有完全擺脫神話思維和宗教思維的影響和威力。」「詩人——真正的詩人——不是也不可能生活在由僵死的東西，即物理或物質對象構成的世界中。他只要接近自然，就必定使自然生動活潑，躍然紙上。在這方面，真正的詩歌常常保留著神話感情和神話想像的基本結構。」[2]

在中國，雖然神話題材對後世文學的影響不如希臘，然而，「神話感情和神話想像的基本結構」卻不同程度地保留在了後世抒情詩中。

二　從頌人到言志：古人的心靈訴說

在中國，長期以來，「詩」成為抒情詩的同義符號，古人所說的「詩」，在中國古代社會生活中佔據重要地位的「詩」，主要是指抒情詩。

黑格爾認為，詩是一種特殊的藝術，雖然它也訴諸感性觀照，進行生動鮮明的描繪，但就是在這方面，詩也還是一種精神活動，只為提供內心觀照而工作。對這種內心觀照，精神性的事物比起具體顯現於感官的外在事物畢竟是較親切較適合的。所以在全部事物之中，只有那些可以向精神活動提供動力或材料的才可以出現在詩裡。[3]顯然，黑格爾是從感性和理性分裂的角度去看待詩的，而且他說的詩很大程度上屬於西方的詩歌體系，但是他的話說出了詩的重要特點，即外在事物必須處於人的精神領域才可以進入詩，不管詩歌怎樣把自然

2　E・卡西爾撰，于曉等譯：《語言與神話》（北京市：生活・讀書・新知三聯書店，1988年），頁168。

3　F・黑格爾撰，朱光潛譯：《美學》（北京市：商務印書館，1984年），卷3下，頁19。

事物看作一個與自己平等的獨立存在，這些事物一旦進入詩，就成為審美主體感覺和精神的一部分。

中國在先秦時期出現「詩言志」說，六朝時期又出現「緣情」說。《說文》：「詩，志也。從言，寺聲」，詩歌話語的生成，是一個以情志為心理動力的言說過程。

徐麟〈「言，我也」和中國古代詩學〉指出，「言」字的古義中，不僅包含言說，也包含著指稱言說者自身的意思。「言」在《爾雅》〈釋詁〉中訓為「我也」，這個「我」是創作主體，但卻是一個不能被言說，並且在言說中被忘卻的主體，因為被言說出來的，只是「志」，而非直接意義上的「我」，所以中國古代詩學只講「詩言志」，不講「詩言我」。「我」只有在言說中先喪失自身，然後才能在言說中重建自身，「我」存在於我的言說之中，故「言，我也」本身就是一個詩學命題，其中沉積著中國古人對於生命、語言和價值的深厚體驗。徐麟對《詩經》中「言」、「我」二字的出現頻率和形態作了統計和分析，發現《詩經》中的「言」字，無例外地都用作主格，而「我」，在形態上可以區分為三類：最多為所屬格，即作「我的」解；次之為賓格，即作為外在行為對象的「我」解；使用最少的為主格。他由「言／我」在語義承擔上的區別，推導出「言」、「我」在詩的語境中表現功能的區別，以及中國古代詩學中「言／我」在語義功能上的異同：

當「言」字以主格出現於某種語境時，指稱一個含有內在情感結構的「我」，在這樣的語境中，「言」即「我」的存在方式或狀態，故「言／我」不分，如「言采」、「言觀」；一旦這個內在的情感「結構」被分離出來，「言」便從主格退居所屬格，成為「我的」，如「駕言出遊，以寫我憂」。

因而，以「言」代「我」的修辭現象，不是因為「我」的指代功能在表達上的不足，而是因為「我」的自覺意識、自我體驗過於早

熟、過於豐富；另一方面，它體現了當時詩歌語言的高度成熟與凝練，並與「我」的內在體驗的成熟與豐富相對應。因此，「言／我」關係反映了《詩經》時代的語言和詩學狀況，「言，我也」的命題，是中國古代以詩為「言」的言說方式的產物。[4]

對應於「以言代我」的現象，有漢字「語」，其深層語義也包含著「我」這一主體，《說文》：「語，論也，從言吾聲。」「吾」，我也，從口，口即言說，這種言說，是「我」的聲音，也是「我」的外化。因而，在漢語中，「言」、「語」行為都與言說主體「我」渾然一體。

另《說文》：「直言曰言，論難曰語。」段玉裁注：「鄭注大司樂曰：發端曰言，答難曰語。集注記曰：言，言己事。為人說為語。」所以，「言」，是直接言說自身，它是詩。而「語」，則是在與他人話語對答的關係中實現自身。

黑格爾曾經指出抒情詩內容的特點在於內向性，它表現各個抒情主體的心靈，但民族的全部詩歌則可以表現整個民族精神：「抒情主體的心靈在這種內容裡感知自己，把所感知的形成觀念。具體地說，抒情詩內容涉及到的是民族精神整體的某一特殊方面，因而，全民族的旨趣、觀念和目的，必須通過整個民族抒情詩的全部作品表現。不過，抒情詩內容的特殊方面，仍然可以包含人類的信仰、觀念和認識的最高深的普遍性，這是因為抒情詩的特殊因素包含在普遍性之中，所以它不僅可以和實體性的東西交織在一起，從而使個別情境、情感、觀念等能夠按照它們的深刻本質去理解，而且以實質性方式獲得實現。或者說，抒情詩可以用情況、心情、事蹟等等證明包羅萬象的思想和格言，以生動的形式闡明普遍性的道理。抒情詩是個別主體的自我表現，即使是極為平凡瑣細的內容，也可以被詩人通過特殊的掌

4　徐麟：〈「言，我也」和中國古代詩學〉，《文藝理論研究》1996年第1期，頁18-25。

握方式和表現方式凝定下來，成為耐久的藝術作品。」[5]

上述觀點可以從古代詩歌理論和文學事實方面得到證明。鍾嶸《詩品》說：

> 氣之動物，物之感人，故搖蕩性情，形諸舞詠。……若乃春風春鳥，秋月秋蟬，夏雲暑雨，冬月祁寒，斯四候之感諸詩者也。嘉會寄詩以親，離群托詩以怨。至於楚臣去境，漢妾辭宮，或骨橫朔野，或魂逐飛蓬；或負戈外戍戌，殺氣雄邊；塞客衣單，孀閨淚盡；文士有解佩出朝，一去忘返；女有揚蛾入寵，再盼傾國，凡斯種種，感蕩心靈，非陳詩何以展其義，非長歌何以騁其情？故曰：「詩可以群，可以怨。」使窮賤易安，幽居靡悶，莫尚於詩矣。

古人各種具有代表性的人生感慨正是在抒情詩中被凝定，他們的悲哀憂怨也是在詩中得到宣洩。

所以，根據上古中國「言」即詩、即「我」的語言事實，以及「詩」「言」「志」一體的文學事實，我們可以認為，中國古代抒情詩發達的首要原因，是因為上古中國人的主體自覺意識、自我體驗豐富而早熟，由此造成主體的關注目光主要聚焦於內在的自我，而非外界的事件。「詩」是中國古人自我實現的一個重要途徑，「我」在「言說」也即「詩說」中，先喪失自我，再重建自我，在古人的體驗中，這是一種言說本身的歡樂，也是言說帶來的生命的快感、生命的沉酣。

胡塞爾說：「在孤獨的話語中，我們並不需要真實的語詞，而只需要表象的語詞就夠了。……誠然，在孤獨的話語中，人們在某種意義上也在說，而且，他自己將自己理解為說者，甚至將自己理解為對

5　Ｆ・黑格爾撰，朱光潛譯：《美學》（北京市：商務印書館，1984年），卷3下，頁20。

自己的說者，這肯定也是可能的。……但在真正的、交往的意義上，
人們在這種情況中是不說的，他不告知自己什麼，他只是將自己想像
為說者和被告知者。在自言自語時，語詞絕不可能用它的標誌心理行
為此在的信號功能服務於我們，因為這種指示在這裡毫無意義。我們
自己就在同一時刻裡體驗著這些行為。」[6]中國古代詩歌，一方面是
由自覺的自我意識和豐富的自我體驗而導致的心靈獨白，是向內在的
搜尋；但另一方面古人的情感波動又通過詩歌得到外化的物質表現形
態，並通過歌唱的形式傳播，這樣一來，個人的情感往往在傳播中引
起共鳴，成為民族共同的心聲。

三　詩歌話語：音樂性和話語模式

　　長時期內，古代詩歌都借助合樂形式傳播，詩樂渾然一體，詩歌
語言因而具有了音樂性，即詩歌為滿足合樂要求，在語言形式上呈現
出一系列特徵，即使後來一些脫離了合樂形式的詩歌，音樂性也成為
其語言基本要求。

　　古人認為詩歌即「言」，《禮記》〈樂記〉：

> 歌之為言也，長言之也。說之，故言之；言之不足，故長言之。

「歌之為言」的美學特徵是「長言」，即音樂性；其發生的心理機制
是「我」內心的「說」（悅）：即內心有所感動而發長言為詩。

　　此外，「言」與「音」，上古本為同類字，象形符號「言」，本義
為「以口吹奏古樂器大簫」。《爾雅》〈釋樂〉：「大簫謂之言。」可
見，上古「言」亦與音樂合一。許慎《說文》釋「音」：

6　胡塞爾撰，倪梁康譯：《邏輯研究》（上海市：上海譯文出版社，1998年），卷2，頁
　　38-39。

聲也，生於心有節於外謂之音。……從言含一。

郭沫若曾談到：

言之本為樂器，此由字形已可得充分之斷定，其轉化為言說之言者，蓋引申之義也。原始人之音樂即原始人之言語，于遠方傳令每藉樂器之音以蕆事，故大簫之言，亦可轉為言語之言。[7]

因而，可以得出這樣的結論：言即音，上古的「言」是詩，也是音樂。而漢字「詩」，其象形符號摹寫頓足擊節之狀，這也說明了，「詩」字在產生時，語義指稱歌、樂、舞的綜合藝術形式。「弦之所歌，即是詩也」，音樂和詩的親緣關係在詩歌產生之初就體現出來了。

《呂氏春秋》〈音初〉曾述「南音之始」的創作過程：「禹行功，見塗山之女，禹未之遇而巡省南土。塗山氏之女乃令其妾候禹于塗山之陽，女乃作歌，歌曰：『候人兮猗！』實始作為南音。」

「候人兮猗」，簡簡單單的動賓結構，沒有主語，更談不上狀語、定語之類的修飾語，短短四個字，其中有實際語義的又只有兩個字「候人」，但抒情主體濃濃的思念、淡淡的哀怨，時間流逝中的焦急、想像中將要見到情人的激動……種種複雜纏綿的情感都通過這短短的一句歌詠流淌出來。

試想如果我們將句中沒有實際語義的「兮猗」去掉，只留下「候人」，就不能成為詩歌，因為沒有了「兮猗」，便失去了有規律的節奏變化，失去了一唱三歎的婉轉旋律，更失去了悠揚的韻味。而「兮猗」正是歌唱中樂音的延長，因此可以說，正是因為有了樂的依附，

7　郭沫若：〈解龢言〉，《甲骨文字研究》，見《郭沫若全集》（北京市：科學出版社，1982年），考古編一卷，頁100。

一些看似平淡的話語才成為「詩」。這些沒有實際語義的襯字，在話語從「話」向「詩」的轉化中，具有情緒延長、節奏舒緩等美學功能。[8]

《呂氏春秋》〈音初〉另記被稱為北音之始的〈燕燕歌〉：

> 有娀氏有二佚女，為之九成之臺，飲食必以鼓。帝令燕往視之，鳴若謚謚。二女愛而爭搏之，覆以玉筐。少選，發而視之，燕遺二卵，北飛，遂不反。二女作歌，一終曰：「燕燕往飛。」實始作為北音。

「燕燕往飛」比起「候人兮猗」來，實詞增加，結構也更為複雜：成為完整的主謂式，「往飛」則為連謂式，但總的說來，「燕燕」的複沓形式，仍然顯示了適於吟唱的樂歌特點。

孔狄亞克認為，根據原始語言的特點來判斷原始詩歌，可以得知這一文體的特點為：含蓄省文，由於詩歌僅僅是為了吟唱，聲調和姿勢彌補了所省略的語詞；同義疊現，人們為了填滿韻文節奏，往往在詩句中插入一些無用的語詞，或者用好幾種方式來重複同一意思；極其圖像化和隱喻化。[9]黑格爾認為，抒情詩的形式要素，是用不同於日常說話的、由詩的心情產生的藝術語言。[10]詩歌話語，是中國古代具有代表性的語體，它的生成，依賴於漢語文字、語音、語法的特質：方塊漢字的單音節性質，決定了隨著形體整齊的書面排列而來的是口頭誦讀的音節對稱；漢字的表意性，形成大量在意義上互有關聯

8　參見譚學純、唐躍、朱玲：《接受修辭學》（合肥市：安徽大學出版社，2000年，增訂本），頁8。

9　E・孔狄亞克撰，洪潔求、洪丕柱譯：《人類知識起源論》（北京市：商務印書館，1989年），頁183-184。

10　F・黑格爾撰，朱光潛譯：《美學》（北京市：商務印書館，1984年），卷3下，頁20。

的類義詞，而且相應的，這些類義詞往往在形體上也形成「互文」關係；而漢語語法的體驗性和靈活性，則使得詩歌字詞排列有了充分自由，可以滿足詩歌語言的音樂性要求。

音樂給中國上古詩歌以聲美規範：它不但使詩歌在節奏和句式方面被納入聲律秩序，有了特殊的旋律和韻味，在形式上有別於日常語言，而且在內容上也合乎音樂表現性藝術的特點，即它的字面意思不能完整地傳情達意，接受者必須全身心溶入詩的意境中，去體驗其中難以言說的意味。

《詩經》三百篇，有著特殊的音樂性語言樣式：

> 當時占主導地位的是我們現在一般所說的分節歌，此外也有在前頭或後頭加上副歌的，或者加上引子做開頭，或者結束時來一段尾聲。[11]

這種語言樣式幾乎遍及《詩經》的所有詩篇。如《詩經》〈陳風〉是陳地詩歌，當時的陳包括今河南淮陽、柘城和安徽亳縣一帶，這片地區有濃厚的崇神信巫的風俗，因而陳詩多借歌詠戀愛，表現與神的親密關係。〈陳風〉收了十首詩，其內部結構如下：

詩名	分節數	分節歌結構
〈防有鵲巢〉〈株林〉	2節	各節內部結構同
〈東門之池〉〈月出〉〈澤陂〉	3節	節與節結構同
〈東門之楊〉〈墓門〉	2節	節與節結構同
〈宛丘〉〈東門之枌〉〈衡門〉	3節	引子＋2節結構相同的分節歌

11 廖輔叔：《中國古代音樂簡史》（北京市：人民音樂出版社，1985年），頁12。

如〈宛丘〉開頭一段是節奏自由、悠長的引子：

> 子之湯兮，宛丘之上兮。
> 洵有情兮，而無望兮。

後面是兩段節奏分明而熱烈、結構也完全相同的「分節歌」：

> 坎其擊鼓，宛丘之下，
> 無冬無夏，值其鷺羽。

> 坎其擊缶，宛丘之道，
> 無冬無夏，值其鷺翿。

這是很典型的歌唱體詩。即使今天欣賞這些詩歌，仍能從其語式中體味出引吭高歌的情趣。而這首歌從引子向分節歌的轉換，其變化的節奏傳達了由夾雜悵惘的嚮往再轉向熱烈追求的情調。

　　中國近體詩格律規定之嚴格，是世界文學中罕見的，劉堯民認為近體詩的產生是為了講求詩句的音樂效果：

> 遠從齊梁時，沈約們主張「以文章之音韻，同弦管之聲曲」為之先趨（〈答陸厥書〉），但他們的音樂化的詩歌，是離開音樂來講求宮商，結果下來，弄成與音樂不相關的詩歌裡的音韻平仄，極而至於唐代的近體，便把詩歌弄成一種機械文學了。但他們主張的「一簡之內，音韻盡殊，兩句之中，輕重悉異」（沈約〈答陸厥書〉），卻暗合於「五音雜錯而成樂」，所謂「旋律」的方法。[12]

---

12 劉堯民：《詞與音樂》（昆明市：雲南人民出版社，1985年），頁40。

從樂府民歌到詞的過渡是絕句，汪森《詞綜》〈序〉曰：「自古詩變為近體，而五七言絕句傳於伶官。」絕句的語言形式具有強烈的音樂性。音樂的兩種重要元素，是「音數」與「旋律」，「音數」和詩歌的字句數相當，「旋律」則與詩歌的聲韻平仄相當。當時樂調分為小令和大曲，小令樂曲短小，音數簡單，都只有四五拍，每一句詩合乎一拍曲，而絕句為四句的短小形式，正合乎小令的音樂。另外大曲雖複雜，但它的若干遍數也相當於若干小令，[13]正是音樂性要求調控了古代詩文體的發展，近體詩由此產生。

　　「言」與「音」的詩學關聯，不僅表現在詩歌符號系統和音樂符號系統在表層的相融，也在於詩之「言」和樂之「音」的詩學功能相似，正因為如此，所以，寫詩，又稱「吟詩」、「詠詩」。而寫小說，則是敘事。

四　詩和古人的詩化人生

　　古代發達的抒情詩既映照出相當長時期內中國人生活方式的詩意化特點，也模塑了中國人、尤其是知識分子的人格風貌、人生態度。

　　從哲學和宗教方面說，影響中國文人人格的主要是儒、道、佛，它們在不同時期、不同的人物身上影響各有不同；從文學方面說，影響知識分子人格的一個重要因素是詩。詩不僅影響著他們的政治人生，決定著他們的藝術人生，而且塑造了他們的審美化人格。

　　中國抒情詩參與知識分子的人生建構，主要是通過兩方面進行的：寫詩、獻詩、用詩作為知識分子投身社會政治活動的途徑；詩作為詩人在藝術層面上的自我實現方式。這兩方面，在不同的時期各有側重，共同鑄就知識分子的人生。「詩」，也因此以獨特的審美方式，

---

13 劉堯民：《詞與音樂》（昆明市：雲南人民出版社，1985年），頁34。

滲透進眾多知識分子的意識行為，使得他們的人格體現出強烈的審美化特徵。

　　中國詩人除少數以外，大多有當政治家的理想，有的本身就是政治家。由於整個社會輕視自然科學，中國古代科技一直停留在「技」的實用層面，不能在知識分子那裡得到理論的提升。所以，從事社會政治活動，歷來是中國知識分子自我價值實現的最主要方式，而且在相當長的時間內幾乎是唯一的方式。寫詩與作文，往往為文人打開進入社會的大門。因為在中國，詩往往與社會活動直接聯繫。

　　周到春秋，詩歌大規模地進入社會政治活動。當時的祭典、宴會、交談、諷諫，無不用詩。周王朝設立了專門機構，在各諸侯國協助下，採集詩歌，命樂師整理、編纂，以了解民風得失，考察政治效果。同時，詩也用於教育子弟和娛樂，「學詩」成為士子修身的重要手段，所以孔子強調「不學詩，無以言」，並將對於「詩」的把握和使用直接與政治掛鉤：「誦《詩》三百，授之以政，不達；使于四方，不能專對，雖多，亦奚以為？」雖然《詩經》中的大部分作品來自民間，只有少數出自官方，但是廣泛的用詩活動，卻使「詩」這種優美的文體，幾乎是無孔不入地與知識分子的人生相關聯。《左傳》〈襄公二十九年〉記載吳公子季札在魯觀樂，這位公子對於詩樂的一系列出色評價，反映了他在政治、歷史、地理、藝術等方面的良好修養，這種修養在當時知識分子中應該有一定的代表性。

　　漢代社會的繁榮安定局面，使得統治者進一步制禮作樂，以祭祀天地鬼神，同時他們也需要有一批人為自己歌功頌德，潤色鴻業。當時有文才的知識分子幾乎都作詩獻賦，一些人因此得到帝王的賞識和禮遇。魏晉時期，魏國的統治者曹氏父子是政治家兼文學家，在他們周圍，聚集了一批有才華的詩人，他們不僅參與政治活動，而且「更唱迭和」，使得此期詩歌出現慷慨悲涼的獨特風貌。

　　唐代從宮廷到民間，愛好詩歌成為普遍風氣。帝王自己寫詩，也

提拔、獎勵那些有才華的詩人。如李白就得到皇帝的直接聘召，他和杜甫等許多詩人都有過朝廷生活的體驗。這些詩人的才華促成了他們投身政治的理想實現，而政治生活無疑也與他們的詩歌相通。「對中國詩歌而言，政治之滲入與否，跟詩歌是否達到高層次常相聯繫。就詩人而言，古代詩人註定是在封建政治格局下生活，因而經常由封建政治賦予他們以理想與熱情，構成他們與時代與社會現實生活的密切聯繫，詩歌所呈現的氣象、風貌，也都與他們的政治介入有關。政治所賦予古代優秀士大夫的常常是那種與廣闊的社會、歷史、人生，乃至與天地萬物相溝通的精神氣魄，是對歷史、對社會、對周圍世界的高度責任感。……中國古代詩人可以不是政治家，但對政治必須有一種向心力，必須在政治方面有必要的體驗和適度的介入。」[14]

　　王國維先生說：「披我中國之哲學史，凡哲學家無不欲兼為政治家者，詩人亦然。……至詩人無此抱負者，與夫小說、戲曲、圖畫、音樂諸家，皆以侏儒倡優自處，世亦以侏儒倡優畜之。所謂『詩外尚有事在』、一命為文人便無足觀，我國人之金科玉律也。」[15]中國知識分子理想的人格修養有明顯的審美化傾向，而這與詩歌參與他們的人格建構有關。

　　在中國理性旗幟第一次高揚，知識分子開始在社會舞臺上嶄露頭角時，許多人就已經按照「詩」去立身行事，《論語》〈季氏〉：「不學《詩》，無以言。」屈原在自己的詩中頌橘，也按照詩中高潔的楷模去完成自己的人格建構。魏晉以後，「人」的解放和「文」的自覺，使得當時流行的對人物的品評表現出強烈的審美化、詩意化傾向，由清議發展而來的對於人物的品藻，是用詩的語言去品評人物富於詩意的個性風神，這種從詩的視點、以詩的語言對人物的品賞，在很大程

14　余恕誠：《唐詩風貌》（合肥市：安徽大學出版社，1998年），頁136。

15　王國維：《靜庵文集・論哲學家與美術家之天職》，胡經之主編：《中國古典美學叢編》（北京市：中華書局，1979年），下冊，頁728。

度上，是把對人的理性審視變成詩意的品味，把對人的價值判斷納入純審美範疇。

　　此外，漢語中「詩」參與構詞，有大量對於詩人的泛指稱謂和詩人的專稱，《漢語大辭典》收錄的此類詞條有三十多條，如：

詩工	詩丐	詩友	詩伯	詩狂	詩虎	詩俠
詩俊	詩神	詩哲	詩翁	詩逸	詩傑	詩農
詩僧	詩豪	詩隱	詩顛	詩癡	詩仙	詩聖
詩王	詩囚	詩佛	詩穎	詩天子	詩宰相	

這些稱號不僅僅是就這些人的詩歌才華而言，而且把「詩」與這些詩人的人生、人格融合在了一起。

　　蘇珊・朗格曾說：「你愈是深入地研究藝術品的結構，你就會愈加清楚地發現藝術結構與生命結構的相似之處。」[16]生命結構與藝術結構的相似，源於生命與藝術的互相投射，互相滲透。正是在這個意義上，中國優美的抒情詩投射進知識分子的生命和人格，使得知識分子從內在修養到外在風貌，都呈現出飄逸脫俗的審美化特徵。

---

16 蘇珊・朗格撰，滕守堯、朱疆源譯：《藝術問題》（北京市：中國社會科學出版社，1983年），頁55。

第十章

賦：文體建構的修辭詩學考察之三

　　賦作為中國具有代表性的文體，是特定時期的政治經濟局面在話語領域的審美映照，分析「賦」從原型生成到文體完備的過程，可以幫助我們了解，在中國進入文明門檻到封建社會穩固的漫長時期裡，「賦」作為政治手段、經濟手段和文學手段，是怎樣在不同領域行使了它的社會職能，這些手段又怎樣在深層進行著審美互融，從而完成了賦體語言的美學建構。賦體語言的莊嚴齊整、典雅鋪張的風格，與繁複厚重的禮器、富麗繁縟的衣飾、浩大隆重的樂舞，以及連綿不斷的建築群落等等一道，共同顯示著中華藝術特有的大家氣派，成為中華文明獨具特色的燦爛景觀。

一　政治、經濟和文學手段：「賦」的語義系統

　　漢字「賦」是由「貝」「武」組成的合體字。「貝」是古代的貨幣，是上古濱海民族由漁得貝進而發展為私財，右邊的「武」，表明徵收的賦稅與武力有關，即賦稅包括與征伐相關的兵士、兵器，是武力征服帶來的結果。

　　在中國，賦役制度是隨著私有制和國家的形成而產生的，原始稅收為「貢」，賦在周代指的是包括兵役、軍需品及徭役在內的軍賦，春秋以後賦役包括田地稅和人口稅等，並把歷史上的所有貢賦統稱為賦。

　　因而，漢字「賦」的語義，首先指稱兵役、徭役及田地稅、人丁稅等各種服務於統治者的手段。《尚書》〈禹貢〉：「厥賦惟上上錯。」

疏：「賦者，自下稅上之名，謂治田出穀，故經定其差等，謂之厥賦。」孔傳：「賦，謂土地所生以供天子。」《周禮》〈地官〉〈小司徒〉：「以任地事而令貢賦。」鄭玄注：「貢，謂九穀山澤之材也。賦，謂出車徒給繇役也。」《左傳》〈成公十八年〉：「薄賦斂，宥罪戾。」《論語》〈公冶長〉：「由也，千乘之國，可使治其賦也。」朱熹集注：「賦，兵也，古者以田賦出兵，故謂兵為賦。《春秋傳》所謂『悉索敝賦』是也。」

　　「賦」的引申義指稱「貢士」，即地方向朝廷貢舉能進言和出謀獻策之人，如《漢書》〈晁錯傳〉：「乃以臣錯充賦，甚不稱明詔求賢之意。」貢士在中國開始得很早，如《尚書》〈大禹謨〉：「野無遺賢，萬邦咸寧。」《禮記》〈射義〉：「諸侯歲獻，貢士于天子。」孔穎達疏：「諸侯三年一貢士于天子也。」《墨子》〈親士〉曰：「歸國寶，不若獻賢而進士。」貢士歷來得到統治者的重視，如果地方不按規定貢獻能言的賢士，就會受到懲罰。

　　同為語義引申，上對下的「收斂」和「頒發」、「分配」都可稱為「賦」。《說文》：「賦，斂也。」段注：「斂之曰賦，班之亦曰賦，經傳中凡言以物班布與人曰賦。」如《孟子》〈離婁上〉：「求也為季氏宰，無能改於其德，而賦粟倍他日。」「賦粟」為收斂糧食稅。《尚書大傳》卷一下：「急則不賦籍，不舉力役。」「賦籍」，即分配公家之常徭。《國語》〈晉語四〉：「公屬百官，賦職任功。」韋昭注：「賦，授也。授職事，任有功。」《左傳》〈昭公三十二年〉：「屬役賦丈，書以授師，而效諸劉子。」杜預注：「付所當城尺丈。」楊伯駿注：「隨國之大小，分囑出役若干，完成工作若干丈。」

　　總之，「賦」的語義隱含了古代上下之間的政治、經濟關係，表面上看，這些語義所指和作為文體的「賦」沒有多少關聯，但其中實際隱含著賦體話語相應的政治功能方面的信息，即賦體語言的形成與治理國家的需要相聯繫。

　　此外，「賦」與「敷」、「溥」、「鋪」、「布」音義相通，許慎《說文》：「溥，大也。」朱駿聲《說文通訓定聲》〈豫部〉：「賦，假借為敷。」《廣雅》〈釋詁三〉：「賦，布也。」王念孫疏：「賦、布、敷、鋪，並聲近而義同。」這些字，都有鋪布、廣遠、普遍的含義，在古籍中常常彼此互訓和假借。如《禮記》〈祭義〉：「夫孝，置之而塞乎天地，溥之而橫乎四海。」孔穎達疏：「溥，布也。」《詩經》〈烝民〉：「賦政于外，四方爰發。」鄭玄注：「以布政於畿外，天下諸侯於是莫不發應。」同詩又曰：「古訓是式，威儀是力，天子是若，明命使賦。」毛亨傳：「賦，布也。」《詩經》〈北山〉：「溥天之下，莫非王土。」「溥」意為「普遍、廣大」。《左傳》〈僖公二十七年〉：「賦納以言，明試以功。」「賦納」意為普遍採納。

　　大面積鋪布並非隨意排放，而是鋪排的同時進行著有條理的劃分，如《尚書》〈禹貢〉：「禹敷土，隨山刊木，奠高山大川。」孫星衍注引馬融曰：「敷，分也。」孔穎達疏：「言禹分佈治此九州之土。」

　　這一組字的引申義涉及到語言方面，首先是上與下之間交通信息時的話語鋪敘，如《尚書》〈大禹謨〉：「文命敷于四海，只承於帝。」蔡沈集傳：「禹既已布其文教于四海矣，於是陳其謨以敬承於舜。」《淮南子》〈要略〉：「分別百事之微，敷陳存亡之機。」「敷陳」即「鋪陳」。其次是言語交流中的辭藻鋪陳，如《文心雕龍》〈風骨〉：「是以怊悵述情，必始于風，沈吟鋪辭，莫先乎骨。」

　　賦作為文體充分成熟以後，它的語義，歸諸於文藝創作方面，共有以下四種：

　　一、《詩經》中「直鋪陳今之政教善惡」的修辭手法。《文心雕龍》〈詮賦〉：「賦者，鋪也，鋪采摛文，體物寫志也。」

　　二、特定場合下的歌唱、吟頌和創作，如祭祀禮儀中的賦和常見的賦詩。

三、鋪敘、誇飾的修辭風格。《釋名》〈釋典藝〉：「興物而作謂之興，敷布其義謂之賦，事類相似謂之比。」《文心雕龍》〈熔裁〉：「引而申之，則兩句敷為一章；約以貫之，則一章刪成兩句。」

四、鋪張揚厲、絢麗純正的「賦」文體。

綜上所述，「賦」的語義，可以分屬於「政治—經濟」和「文藝創作」兩個語義場，服務於統治階級的「賦」從經濟形式到文體形式的轉換，其間存在著語義發展，後者由前者逐步擴張而來，其發展軌跡大體為：

　　體現政治權力的經濟手段 → 向神和國君等進言的話語形式 →
　　鋪張揚厲的文體。

「賦」物質載體是物和言，進獻或頒佈物與言（包括貢獻可以進言的士），通稱為「賦」，正因為它們都出於同樣的目的。漢字「賦」的語義發生轉移時，新的語義所指仍然保持著原有的一些美學基因，「賦」的多維語義所指，在深層保持著一定的審美關聯。

二　美學關聯：「賦」向賦文體的延伸

「賦」與賦體語言的美學關聯，主要體現在以下方面：

一、貢賦之「賦」作為體現政治權力的經濟手段，它在發生過程中的大面積鋪布形式，影響了後世賦的創作心理和審美基調。

張光直先生認為，所有文明的產生程序，都是財富的積蓄和集中。在中國直到殷商和西周時代，生產工具相對來說還是石製的，因而完成財富集中的過程，不是借助生產技術和貿易革新，而完全是靠大規

模勞動力（人口增加和戰俘掠取）投入生產，靠的是政治性措施。[1]

　　唐虞之時，古人所務已以農業為本，田土的數量非常可觀，《後漢書》〈郡國志〉注引皇甫謐《帝王世紀》曰：「九州之地，凡二千四百三十萬八千二十四頃。定墾者九百三十萬六千二十四頃，不墾者千五百萬二千頃。」這些數字雖不足信，但可從中得到有關當時農業大面積耕作的信息。此外，規整土地的田間管理也很早得到重視，《漢書》〈食貨志〉曰：「后稷始圳田，以二耜為耦，廣尺深尺曰圳，長終畝。一畝三圳，一夫三百圳，而播種於圳中。」可以徵得貢賦的土地在早期社會的獎懲中佔有重要地位。《尚書大傳》〈虞夏傳〉：「命諸侯得專徵者，鄰國有臣弒其君，孼伐其宗者，雖弗請于天子，而征之可也。征而歸其地于天子。……誣者，天子絀之，一絀，少絀以爵；再絀，少絀以地；三絀，而爵地畢。」同書《唐傳》：「山川神祇有不舉者為不敬，不敬者削以地。」

　　據柳詒徵《中國文化史》載，貢賦制在中國開始得很早，唐虞時已較為完備，《尚書大傳》〈虞傳〉曰：「九共以諸侯來朝，各述其土地所生美惡，人民好惡，為之貢賦政教。」可見貢奉各地物產並描述本地經濟文化狀況已成為一種風氣。當時中央與各地財政截然分開，分晝財賦，各有許可權[2]，「冀州甸服，有賦無貢，而人民之粟米直接輸納於帝廷之官府。此外八州四服，則民賦各輸于其國，而國君各市其地之物以為貢。」周代的賦稅制更為周密，《周禮》〈天官〉〈大宰〉：「以八則治都鄙：一曰祭祀，以馭其神……五曰賦貢，以馭其用。」「以九賦斂財賄：一曰邦中之賦，二曰四郊之賦，三曰邦甸之賦，四曰家削之賦，五曰邦縣之賦，六曰邦都之賦，七曰關市之賦，八曰山澤之賦，九曰幣餘之賦。」「九賦」中前六種是按地區遠近，

1　張光直：《中國青銅時代（二集）》（北京市：生活‧讀書‧新知三聯書店，1990
　　年），頁121、127。

2　柳詒徵：《中國文化史》（上海市：中國大百科全書出版社，1988年），上冊，頁64。

徵收土地產物；關市之賦指商旅稅；山澤之賦指礦、漁、林業稅；幣餘之賦指其他各種稅。人們把這種貢賦制視為天意，如《詩經》〈下武〉：「受天之祜，四方來賀。」孔穎達疏：「武王既受得天之祜福，故四方諸侯之國皆貢獻慶之。」據《逸周書》〈王會解〉所記，周王城洛邑竣工時，成王大會天下諸侯，各國和四夷的貢物千奇百怪，豐富異常。此外，它又記夏禹時的四海珍奇、商湯時的四方貢品。這些珍貴的貢奉已經成為豐厚財富和輝煌政治的象徵。

和古希臘不同，中國早期貿易的主要對象不是生活、生產資料，而是與政治有關的物資如禮器等，戰略性物資的流通也不是通過買賣，而是以戰爭形式完成。所以財富的集中是以政治程序為主要動力，即依靠人與人之間社會與經濟的分層關係完成的。[3]中國早期的龐大社會組織形式也有利於貢賦的分配與徵收：考古發現的先民大面積平面鋪排式的居住群落表明，中國的社會群體組織發育得早而穩固，組織結構也相當龐大和完善，這種形式正是當時明確而完善的社會政治經濟分層關係的體現。

在大面積田土耕作，以及龐大嚴密的社會政治分層關係基礎上產生的完備的貢賦制，作為財富集中手段，在華夏文明的產生和成熟過程中起了重要作用，也成為以鋪排為特徵的賦體語言產生的審美心理基礎：

華夏早期的生產方式體現為採集——農業連續體，地處溫帶、亞熱帶的中國是生物富集區域，採集、農作對初民的思維發展起著至關重要的作用：充分發達的採集導致思維分辨能力的加強、分類能力的提高，當人們將極為豐富的收穫物按其特徵分門別類地鋪展於眼前時，那幅五彩繽紛的圖畫必然會引起人的身心陶醉，這種陶醉來自本

3　張光直：《中國青銅時代（二集）》（北京市：生活・讀書・新知三聯書店，1990年），頁127。

質力量得到實現的自豪感，自身與自然之間的親和感，即將享受到的味覺和嗅覺快感、飽足之後的身心舒適感，也來自對於這幅多彩圖畫的整體以及其中每一種漂亮收穫物的視覺美感，這幅圖是神的賜予，也是人自身力量的顯現，它作為神的祭禮，又作為獻給王的貢賦。而君王也在「賦」這幅平面鋪展的大圖畫中，得到王權威重和物欲滿足的莫大快樂。

　　法國的格拉耐曾這樣描述中國的古老蠟祭：蠟祭是對宇宙萬物的感謝祭，人們向天祈求來年豐收，對公社奉獻大量犧牲，掌管鳥獸以及田產的官羅氏把人們貢奉的獵物和女子呈獻給王，在蠟祭中，各地按收穫的多寡而貢賦，又按貢賦的多寡鋪排各自在大饗宴上的席位，這是「契約者表明各自價值的場合。競爭給予他們以表示能力的機會。他們根據各自的地位佔有座席。他們憑自己的財力進行獻納。獻納的多寡能夠標誌地位的高下。」[4]嚴耀中認為華夏的祭祀促進了社會內部的凝聚，從而增強了集體的力量：「祖先崇拜的本質是宗族群體的求生精神，它目的是現世的，教儀是實踐的，服務於宗族群體的存在需要，因此導致了祖宗崇拜進一步世俗化而非宗教化。莊嚴的儀式變成協調群體生活的習俗，是中國古代社會中司空見慣的事實。其愈來愈大的實際作用在於使群體社會內瀰漫一種親和氣氛，消除個體心理上的孤獨感和無力感。」[5]

　　大規模耕作、大群落居住以及大豐收、大貢賦、大饗宴等等有序的大面積平面展現形式，長期不斷地刺激人們的感官和意識，使得漢民族的思維模式明顯地體現出平面鋪排的結構特徵，這種思維模式也外化為中國文化藝術特有的構建形式，賦體語言規整鋪排的美學特點正是這種思維模式在話語領域的映射。

4　M‧格拉耐撰，張銘遠譯：《中國古代的祭禮和歌謠》（上海市：上海文藝出版社，1989年），頁172。

5　嚴耀中：《中國宗教與生存哲學》（上海市：學林出版社，1996年），頁26-27。

　　二、禮樂之「賦」，作為對神聖而繁複的祭祀內容和形式的規範鋪陳，規定了後世賦的莊嚴鋪排的審美傾向。

　　上古時期，禮樂是神人之間互通信息的手段，並直接服務於國家政治，傳說中夏代的祭祀樂舞〈九辯〉、〈九歌〉、〈九招〉和〈萬舞〉，表演場面極為宏大莊嚴。《管子》〈輕重甲〉：「昔者桀之時，女樂三萬人，端噪晨樂聞於三衢。」《呂氏春秋》〈侈樂〉云：「夏桀、殷紂作為侈樂，大鼓鐘磬管簫之音，以鉅為美，以眾為觀。」這樣的大規模禮樂儀式，必須按嚴格的規定鋪排演出內容、人員和樂器。

　　「賦」是當時祭祀禮樂的主要內容之一，如西周國家法典《周禮》〈春官〉〈大師〉曰：「教六詩，曰風、曰賦、曰比、曰興、曰雅、曰頌。以六德為之本，以六律為之音。大祭祀，帥瞽登歌，下管播樂器，令奏鼓鼗。大饗亦如是。」

　　朱自清先生認為，賦比興中，賦即「展詩」，是古代的合唱[6]，據《國語》〈魯語下〉，春秋時宋大夫正考父曾經校正有名的十二篇〈商頌〉，並將〈那〉置於首位。因而，賦應是對眾多人員和繁豐內容進行精心鋪排的合唱。「賦」又是樂官在禮樂儀式中的重要職能，即按照禮制規定鋪陳樂器，安排相應的樂工位置。以顯示禮樂制度的嚴正有序。[7]如《周禮》〈春官〉〈大師〉：「樂師，凡喪，陳樂器」《周禮》〈天官〉〈典庸器〉：「及祭祀，帥其屬而設筍虡，陳庸器。」

　　在以向神進言為主的神話時代和文明時代的早期階段，為了打動神，也為了借助神表現王者的威嚴，古人不惜動用眾多的樂器、人員，用誇飾的言辭、合乎音樂節律的歌唱反覆讚美神、祈求神，這樣從不同側面反覆詠唱一個主題的祭祀禮辭，也可視作後世賦的雛形。

　　尼采《悲劇的誕生》談到從自然中產生的兩種藝術傾向，即日神

6　朱自清：〈詩言志辯〉，《朱自清古典文學論文集》（上海市：上海古籍出版社，1981年），上冊，頁263。

7　陳元鋒：《樂官文化與文學》（濟南市：山東教育出版社，1999年），頁116。

精神和酒神精神，它們分別通過「夢幻世界」和「醉狂世界」去滿足人類的藝術衝動，前者「是透過夢幻的想像物，這夢幻想像物的完美性是完全獨立於理智層面或個人藝術發展之外。」希臘人酒神節最原始的衝動，是由日神精神來抑制和調節的。尼采說：「使希臘人保持安全的，是那光榮而偉大的阿波羅向那些粗野而奇異不可思議的狄俄尼索斯勢力展示其獰惡頭臉時，壓制了這種狂歡。」「很久以來，希臘人就把音樂視為一種阿波羅藝術，視為一種像輕擊岸邊的波動一樣的有規則的節拍，是一種顯然為描畫阿波羅情態而發展的造型節奏。」[8]

　　中國古代的聖哲們早就認識到「縱欲敗度」，主張「發乎情而止乎禮義」，用禮樂相濟去調節欲望，保持龐大社會的安定有序。上古時代的祭祀禮樂，以大規模嚴整鋪排的演出形式，平穩莊嚴的二拍子節奏，反覆鋪敘獻給神的讚美誇飾之辭，這種場景，極易使人進入凝重深遠的夢幻世界，使人們在敬神的同時，體驗到神的至尊，王的權威，自身也在陶醉於這種莊嚴肅穆的審美氛圍的同時，進入了這種禮樂所代表的闊大有序的世界。可以說，後世的賦，雖然已經脫離了樂舞的形式，但是在審美傾向方面，仍然與祭祀禮樂一致。

　　三、貢士和賦詩之「賦」，作為進獻能言之士和進言的手段，成為後世賦的功能導向。

　　古代作為「貢士」的「賦」，目的是徵得能夠「鋪陳政教之善惡」從而出謀獻策的能人。古代的「諫」即「進言」。《荀子》〈臣道〉：「大臣父兄有能進言於君，用則可，不用則去，謂之諫。」進言之士面對的是代表至高權力的國君，希望得到最佳的言語交際效果，必然要借助話語的特殊審美效力去沖淡批評的嚴厲氣氛，顯示自己謙恭的言語地位，並欲抑先揚，誇飾國君的功績。所以《文心雕龍》

8　F‧尼采撰，劉崎譯：《悲劇的誕生》（北京市：作家出版社，1986年），頁18-20。

〈奏啟〉曰:「奏者,進也。言敷於下,情進於上也。」

　　先秦時的賦《詩》即諷誦詩歌,是古人在諷諫、外交等特定場合敷布己意的手段。《左傳》、《國語》有大量關於賦《詩》的記載,如《國語》〈周語上〉:「故天子聽政,使公卿至於列士獻詩,瞽獻曲,史獻書。」《左傳》〈僖公二十三年〉:「古者禮會,因古詩以見義,故言賦《詩》斷章也。」《漢書》〈藝文志〉:「傳曰:『不歌而誦謂之賦,登高能賦可以為大夫。』言感物造耑,材知深美,可與圖事,故可以為列大夫也。古者諸侯卿大夫交接鄰國,以微言相感,當揖讓之時,必稱《詩》以喻志,蓋以別賢不肖,而觀盛衰焉。」

　　據朱自清先生〈詩言志辨〉:

> 　　《左傳》中所記「賦詩」,見於今本《詩經》的共五十三篇,〈國風〉二十五,〈小雅〉二十六,〈大雅〉一,〈頌〉一。引《詩》共八十四篇,〈國風〉二十六,〈小雅〉二十三,〈大雅〉十八,〈頌〉十七。重見者均不計。再將兩項合計,再去其重複的,共有一百二十三篇,〈國風〉四十六,〈小雅〉四十一,〈大雅〉十九,〈頌〉十七。占全《詩》三分之一強,可見「《詩》三百」當時流行之廣了。[9]

　　「賦《詩》言志」在春秋以後成為專門的外交語言藝術,賦《詩》者常斷章取義。戰國以後「引《詩》喻志」成風,引《詩》者完全以《詩》附會己意。這種風氣後來逐漸衰落,一方面是因為「禮崩樂壞」,另一方面,也說明隨著社會的發展,「志」的逐日豐富,搬用簡短的四言詩已滿足不了需要,新的較長文體的出現已是必然,經

9　朱自清:〈詩言志辨〉,《朱自清古典文學論文集》(上海市:上海古籍出版社,1981年),上冊,頁251。

過驚彩絕豔的楚辭的鋪墊，到了強盛的漢帝國時，富麗恢宏的大賦終於應運而生。

經過漢代文人獻納自己創作的賦，「賦詩」在漢末以後發展為特定場合下創作詩歌以明己志的習俗，後來又成為帶有「應制」色彩的官方發起的活動，如著名的「曲水賦詩」現象，顏延年〈應詔讌曲水作詩〉注引《水經注》曰：「舊樂游苑，宋元嘉十一年，以其地為曲水，武帝引流轉酌賦詩。」這種賦詩，主題、題材和語象都有特定模式，在功能方面也與古代的賦詩和漢代的獻賦有著一脈相承的聯繫。

在嚴肅高雅的場合用詩或賦鋪陳己意，以諷諫君王、匡救朝政，這也是徐復觀先生所說的中國人「藝術的人生」的一種表現，與西方相比，古希臘實行的是奴隸主民主制，城邦大事由定期召開的公民大會決定，大會上人們施展口才，展開辯駁，所以除了運用種種合理的策略以使自己的言語更為明晰、合乎邏輯推理外，也會詭辯。詭辯和賦詩成為兩種不同政治體制下的特殊言語景觀。

賦發展為漢代的主流文體，經歷了漫長的過程，它的美學風格，也是在這一過程中逐漸形成的。

三　鋪張揚厲：賦體語言的美學建構

賦作為一種文體輝煌於漢，但中國人對於賦體符號形式的偏愛卻發生得極早。中國的易卦，是由表示乾坤的兩種符號，經過不同的組合鋪排形成八卦，後又擴展鋪排為繁複的六十四卦。上古神話集《山海經》，也以少有變化的莊嚴語式，宏大有序的平面鋪排敘述結構，表現它的儀式化神聖內容。（可參見本書第八章第二節「《山海經》：中國古代神話的語言體式及敘述結構」）綜觀中國古代典籍，賦體語言的鋪排形式隨處可見，如：

上古官名有八種，《尚書》〈洪範〉：「八政：一曰食，二曰貨，三

曰祀，四曰司空，五曰司徒，六曰司寇，七曰賓，八曰師。」

《周禮》〈春官〉〈大師〉鋪敘當時的音樂體系為：「大師掌六律六同，以合陰陽之聲。陽聲：黃鍾、大蔟、姑洗、蕤賓、夷則、無射。陰聲：大呂、應鍾、南呂、函鍾、小呂、夾鍾。皆文之以五聲，宮、商、角、徵、羽。皆播之以八音，金、石、土、革、絲、木、、匏、竹。教六詩：曰風、曰賦、曰比、曰興、曰雅、曰頌，以六德為之本，以六律為之音。」

《爾雅》〈釋地〉鋪陳各地寶物特產：「九府：東方之美者，有醫無閭之珣玗琪焉；東南之美者，有會稽之竹箭焉；南方之美者，有梁山之犀象焉；西南之美者，有華山之金石焉；西方之美者，有霍山之多珠玉焉；西北之美者，有崑崙虛之璆琳琅玕焉；北方之美者，有幽都之筋角焉；東北之美者，有斥山之文皮焉；中有岱嶽與其五穀魚鹽生焉。」

《左傳》〈昭西元年〉中醫和將「六氣」、「五味」、「五聲」、「五色」等概念與「天」相聯繫：「天有六氣，降生五味，發為五色，徵為五聲，淫生六疾。」這些概念在〈昭公二十五年〉中被子產用大段規整的語言鋪陳發揚：

> 天地之經，而民實則之。則天之明，因地之性，生其六氣，用其五行。氣為五味，發為五色，章為五聲。淫則昏亂，民失其性，是故為禮以奉之。為六畜、五牲、三犧，以奉五味；為九文、六采、五章，以奉五色；為九歌、八風、七音、六律，以奉五聲；為君臣上下，以則地義；為夫婦外內，以經而物；為父子、兄弟、姑姊、甥舅、昏媾、姻亞，以象天明；為政事、庸力、行務，以從四時；為刑罰威獄，使民畏忌，以類天之生殖發育。民有好惡、喜怒、哀樂，生於六氣，是故審則宜類，以制六志。哀有哭泣，樂有歌舞，喜有施捨，怒有戰鬥；喜生

於好，怒生於惡。是故審行信令，禍福賞罰，以制生死。生，
好物也；死，惡物也。好物，樂也；惡物，哀也。哀樂不失，
乃能協于天地之性，是以長久。

《漢語大詞典》中，「九」字頭詞條蔚為大觀，不包括互見條目
和多義項就有五百四十八條，其中大部分與鋪排有關，如：

九德：《尚書》〈皋陶謨〉：寬而栗，柔而立，願而恭，亂而敬，擾
而毅，直而溫，簡而廉，剛而塞，強而義，彰厥有常。

九畿：相傳古時王城以外五千里之內，自內而外，每五百里為一
畿，共有侯、甸、男、采、衛、蠻、夷、鎮、藩等九畿，為
各級諸侯之領地及外族所居之地。

九聖：指伏羲、神農、黃帝、堯、舜、禹、文王、周公、孔子。

九行：仁、行、讓、信、固、治、義、意、勇九種德行。

九文：古代天子禮服上的九種圖案。即山、龍、華、蟲、藻、火、
粉米、黼、黻。

此外還有九州、九本、九成、九列、九伐、九戒、九牧、九服、
九命、九法、九官、九門、九品、九皇、九風、九紀、九宮、九貢、
九流、九過、九扈、九禁、九惠等等。

這些規整的語言鋪排雖然還不是賦，但是可以見出，它們與賦的
語言有著基本一致的美學風格。《中國美學史》這樣說到中華民族在
漫長的歷史時期中形成的宇宙觀：「它把宇宙看成是由眾多的事物所
組成的，同時又竭力要在眾多的事物中去找出和確定那些構成宇宙萬
物的基本的東西。……整個宇宙被看作是由有一定數量關係的基本要
素所構成的合規律的整體，它有其內在必然的結構和規律，不是雜亂
無章的東西。」[10]古人用規整、鋪排的賦體語言去描述繽紛繁雜的世

10 李澤厚、劉綱紀：《中國美學史》（合肥市：安徽文藝出版社，1999年），先秦兩漢
編，頁77-78。

間事物，正顯示了他們特有的宇宙觀，顯示了他們把萬事萬物納入一個規整化框架的努力。

　　作為《詩經》中最基本，也是用得最廣泛的手法，「賦」表現為鋪陳、鋪敘。「賦」在《詩經》話語的各個層面都有體現：如魯頌〈駉〉是歌頌魯僖公的詩，四段排列十分規整：每段八句，除第七句為三言，其餘都是四言，開頭均為「駉駉牡馬，在坰之野。薄言駉者」，後面幾句僅稍有變化。

　　綜觀「詩三百」尤其是其中的「頌」，賦體語言比比皆是。「頌」是廟堂詩歌，「美盛德之形容，以其成功告於神明者也。」（〈詩大序〉）因而是借「告於神明」，為帝王歌功頌德。歌者在概述史實中，加進讚頌之詞，利用雙聲疊韻、重疊複沓、排比、誇美的語言，淋漓盡致地表達強烈的感戴頌美之情。漢賦無論在語式、在鋪張的審美特點或者頌美、諷諫的功能方面，都與《詩經》一致。

　　最早以「賦」名篇的是戰國荀況，他的〈賦篇〉鋪陳蠶、針等五種事物的形狀動態，如：

> 有物於此，生於山阜，處於室堂。無知無巧，善治衣裳。不盜不竊，穿窬而行。日夜合離，以成文章。以能合從，又善連衡。下覆百姓，上飾帝王。功業甚博，不見賢良。時用則存，不用則亡。臣愚不識，敢請之王。王曰：此夫始生鉅其成功小者邪？長其尾而銳其剽者邪？頭銛達而尾趙繚者邪？一往一來，結尾以為事。無羽無翼，反覆甚極。尾生而事起，尾邅而事已。簪以為父，管以為母。既以縫表，又以連裡。夫是之謂箴理。箴。

這種「賦」確實可以看作《詩經》話語形式的演化：中國古代文體少有對事情經過的細密敘述，但對於物體的描述卻細緻入微。戰國時期

開始的對於物體的精細觀察和體味，以及對於物與人事之間隱喻關係的敏感，表明與人的生活相關聯的事物正越來越受到關注，這是當時人事取代神事的結果，體現了逐步加強的理性精神。

　　賦成為一種文體，其美學風格集以往「賦」之大成。在鋪敘中進行誇飾，空間鋪排是其一大特色。

　　司馬相如曰：「賦家之心，苞括宇宙，總攬人物，斯乃得之於內，不可得而傳。」（晉葛洪《西京雜記》）明王世貞《藝苑卮言》則曰：「作賦之法，已盡長卿數語，大抵須包蓄千古之材，牢籠宇宙之態。」後來劉熙載《藝概》〈賦概〉則說：「賦起於情事雜沓，詩不能馭，故為賦以鋪陳之。斯為千態萬狀，層見迭出者，吐無不暢，暢無或竭。」

　　司馬相如〈上林賦〉描述天子上林苑及狩獵的規模，極力誇耀其「繁」、「巨」：

> 左蒼梧，右西極，丹水更其南，紫淵徑其北。終始灞、滻，出入、涇渭，酆、鎬、潦、潏，紆餘委蛇，經營乎其內；蕩蕩乎八川分流，相背而異態。東南北，馳騖往來；出乎椒丘之闕，行乎洲淤之浦；經乎桂林之中，過乎泱莽之野。
>
> 乘鏤象，六玉虬；拖蜺旌，靡雲旗；前皮軒，後道遊。孫叔奉轡，衛公參乘；扈從橫行，出乎四校之中。鼓嚴簿，縱獵者；河江為阹，泰山為櫓。車騎雷起，殷天動地……然後揚節而上浮，凌驚風，曆駭猋，乘虛無，與神俱。

　　〈西都賦〉用了大量成對出現的「反義方位詞＋動詞」結構，如：左據、右界、南望、北眺、其陽、其陰、東郊則有、西郊則有、其中乃有、前乘、後越、東薄、西涉等等，古漢語中缺少係詞「是」，這些句子裡取而代之的是很多動感極強的動詞，這就形成以

「我」這個帝國代表者為中心，以其視線流動為線索的鋪排格局，「我」對於這個宏大世界的擁有和了解，以及隨之而來的自豪與喜悅都在這種格局中突現。

英國學者大衛‧霍克斯認為，導源於巫書的楚地巡遊主題文學，在某個重要方面，對賦體發展演變的影響是至關重要的。但賦體風格明顯有了重要變化，他曾把同樣寫巡遊的司馬相如〈大人賦〉和〈惜誓〉相比較，指出：「大人神游六合的唯一動機，似乎是因為這凡間世界對他來說過於侷促了。在賦中司馬相如帶著大人及其金碧輝煌的車駕扈從上下縱橫地遨遊，這是一次環繞宇宙的旅程，中國大大小小的各位神仙靈祇都在途中出現。其中包括朱雀、玄武兩方守護神以及漢武帝最喜歡的太一神、五帝、西王母等。在前代詩人更偏於小我，更加個人化的作品中，幾乎是與巡遊主題形影不離的憂鬱哀怨的情調，由於顯而易見的原因，在這裡被一掃而空了。」[11]

物體的鋪排在賦中佔有相當篇幅，這些物體都是已經擁有、即將擁有或想像中擁有的，形成富麗堂皇的氣派。李澤厚《美的歷程》這樣評價賦的事物鋪陳：「它表明中華民族進入文明社會後，對世界的直接征服和勝利，這種勝利使文學也不斷要求全面地肯定、歌頌和玩味自己存在的自然環境、山嶽江川、宮殿房屋、百土百物以至各種動物對象。所有這些對象都是作為人的生活的直接或間接的對象化而存在於藝術中。人這時不是在其自身的精神世界中，而完全溶化在外在生活和環境世界中，在這種琳琅滿目的物件化的世界中。」[12]〈上林賦〉除了以主要篇幅描寫上林的場景外，還描繪了天子宴飲的場面：「置酒乎顥天之臺，張樂乎膠葛之宇；撞千石之鐘，立萬石之虡；建翠華之旗，樹靈鼉之鼓。奏陶唐氏之舞，聽葛天氏之歌。」

---

11 大衛‧霍克斯：〈神女之探尋〉，莫礪鋒編：《神女之探尋》（上海市：上海古籍出版社，1994年），頁42。

12 李澤厚：《美的歷程》（北京市：文物出版社，1982年），頁81。

　　大衛・霍克斯說：「創立了這種全景式賦體的司馬相如，對於賦中所描繪的宮殿、屋室、苑囿、湖泊以及諸如此類的東西，並無意給我們一個精確的印象。他的目的，只是要我們面對著這些恢宏壯麗、雄偉莊嚴的描寫，感到頭暈眼眩，目瞪口呆，而歎為觀止。」[13]

　　物體的鋪列因大量動詞介入而形成豐富多樣的動賓結構，如〈西都賦〉中描繪宮室的一段：「體象乎天地，經緯乎陰陽，據神靈之正位，仿太紫之圓方，樹中天之華闕，豐冠山之朱堂，因瑰材而究奇，抗應龍之虹梁，列棼橑以布翼，荷棟桴而高驤，雕玉瑱以居楹，裁金壁以飾璫，發五色之渥彩，光焰朗以景彰。」從中我們可以看到因不斷行動而有大作為的「我」的身影，這一精力充沛的身影，使得看似靜止的物體鋪列，充滿流動的生氣，顯示了「我」的行動和力量。

　　總的來說，賦體話語因上述語言因素的介入而充溢著金碧輝煌、恢宏壯麗的氣派，這是典型的中國式的皇家氣派。經歷了東周以後的長期戰爭和秦的暴政，漢代的賦作家們真誠熱情地歌頌大一統的漢帝國，誇飾安定政治帶來的輝煌物質文明，作為文體的漢賦逐步走上文學宮廷化、貴族化的道路，由於文學脫離了「經術」，文人不必再把極度誇張的語言置於寓言故事的形式框架中，而是直接在賦中以亦真亦幻的形式極力敷陳，堆砌辭藻、鋪張誇大之文風在文壇極盛一時。

　　與漢賦無物不述、鋪張揚厲相輝映的是，漢畫五彩繽紛，囊括人間天上，神靈怪異；突破禮樂舞的規範，漢舞蹈百戲紛呈龐雜。漢代的文學藝術是充分人化的藝術，是人的本體地位進一步得到確立之後的自豪感的體現，是由戰亂達到穩定的統一之後作為人的強烈集體意識的表現，是太平盛世氣象的囊括和反映。

　　鋪張揚厲的漢大賦為人們建構起一個堂皇富麗、盛世永存的帝國

---

13 大衛・霍克斯：〈神女之探尋〉，莫礪鋒編：《神女之探尋》（上海市：上海古籍出版社，1994年），頁46。

幻象，這種修辭幻象終於在漢末以後被連年戰亂擊碎，抒情小賦的出現，意味著對於帝國文明的歌唱將替換成對於個人人生的吟味，激情四射的賦暫時充當了抒發複雜的人生感受的載體。當悲涼慷慨和灑脫飄逸的美學境界逐步展現出它的魅力時，文體也完成了它的更迭，體現士大夫情趣的抒情詩逐漸繁盛。

　　在中國，賦的輝煌時代早已成為過去，然而，，賦體語言風格卻突破了特定的創作手法範疇，某種程度上成為一種文化概念，積澱在人們的潛意識中，每每讓人們在言語的鋪排張揚中享受主宰時空排列的神聖，擁有世間萬物的自豪，感受「自我中心」的愉悅。

第十一章
曲：文體建構的修辭詩學考察之四

　　在中國，曲作為文體其內涵十分繁雜。通常人們所說的狹義的曲，作為一種正式文體盛於元明，但和其他同時佔據主流地位的俗文體如小說、戲劇一樣，曲在此前已經過長期醞釀。曲的所指在古代文學的發展中，歷經變化，曾先後指稱歌謠、樂府、曲子詞、戲曲等，曲的形式越來越正規，內容越來越豐富，雖然它在登堂入室之後並未削減自己的俚俗氣，因而始終處於「下等」地位，但卻在大眾傳唱之中獲得了旺盛持久的生命力，在高雅嚴正的中心文體之外給中國文學注入了特有的審美活力。曲主要作為下層民眾的文化符號，美學風格受到其語義的制約。

一　曲文體：「曲」的語義匯聚

　　「曲」本義為「蠶箔」。《說文》：「曲，象器曲受物之形。或說，曲，蠶薄也。」徐灝箋：：「器，曲受物謂之曲，……蠶薄亦曲器之一也。」《禮記》〈月令〉：「（季春之月）具曲、植、籧、筐，后妃齊齋，親東鄉躬桑。」

　　「曲」的原型不論是「器曲受物之形」還是外形彎曲的「蠶箔」，語義中都已經含有「人為使彎曲」的因素，這種「人為使彎曲」的語義因素後經引申，進入了不同語義場，雖然從表面看來，「曲」的這些引申義和作為文藝體裁的曲的語義相去甚遠，但只要仔

細體味，不難看出它們之間潛在的美學關聯。下面是漢字「曲」的引申義，為醒目起見，先列出其屬於文體的含義：

　　一、作為一種文藝體裁。廣義的曲包括秦漢以來各種可以入樂的樂曲，如漢及唐宋的大曲、民間小調等，一般多指宋金以來的南曲和北曲，同詞的體式相近，句法更為靈活，多用口語，用韻也更接近口語。可以是一支，可以數支合成套曲，數套曲子可以構成戲曲。也泛指樂曲的唱詞。

　　二、地勢彎曲，地點隱蔽、偏僻，《詩經》〈汾沮洳〉：「彼汾一曲，言采其藚。」朱熹集傳：「一曲，謂水曲流處。」《莊子》〈天下〉：「雖然，不該不偏，一曲之士也。」成玄英疏：「偏僻之士。」後來又指稱小巷及隱蔽之處的妓院，如《敦煌變文集》〈前漢劉家太子傳〉：「其時南陽郡太守，諸坊諸曲，出榜曉示。」

　　三、事物細小、瑣碎。《禮記》〈中庸〉：「其次致曲。」鄭注：「曲猶小小之事也。」同書〈文王世子〉：「曲藝皆誓之。」孔穎達疏：「曲藝謂小小技術，若醫卜之屬也。」

　　四、邪僻，不正派。〈離騷〉：「背繩墨以追曲兮，競周容以為度。」《戰國策》〈趙策五〉：「趙王之臣有韓倉者，以曲合于趙王。」高誘注：「曲，邪。」

　　五、歌聲音樂的宛轉悠揚。《禮記》〈樂記〉：「使其曲直、繁瘠、廉肉、節奏，足以感動人之善心而已矣。」孔穎達疏：「曲謂聲音迴曲，直謂聲音放直。」

　　六、語言的婉曲。《周易》〈繫辭傳〉：「其旨遠，其辭文，其言曲而中，其事肆而隱。」孔穎達疏：「其言隨物屈曲，而各中其理也。」

　　七、心理不舒暢、委屈。如《詩經》〈小戎〉：「在其板屋，亂我心曲。」《後漢書》〈段熲傳〉：「熲曲意宦官，故得保其富貴。」

　　八、周遍，多方面，眾多成套出現。如上古《曲禮》即眾多禮儀

的彙集。[1]

　　儘管「曲」的語義之多似乎有些讓人眼花繚亂，但如果結合曲文體體察，就會發現，「曲」的眾多語義，與曲的文體建構有著深層的美學關聯：

　　由語義二和語義三→來自鄉曲的俗民瑣事話語，決定了曲的鄙俚本色。

　　由語義二、三導致語義四至七→曲傳唱的是俗民難以為正統觀念所接納的情感，委曲悱惻，成為曲文體的審美基調，其形態各異的悲惻之情的抒發和愛戀之情的傳遞，形成個體化抒情方式。

　　由語義八→曲多為個人詠唱的聯篇對答，實現由單一抒情向複雜的情節再現轉換。

　　在曲漫長的發展歷程中，「曲」的眾多語義，參與了廣義的曲的美學建構，決定了它的總體風格，所以：

　　　　「曲」的語義二到語義七→語義一：曲文體

二　俗民瑣事話語：曲文體的鄙俚本色

　　曲源於鄉曲村野，後傳入後宮，又流行於日益增多且越來越為文人青睞的巷曲妓院，歌妓對曲尤其是歌頌愛情的曲的流行與傳播起了極大作用。曲的經歷決定了它的「俚俗氣」。

　　應該說，在未形成階級分化和明確的體力、腦力勞動分工之前，所有的文學都是民間的。但由於早期詩樂舞一體的形式，是獻給神的

1　「曲」的釋義參考了《漢語大詞典》（上海市：漢語大詞典出版社，1990年），卷5，頁562-563。

祭品，所以它才佔有高高在上的地位。《尚書》〈堯典〉曰：「詩言志，歌永言，聲依永，律和聲，八音克諧，無相奪倫，神人以和。」鄭玄注：「詩所以言人之志意也，永，長也，歌又所以長言詩之意。聲之曲折，又長言而為之，聲中律乃為和。」

　　當時相當一部分樂舞，主題為生殖崇拜。含有愛戀神靈的熱情抒發，這情感恰是民間戀情的超現實反映。俗，從人從谷，而「谷」為古文「欲」字，本身也是生殖的象徵。所以，「俗」本身隱含了俗民的欲望衝動和人生企盼。傳說中〈九歌〉本是天樂，《山海經》〈大荒西經〉曰：「開上三嬪於天，得〈九辯〉〈九歌〉以下。」〈九歌〉配合韶舞成為夏人的盛樂，夏啟曾用此樂以享上帝，而這樂舞的內容頗為猥褻。[2] 據聞一多先生考證，九章之歌所代表諸神的地理分佈，恰恰是趙、代、秦、楚。如果單獨玩索其中代表自然神的八章歌詞，「我們可以察覺，地域愈南，歌辭的氣息愈靈活，愈放肆，愈頑豔。直到那極南端的〈湘君〉〈湘夫人〉，例如後者的『捐余袂兮江中，遺餘褋兮醴浦』二句，那猥褻的含義幾乎令人不堪卒讀了。」[3] 南端楚地恰恰是保留原始巫風最盛的地方，這裡的歌色情味也最濃。朱熹〈九歌序〉則曰：「沅湘之間，其俗信鬼而好祀，其祀必使巫覡作樂歌舞以娛神，蠻荊陋俗，詞既鄙俚。」

　　上古時期，詞樂不分離，而記詞比記譜更為方便，可以識讀的人也更多，所以，曲的所指也每每向「詞」偏移，以至於「曲」成為歌曲中「詞」的代稱。

　　游國恩等主編《中國文學史（一）》說：

2　聞一多：〈神話與詩〉，見《聞一多全集》（北京市：生活·讀書·新知三聯書店，據上海開明書店1948年版重印），頁26。

3　聞一多：〈神話與詩〉，見《聞一多全集》（北京市：生活·讀書·新知三聯書店，據上海開明書店1948年版重印），頁275-276。

　　《詩經》這部書，我們認為當是周王朝經過諸侯各國的協助，進行採集，然後命樂師整理、編纂而成的。但這只是「國風」和「小雅」的部分詩歌如此，如《國語》所謂「瞽獻曲」之類。[4]

　　這段話表明，「曲」是樂詞相配、來自民間的文藝形式，在《詩經》的創作年代，來自鄉曲的土風歌謠是統治者考察民風民情的重要資料，具有「王者所以觀風俗，知得失，自考正」的功能，所以並未因為「出身低下」遭受歧視，而被納入總體的「詩」的一部分，有一部分「淫詩」甚至還被堂而皇之地在後來的賓宴往來中使用，為賦詩者提供了詩意化的表述材料。

　　雖然民間歌曲一旦被官方權威人士刪削審定和廣泛運用，就被納入總體的「詩」的一部分，獲得正統地位，但它們與雅頌還是有區別的，如《禮記》〈樂記〉曰：

　　　桑間濮上之音，亡國之音。

　　而當時雅為周王畿內樂調，被視為閎雅淳正的詩歌之正聲，〈大雅〉多為西周王室貴族的作品，主要歌頌周王室祖先直到武王、宣王等的豐功偉績，也有些詩篇反映厲王、幽王昏亂暴虐的統治及其衰敗，〈詩大序〉曰：

　　　雅者，正也，言王政之所廢興也。政有小大，故有〈小雅〉焉，有〈大雅〉焉。

4　游國恩等主編：《中國文學史（一）》（北京市：人民文學出版社，1979年），頁27。

　　總的來說，雅頌說的是國家大事，土風表現的只是正統人士看來細碎瑣屑的俗情俗事，而被攔截在《詩經》以外的一些民間異域歌曲，則被加上無道淫邪亂國的罪名。《晏子春秋》〈內篇諫上〉說到的那次齊景公熬夜去欣賞「梁丘據入歌人虞，變齊音」，後來晏子按「以新樂淫君」的罪名「命宗祝修禮而拘虞」，新樂俗曲被視為與禮相對立的異端。

　　《禮記》〈樂記〉中子夏曾批判俗曲說：

　　　　今夫新樂，進俯退俯，奸聲以濫，溺而不止。

荀子〈樂論〉則曰：

　　　　人不能無樂；樂，則不能無形；形，而不為道，則不能無亂。先王惡其亂也，故制雅、頌之聲以道之，使其聲足以樂而不流，使其文足以辨而不諰，使其曲直、繁省、廉肉、節奏足以感動人之善心，使夫邪汙之氣無由得接焉。樂姚冶以險，則民流僈、鄙賤，則爭。……故禮樂廢而邪音起者，危削、侮辱之本也。故先王貴禮樂，而賤邪音。
　　　　審詩商，禁淫聲，以時順修，使夷俗邪音不敢亂雅，太師之事也。君子樂其道，小人樂其欲。以道制欲，則樂而不亂；以欲忘道，則惑而不樂。故，樂者，所以道樂也；金石絲竹，所以道德也。

　　儘管如此，俗曲仍顯示了它不可抗拒的魅力，魏文侯曾說：「吾端冕而聽古樂，則惟恐臥，聽鄭衛之音，則不知倦。」（《禮記》〈樂記〉）齊宣王則說：「寡人非能好先王之樂也，直好世俗之樂耳。」（《孟子》〈梁惠王下〉）

　　古代的雅詩與俗曲，都可以合樂歌唱，一些土風歌謠進入《詩經》，形成歌詩合流，俗民歌曲以自身的精彩與雅詩並立。據研究，《詩經》中「歌」字（包括「謠」字）的出現頻率甚至比「詩」（包括「誦」字）要高得多。表明《詩經》主要出於歌。[5] 聞一多先生則說：「詩與歌合流真是一件大事。它的結果乃是《三百篇》的誕生。一部最膾炙人口的〈國風〉與〈小雅〉，也是《三百篇》的最精彩部分，便是詩歌合作中最美滿的成績。」[6]

　　秦漢以後，詩、歌漸漸分離。詩成為獨立於音樂以外的韻文體，可以唱的仍稱歌，漢採詩夜誦，所集歌辭統稱為樂府，其中除郊祀歌外，大部分都出自民間。歌唱俗民瑣事的俚曲成為一代風流。可能正因為此，漢樂府以後的歌詠仍稱為「曲」。《樂府詩集》卷六十一曰：「漢魏之世，歌詠雜興，而詩之流乃有八名：曰行、曰引、曰歌、曰謠、曰吟、曰詠、曰怨、曰歎，皆詩人之六義之餘也。至其協聲律，播金石，而總謂之曲。」雖然也有一些樂府後演化為五七言絕律的詩，但胡夷里巷歌曲仍不斷進入樂府。從漢魏六朝雜言樂府演變而來的詞，沒有放棄繼承來的形式自由，可以入樂歌唱，仍名「曲子」。

　　在文學的發展演變中，俗曲雖曾被「務塞淫濫」，但其勢頭仍給人們的審美趣味以強烈衝擊，劉勰《文心雕龍》〈樂府〉曾感歎：「韶響難追，鄭聲易啟。」「自雅聲浸微，溺音騰沸。……曁武帝崇禮，始立樂府，總趙代之音，撮齊楚之氣，延年以曼聲協律，朱馬以騷體制歌。〈桂華〉雜曲，麗而不經，〈赤雁〉群篇，靡而非典，河間薦雅而罕御，故汲黯致譏于〈天馬〉也。至宣帝雅頌，詩效〈鹿鳴〉；邇及元成，少廣淫樂，正音乖俗，其難也如此。」

　　五代十國時，詞在樂府中已經替代了詩的位置。兩宋的樂府，是

5　陳元鋒：《樂官文化與文學》（濟南市：山東教育出版社，1999年），頁98。
6　聞一多：〈神話與詩〉，見《聞一多全集》（北京市：生活・讀書・新知三聯書店，據上海開明書店1948年版重印），頁190。

詞的天地，王灼《碧雞漫志》：「蓋隋以來。今之所謂曲子者漸興，至唐稍盛，今則繁聲淫奏，殆不可數。古歌變為古樂府，古樂府變為今曲子，其本一也。」

文人參與詞的創作，使詞趨於高雅。南宋以後，詞更為精緻雕琢，像近體詩一樣講究字面和音律，因而進入衰落。李清照《詞論》曾指出一些文人歌詞似詩的弊病：「至晏元獻、歐陽永叔、蘇子瞻，學際天人，作為小歌詞，直如酌蠡水于大海，然皆句讀不葺之詩耳。」

文學發展史上，由曲發展而來的詩、詞，都相繼背棄了自己的出身，走上高雅的道路。而曲雖然在漫長的發展過程中，一些作品也被採集整理，進入官方傳播渠道。但總的來說，曲一直堅守了自身的俚俗地位，如戴名世〈吳他山詩序〉曰：「余游四方，往往聞農婦細民倡情冶思之所歌謠，雖其辭為方言鄙語，而以時有義意之存。」《四庫提要》〈詞曲類一〉則說：「詞曲二體在文章技藝之間，厥品最卑，作者弗貴，特才華之士以綺語相高耳。」

曲直到同其他俗文體共同佔據主流文學地位之時，仍然是「語入要緊處，不可著一毫脂粉，越俗越常越警醒，此才是好水碓，不雜一毫糠衣，真本色。」「點鐵成金者，越俗越雅，越淡薄越滋味，越不扭捏動人越自動人。」（徐渭〈題《崑崙奴》雜劇後〉）夏庭芝《青樓集》提及元時曲家劉庭信則曰：「至於詞章，信口成句。而街市俚近之談，變用新奇，能道人所不能道者。」

曲對自身下等地位的堅守，使得它一直被拒於正統文學門外，「曲之於詞，尤其變也。其間多雜胡元俗諺，坊曲俚詞。……明清的傳奇，高華典麗得多了，比之於詞，毫無遜色，然終目為優俳之事，非雅正之文。」[7]

7　丘瓊蓀：《詩賦詞曲概論》（北京市：中國書店，1985年），頁5。

　　曲有時甚至被視為可以玷污人品的另類文體,《詩詞總龜》卷四
引《雅言雜錄》:

　　　溫庭筠……少敏悟,薄行無檢幅,多作側詞豔曲。

孫光憲《北夢瑣言》記載:

　　　晉相和凝,少年時好為曲子詞,布於汴洛。洎入相,專托人收
　　　拾焚毀不暇。然相國厚重有德,終為豔詞玷之。契丹入夷門,
　　　號為「曲子相公」。

　　柳永被摒棄於官場之外,曾上書晏殊,希望得到時任宰相的晏殊
的賞識,結果卻適得其反:

　　　晏公曰:「賢俊作曲子麼?」三變曰:「只如相公亦作曲子。」
　　　公曰:「殊雖作曲子,不曾道『采線慵拈伴伊坐。』」柳遂退。

　　和凝當了宰相後連忙焚毀年少時作的曲子詞,柳永則因為自己的
曲子詞比晏殊的更為慵媚而被排斥,他們都曾經為自己對曲的愛好所
累。直到清代,紀昀主編的《四庫全書》也不收錄曲作。

　　曲使得中國文學明顯地顯出雅俗分化的趨勢,也使得古代文壇不
至於那樣沉悶單調。曲有時會以鋪天蓋地之勢秀出,如漢以後的樂府
民歌,後來則和小說、戲曲聯手,以強勁勢頭搶佔文壇風光。

三　委曲悱惻:曲的審美基調

　　宋姜夔《詩說》指出曲的審美特點:「委曲盡情曰曲。」

宋王炎《雙溪詩餘》序曰：

> 今之為長短句者，字字言閨閫事，故語懦而意卑。或者欲為豪
> 壯語以矯之，夫古律詩且不以豪壯語為貴，長短句命名曰曲，
> 取其曲盡人情，惟婉轉嫵媚為善，豪壯語何貴焉？

　　曲的傳統題材多涉及鄉曲俗民的不幸遭遇以及男女心曲深處的戀情，抒發俗民內心的感傷、煩惱等，這決定了曲委曲情深的審美基調。

　　前面提及「歌」本為「哥」，從「可」，即「啊」，為感歎詞，應該是一種抒情性極強的文體。而詩最初產生，是用韻文形式去記事，「詩言志」的「志」本義為「停止在心上」，即為「記憶」。當然，當時的這種簡短韻文形式，只是道地的「記錄」片斷，而非「敘述」，更談不上「描寫」。重在抒情的「歌」有著和「詩」不同的美學特點。如塗山氏女的〈候人歌〉，雖然僅有一句兩個實字，但結尾處用以「永言」的「兮猗」，卻使它平添了一唱三歎、哀怨纏綿的韻味。

　　據學者研究，「歌」在《詩經》中的許多詩篇中，或表思念，或表憤怒，或表憂傷，都出於強烈感情的激發，而表示喜悅、讚美的很少。當時來自上層的詩，多為雅頌，用於歌頌民族的歷史、祖先的功績。而抒發勞苦憂傷心情的歌則來自被壓在底層的不幸民眾，所以「歌」字未見於頌，「詩」字則僅見於雅。「詩」字（包括「誦」字）出現時，多言作者，說明詩多出於詩人之手，脫離了民間集體口頭歌唱的原始形式。[8]

　　歌詩合流，帶來了詩歌的功能變化，詩的內容發生改變，「詩言志」的「志」本被解為「記憶」，現在則轉移到抒發人的情思、感想、懷念、欲慕等心理狀態，「歌詩的平等合作，『情』『事』的平均

8　陳元鋒：《樂官文化與文學》（濟南市：山東教育出版社，1999年），頁98。

發展是詩第三階段的進展，也正是《三百篇》的特質。」[9]

　　動盪不安的社會需要有詳盡的史料作為借鑒，需要以史料為依據對社會作更為深刻冷靜的思考，詩意的簡短抒發已完全不能滿足這種需要，於是「王者之跡熄而《詩》亡，《詩》亡然後《春秋》作」（《孟子》〈離婁下〉），詩原有的「志」的功能由敘述相對細密、記憶功能完備的史取代，而有著重大使命感和憂患意識，又有著冷靜思考的史官成為重要作者群。

　　雖然匯集了詩和歌的「三百篇」及史都作為經典被上層佔有，但俗曲一直是鄉曲民眾的情感載體，被無情拋入底層的俗民，對階級分化和社會動亂帶來的苦難感受最真切，「男女有所怨恨，相從而歌。饑者歌其食，勞者歌其事。」（《春秋公羊傳注疏》〈宣公十五年〉）

　　俗民的悲憤往往會在歌中表現出來，於是歌含有委曲憂怨的審美情調。如：

　　　　筑者歌曰：「澤門之晢，實興我役，邑中之黔，實慰我心。」
　　　　　　　　　　　　　　　　　　　──《左傳》〈襄公十七年〉

　　　　南山矸，白石爛，生不逢堯與舜禪。短衣單衣適至骭，從昏飯牛薄夜半，長夜漫漫何時旦。──齊甯戚〈飯牛歌〉

　　　　庶民之言曰：「凍水洗我若之何！太上靡散我若之何！」（晏子）歌終，喟然而流涕。──《晏子春秋》〈內諫下〉

　　另外，流行於民間、表達形式簡陋的謠，[10]同樣是統治者考察風

9　聞一多：〈神話與詩〉，《聞一多全集》（北京市：生活‧讀書‧新知三聯書店，據上
　　海開明書店1948年版重印），頁190。
10　《爾雅》釋「謠」為「徒歌」，即沒有伴奏的歌唱，或曰謠是只吟不唱。

俗政治的資料，並漸漸具有了神秘色彩。《國語》〈晉語六〉：「風聽臚言於市，辨祅祥於謠。」《後漢書》〈劉陶傳〉：「光和五年，詔公卿以謠言舉刺史、二千石為民蠹害者。」李賢注：「謠言謂聽百姓風謠善惡而黜陟之也，」

《周易》中為數可觀的謠曲[11]，多帶有憂傷意味。如：

> 乘馬班如，泣血漣如。
> 困于石，據于蒺藜。入于其宮，不見其妻。

另《詩經》〈園有桃〉：

> 心之憂矣，我歌且謠。

抒發俗民憂憤的謠曲，甚至被後來的五行家視為「詩妖」，《開元占經》引《洪範》〈五行傳〉：

> 下既非君上之刑，畏嚴刑而不敢正言，則北發於歌謠，歌其事也。氣逆則惡言至，或有怪謠，以此占之，故曰詩妖。

此外，楚辭中也瀰漫著哀傷情調，英國學者大衛・霍克斯認為：「楚地詩歌作品中的這種哀怨憂鬱的情調，可能源於巫術傳統賦予祭神樂歌的那種憂鬱、失意的特殊音調。……然而，在這種哀怨憂鬱情調的構成中，也融進了其他純世俗、純文學的成分。」[12]

---

11 高亨《周易古經今注》〈通說〉談到先秦時代稱《周易》卦爻辭和占卜之書的兆辭都為「繇」，即「謠」之假借，卜筮之辭大多為韻語，類似歌謠，所以為「繇」，即「謠」。見高亨：《周易古經今注》（北京市：中華書局，1984年），頁16-17。

12 大衛・霍克斯：〈神女之探尋〉，見莫礪鋒編：《神女之探尋》（上海市：上海古籍出版社，1994年），頁36。

朱自清先生認為：

> 戰國以來，唱歌似乎就以悲哀為主，這反映著動亂的時代。
> 《列子》〈湯問〉篇記秦青「撫節悲歌，聲震林木，響遏行
> 雲」，又引秦青的話，說韓娥在齊國雍門地方「曼聲哀哭，一
> 里老幼，悲愁垂涕相對，三日不食」，後來又「曼聲長歌，一
> 里老幼，善躍抃舞，弗能自禁」。這裡說韓娥雖然能唱悲哀的
> 歌，也能唱快樂歌，但是和秦青自己獨擅悲歌的故事合看，就
> 知道還是悲歌為主。再加上齊國杞梁殖的妻子哭倒了城的故
> 事，就是現在還在流行的孟姜女哭倒長城的故事，悲歌更為動
> 人，是顯然的。[13]

漢以後，統治者制作禮樂，目的是觀風俗，知薄厚。雖然樂府的
總體特點是「感於哀樂，緣事而發」，但其中更能打動人心的是悲愁
主題的作品。如〈病婦行〉述說妻子病死後丈夫無法撫養孩子，因而
違背了妻子的臨終遺言，將孩子拋棄，〈孤兒行〉傾訴了孤兒被兄嫂
虐待的悲苦，〈戰城南〉是戰死者自訴戰場慘狀，這些歌曲把處於荒
村郊野之地的底層人民的痛苦，哀怨地表達了出來。此外，樂府歌曲
有清商三調，都是周〈房中曲〉之遺聲，音調淒清悲涼，有關清商的
評論早在先秦就有記載：「公曰：『清商固最悲乎？』師曠曰：『不如
清徵。』」（《韓非子》〈十過〉）後來一些詩提到「清商」，注意到的也
是它悲涼的審美意味，如東漢末年《古詩十九首》〈西北有高樓〉把
清商同杞梁妻的故事聯繫到一起：

13 朱自清：〈論書生的酸氣〉，《朱自清古典文學論文集》（上海市：上海古籍出版社，
　　1980年），上冊，頁167。

誰能為此曲，無乃杞梁妻

清商隨風發，中曲正徘徊。

杜甫〈秋笛〉則曰：

清商欲盡奏，奏苦血霑衣。

〈清商怨〉後成為詞牌和曲牌名。《詞譜》卷四：「古樂府有〈清商曲〉辭，其音多哀怨，故取以為名。」

　　不絕的悲歌契合了大眾的心境，也促成了古代文學的悲涼感傷風格，早在東漢末年《古詩十九首》中，詩人們就抒發了「對人生易逝、節序如流的感傷，大有汲汲皇皇如恐不及的憂慮」，[14]建安時期，文人詩歌以慷慨悲涼著稱。另據《晉書》〈謝安傳〉載：「安本能為洛下書生詠，有鼻疾，故其音濁。名流愛其詠而弗能及，或手掩鼻以效之。」朱自清先生認為：

所謂「重濁」，似乎就是過分悲涼的意思。當時誦讀的聲調似乎以悲涼為主。王孝伯說「熟讀〈離騷〉，便可稱名士」，王胡之在謝安坐上詠的也是〈離騷〉、〈九歌〉，都是楚辭。當時頌讀《楚辭》，大概還知道用楚聲楚調，樂府曲調裡也正有楚調，而楚聲楚調向來是以悲涼為主的。[15]

　　劉勰《文心雕龍》〈樂府〉談到俗曲審美意味的吸引力時說：「若夫豔歌婉孌，怨志訣絕，淫辭在曲，正響焉生？然俗聽飛馳，職競新

---

14 游國恩等主編：《中國文學史（一）》（北京市：人民文學出版社，1979年），頁183。
15 朱自清：〈論書生的酸氣〉，《朱自清古典文學論文集》（上海市：上海古籍出版社，1980年），上冊，頁165。

異；雅詠溫恭，必欠伸魚睨；奇辭切至，則拊髀雀躍。詩聲俱鄭，自此階矣。」

甚至帝王也欣賞哀怨的豔曲，《太平御覽》卷五六八引隋〈樂志〉曰：「隋煬帝不解音律，大制豔曲，令樂正白明達造新聲〈納刑樂〉、〈萬歲樂〉、〈藏鉤樂〉、〈七夕相逢樂〉、〈投壺樂〉、〈玉女行觴〉、〈神仙客〉、〈鬥百草〉、〈泛龍舟〉、〈還舊宮〉、〈長樂花〉等曲。皆掩抑摧藏，哀音斷絕。」

袁枚《隨園詩話》卷六則認為作歌者必須多情：「王介甫、曾子固偶作小歌詞，讀者笑倒，以天性少情之故。」

訴說委曲心緒的曲，對語言有著明顯的審美要求，抒發強烈感情的句式高頻出現：

重疊複沓可以渲染感情的幽深曲折，本是三百篇的常見手法，後在講究精煉的文人詩中消失，但在曲中仍被頻頻使用。朱自清曾說：

> 歌謠的節奏最主要的靠重疊或叫複沓；本來歌謠以表情為主，只要翻來覆去將情表到了家就成，用不著費話。重疊可以說原是歌謠的生命，節奏也便建立在這上頭。字數的均齊，韻腳的調協，似乎是後來發展出來的。[16]

在曲中，不乏亂紛紛、凍欽欽、急煎煎、痛煞煞、昏昏、怯怯等疊音詞。如方壺〈中呂〔紅繡鞋〕〉〈客況〉中等六句有四句用了疊音詞：

> 雨瀟瀟一簾風勁，昏慘慘半點燈明。地爐無火撥殘星。薄設設衾剩鐵，孤另另枕如冰。我卻怎支吾今夜冷。

---

16 朱自清：〈經典常談〉，《朱自清古典文學論文集》（南京市：江蘇教育出版社，1990年），下冊，頁626。

另周文質〈正宮〔叨叨令〕〉〈悲秋〉：

> 叮叮噹當鐵馬兒乞留玎琅鬧，啾啾唧唧促織兒依柔依然叫，滴滴點點細雨兒漸零漸留哨，瀟瀟灑灑梧葉兒失流疏剌落。睡不著也末哥，睡不著也末哥，孤孤另另單枕上迷鄉模登靠。

此曲在開頭四句連用四個疊詞：叮叮噹當、啾啾唧唧、滴滴點點、瀟瀟灑灑，造成一種讓人揪心的感覺，收尾又以一個疊詞「孤孤另另」相呼應，中間則反覆使用「睡不著也麼哥」，這首曲子抓住人的聽覺感受渲染秋夜孤處、輾轉不安的悲苦，給人以強烈的感覺衝擊。

在力求精煉的詩句裡極少見到的「兒化」詞也出現在曲中，這些詞使曲帶上鮮明的個人情緒色彩。如：

> 雨兒飄，風兒揚。風吹回好夢，雨滴損柔腸。……風雨兒怎當？雨風兒定當，風雨兒難當！——張鳴善〈中呂〔普天樂〕〉〈愁懷〉

> 別字兒半晌癡呆，離字兒一時拆散，苦字兒兩下裡堆疊。他那裡鞍兒、馬兒、身子兒劣怯，我這裡眉兒、眼兒、臉腦兒乜斜……「情兒份兒你心裡記者，病兒痛兒我身上添些。家兒活兒既是拋撇，書兒信兒是必休絕。花兒草兒打聽得風聲，車兒馬兒我親自來也。」——劉庭信〈雙調〔折桂令〕〉〈憶別〉

感歎詞、感歎句、語氣詞和襯字的使用，也使曲聲不絕如縷，表情更為生動自如。《樂府詩集》卷二十六：「諸曲調皆有辭、有聲，……辭者，其歌詩也。聲者若羊吾矣，伊那何之類也。」
本來《詩經》中已間有「兮」字，《楚辭》大多數詩篇「兮」字

出現得更頻繁。聞一多先生曾用虛字代寫〈九歌〉中的「兮」字，結果發現「兮」竟是一切虛字的總替身。他說：

> 本來「詩的語言」之異於散文，在其彈性，而彈性的獲得，端在虛字的節省。詩從《三百篇》、《楚辭》進展到建安，（十九首包括在內）五言句法之完成，不是一件了不得的大事，而句中虛字數量的減少，或完全退出，才是意義重大，因為，我們現在讀到建安以後作品，每覺味道與《三百篇》、《楚辭》迥乎不同，至少一部分原因就在這點煉句技巧的進步。〈九歌〉以渾然的「兮」，代替了許多職責分明的虛字，這裡虛字，似在省去與未省之間，正是煉句技巧在邁進途中的一種姿態。〈九歌〉的文藝價值所以超越〈離騷〉，意象之美，固是主要原因，但那「兮」字也在暗中出過大力，也是不能否認的。[17]

如尤侗〈南中呂〔駐雲飛〕〉〈十空曲〉中感歎詞：

> 嗏，世路石尤風，移山何用？

張養浩〈中呂〔山坡羊〕〉〈潼關懷古〉中的感歎句：

> 興，百姓苦！亡，百姓苦！

此外，曲中出現一些使用了「休」、「莫」等否定詞的懇請勸阻類祈使句，這些句式體現出作者內心強烈的無奈和憤懣。如下面一首著名的敦煌曲子詞：

---

17 聞一多：〈神話與詩〉，見《聞一多全集》（北京市：生活・讀書・新知三聯書店，據上海開明書店1948年版重印），頁280-281。

莫攀我，

攀我太心偏。

我是曲江臨池柳，

者人折了那人攀，

恩愛一時間。

另梁辰魚〈南商調〔山坡羊〕〉〈代劉季招寄情〉中設問句和祈使句連用：

盟山誓海都成謊，

輾轉書來更無的當。

淒涼，為甚更長似歲長？

蕭郎，莫認他鄉是故鄉！

為渲染情感的激越，曲中常出現排比句、重疊句。如夏完淳〈南仙呂〔傍妝臺〕套數〉〈自敘〉：

想那日、束髮從軍，

想那日、霸角轅門，

想那日、挾劍驚風，

想那日、橫槊淩雲。

……

盼殺我、當日風雲，

盼殺我、故國人民，

盼殺我、西笑狂夫，

盼殺我、東海孤臣……

　　三字節奏的句式也在曲中頻繁出現，為傳統的以雍容嚴正、平穩舒緩的二拍子為主的節奏調入了快板的不協和音。如關漢卿〈南呂〔一枝花〕套數〉〈不伏老〉：

> 我是個蒸不爛、煮不熟、捶不扁、炒不爆、響璫璫一粒銅豌豆；恁子弟每誰教你鑽拴他鋤不斷、斫不下、解不開、頓不脫、慢騰騰千層錦套頭。我玩的是梁園月，飲的是東京酒，賞的是洛陽花，攀的是章臺柳。我也會圍棋、會蹴踘、會打圍、會插科、會歌舞、會吹彈、會咽作、會吟詩、會雙陸。……

　　另曾瑞〈南呂〔罵玉郎過感皇恩採茶歌〕〉〈閨中聞杜鵑〉也含有很多三音節節奏：

> 無情杜宇真淘氣，頭直上耳根底，聲聲聒得人心碎。你怎知，我就裡，愁無際？
> 簾幕低垂，重門深閉。曲闌邊，雕簷外，畫樓西。把春醒喚起，將曉夢驚回。無明夜，閑聒噪，廝禁持。

　　本來《詩經》中相當一部分詩的形式比較自由，每句字數三、四、五不等。漢以後詩的字數才逐漸定型。從《詩經》句式自由發展到詩的字數定型，是隨著詩的作者上層化、詩句的格律化逐步完成的，面對格律詩的強大浪潮、奪目光彩，曲始終保持著句式的相對自由，曲的表情也因此更為靈動。

　　每當社會相對安定繁盛之際，從曲分化出來的文體都會高雅精煉起來，這些文體在略去曲的一些語言形式標誌時，也脫去了曲固有的審美情調。而社會動盪之後，曲則會豐繁興盛，作為早熟民族，華夏兒女體驗了太多來自社會和自然的苦難，他們雖然不像希臘人那樣把

人生的痛苦融入慘烈的悲劇，但在他們的歌唱中，我們同樣可以感受到俗民的怨憤。

四　宛曲成章：個體對訴到複雜情節再現

對唱本是民歌特有的場景，「曲」訓為「周遍」，意味著它出現時，應該有對答應和，成套出現，構成有實際內容的成章的歌詞。《說文》段玉裁注「曲」曰：「又樂章為曲，謂音宛曲而成章也。……韋云：曲，樂曲也。毛詩傳曰：曲合樂曰歌，徒歌曰謠，韓詩曰：有章曲曰歌，無章曲曰謠。按曲合樂者，合於樂器也。韋傳曰：歌者，比於琴瑟也，即曲合樂曰歌也。」這時候的「曲」，應該是含有實際內容的宛曲成章的歌詞，「曲」的這一基本形式成為後世戲曲的雛形，當俗文化以它的強大威力衝擊著雅文化時，曲也顯示了它的語義含量，從而在抒情意味特別濃厚的中國戲曲中擔任了主要角色。

方東潤《詩經原始》這樣描繪民歌的對唱應和場景：

> 讀者試平心靜氣涵詠此詩，恍聽田家婦女，三三五五，于平原曠野、風和日麗中，群歌互答，餘音嬝嬝，若遠若近，忽斷忽續，不知情之何以移，而神之何以曠。

另《詩經》〈蘀兮〉也描述了唱和的場面：

> 叔兮伯兮，倡予和女。

法國學者格拉耐認為，中國詩歌的傳統對偶句，起於民間歌謠的對答應和：「最單純的中國歌謠，一般是由稍稍變形的一聯對句（四

個單句）所構成。各對句又是由兩句嚴密的對偶的並置所構成，就是說，最初的詩作，是對聯的合唱，這才是詩的原始形態。」[18]

　　歌的對答是個人之間情感意識的交流，應該有相當多的對歌是在平民個人之間進行的，格拉耐說：「作為〈國風〉的大部分戀愛詩，是從古代民謠的集蓄中選出來的，這些歌謠是以在傳統的即興歌唱的競爭中所感發的詩的主題為基礎作成的。」[19]後來這些俗歌成為《詩經》的一部分，進入士大夫的應對領域，在「賦《詩》言志」和「引《詩》喻志」中被斷章取義和牽強附會，原本屬於個體的情感發生了明顯的位移，其內容情調都轉而變得「公有化」和「他者化」了。只有那些源源不斷地產生又未被收納的民間小曲，一直是平民個人情感的載體。

　　另據學者研究，楚地〈九歌〉由說和唱組成，其中「少歌」可能是故事敘述之後的詠歎部分，並用來轉調。「倡」是少歌的展開部，「亂」總結全歌大意。[20]宋玉《對楚王問》曾描述郢中唱和的熱鬧場景：「客有歌於郢中者，其始曰〈下里〉〈巴人〉，國中屬而和者數千人。其為〈陽阿〉、〈薤露〉，國中屬而和者數百人。其為〈陽春〉、〈白雪〉，國中屬而和者不過數十人。」

　　後來的樂府延續了俗曲口語般的吟唱，夾雜平白的問答。如〈相和歌〉「並漢世街陌謳謠之詞」，後發展為有唱和的清唱加幫腔。南北朝民歌〈子夜歌〉中有六變，可能是若干不同歌曲接連歌唱的組曲形式。西曲中的「那呵灘」也是由舟子夫婦唱和的六首歌組成。[21]

　　民間俗歌中的「盤歌」體，假設雙方盤問的情狀，展開具有情節

---

18 М‧格拉耐撰，張銘遠譯：《中國古代的祭禮和歌謠》（上海市：上海文藝出版社，1989年），頁203。

19 М‧格拉耐撰，張銘遠譯：《中國古代的祭禮和歌謠》（上海市：上海文藝出版社，1989年），頁201-202。

20 丘瓊蓀：《詩賦詞曲概論》（北京市：中國書店，1985年），頁28-29。

21 廖輔叔：《中國古代音樂簡史》（北京市：人民音樂出版社，1985年），頁42-43。

性的故事內容。如敦煌曲子詞中的〈南歌子〉以夫妻問答的形式，展現兩人之間一場小小的情感風波：

> 夫：斜影朱簾立，情事共誰親？分明面上指痕新，羅帶同心誰
> 綰？甚人踏綴裙？蟬鬢因何亂？金釵為甚分？紅泣垂淚憶
> 何君？分明殿前實說，莫沉吟。
> 妻：自從君去後，無心戀別人，

這段對唱雖然情節簡單，但卻描繪了一場有趣的戲劇性變化。

在特定場合下、出於即興唱和的俗曲形式也得到宮廷和文人的喜愛。如葛立方《韻語陽秋》卷十五載：

> 〔陳後主〕與幸臣各制歌詞，極於輕蕩，男女倡和，其音甚哀。

元稹〈為樂天自勘詩集即事成篇〉詩題曰：「為樂天自勘詩集，因思頃年城南醉歸，馬上遞唱豔曲，十餘里不絕。」白居易則回憶他和元稹「今春遊城南時，與足下馬上相戲，因各頌新豔小律，……迭吟遞唱，不絕聲者二十里餘。」（〈與元九書〉）

逐漸為正式場合所接納的曲，規模也在不斷增大，唐大曲多以詩句入樂疊唱，用同一宮調的若干遍組成，宋大曲為詞體，改變了原宮調一致的狀況，以諸宮調加上說話演唱一個故事。遍數多達數十。正是在宮調疊加的情況下，曲的語義含量不斷擴充，由對答唱和的抒情文體變為在對答中體現情節進展的敘事文體。

元以後，大量成套出現的曲走俏大街小巷，中國戲曲也逐漸形成了。雖然中國戲曲本質上是敘事的，但它是一種本事的抒情化展現。它的濃烈抒情意味、俗豔感傷風格與曲有著血緣關係。與北方雜劇相比，南曲雖然也吸收了唐宋大曲、古曲、詞調、諸宮調音樂，形成結

構龐大的音樂體系，但由於它是在民間小曲的基礎上發展而來，所以曲調運用更為靈活自由。徐渭《南詞敘錄》曰：「永嘉雜劇興，則又即村坊小曲而為之，本無宮調，亦罕節奏，徒取其畸農、市女順口可歌而已，諺所謂『隨心令』者，即其技歟？」

角色身分個體化是曲成為「戲」的主體構成的基礎。從總體上說，盛極一時的詩和賦中，情感表達大多是類化的、無定指的，即使是出自個人之手、個體色彩鮮明的作品，也很少將情感私有化。原來詩詞尤其是近體詩中少見「你」、「我」等代詞，詩詞主人公被隱去、被泛化，雖然詩中處處都有一個潛在的「我」，但這是普泛的、不明確的「我」。許多詩詞所抒發的情感，如思鄉、人生苦短、迷戀自然，厭棄污濁的社會，也成為民族共同的心聲。

而由詞到曲，代詞出現頻率逐漸增高，即使其中主人公並未自報家門和姓名，「你我他俺這那」也進一步明確了角色身分的個體性質，從而在私人化空間為環繞個人的一切定位，曲中抒發的感情不再是傳統津津樂道和竭力提倡的共有情感，而是與個體生存密切相關的情感，如關漢卿〈銅豌豆〉中激越的情緒迸發和獨特的個性張揚。這是個人獨特的遭遇、個性以及私有情感在文學中得到重視的結果，個體化訴說導致的直接結果是個體之間的對答交流，曲也演變為以對答為主的戲曲。

此外值得注意的是，曲中有很多女性的直接訴說，這使得以表現兩性角色為主的曲有了實際對答內容。在戲曲中，女性更以獨立身分敘述自己的事情，表明自己的態度。關漢卿創作，多寫女性，正旦主唱占三分之二強。白樸作品今存三種，都寫男女愛情。雖然這些歌唱仍出於男性視角，但在戲曲不可避免的衝突中，女性畢竟已成為兩性對話中不可或缺的一方。

胡適曾經這樣說：

癡男怨女的歡腸熱淚，征夫棄婦的生離死別，刀兵苛政的痛苦煎熬，都是產生平民文學的爺娘。……二千年的文學史上，所以能有一點生氣，所以能有一點人味，全靠有那無數小百姓和那無數的小百姓代表的平民文學在那裡打一點底子。[22]

　　在逝去的數千年歲月中，曲曾經不絕如縷地訴說著俗民的境遇、情感，今天，各式各樣的現代歌曲已完全取代了傳統俗曲，電視劇也擠壓了戲曲的空間，但我們感受曲，仍然能感受到其中流淌著的俗民的人生意味。[23]

---

22 胡適：《國語文學史》（合肥市：安徽教育出版社，1999年），頁10。

23 詞作為古代文體，最早指樂府的一種詩體，後指按譜填寫，可以合樂歌唱的詩體，即「曲子詞」。因而，詞都是指歌詞而言，長短句的詞不出此意味。文人大量寫詞以後，詞轉為精巧，專指長短句，詞的名稱狹義化了。參見劉堯民《詞與音樂》（昆明市：雲南人民出版社，1985年）中「詞的名義」一節。廣義的曲同狹義的詞相比，歷史要長得多，本書不再單獨討論詞。

第十二章

小說：文體建構的修辭詩學考察之五

一　「小／說」的語義與小說的美學因子

傳說中的中國小說起源極早，張衡〈西京賦〉：「小說九百，本自虞初。」薛綜注：「小說，醫巫厭祝之術。」《漢書》〈藝文志〉：「有虞初周說九百四十篇。」但這些小說模樣究竟如何，已無從得知。

文字符號「小說」最早出現於《莊子》〈外物〉：

飾小說以干縣令，其于大達亦遠矣。

在單音節詞佔優勢的上古漢語中，「小說」是可以拆開理解的偏正短語。對於「小說」中心詞「說」的解釋，許慎《說文》曰：「說，說釋也，從言、兌，一曰談說。」段玉裁注：「說釋，即悅懌。說、悅、懌，皆古今字」。《廣韻》〈薛韻〉：「說，喜也，樂也，服也。」因此，小說的中心詞「說」語義為：

一、向人談說的創作和傳播方式。

二、經談說使人信服和用談說使人悅懌的功能定位。

「小說」以「口頭談說」為特徵的粗放的創作和傳播形式，使它不得不接受「小」的美學規定，可以從三個層面分析「小」的語義：

一、題旨的淺近。

二、題材的瑣碎和篇幅上的短小。

三、敘述話語的閒雜甚至粗鄙。

「小」與「說」合成為一個概念，它們的義素也經整合，成為「小說」產生之初就擁有、後來又一直延續下來的美學特點：

> 「小說」是簡短淺薄瑣碎的、讓言者與聽者體驗到愉悅的「言談」。

在傳統社會中，中心文體歷來用於論述經世致用的大道理，即莊子所說的「大達（道）」，道出來的「大道」和說出來的「小說」，其言說方式的不同，決定了二者之間的本質差異，「小說」也因此和「大達」構成一對「相去甚遠」的反義詞。

從指稱「淺薄瑣碎的言談」，發展到指稱一種文體，「小說」從偏正短語凝定為一個不可拆開理解的偏正式合成詞，在此期間，「小說」經歷了一個由非文體發展到文體的過程。但「小」、「說」的意義指向，仍然影響了後世小說文體建構的審美方向。在中國，小說歷經變化，呈現出不同面貌，如篇幅方面有長有短，意義方面有的淺近、有的深刻，由於經過作家的加工或個人創作，語言也趨於精美。儘管如此，「小說」初始的美學特點仍然或多或少地保留在後來的作品中。

廣義的古代小說，幾乎沒有什麼題材和形式的嚴格限制，閒談瑣語都可以進入其中。古代小說也因題材來源的廣雜瑣碎，直到明清仍作為叢談雜記的總稱。明胡應麟《少室山房筆叢》〈九流緒論下〉對作為「小說」的叢雜著作進行分類：「小說家一類，又分為數種：一曰志怪，〈搜神〉、〈述異〉、〈宣室〉、〈酉陽〉之類是也；一曰傳奇，〈非燕〉、〈太真〉、〈崔鶯〉、〈霍玉〉之類是也；一曰雜錄，〈世說〉、〈語林〉、〈瑣言〉、〈因話〉之類是也；一曰叢談，〈容齋〉、〈夢溪〉、〈東谷〉、〈道山〉之類是也；一曰辯訂，〈鼠璞〉、〈雞肋〉、〈資暇〉、〈辨疑〉之類是也；一曰箴規，〈家訓〉、〈世範〉、〈勸善〉、〈省心〉

之類是也。」另《四庫全書總目》〈小說家類〉：「跡其流別，凡有三派：其一敘述雜事，其一記錄異聞，其一綴輯瑣語也。」這種題材和形式上的自由，使得古代小說的創作和接受進入了一個相對寬鬆的空間。

　　一般認為，小說作為一種敘事性極強的文學體裁，以神話為發端，以傳說、寓言和志人、志怪為先河，在唐傳奇出現時開始興盛。魯迅《中國小說史略》第八篇說：「小說亦如詩，至唐代而一變，雖尚不離於搜奇記逸，然敘述宛轉，文辭華豔，與六朝之粗陳梗概者較，演進之跡甚明，而尤顯者乃在是時則始有意為小說。」明清小說作為傳統的散文體敘事文學體裁，在題材選擇的廣泛性、人物塑造的鮮活性、語言模式的定型、體例的完備和穩定方面都已經成熟。

　　雖然古代小說直至成熟，都一直流蕩於文體世界的邊緣，但它作為以平民為接受主體的文體，構成古代平民敘事的重要組成部分，它是平民的重要精神補充，平民的主要教育資源，同時，小說作為文體的重要類別，為整個古代文體世界增添了它特有的新奇、樸野、俗豔的活力。

　　近現代以後，域外文化介入，小說借鑒了外國小說，並綜合了傳統的話本和章回小說的文化因素，完成了自身轉型，成為有著完整故事情節和具體環境的描寫，塑造多種人物形象，廣泛反映生活的文體。進入二十世紀，小說改變了原有的邊緣地位，真正成為中心文體。由於現代小說受域外小說的影響深重，現代人提到「小說」，往往認為這是西方傳進來的文體形式，這其實是一種誤解，嚴格說來，西方有的是 fiction，story，romance，novel 等等建立在虛構基礎上的敘事形式，唯獨沒有「小說」。而那些在西方人看來彼此並不相同的文體形式 fiction，story，romance，novel 等，中國人基本上統統以「小說」翻譯，或許出於以下原因：一是因為它們和中國古代「小說」有相通之處，都有情節較完整的有關人的故事的敘述；二是因為

在中國，「小說」作為能指，其所指實在豐富，因而它的外延也特別
廣泛，可以把外國那些講故事的作品一攬子包括進來。總的說來，
「小說」實在是華夏本土的概念，只是它的發展幾經周折，經歷了一
個由非文體到文體的過程，一個由所指多元、彈性極大的概念發展到
所指較單純、明晰的文體概念的過程。中國現代小說發生於現代語境
中，然而，傳統的小說美學因子仍然在這一現代盛行的文體中留下磨
滅不去的痕跡：在沒有明顯外力干預時，小說的平民性、愉悅性、口
頭述說性特徵總是會顯露出來，成為現代小說中最具傳統文化特色的
部分。

二　平民敘事：古代小說的文體特質

古代「小說」從萌芽開始，就主要是作為平民敘事形式出現的：
平民成為小說的主要接受主體，成為作品的主要描述對象，大多數情
況下，平民的審美趣味和價值趨向在小說中占上風。

莊子時代的「小說」，雖然只是淺薄的言談，但它卻是那個特定
時代的開始引起人們注意的一種社會力量的新興話語方式：

春秋戰國是一個社會劇烈變化的時代，西周建立了基於血緣關係
的宗族制度之後，中國奴隸社會脫離了粗野狀態，進入文明的繁榮時
期。經過對以往殷商借助鬼神權威殘暴奴役人民的歷史檢討，人民地
位得到提高。理性思潮由此開始湧動。「到東周後期，隨著生產力的
發展，……使得本來是同貴賤等級的區分聯繫在一起的貧富的區分發
生了日益激烈的變化。貴者貧而賤者富的現象大量出現。」「戰國時
期多次反覆的激烈爭奪，以宗族制形式組織起來的早期奴隸制終於土
崩瓦解」。[1]社會關係重新組合，以往只有神職人員和君王可以言說的

1　李澤厚、劉綱紀：《中國美學史》（合肥市：安徽文藝出版社，1999年），先秦兩漢
　　編，頁58。

狀況被打破，可以參與言說的人群數量擴大到前所未有的規模，無論是明達大智的「大達」或是淺薄粗陋的「小說」，都在當時的話語世界中佔據了自己的地位。

此時，諸侯國之間征戰兼併，新舊勢力開始了各自的較量，奴隸主階級中不受原有宗族關係束縛的勢力逐漸強大，原有的人際地位發生鬆動和改變。人與人之間的關係變得複雜和活躍，圍繞人的事件變化也相應呈現出更為新鮮奇異的面貌，以往人們對神的關注此時轉移到人自身，新奇有趣的人事成為人們的談資，有意粉飾這樣的談資，以求得人們的讚美，似乎也成為當時的一種風氣。

權力關係重組需要雄厚的實力，僅僅依靠武力拼搏已經不能取得全面優勢，當時，各諸侯國都有統一天下的希望也都在調動所有力量爭取稱霸，在新形式的刺激下，各種政治主張紛紛出臺，理想政府、理想社會以及理想的設計成為人們的討論熱點。列國的舉賢授能政策，使得個人無論出身背景，都有了憑藉自己的智慧和能力出人頭地、建功立業的希望，於是，有才能的布衣下士紛紛登上政治舞臺，四處遊說，出現百家爭鳴、雄辯盛行的活躍局面。一個國與國之間的較量、人與人之間的比拼激烈地展開，人的雄心、創造性、人的各方面潛能都受到激發，人的活動、人的生存狀況、人自身的問題，受到空前的重視。在這樣的新形勢下，雄辯和敘述導致「人的言說」空前繁盛。複雜動盪社會中的各類人事，激起了人們普遍的描述事件的興趣。

在這股強勁的言談大潮推動下，私人編撰史書，「打破了官方史記刻板、簡明的固有模式，表達的需要，表述的自由，個人才華和特點的發揮，都使此時的記述散文在語言表述藝術方面有了長足的發展，而且形成了各自不同的風格和偏重。」[2]而另一個不為上層人士

2　廖群：《中國審美文化史·先秦卷》（濟南市：山東畫報出版社，2000年），頁323。

重視的人群、也同樣在滔滔地敘述著人的事情：商品經濟的發展帶來了原有社會結構的變更，大量手工業和商業經營者出現。據《墨子》〈節用中〉：「凡天下群百工，輪、車、鞼、匏、陶、冶、梓、匠，使各從事其所能，曰凡足以奉給民用則止。」蘇秦曾向齊宣王描繪戰國初期的齊國臨淄的繁華景象：「車轂擊，人肩摩，連衽成帷，舉袂成幕，揮汗成雨，家殷而富，志高而揚。」（《戰國策》〈齊策〉）這個階層及其相關群體的活動日益顯示出其重要性，他們中間有的因能幹而為人稱道，有的愚笨而被人嘲笑，有的因貌美而出名，有的雖醜卻因別具魅力而讓人心儀，總之，他們同樣是一個生氣勃勃的活躍群體，發生在他們身上的事同樣成為人們談論的材料。當然，這個言說群體仍處於社會弱勢，他們的言談內容和方式，不可能得到主流社會的重視，「書，政事之紀也，詩者，中聲之所止也。禮者，法之大分，類直綱紀也。故學至乎禮而止矣。夫是之謂道德之極。」（《荀子》〈勸學〉）「經」與「小說」的社會功能分化，「史」與「小說」的敘述功能區分，「詩」與「小說」的風情趣味分化，都長期壓迫著小說的生長空間。

現在知道的中國小說的最早形式，主要有兩種：大眾互相講述的故事；哲人和政治家在自己的論辯中所用的寓言。後者如莊子〈逍遙遊〉中的「鯤鵬」，〈秋水〉中的「河伯」，〈天地〉中的「漢陰丈人」等故事。而哲人和政治家所用的寓言，應該有相當多來自當時的街談巷議。如《莊子》中削木為鐻的梓慶、宰牛的庖丁、衛國的醜男人哀駘它、鄭國相面準確如神的季咸，都是普通人中的活躍人物。「小說」的最早篇目如寓言〈守株待兔〉、〈自相矛盾〉、〈刻舟求劍〉等，主人公都是連名字也不用說出的小百姓：做買賣的、種田的、過路人等等。而荀子曾經講述的一個笨人兼膽小鬼的故事，很可能本來就在民間廣泛流傳：

　　夏首之南有人焉，曰涓蜀梁。其為人也，愚而善畏。明月而宵
　　行，俯見其影，以為伏鬼也；仰視其髮，以為立魅也。背而
　　走，比至其家，失氣而死。

這個小人物的故事被哲人們逐步化為寓言，被人們品味出其中所隱含
的獨特道理。而這些哲人和政治家以故事性極強的寓言作為自己的論
說依據，也顯示出當時接受者對於故事的興趣，以及對於故事「真實
性」一定程度的肯定。雖然當時的故事講述還沒有形成一定規模，更
沒有形成真正的小說文本，但正是在不斷的講述中，大量故事被賦予
不一般的含義。人們富於故事意味的談說顯然已經逐步形成一種風
氣，這種風氣推動了小說在書寫條件較為成熟後，向文本化的方向
發展。

　　在漢代，「小說」被列入「九流十家」，它開始正式進入「藝文」
行列，此時的小說是各類「言談」內容的展開，班固《漢書》〈藝文
志〉序曰：「小說家者流，蓋出於稗官，街談巷語，道聽塗說者之所
造也。孔子曰：『雖小道，必有可觀者焉，致遠恐泥，是以君子弗為
也。』然亦弗滅也。閭里小知者之所及，亦使綴而不忘、如或一言可
采，此亦芻蕘狂夫之議也。……諸子十家，其可觀者，九家而已。」
桓譚《新論》〈補遺〉則曰：「若其小說家，合叢殘小語，近取譬喻，
以作短書，治身治家，有可觀之辭。」源於街談巷議、道聽塗說的
「小說」，雖然其地位仍不能與經典文學相比，所以「君子弗為」，但
其「治身治家」的功能已得到重視，在民眾中極受歡迎，它也因此具
有了「不滅」的生命力。《藝文志》中「小說家」類收了十五種書，
一千三百多篇文，這些短文內容龐雜，卻為小說的出現奠定了基礎。

　　中國小說的形成與東漢以後的佛經輸入密不可分。當時佛教傳播
的主要途徑之一是在下層民眾中傳佈民俗信仰、宣講佛教經典，佛典
中有很多文學性極強的故事，下層民眾在膜拜佛祖的同時，也接受了

這些敘事作品。當時相對於宣講佛經的「僧講」，有演說世俗故事的「俗講」，唐代時，俗講盛行，形成「街東街西講佛經」、俗講不斷的場面，其中有的俗講故事，內容粗鄙，為官方不容，但受到民眾的歡迎。趙璘《因話錄》卷四曾描述說：

> 有文淑僧者，公為聚眾談說，假託經論，所言無非淫穢鄙褻之事。不逞之徒轉相鼓扇扶樹，愚夫冶婦樂聞其說。聽者填咽寺舍，瞻禮崇奉，呼為和尚。教坊效其聲調以為歌曲。其盯庶易誘，釋徒苟知真理及文義稍精，亦甚嗤鄙之。今日庸僧以名系功德使，不懼臺省府縣，以士流好窺其所為，視衣冠過於仇讎。而淑僧最甚，前後杖背在邊地數矣。

從俗講發展出的變文，形成通俗的說唱結合的敘事文學樣式，它不再依附於佛經，增加了大量世俗內容，說唱者也不全是僧侶，而增加了大量民間藝人，從而形成道地的民間文學樣式，它直接影響了宋元話本。

宋元到明清，小說進入創作和傳播高潮，成為市民文化的主要組成部分：

人物的俗化是此期小說的一大特色，商人、妓女、書生、下層官員、僧尼，甚至小偷流氓、潑皮無賴，都湧入小說，成為這一文體的主要表現對象，他們的喜怒哀樂、悲歡離合構成小說的內容主體。即使是一些歷史上的帝王名人，也被俗化，如《警世通言》〈李謫仙醉草嚇蠻書〉，盡力渲染李白和唐明皇富於傳奇色彩的交往：醉酒寫詩、食魚羹，得罪楊貴妃……即使是李白在金鑾殿起草嚇蠻書，也夾上一段讓楊國忠捧硯磨墨、高力士脫靴結襪的充滿世俗趣味的故事。而〈莊子休鼓盆成大道〉，則選取莊子與妻子的「情感風波」為題材，莊子成了一個愛管事又心胸狹隘的自私男人：他替嬌軟無力的孀

婦摘墳還因此接受了婦人送的紈扇，這個超脫出了名的哲人對自己的老婆那麼不放心，以至大動干戈安排計策去試探她，真相暴露後，他先「歎氣」，又寫下幾首粗俗不堪的打油詩羞辱她，致使老婆自盡，而通篇小說最能顯出莊子超脫的地方僅僅在於他的老婆因羞慚自盡後他卻無動於衷。

　　俗民的價值判斷在小說中佔據主導地位。中國古代有著穩固的、延續性極強的主流意識形態，儒家占主導地位的經學一直通過各種渠道進入社會思想，傳統道德規範系統而發達，但在小說這一俗文體中，一些人物作出的行為選擇，在很多方面背離了傳統的道德規範，卻迎合了俗民出自自身利益、欲望的考慮。如按照正統觀點，考科舉，博功名，是為了報效國家，建功立業，但在此時小說中，卻純粹是為了「今日苦盡甘來，博得好日，共用榮華。(《警世通言》〈趙春兒重旺曹家莊〉)小說一再渲染的是主人公做官以後如何發財享樂，如何報昔日之仇：〈玉堂春落難逢夫〉中王景隆借去山西做官之機，不僅把往日仇人一網打盡，而且迎回了昔日的情人。撒謊耍賴也被作為計策屢屢使用，《警世通言》〈崔待詔生死冤家〉中，秀秀同崔寧在失火的夜晚，結伴從郡王府逃出，結為夫妻，但崔寧後來招供時竟然撒下彌天大謊：

> 只見秀秀養娘從廊下出來，揪住崔寧道：「你如何安手在我懷中？若不依我口，教壞了你！」要共崔寧逃走。崔寧不得已，只得與他同走。只此是實。

崔寧把責任全部推給妻子，並無恥宣稱「只此是實」，結果害秀秀丟了性命。〈蘇知縣羅衫再合〉中，客商陶公救了被強盜推入水中的蘇知縣的命，但他「是本分生理之人，聽得說要與山東王尚書家打官司，只恐連累，有懊悔之意」。一些小說出現對世風日下的感歎。「近

世人情惡薄，父子兄弟倒也平常，兒孫雖是疼痛，總比不得夫婦之情。……只要人辨出賢愚，參破真假，從第一著迷處，把這念頭放淡下來。漸漸六根清淨，道念滋生，自有受用。」（〈莊子休鼓盆成大道〉）但在具體事件的處理上卻仍然表現出對榮華富貴的豔羨和迷戀。

　　俗民的話語方式構成小說語言的主體。如對於道士張皮雀吃狗肉的描寫，全部用乾脆俐落的短句：「張皮雀昂然而入，也不禮伸，也不與眾道士作揖，口中只叫：『快將爛狗肉來吃，酒要熱些！』……當下大盤裝狗肉，大壺盛酒，擺列張皮雀面前，恣意飲啖，吃得盤無餘骨，酒無餘滴，十分醉飽，叫道：『聒噪！』吃得快活，嘴也不抹一抹，望著拜神的鋪氈上倒頭而睡。……只見張皮雀在拜氈上跳將起來，團團一轉，亂叫：『十日十日，五日五日。』」（《警世通言》〈金令史美婢酬秀童〉）甚至莊子一貫玄奧難懂的哲語，在小說中也搖身一變，成了大俗話，如〈莊子休鼓盆成大道〉中這位大哲人的兩首詩十分有趣：

> 從前了卻冤家債，
> 你愛之時我不愛。
> 若重與你做夫妻，
> 怕你巨斧劈開天靈蓋。

> 你死我必埋，
> 我死你必嫁。
> 我若真個死，
> 一場大笑話。

這已經完全是馮夢龍時代的市井語言，顯然這不是對莊子的有意解構，而是採用了平民視角和平民聲口。

綠天館主人〈古今小說序〉曰：「大抵唐人選言，入于文心；宋人通俗，諧於里耳。天下之文心少而里耳多，則小說之資於選言者少，而資於通俗者多。試今說話人當場描寫，可喜可愕，可悲可涕，可歌可舞；再欲捉刀，再欲下拜，再欲決脰，再欲捐金；怯者勇，淫者貞，薄者敦，頑鈍者汗下。雖小誦《孝經》、《論語》，其感人未必如是之捷且深也。噫，不通俗而能之乎？」小說正是通過特有的話語方式，向民眾展現了一個充滿情趣的文學世界。

三　愉悅和狂歡：古代小說的審美定位

人們總是用某種穩定的話語方式表現世界，同時也以自己的穩定話語方式賦予世界以意義，由此形成特有的話語風格。在本章開頭引《莊子》〈外物〉中那段話時，我們曾指出當時的「小說」具有「淺薄瑣碎話語」和「愉悅」的規定性，雖然這時的「小說」與後來的小說不是一回事，但是我們可以從中得到一些隱含的文化信息：在戰國時代，隨著理性精神的高揚，上古神話儀式性質的講述漸漸退出文化「市場」，代之而起的是人對於自身以及人周圍所發生的一切的強烈好奇、廣泛談論。話語講述的內容逐步從神事轉向人事，講述的目的從取悅於神轉向取悅於人，民眾廣泛參與「講述」，形式也從「神聖儀式」轉向「富於諧趣的隨意侃談」。而有一些人將注意力投入對於「小說」這種閒言碎語的修飾，以求從中得到高明美好的名譽，正說明當時的這種「悅人」言談已形成一種社會風氣。

「富於諧趣、使人快樂」的「小說」擁有廣泛的群眾基礎，初期「小說」的創作和傳播，沒有作者和純粹意義上的接受者之分，民眾不僅聽，而且參與「小說」添油加醋的講述，熱心地進行二度「創作」。這樣的「小說」，不必顧忌什麼「思無邪」，不必避開「子不語」，怪、力、亂、神甚至一些所謂「淫邪」的富於刺激性的內容，

都為街談巷議的「小說」提供了不絕的來源。源於民眾的「侃談」經過長期發展，形成生動諧趣的完整故事，佔據的文化市場也越來越大，以至形成「滿村聽說蔡中郎」的場面。

巴赫金在《拉伯雷研究》中，談到歐洲中世紀和文藝復興時期的民間文化的詼諧風格。他認為，民間詼諧文化按性質可以分為三種：

一、各種儀式——演出形式；

二、各種詼諧的語言作品；

三、各種形式和題材的不拘形跡的廣場語言。

他還指出，嚴肅和詼諧在文化發展的最初階段就已經存在。不過在階級和國家社會制度出現之前，「嚴肅」和「詼諧」觀點，都是「神聖的」和「官方的」。後來才起了變化：

> 在階級和國家制度已經形成的條件下，這兩種觀點的完全對等逐漸成為不可能，所有的詼諧形式，有的早一些，有的晚一些，都轉化到非官方角度的地位上，經過一定的重新認識複雜化和深入化，逐漸變成表現人民大眾的世界感受和民間文化的基本形式。[3]

古代小說，無論是輾轉在簡陋的形式之中，還是在市民文學的潮湧中轟轟烈烈扮演主角，「小」和「說」作為一以貫之的美學規定都使它保持了「穩定的語言使用方式」，即以一種愉悅輕快的話語描述那個與莊嚴堂皇的官方世界互為映照的另一世俗空間。由民間侃談發展而來的中國古代小說，作為官方意識形態以外的話語樣式，具有明顯的愉悅性特徵。這在以下方面表現得很突出：

3　巴赫金撰，夏忠憲譯：〈弗朗索瓦・拉伯雷的創作與中世紀和文藝復興時期的民間文化〉，錢中文主編：《巴赫金全集》（石家莊市：河北教育出版社。1998年），卷6，頁7。

（一）情、性宣洩：小說的題旨取向

　　中國古代社會，傳統禮教成為人際交往尤其是男女交往必須遵守的規範，「發乎情而止乎禮義」、「男女授受不親」成為人人皆知的道德語言，男女私下交往成為讓人羞恥的、大逆不道的行為。然而，中國古代小說卻多採取男女不尋常的交往為題材，竭力渲染情與性，這種現象在小說進入全盛期之後更為突出。宋代以後，理學以更大的氣魄把生命的個體與一個廣大的存在──天地宇宙連結在一起，理學家把三綱五常歸為天理，把道德倫理為主的政治哲學向外延伸到宇宙本體的生成變化，心就是理，循天理必須正心，朱熹提出「革盡人欲，復盡天理」，把矛頭指向人的私欲。王守仁更提出「去人欲，存天理」，程朱理學為當時的專制統治者所利用，成為殘忍迫害人性的工具。表面上看來，人欲、天理在當時的小說中，仍然為主導意識，但我們細看宋元以後的小說內容，就可以知道它實際上是在否定人欲的說教下鼓吹人欲。《三言二拍》中，女性私奔、青年男女私結良緣被細細描繪，如《拍案驚奇》卷二十三〈大姊魂游完宿願，小姨病起續前緣〉中，興娘的鬼魂假裝成妹妹，深夜敲響崔生的門，並自薦枕席。崔生推託，她卻一再堅持：

> 如今闔家睡熟，並無一人知道的，何不趁此良宵，完成好事？你我悄悄往來，親上加親，有何不可！
> 如此良宵，又兼夜深，我既寂寞，你亦冷落。難得這個機會，同在一個房中，也是一生緣分。且顧眼前好事，管什麼發覺不發覺？況妾自能為郎君遮掩，不至敗露。郎君休得疑慮，挫過了佳期。

看到崔生總是推辭，興娘索性「反跌一著，放刁起來」，「勃然大怒道」：

吾父以子侄之禮待你，留置書房，你乃敢於深夜誘我至此，將
欲何為？我聲張起來，去告訴了父親，當官告你，看你如何折
辯？不到得輕易饒你！

另《醒世恒言》〈喬太守亂點鴛鴦譜〉中，作者雖然以「只因一
著錯，滿盤俱是空」為故事中的人物行為及後果定性，但小說通篇著
力渲染一個充滿人欲的事件發展過程，其最終結果也是徹底「遂人
欲」的：弟弟扮女妝代姐姐去和生病的姐夫完婚，不知情的婆家讓小
姑陪宿，三對美貌男女的婚姻因此而陰錯陽差，最後經風流聰明的喬
太守「亂點」，都成就了良緣，傳為美談。

（二）生活化情節：品味瑣碎生活細節中的平常人生

古代小說的一大特色是將日常生活情節細細寫出，讓接受者在不
經意中品味瑣碎細節中所體現的平常人生。

小說情節都應該經過作者的選擇和處理，在西方，選取最有代表
性的情節以反映真實成為作家的刻意追求。湯因比認為小說描寫人際
關係應以「有限」表現「無限」：

> 小說著力描寫的是個人關係，只有極少數人的個人關係，其意
> 義和重要性足以構成寫傳記的條件。實際上，研究個人關係的
> 小說家們面對著數不清的一般人都熟悉的人生經驗。採取虛構
> 的方法，在有限的辭句中對無限加以直觀處理，是充分表現這
> 些材料的唯一辦法。[4]

4　A・湯因比撰，曹未風等譯：《歷史研究》（上海市：上海人民出版社，1986年），上
　　冊，頁57。

　　湯因比所說的處理，正是西方小說理論中常說的「典型化」。西方小說選取情節，多重視其對描寫人物性格和環境的作用。但在中國小說中，我們卻經常可以看到一些似乎是信手拈來的十分平淡的生活細節描寫。

　　《紅樓夢》第八十二回〈占旺相四美釣遊魚〉，寫寶玉看晉文，為其中的「放浪形骸之外」而發癡，在襲人的勸說下到園裡遊玩：

> 　　那寶玉一面口中答應，只管出著神，往外走了。一時，走到沁芳亭，單見蕭疏景象，人去房空。又來到蘅蕪院，更是香草依然，門窗掩閉。轉過藕香榭來，遠遠的只見幾個人，在蓼漵一帶欄杆上靠著，有幾個小丫頭蹲在地上找東西。寶玉輕輕的走在嫁山背後聽著。只聽一個說道：「看他浮上來不浮上來。」好似李紋的語音。一個笑道：「好！下去了。我知道他上不來的。」這個卻是探春的聲音。一個又道：「是了，姐姐，你別動，只管等著，他橫豎上來。」一個又說：「上來了。」這兩個是李綺邢岫煙的聲兒。
>
> 　　寶玉忍不住，拾了一塊小磚頭兒，望那水裡一摔，四個人都嚇了一跳，驚訝道：「這是誰這麼促狹？唬了我們一跳！」寶玉笑著從山子後直跳出來，笑道：「你們好樂啊！怎麼不叫我一聲兒？」探春道：「我就知道再不是別人，必是二哥哥這麼淘氣。沒什麼說的，你好好兒的賠我們魚罷！剛才一個魚上來，剛剛兒的要釣著，叫你唬跑了。」寶玉笑道：「你們在這裡玩，竟不找我，我還要罰你們呢。」大家笑了一回。寶玉道：「咱們大家今兒釣魚，占占誰的運氣好。看誰釣得著，就是他今年的運氣好；釣不著，就是他今年運氣不好。咱們誰先釣？」探春便讓李紋，李紋不肯。探春笑道：「這樣就是我先釣。」回頭向寶玉說道：「二哥哥，你再趕走了我的魚，我可

不依了。」寶玉道：「頭裡原是我要唬你們玩，這會子你只管
釣罷。」

　　只是為寶玉和四個女孩子釣魚做鋪墊，竟然用了這麼長的敘述篇
幅，若按西方小說的寫法，上述一段完全可以刪去，只以幾句話交代
即可進入「釣魚」主題，接下來的整個釣魚過程也必定會對人物性格
刻畫或情節發展有用。但在中國，這樣平淡的瑣事被寫得令人玩味，
古代小說也因此具有了輕鬆、閒適、恬淡的審美情趣。

　　中國早期神話中出現的多數是解決日常生活問題的「文化英
雄」，如黃帝有穿井、制樂，造火食、製旂冕舟車等一系列發明，此
外有燧人氏造火，神農的和藥、作琴瑟等。《周易》更系統敘述了遠
古製作歷史。從這種風尚中誕生出儒家的合理主義和現實主義，日常
生活事件得到關注。在儒家崇尚的《詩經》中，收進了大量以極為平
常的現實感觸為題材，揭示人性一般本質的抒情詩。這一傳統延續在
後世小說之中，世情小說成為小說文體的重要類型，這類小說關心普
通人的日常生活，把平淡的生活細節作為主要描寫對象，如《金瓶
梅》、《紅樓夢》就把日常爭吵、嫉妒、使手段坑人，吟詩宴飲、賞月
觀花寫進書中。

　　古代一些小說即使是以帝王為主角，也很少涉及他們轟轟烈烈的
政治生活，而是著力表現他們奢侈豪華的日常生活，對於一些亡國的
君主，小說不是表現他們統治國家的昏庸無能，而是寫他們如何荒淫
戀色，如唐玄宗與楊貴妃姐妹和其他寵妃，宋徽宗與名妓李師師的故
事，這就把禍國根源收縮到道德範圍之內。對於歷史上的一些曾經叱
吒風雲的人物如宋太祖，小說也來那麼一段〈宋太祖千里送京娘〉，
敘述趙匡胤早年千里迢迢把一個不幸落入賊手的女孩送回家，不要任
何酬報的故事。由「講史」發展而來的長篇章回小說，雖然表現的是
帝王將相，但還是用相當篇幅去從人際交往、甚至兒女情長方面去刻

畫他們，使得他們具有極濃的平易氣息。如《三國演義》對於劉備的刻畫，採用的主要事件是三顧茅廬、摔阿斗，在東吳娶親一段，他同孫權面對面時，卻只能按照諸葛亮的計策行事，沒有表現出任何英雄姿態。《水滸》對梁山義軍領袖宋江的刻畫也是抓住他在人際交往中的「及時雨」特徵。這些日常情節被寫得有滋有味，既符合中國傳統對日常道德的重視，又促成了小說日常生活化的審美導向。

　　《紅樓夢》第一回「甄世隱夢幻識通靈，賈雨村風塵懷閨秀」中，曹雪芹借石頭之口說：

> 市井俗人喜看理治之書者甚少，愛適趣閑文者特多。歷來野史，或訕謗君相，或貶人妻女，姦淫兇惡，不可勝數。更有一種風月筆墨。至若佳人才子等書，則又千部共出一套，且其中終不能不涉於淫濫，……今之人，貧者日為衣食所累，富者又懷不足之心，縱然一時稍閑，又有貪淫戀色、好貨尋愁之事，那裡有工夫去看那理治之書？所以我這一段故事，也不願世人稱奇道妙，也不定要世人喜悅檢讀，只願他們當那醉淫飽臥之時，或避世去愁之際，把此一玩，豈不省了些壽命筋力？就比那謀虛逐妄，卻也省了口舌是非之害，腿腳奔忙之苦。

　　正是小說貌似平淡的情節，成為一大看點，讓接受者得到輕鬆而充滿興味的審美愉悅。

（三）崇尚奇異：古代小說的一種審美追求

　　奇警怪異，是在輕鬆、閒適、恬淡的審美情趣之外的調節和補充，它給人們獨特的審美刺激。崇尚奇異，也成為古代小說歷時長遠的審美追求。中國小說的志怪、傳奇、神魔、演義之多，極富民族特色。

　　周以後，隨著神的淡出，有關怪異的傳說為有識之士所排斥，如孔子給人的印象是「不語怪力亂神」，荀子則把「天行有常」作為自然變化的基本規則，《荀子》〈天論篇〉曾解釋星墜木鳴的現象：「是天地之變，陰陽之化，物之罕至者也。怪之，可也，而畏之，非也。」然而另一方面，人們尤其是民間又始終對各類怪物異事抱有濃厚興趣，這不僅是因為迷信，更因為在奇聞異事的聽和說中，人們可以得到審美刺激和愉悅。正是對怪物奇事的興趣促成了中國古代此類題材小說的發達。

　　漢代時，對怪異的興趣成為整個社會的審美主導潮流，《淮南子》中夾雜了很多奇物異類、鬼神靈怪的故事，如「羿射十日」中，「十日並出，焦稼禾，殺草木，而民無所食。猰貐、鑿齒、九嬰、大風、封豨、修蛇，皆為民害。堯乃使羿誅鑿齒于疇華之野，殺九嬰于凶水之上，繳大風于青邱之澤，上射十日而下殺猰貐，斷修蛇于洞庭，禽封豨于桑林。」

　　魏晉到六朝，喜好怪異神秘的風氣更加熾烈，中國小說正在這種風氣中邁出重要一步：在創作上小說改變了以往的散漫狀態，成為一種有目的的文化活動，其文體形式也從雜亂走向有序，形成有特定內容指向的志人和志怪這兩個系統。

　　魯迅《中國小說史略》談到志怪作品：「中國本信巫，秦漢以來，神仙之說盛行，漢末又大暢巫風，而鬼道愈熾；會小乘佛教亦入中土，漸見流傳。凡此，皆張惶鬼神，稱道靈異，故自晉迄隋，特多鬼神志怪之書。」[5]由志怪發展出的唐代傳奇，雖然「大歸則究在文采與意想，與昔之傳鬼神明因果而外無他意者，甚異其趣」，但仍然

5　魯迅：《中國小說史略》，《魯迅全集》（北京市：人民文學出版社，1981年），卷9，頁43。

「出於志怪」。[6]如《南柯太守傳》、《枕中記》、《玄怪錄》、《續玄怪錄》等，幾乎都有奇聞怪事的描繪。宋元以後小說題材範圍大大拓寬，但在話本和擬話本中，也有不少作品寫鬼魂宿命，輪迴報應構成情節發展線索。

　　郎瑛曾指出此時小說尚奇的審美特點：「小說起宋仁宗。蓋時太平盛久，國家閒暇，日欲進一奇怪之事以娛之。」（《七修類稿》〈辯證上〉）宋代小說連同西崑體，對正統文風造成衝擊，以至宋仁宗下詔進行改革：「觀其著述，多涉浮華，或破裂陳言，或會粹小說；好奇者，遂成譎怪；矜巧者，專事雕鐫。流宕若茲，雅正何在？……宜申儆於詞場，當念文章所宗，必以理實為要，探經典之旨趣，究作者之梯模，用後溫純，無陷偷薄，應有裨於國教，期增闡於儒風。」（《宋會要》〈選舉〉）

　　明清以後，一些歷史演義，同樣以「奇」作為審美追求，《三國演義》、《水滸傳》都迎合民眾的尚奇心理，塑造了一批超凡英雄。金聖歎〈三國演義序〉曰：

　　　　三國者，乃古今爭天下之一大奇局者，而演三國者，又古今為小說之一大奇手也。

蒲松林《聊齋志異》更成為奇異題材的集大成者，其中花妖狐怪同人雜處。即使《紅樓夢》，也是奇聞異事不斷，如〈大觀園月夜警幽魂〉一節，充滿恐怖氣憤，為這一溫柔富貴之鄉增添了淒慘意味。

　　魯迅〈古小說鈎沉序〉說：「大共瑣語支言，史官末學；神鬼精物，數術波流；真人福地，神仙之中馴；幽驗冥徵，釋氏之下乘。人

6　魯迅：《中國小說史略》，《魯迅全集》（北京市：人民文學出版社，1981年），卷9，頁70。

間小書，致遠恐泥，而洪筆晚起，此其權輿。」[7]古代小說正是在展現一個充滿人情味的神仙鬼怪世界的同時，也創設了一個愉悅人的藝術空間。

西方小說，英文為 novel，意為「新穎、新奇的」，但它的「新穎、新奇」，主要指以新鮮獨特的個人經驗作為小說的內容，這種選材方式打破了古典時期和文藝復興時期文學主要以過去的歷史傳說為基本情節的傳統，違背了古典的對一般性和普遍性的偏愛。在形象塑造個性化和背景詳細展示方面更顯示出其區別於以往敘事文學的特殊性。如笛福小說對自傳體回憶錄的熱中，說明了小說中對個人經驗的描寫佔有首要地位。這種「新穎、新奇」同中國小說的「崇奇尚異」是根本不同的。

（四）詼諧粗俗：市民的敘述本色

嬉笑打鬧是民間詼諧文化的特色之一，也是民間文化狂歡化主要構成。這些有傷大雅的言語和行為，常常形成對正統文化的衝擊。主要是在下層流行的小說有強烈的詼諧粗俗特色。

一些撕打辱罵的場面進入了小說，如《醒世恆言》〈喬太守亂點鴛鴦譜〉中有這樣的描寫：

> （劉）媽媽盡力一摔，不想用力猛了，將門靠開。母子兩個都跌進去，攪做一團。劉媽媽罵道：「好天殺的賊賤才，到放老娘著一交！」
>
> （劉媽媽）罵道：「老忘八！依你說起來，我的孩兒應該與這殺才騙的！」一頭撞個滿懷。劉公也在氣惱之時，揪過來便

7　魯迅：《古小說鉤沉》，《魯迅全集》（北京市：人民文學出版社，1981年），卷10，頁3。

打。慧娘便來解勸。三人攪做一團，滾做一塊，分拆不開。（裴九老）便罵道：「打脊賤才！真個是老忘八。女兒現做著怎般醜事，哪個不曉得的！虧你還長著鳥嘴，在我面前遮掩。」趕近前把手向劉公臉上一撤道：「老忘八！羞也不羞！待我送個鬼臉兒與你戴了見人。」劉公被他羞辱不過，罵道：「老殺才，今日為甚趕上門來欺我？」便一頭撞去，把裴九老撞倒在地。兩下相打起來。

　　《警世通言》〈白娘子永鎮雷峰塔〉則加上這樣一個細節：大尹叫緝捕使臣何立去雙親坊巷口捉拿白娘子，但看到的是「門前四扇看階，中間兩扇大門，門外避藉陛，坡前卻是垃圾，一條竹子橫夾著。」「何立當時就叫捉了鄰人，上首是做花的丘大，下首是做皮匠的孫公，那孫公擺忙的吃他一驚，小腸氣發，跌倒在地。」

　　說話人講述這些滑稽場面時，配合惟妙惟肖的語調、動作，場上一定笑聲迭起，熱鬧非常。這些描寫與理學家朱熹提出的「坐如屍，立如齊，頭容直，目容端，足容重，手容恭，口容止，氣容肅」的一套嚴格身體規範大相逕庭，語言的狂歡色彩十分濃烈。

（五）說唱結合：愉悅性極強的傳播方式，

　　古代小說從街談巷議發展為一種以言說為主、說唱結合的方式，這種方式把說書人和聽眾匯聚一處，在對小說內容進行繪聲繪色口頭傳播的同時，又輔之以樂器伴奏和口技，更增添了小說的娛樂情趣。有時這種表演會夾雜於其他節目中，如《三國志》〈魏志〉卷二十一裴松之注引〈魏略〉中寫到表演者「科頭拍袒，胡舞五椎鍛，跳丸擊劍，誦俳優小說數千言迄。」這可能是具有「百戲」性質的夾雜了雜技舞蹈的俳優戲表演，其中俳優誦讀的是較長的「小說」。兩尊出土的「擊鼓說書俑」，再現了古代說書的樂觀、滑稽場面：

一九五七年成都天回鎮出土的「擊鼓說書俑」，袒膊而坐，赤
足上翹，左手抱鼓，右手執錘，眉飛色舞，滿臉綻笑，似正說
到最精彩最有趣之處，言唱已經難以盡意，便情不自禁地「手
之舞之，足之蹈之」起來，其情態的詼諧快活、樂天逗趣令人
忍俊不禁。一九六三年郫縣出土的「擊鼓說書俑」，高達六十
六點五釐米，立姿，左手執鼓，右手執棒，頭戴圓帽，縮頸歪
頭，撇嘴斜目，弓腰突臀，故作怪狀，然說唱之態，神采飛
揚，如聞其聲，令人捧腹。[8]

中國古代小說，即使在對民眾進行各種教育的同時，也直言不諱
地聲明其「使人快樂」的功能，並且竭盡全力去實現這種功能，這使
它總是處於正統文學以外的地位。長期以來，在中國，詩歌散文是正
宗，而小說則被看成是「不本經傳」、「背於儒說」的末技，屬於「閭
里小知者之所及」、「君子弗為」的下品。所以，這股以大眾為創作和
傳播主體的「小說」潛流，一直在長滿詩文和史傳文學花草的長河底
層流淌。漢魏以後，才開始越來越清晰地顯露出它的水流，及至宋元
以後，更發展為文學洪流。是市民階層的興起，使中國的主流審美趣
味有了大的、幾乎是根本性的變化，敘述直露甚至粗俗的、基調歡快
的、表現普通人遭遇和命運的小說才得以佔領文化市場。

中國歷朝歷代，當那些嚴肅認真的史官，小心虔誠地記錄發生在
王公貴族中的大事時，下層民眾，除了唱一些與自己的生活密切相
關、即興而發的歌謠以外，還津津有味地傳說著聽來的故事，這些故
事或無中生有，或捕風捉影，或添油加醋，說者說得盡興，不僅不用
承擔什麼責任，還可以在「說」這種創作活動中體會到自我實現的快

8　儀平策：《中國審美文化史·秦漢魏晉南北朝卷》（濟南市：山東畫報出版社，2000
　　年），頁144。

樂。聽者也聽得輕鬆滿足、刺激高興。不上大雅之堂的奇聞怪事，甚至一些粗俗下流、色情味極濃的道聽塗說，都可以在「小說」中佔據一塊地盤，可以說，小說話語對傳統的「非禮勿言」、「非禮勿聽」的話語規範進行了「有意味」的顛覆。

　　對於中國大眾來說，影響其精神的文學主要是戲劇和小說，儘管更具有中國傳統特色、延續時間也更長久的文學體裁是抒情詩和散文，但它始終是士大夫的文學，最能激起民眾興趣、對他們影響最大的還是戲劇和小說。

　　即使到了現代，「說」出來的、或帶有調侃風格的「小說」仍然有著極為廣泛的市場，張志忠曾經談到八〇年代以後出現的「劉蘭芳說書熱」：

> （傳統的東西）逐漸地與商業化的手段和目的聯姻，更對本來就很薄弱的現代文化造成巨大威脅。更嚴格地說，為文人學子所期期念念的傳統文化，其斷裂和被掃蕩一空，只是浮淺的表象，在豐富而深廣的社會生活中，卻一直在延續和擴展，……它的最鮮明的標誌，就是劉蘭芳的說書所刮起的一陣旋風。《楊家將》和《岳飛傳》，風靡大江南北，從上小學的孩兒，白髮蒼蒼的老人，到正在大學深造的驕子，莫不聽得如癡如醉……從此以後，說書這一從宋元以來便已大興的傳統藝術，便一發而不可收。由收音機而搬上電視，一本接一本，持續不斷，所演播的書目，又大都是傳統的舊書目。[9]

張志忠是從文化批判的角度說這段話的，但他卻說出了在中國歷史上斷少續多綿延了兩千年的傳統文化現象。在電視出現以後，能夠廣泛

9　張志忠：《迷茫的跋涉者》（鄭州市，河南人民出版社，1995年），頁320。

引起中國人興趣的，也是那些反映「家長里短」的家庭問題劇。如當年的「《渴望》熱」，某種程度上就來自老百姓對傳統的故事「講述」的興趣：只要是講述自己周圍的人身上所發生的事，即使這些事是司空見慣的，情節發展極為緩慢的，老百姓也會津津有味地看著，品味著，互相談論著，對其中的人物評頭論足。因為這些，是民眾自己身邊的文學，是使他們「愉悅」的文學。

四　口頭講述：古代小說的主要創作和傳播方式

中國古代小說有著極為強烈的口頭講述特徵，這是因為小說創作長期處於口頭講說的創作狀態，即使是文人寫作的，也往往以口頭講述的故事為基礎。

六世紀前後，隨著佛教地位在中國的提高，譯經的發達，佛經口頭宣講也影響了中國的文學。胡適認為當時在中國散文和韻文都已走到駢偶濫套的路上，文處於最浮靡不自然的時期，用樸實平易的白話文體翻譯佛經，遂造成一種易曉的文學文體[10]；這種影響與古代小說的產生有著直接關係。

魏晉六朝時期出現志人、志怪小說，「志」，記也。魯迅《中國小說史略》認為《世說新語》「諸書或成於眾人之手」，志人小說集中了眾人的「談說」，成為人物口頭品藻的記錄。這些記錄的描述對象大多為門閥士族，口頭品藻內容包含才情、思理、放達、容貌方面，在此時，對人的評價從道德的、政治的轉為審美的，這種人物品藻標準游離了傳統價值判斷，也為後世小說人物塑造的「另類」定調。

干寶《搜神記》口頭實錄的痕跡也相當明顯，如其中李寄故事的結尾：「越王聞之，聘寄女為後，拜其父為將樂令，母及姊皆有賞

---

10 胡適：《白話文學史》（合肥市：安徽教育出版社，1999年），頁159-160。

賜。自是東冶無復妖邪之物。其歌謠至今存焉。」作者把故事敘述完以後，還不忘加上一句「其歌謠至今存焉」，似乎借此證實故事題材並非自己虛構，確由「聽說」而來，這種「聽說」的來源也似乎為故事的「真實性」提供了保證。

　　唐代，小說有了根本的變化，成為有意識的創作。當時在繁榮的城市中，「說話」藝術興盛。唐高彥休〈《闕史》序〉：「故自武德、貞觀而後，吮筆為小說、小錄、稗史、雜錄、雜記者多矣。」唐段成式《酉陽雜俎續集》〈貶誤〉：「予太和末因弟生日觀雜戲，有市人小說。」一些文人吸收「說話」題材，寫成傳奇小說，並出現小說專集，這些小說「敘述宛轉，文辭華麗」，較六朝大不相同，但是它的基礎仍然是民間口頭創作。所謂「傳奇」，顧名思義，即「口口相傳的奇人怪事」。如白行簡的《李娃傳》就來自「說話」《一枝花》。在《李娃傳》的結尾，有這樣一段交代：

> 予伯祖嘗牧晉州，轉戶部，為水陸運使，三任皆與生為代，故諳詳其事。貞元中，予與隴西李公話婦人操烈之品格，因遂述汧國之事。公佐拊掌竦聽，命予為傳。乃握管濡翰，疏而存之。

類似這樣看似多餘的交代，在很多傳奇中都有，這正說明這些「說話」雖經過文人的潤飾加工，文學成就很高，但仍然帶有「說話實錄」的痕跡。

　　宋元以後，民間伎藝應市民階層需要，向城市匯聚。「說話」的主要「家數」，是「講史」和「小說」。宋灌圃耐得翁《都城紀勝》〈瓦舍眾伎〉：

> 說話有四家：一者小說，謂之銀字兒，如煙粉、靈怪、傳奇；
> 說公案，皆是搏刀趕棒及發跡變泰之事；說鐵騎兒，謂士馬金

鼓之事。說經，謂演說佛書。說參請，謂賓主參禪悟道等事。
講史書，講說前代書史文傳興廢爭戰之事。

「小說」主要反映市民生活，是可以當場說完的短篇。宋元話本繼承
了唐代「變文」、「說話」的傳統並有所發展，除了語言採用當時的白
話外，還明顯地帶有說話人底本經過整理加工而成的痕跡。「講史」
講述長篇歷史故事，分成多場講述，後發展成歷史章回小說《三國演
義》、《水滸傳》等。胡適《中國章回小說考證》認為，《水滸傳》乃
是從南宋初年到明朝中葉這四百年所講述的「梁山泊故事」的結晶。
他列舉了《宋史》對宋江等「盜寇」事件的記載之後說：「宋江等三
十六人都是歷史的人物，是北宋末年的大盜。『以三十六人橫行齊
魏，官軍數萬無敢抗者』——看這些話可見宋江等在當時的威名。這
種威名傳播遠近，流傳在民間，越傳越神奇，遂成一種『梁山泊神
話』」，「這種流傳民間的『宋江故事』便是《水滸傳》的遠祖。」[11]

宋末龔聖與為宋江三十六人作贊的自序也說：「宋江事見於街談
巷語，不足采著。雖有高如、李嵩輩傳寫，士大夫亦不見黜，余年少
時壯其人，欲存之畫贊，以未見信書載事實，不敢輕為。及異時見
《東郡事略》載侍郎侯蒙傳，有書一篇，陳制賊之計……余然後知江
輩真有聞于時者。」（周密《癸辛雜識續集》上）

直到明清，小說這種文體已經相當成熟時，文人創作的小說，仍
然模擬話本，被人們稱為「擬話本」。如馮夢龍不僅自己創作小說，
也加工過去的話本，並給自己的小說集取名為《警世通言》、《喻世明
言》、《醒世恒言》。而蒲松齡的小說《聊齋志異》，也主要是由作者利
用聽來的故事材料加工而成，鄒弢《三借廬筆談》曾說蒲松齡寫作此
書時，每到早晨，就攜一大甕醫，中貯苦茗，具淡巴菰一包，置行人

---

11 胡適：《中國章回小說考證》（合肥市：安徽教育出版社，1999年），頁10-11。

大道旁，下陳廬襖，坐於上，煙茗置身畔，見行道者過，必強執與語，搜奇說異，隨人所知，渴者飲以茗，或奉以煙，必令暢談而已。蒲松齡在《聊齋志異》〈自序〉中說：

> 才非干寶，雅愛搜神；情類黃州，喜人談鬼。聞則命筆，遂以成篇。久之，四方同人，又以郵筒相寄。因而物以好聚，所積益夥。

可見，這本語言精美的小說，其題材主要來源於口述故事。

即使是一些完全脫離口述記錄，而由作者個人虛構創作的小說，往往也借助「××云」的框架，如《紅樓夢》就假託為「賈雨村言（假語村言）」、「石頭所記」。

以口頭講述為主的傳播方式，使古代小說具有下列一些特徵：

一、小說故事講述者的身分十分明顯，可以完全避開自己憑空虛構的嫌疑，而以耳聞為憑，這樣可以「保證」故事的「真實性」，借用福柯的話語理論，小說的故事講述者是用虛構話語，煞有介事地介紹「現實」。即使是離奇的怪事，只要點出「聽××云」，有了這種「真實」的來源，就可以得到接受者的認同。如薛調《無雙傳》開頭就交代主人公王仙客為「建中中朝臣劉震之甥也，初，仙客父亡，與母同歸外氏。震有女曰無雙」，這是把真實世界中的人物引進了故事。所以，中國小說的「志怪」一流，雖然虛假荒誕，卻一直被人們當作「真事」津津有味地聽和讀，津津有味地傳。

西方也有一些敘述「怪事」的小說，如英國斯威夫特的《格列佛遊記》，敘述格列佛遊歷四個奇異國家的故事。當時的英國讀者可以很清楚地辨別出其中哪些純粹是作者虛構，哪些是作者把當時英國的一些社會狀況寫進了自己的書，所以這部小說也被列為用現實主義手法創作的諷刺小說。建立在虛構基礎上的中國古代小說竭力要證明自

己的「真實」，而「口頭實錄」則在一定程度上「證明」了這一點。石昌渝曾說：「中國小說從史傳衍生出來，在很長時期都擺脫不了史傳的陰影，讀者和評論者把小說看成是野史稗官，作者也總要標榜自己編寫的故事有根有據，似乎小說的價值主要維繫在事實的確鑿之上。明代的幾部名著，《三國志演義》寫三國歷史，人物和大的事件都有史傳可稽，有人將它仔細考定，結論是『七分實事，三分虛構』。《水滸傳》的故事明顯是虛構的，比之史傳，金聖歎說：『《史記》是以文運事，《水滸》是因文生事。以文運事是先有事生成如此如此，卻要算計出一篇文字來，雖是史公高才，也畢竟是吃苦事。因文生事即不然，只是順著筆性去，削高補低都由我。』」[12]

二、為了口頭傳播與接受的方便，小說結構以短小為特徵，即使是長篇，也多為短篇聯綴而成；但另一方面，古代小說又以表述事件的完整過程為目的，力圖在短時間內讓人了解事情發生的來龍去脈和整個過程。如短篇小說〈賣油郎獨佔花魁〉，從宋太祖開基說起，然後說到莘瑤琴的父母逃難，墮落煙花，秦重與父親分離，跟朱十老賣油。秦重與瑤琴從相識到相知，最後成婚，與雙方老人團聚，一直交代到他們的下一代。因而，古代小說重在大時間跨度的平實的敘述，這種講述框架，講述者和接受者都易於從整體把握，也便於口口相傳，成為「群眾性」的活動，反過來，這種「群眾性」而非「專業化」的活動又通過「講述」影響了小說。

三、故事講述者聲明自己的身分外在於故事情節，他可以「全知全能」，隨時自由發表自己的意見，如「三言二拍」中的說書人就經常作為知情人和評判者，進行說教。如薛調《無雙傳》的結尾，作者直接出面抒發感慨說：「人生之契闊會合多矣，罕有若斯之比。常謂古今所無。無雙遭亂世籍沒，而仙客之志，死而不奪。卒遇古生之奇

---

12 石昌渝：《小說》（北京市：人民文學出版社，1994年），頁213。

法取之，冤死者十餘人。艱難走竄後，得歸故鄉，為夫婦五十年，何其異哉！」

四、說書人說書在某種程度上相當於獨角演唱，其有聲語言對於相當一部分聽眾，是一次性接受，因而其話語展現出以下特點：

出現大量程序性話語。程序性話語是口頭文學的標誌，中國小說一直保留了這類話語。如「話說」，如「花開兩朵，各表一枝」，如一些以歌唱形式出現的詩詞等等。

話語節奏舒緩。古代小說敘述大多進展自然，不刻意追求緊張、劇烈的變化。與之相應，小說人物語言少對抗性或呈現非對抗性。一般來說，個性化語言常常是在衝突中展現出來，口頭傳播的瞬間接受，使得人物對話不占重要地位，

此外，適應口頭講述的形式需要，除去文人有意用文言創作的小說以外，小說的語言也基本上與社會語言的變化同步。因而，中國古代語言分期，小說語言成為重要參考依據。

日本學者中野美代子認為，西方的那種行吟詩，以及以「一個男子把美麗動聽的愛情故事獨自朗誦給一個全神貫注的女子」的形式出現的敘事詩，作為小說的母體文學確實未曾在中國出現過。只有《金瓶梅》才是最早的，不是以聽眾反映為依據，而是作者根據想像，獨自在密室寫作而成的文學作品。讀者購買了經過印刷（初期是以手抄本形式流傳的）的作品，獨自在密室閱讀，形成了作者與讀者一對一的關係。[13]

中國小說的母體，大多為民眾口口相傳的故事，上述這些特徵帶來的正面影響是，民眾廣泛地參與了「小說」的創作與接受，使得小說始終保持著生機與活力。負面影響是，隨著這種創作方式而來的小

13　中野美代子撰，若竹譯：《從小說看中國人的思考樣式》（北京市：十月文藝出版社，1989年），頁3。

說題材和結構，有時帶有極大的社會慣性，限制了小說的社會容量，削弱了小說的主題深度。

在西方，小說 novel 是十八世紀後期正式定名的文體形式，此前的「散文虛構故事」fiction 被西方人視為準小說形式，伊恩・P・瓦特在分析小說興起的促成因素時，特別討論了十八世紀佔優勢地位的中產階級讀者大眾的欣賞趣味、文化程度和經濟能力，他指出，當時「絕大多數流通圖書館都收藏有各種類型的文學作品，但小說卻被廣泛地認為是它們的主要吸引力。幾乎無可懷疑，正是這些圖書館導致了那個世紀出現的虛構故事讀者大眾最顯著的增多。……這些『文學上的廉價商店』據說腐蝕了『遍及三個王國』的學童、農家子弟、『出色的女傭』，甚至『所有的屠戶、麵包師、補鞋匠和補鍋匠』的心靈。」[14]

然而，瓦特的討論，針對的是當時英國小說的紙質文本，這種傳播形式必然會大大限制讀者的數量。而中國古代小說的口頭傳播方式，則大大降低了小說接受的成本和條件，從而擴大了接受群，成為影響整個社會的文體。

---

14 伊恩・瓦特撰，高原、董紅鈞譯：《小說的興起》（北京市：生活・讀書・新知三聯書店，1992年），頁41。

第十三章

戲劇：文體建構的修辭詩學考察之六

在文學藝術的母體中孕育了兩千年後，中國戲劇終於在宋元時期成為具有一定長度、完整情節、完滿性格的，可在舞臺上演出的正規藝術形式，而戲劇在此時發育完備，是因為它從萌芽開始，就具有強烈的關注現世的傾向，俗民文化的潮湧促成了它的成熟。值得注意的是，有關戲劇的一些美學信息，隱含在漢字「戲」、「劇」的形義系統中。通過對「戲」、「劇」二字的形義系統，以及戲劇前身樂舞的發展脈絡的描述，可以在一定程度上探討中國戲劇的美學建構，及其與古希臘戲劇走上不同關懷之路的本源區別。

一　「戲／劇／舞（武）」的語義：從暴力到文明

「戲」、「劇」的初始原型具有強烈的關注現世的傾向。它在中國傳統文化關注此在的氛圍中成長，中國戲劇形成之後，其接受者主要是封建統治下繁華城市中的市民階層，市民重視現世享受、關注生存過程的價值觀念，與「戲」「劇」的現世性正相吻合。

（一）漢字「戲」的形義與戲劇原型

戲，繁體字寫作「戲」，它的左邊由「虍」和「豆」兩個結構素組成。

「虍」，是表示老虎皮毛花紋的象形符號，也有人認為是「虎」的省字。虎是古人心目中極為可怖的動物，虎的威猛已作為神秘互滲的因素進入集體無意識，發展為虎崇拜：新石器時期彩陶器的人面上就繪有虎紋，殷代卜辭中的虎方，即以虎為圖騰的部族。《山海經》中多次描述虎神的威猛形象：「崑崙之丘，是實唯帝之下都，神陸吾司之。其神狀虎身而九尾，人面而虎爪。」(〈西次三經〉)「(陸吾)人面虎身，有文有尾，皆白。」(〈大荒西經〉)「開明獸身大類虎，皆人面，東向立崑崙山上。」(〈海內西經〉)

在古代神話中，虎這種可怖的動物常與死亡、戰爭聯繫在一起：象徵死亡的方位——西方金神蓐收人面虎爪、白毛、執鉞，著名的豹尾虎齒、穴處、善嘯的西王母是掌管刑殺之神，陸吾的周圍是連鴻毛也浮不起的弱水之淵，商代祭祀的四個方位神中，西方神名夷，義為殺伐，而戰國時影響較大的「四象說」，則把白虎列為西方神獸，並作為軍隊的保護神。傳說中把惡鬼捆起餵虎的神荼、鬱壘都是奉黃帝之命把守死亡之門，陸吾、神荼、鬱壘皆為虎字的音轉，都是虎，其神格都是司鬼之神。[1]

應劭《風俗通義》曰：「虎者陽物，百獸之長也，能執搏挫銳，噬食鬼魅。今人卒得惡悟，燒虎皮飲之，擊其爪，亦能辟惡，此其驗也。」中國古代很多祭祀儀式都拜虎，重要的東西尤與戰爭有關的常為虎形、飾以虎紋或冠以虎名，如祭祀用的虎彝，射禮之具虎中，青銅器上的饕餮為虎的變形，軍隊的旗幟為虎旗，邊緣飾以虎皮的箭靶為虎侯，調兵遣將用虎符，古代武官的服裝、弓套、幄幕等飾以虎紋，軍隊中有虎士、虎將、虎臣、虎賁、虎騎，虎賁用的戟為虎戟，將軍營帳為虎帳，王宮或國門的衛士稱虎衛，勇猛的軍隊稱虎隊，警夜報更用虎柝。裝飾房屋用虎頭，民間辟邪用布老虎，就連小孩也穿虎頭鞋，取虎名。

1　詳見何新：《諸神的起源》(北京市：生活・讀書・新知三聯書店，1986年)，頁204-
　　206。

　　《說文》云：「凡虍之屬，皆從虍。」「戲」用「虍」作為結構素，其語義指向開始應與暴力、死亡相關。

　　可作佐證的是，帶有「虍」結構素的字，多與猛虎和暴力有關，由於詞義的反向語義外投，有時也與暴力所征服的對象有關，如虐，「殘也，虎足反爪人也。」虜，「獲取也，戰而俘獲也」，又表示被俘獲的人如戰俘、奴隸。虓，「虎行貌。」表示殺害、劫掠；又表示恭敬有誠意的意思。

　　與「虍」的語義指向相關涉，《說文》釋「戲」的結構素「豆」為「食肉器也」，用作禮器，上古時代用於祭祀的肉多通過武力搏鬥獲取。

　　「戲」的右邊是「戈」，《說文》曰：「戈，平頭戟也。」引申為戰亂、戰爭。

　　總的說來，由「虍」、「豆」、「戈」合成的會意符號「戲」，開始應該是指與老虎意象的深層含義如暴力、戰爭以及祭祀有關的事物。只是它的詞義隨著文明的發達而產生了變化。

　　《說文》解釋「戲」：「三軍之偏也。一曰兵也。從戈。」「三軍之偏」即偏師，中軍的側翼。「兵」，是一種已失傳的兵器。可見「戲」作名詞，曾用來指稱與戰爭有關的人或物。

　　「戲」以後引申為動詞「角鬥、角力」，《國語》〈晉語九〉：「少室周為趙簡子之右，聞牛談有力，請與之戲，弗勝。」韋昭注：「戲，角力也。」表示「角力」的「戲」雖然仍是人與人之間使用武力，但已經不是敵對雙方你死我活的爭鬥，而是虛擬的、帶有娛樂性質的競技。這種競技後來不斷藝術化，保留在戲劇中，成為「唱、念、做、打」四功之一的「打」。語義指向「角力，角鬥」的「戲」，與後來我們所理解的戲還有很大差距，但是作為事件模仿的性質已露端倪。

　　「戲」又發展為開玩笑、嬉戲、遊戲的意思。《論語》〈陽貨〉：

「前言戲之耳。」《方言》:「江沅之間謂戲⋯⋯或謂之嬉。」《史記》〈遊俠列傳〉:「劇孟行大類朱家,而好博,多少年之戲。」此外,「戲謔」是連綿詞,意為開玩笑,《詩經》〈淇奧〉讚揚衛國一位教養良好的君子:「善戲謔兮,不為虐兮。」可見「戲」的詞義已經徹底消解了其本義嚴肅、殘酷的意味,而帶有文明時代的輕鬆幽默色彩,並一直保留到戲劇作為一種文體出現。

有相當一段時期,「戲」還用於指稱中國戲劇的前身——優美的歌舞,熱鬧的雜技,以及取笑諷刺現實生活中的反面現象、滑稽逗笑意味極濃的俳優戲等表演,古代的雜技也稱「百戲」。「戲」詞義所指的豐富性,暗寓著後世中國戲劇融合唱、念、做、打於一體的異彩紛呈的審美特點。

(二)漢字「劇」的形義和戲劇原型

「劇」,繁體字寫作「勮」、「劇」,由「豦」和「力／刂」兩個結構素組成。

有人認為「豦」是一種奇怪的猛獸,《爾雅》〈釋獸〉:「豦,迅頭。」郭璞注:「今建平山中有豦,大如狗,似獼猴,黃黑色。」許慎另作解釋,《說文》:「豦,鬥相丟不解也。從豕、虎。豕虎之鬥不相舍。⋯⋯司馬相如說豦,封豕之屬。一曰虎兩足舉。」

不論是豬虎相鬥,還是大野豬,或老虎舉起兩隻前腳要撲人的「最富於孕育性的頃刻」動作[2],都是夠讓人恐懼的。虎鬥野豬,應是上古祭祀表演的主題之一,起源極早的蠟祭,祭祀對象之一,就是能食野豬的虎神,蠟祭伴有樂、舞、歌,估計舞蹈中該有模擬虎豕搏鬥的內容。

---

2 「最富於孕育性的頃刻」一語出自萊辛的《拉奧孔》,意為畫家表現動作應選擇發展頂點前的那一頃刻,這一頃刻包含著過去,也預示著未來,可以讓想像有充分發揮的餘地。參見萊辛撰,朱光潛譯;《拉奧孔》(北京市:人民文學出版社,1981年),頁83。

　　漢字符號「虍」濃縮了虎舉足即將撲人的這一極富張力的動作畫面，體現了漢字的形與畫相通的特色。

　　以「虍」為結構素的字也可以從側面說明「劇」字本義的肅殺性質。如：

　　鐻，古代一種猛獸形的樂器，原以木製，後來改用銅鑄。據《莊子》〈達生〉說，梓慶用木頭削為鐻，鐻成，見者驚猶鬼神。成玄英疏：「……亦言鐻似虎形，刻木為之。」可見，這種虎形樂器，在飽受猛虎之災的古人心中引起的審美感受是何等的驚懼恐怖。「鐻」也可訓為金屬耳環。《山海經》〈中山經〉描繪掌管青要之山的神武羅：「人面而豹文，小要而白齒，而穿耳以鐻。」這麼怪異的神，戴上「鐻」，一定不是為了增添嫵媚，而是為了助長威風，所以，「鐻」，作為武羅神的配套飾物，外形肯定也是威武猙獰的。另如懅：恐懼、焦急；遽：奔跑疾速的驛馬，又有疾速突然、恐懼戰慄之意；據：憑倚、佔有，以兇猛動作抓取。可見，「鐻、懅、遽、據」諸字，都受著「虍」所暗示的肅殺、兇險之象的語義規定，因此，「虍」的右偏旁，無論是「力」表示以強力征服，還是「刂」表示用鋒利的刀獲取，都意味著人對自然的參與，隱含著人獸搏鬥的驚心動魄的場面。所以，「劇」有恐懼、強求、程度深、繁多、艱難、險要、疾速、怨恨等同屬於「恐懼、劇烈」語義場的含義。

　　後來，基本生存的艱難危險已不再是人們心頭揮之不去的深重陰影時，「劇」也同「戲」一樣，由指稱刀光劍影的搏鬥化作指稱競技場上的操演，《資治通鑑》〈唐高祖武德四年〉記述：「（竇建德）遣使與世民相聞曰：『請選銳士數百與之劇。』」胡三省注：「劇，戲也；今俗謂戲為則劇。」

　　隨著文明程度的提高，和「戲」一樣，「劇」所指稱事物的娛樂性質愈來愈濃，有了「嬉笑、開玩笑」的意思，如左思〈嬌女詩〉：「玩弄眉頰間，劇兼機杼役。」

　　「劇」後來又和「戲」一道，發展為指稱戲劇。

（三）無動不舞：「舞（武）」和戲劇文體建構

中國戲劇的一個重要特點是「無動不舞」，「舞」與「武」音同，古代可通用，作為戲劇的有機組成部分「舞」，一開始也是與武力不可分的。

中國戲劇若溯其初始源頭，當為祭祀，但它不像西方戲劇那樣與祭祀關係緊密。中國戲劇是舞蹈、音樂、雜技等藝術和文學發展到一定階段的產物，是諸多藝術和文學的融合。在舞、歌、樂三位一體的藝術表演中，舞也代表了另二者的風格。

象形符號「舞」，本身表示人手持鳥羽或牛尾起舞——這正是狩獵舞的舞者形象。作為一種「有意味」的審美形式，「武」最初有「人拿著武器前進或拿著武器跳舞」的意思[3]，中國樂舞傳統分為武舞和文舞兩類，武舞像軍旅征伐，舞者手執干戚，文舞像朝騁燕射，舞者手持羽旄，這實際上就是指的戰爭舞和狩獵舞，同漢字「戲」、「劇」一樣，舞顯示的仍然是人與人、人與獸之間的搏鬥。

據傳，中國三代以上就有戰爭舞，當時除了用樂器伴奏以外，還用干戈作為舞具。《尚書》〈大禹謨〉曰：「帝乃誕敷文德，舞干羽於兩階。」孔安國傳：「干，盾；羽，翳也，皆舞者所執。」

《韓非子》〈五蠹〉曰：「當舜之時，有苗不服，禹將伐之。舜曰：『不可，上德不厚而行武，非道也。』乃修教三年，執干戚舞，有苗乃服。」手持干戚「舞」，就可以使苗馴服，這種「舞」發揮了巨大的政治作用。韓非子曾用崇文偃武的政治傾向去解釋舜禹「不伐而舞」的舉動，其實，「執干戚舞」就是借軍事演習和訓練對敵人起到威懾作用的原型，是修治、宣揚武力的舉動，是「舞者」強硬政治姿態和強大軍事實力的象徵性表現。

3　于民：《春秋前審美觀念的發展》（北京市：中華書局，1984年），頁87。

　　盧卡契曾經指出：「如果再來回想一下戰爭的舞蹈，那麼一開始就確定了，這個舞蹈必然以戰勝敵人結束（整個巫術的目的就是要產生這一結果）。如果要使這個舞蹈產生激發作用，那麼每一個片段、每一個動作的選擇、確定和安排都必須與這一結尾相適應，或許要經過阻礙，以便使它取得最大的激發效果。由這種目的性觀點出發，在客觀結構中才產生了正確的、自然的時間和因果序列。在我們談到這一事實的時候，我們要特別強調指出，這兩種契機——不論是有目的的顛倒還是對真實過程有目的的重現，都已經與日常產生了一個距離，雖然在日常生活中已經存在隱藏著這種態度萌芽的各種過程。」[4]

　　中國上古時期的戰爭舞在表現形式處理方面，應該已經與現實拉開了距離，其起伏跌宕也許還顯得幼稚，但畢竟已有了最早的「戲劇性」，它對於人的「激發」，也將發展為真正的審美感受。當然，它當時的功能還是偏於實用：模擬戰爭，炫耀武力和勝利，以及操練演習、提高戰鬥力。

　　周代時，中國已由武治走向文德，舞蹈成為祭典的重要儀節，但士子所習之舞，相當一部分是武舞，如《禮記》〈文王世子〉：「凡學世子及學士，必時。春夏學干戈，秋冬學羽籥，皆於東序。小樂正學干，大胥贊之；籥師學戈，籥師丞贊之，胥鼓〈南〉。」這種舞，手持干、戈、戚、揚、弓矢之類武器表演，演出場面極為莊嚴肅穆。從表面上看，武舞只是模仿戰爭，實際上仍有強烈的顯示軍事實力的政治意味。

　　此外，平時饗宴賓客、考察人選等重要場合，周人都行射禮，四種射禮之一的鄉射禮，名為習射，實為觀察習射之人是否合禮，即看他射擊時是否志正體和、進退周旋是否合禮、姿勢是否正確、動作是

4　G‧盧卡契撰，徐恒醇譯：《審美特性》（北京市：中國社會科學出版社，1986年），卷1，頁362。

否合於射歌節奏、作弓矢舞的舞姿如何，以預選被薦舉的政治人才。這種習射實際上已成為亦射亦舞的表演，成為射者文明修養的展示。此外，周代三年舉行一次的大閱、天子與諸侯祭祀時舉行的大射禮等，程序極為繁複，都可視作軍事演習和禮儀表演不同程度的混合，既具軍事和政治意義，也帶娛樂性質。

《史記》〈樂書〉中，記載了孔子對著名樂舞〈大武〉的演出所作的一番描述：「夫樂者，象成者也。總干而山立，武王之事也；發揚蹈厲，太公之志也；武亂皆坐，周、召之治也。且夫〈武〉，始而北出，再成而滅商，三成而南，四成而南國是疆，五成而分陜，周公左，召公右，六成復綴，以崇天子，夾振之而四伐，盛振威於中國也。分夾而進，事蚤濟也。久立於綴，以待諸侯之至也。」可見，〈大武〉作為武王伐紂的模仿，威風而莊嚴。

隨著文明的發展，戰爭舞的表演者也由軍隊轉為樂人，但這一形式仍然不衰。如漢代表現軍旅戰爭的〈巴渝舞〉，是高祖伐楚時，看到當地人勇而好鬥，好為歌舞，十分欣賞，於是讓人學習表演。〈巴渝舞〉伴奏樂器以銅鼓為主，舞者披盔甲、持弩箭，邊歌邊舞，風格粗獷熱烈。北齊時的〈蘭陵王入陣曲〉，模仿勇武過人的蘭陵王戴假面指揮擊刺，對後世戲劇臉譜有重要影響。唐太宗創作的著名〈秦王破陣樂〉舞，有樂工一百多人被甲執戟參加演出，隊形變化多端，像戰陣之形，舞蹈動作模仿擊刺爭鬥，舞蹈音樂雜以龜茲樂，擂大鼓，聲振百里，動盪山谷，氣勢極為恢宏雄壯，這種模仿軍事表演和軍隊檢閱的戰爭舞，被群臣譽為太宗「百戰百勝之形容」。

盧卡契曾指出戰爭舞和後世藝術的聯繫：「在內容上，因為激發作用是以模仿形象與感受性之間的社會的、人的利益的共同性為前提的……在形式上，因為反映圖像的自身完整的系統是按照激發起思想情感的引導原則安排的，如果所激起的思想情感是由模仿形象的內容產生的，並與包含在這一情況中的目標相適應的話，正是在形式的完

整性中才能實現它的這一目的。雖然以後變為獨立的藝術作品，在內容和形式上與某種特殊職責的聯繫隨著社會的發展更加複雜化，雖然藝術作品的直接性更加鬆懈，這種由『外部』確定的基本結構卻始終是每一種對現實審美反映的基礎，這種結構與作品形式的自身完整性有著最密切的聯繫。」[5]

狩獵舞也是華夏初民常跳的舞。它既表現人獸搏鬥的場面，也是獵獲、制服野獸的預演和操練。一些古文獻記載了原始人執牛尾、飾鳥羽或野獸皮毛會集而舞的場面，如《尚書》〈舜典〉：「予擊石拊石，百獸率舞。」

只是隨著社會生產力的提高，古人制馭野獸的本領增強，狩獵舞的表演逐漸淡化了原始野性，變得越來越輕鬆、優美，具有純表演性質，而古人「在勞動（狩獵、捕魚等）的較早階段已經開始形成對效果好的動作的自覺選擇（通過聯繫和習慣而成為自發的），並借助運動想像加以固定。在這些日常事務中，思想情感的先於動作、借助運動想像和感官分工對動作合目的地應用起著重要作用。這種作用表明，在日常生活中人的身體活動必然與自身具有一定距離。」這些動作後來逐步發展成為獨立的、固定的、組合的反映，「最原始的舞蹈已經指向一個『世界』的創造，當然在審美意義上形成一個自身世界這一方向上的下一個更高的階段，是審美形象與身體的活動和直接參加者本身相分離，它轉變成一個真正獨立的形象，相對於人成為一個自立的自在之物而存在。」[6]

當狩獵者和舞者逐步分離時，狩獵舞蹈也進入純審美的世界。漢代百戲中的傳統節目「東海黃公」，就表現了人虎搏鬥，現代仍受大

5　G・盧卡契撰，徐恒醇譯：《審美特性》（北京市：中國社會科學出版社，1986年），卷1，頁364。

6　G・盧卡契撰，徐恒醇譯：《審美特性》（北京市：中國社會科學出版社，1986年），卷1，頁378，頁381。

眾喜愛的雜技舞龍燈、火虎燈和獅舞，都少不了一個手持棍或球逗引的舞者，這個舞者的原型就是狩獵者。

長期以來，大型樂舞一直是主要表演藝術，它迎合了皇家趣味。而宋元時期，商品經濟的發展為一些個人提供了不同於以往的機遇，個人的遭遇得到重視，人們更希望看到以個人身分成為舞臺主角的表演，戲劇這種扮演個人經歷、展示個人遭遇的藝術形式，比起培養集團意識、表達群體思想感情的樂舞來，更能激起市民的興趣，舞也結合其他表演因素演變為戲劇。

「舞」作為戲劇源頭之一，在戲劇文體中處處中留下了它的因數：它在美學淵源上，規定了中國戲劇「無動不舞」的風格特徵；而舞的動作系統，也在中國傳統戲劇中，部分地符號化為程式動作系列，成為極受觀眾喜愛的武戲。

中國戲劇中有熱鬧的武打場面和武打程式，如打連環、打出手和耍下場等，在表演技巧方面有武功，如打功、把子功等，有專門的武戲鑼鼓和演出道具、服裝；還有富於民族特色的「武×」戲劇角色符號系列，如武生、武旦、武丑、武淨、武行，並有傳統的著名武打劇碼，如〈長坂坡〉、〈三打祝家莊〉、〈穆柯寨〉等，也有以演武戲著稱的演員，如楊小樓、李春來、俞菊荃、蓋叫天等。這些在西方戲劇中都是難以見到的。西方戲劇受三一律等規定的影響，地點、時間、情節、風格均受限制，不宜在舞臺上表現戰爭場面，僅少數作家的劇碼中有打鬥，如莎士比亞〈哈姆萊特〉中的鬥劍、〈亨利四世〉中的戰爭場景，但這些打鬥場面重在敘述故事，是劇情的一部分，而不重在表現演員的功夫，更沒有發展出一套演員與觀眾進行審美交流的體系化動作語言。

總之，「戲」、「劇」和「舞」的原型表現的是人與獸、人與人之間的格鬥，雖然其間不乏血雨腥風，但它顯現的是人的現世生存狀態，關注的是人的存在，隨著文明的發展，「戲」、「劇」的語義發生

了演變，以致我們看不出這兩個字的始源意義所指稱的事物與戲劇之間的潛在聯繫，戲劇原型的獰厲色彩也逐漸脫落，走向藝術化，但其現世性特徵始終沒有改變。漢字「戲」「劇」從指稱實際的暴力行為，到指稱虛擬的、競技性的暴力行為，再到指稱在舞臺上模仿、演繹人生悲歡離合的戲劇，其間經過了漫長的歷史，今天，追溯「戲」「劇」的語義流變，不僅可以看出戲劇起源到發展的軌跡，也可以感受到不斷進步的中國文明是如何「化干戈為玉帛」，為我們創設了一個親切平易的、愉悅人、教育人的藝術欣賞空間，

二　中西戲劇的不同關懷之路

　　中西戲劇所蘊涵的不同的人生關懷，導致了戲劇內部的構成差別。眾多學者認為，中國古代戲劇建構了一個與文體意義上的悲劇保持某種距離的審美框架，從宏觀上說，中國古代缺少嚴格意義上的悲劇文體。這有兩層含義：一是中國古代僅有個案的悲劇存在，如〈趙氏孤兒〉；二是即使是這樣的悲劇，其悲劇性也不夠強烈。

　　悲劇（tragedy）是一種「場性」極強的文體，其獨特的審美規定性主要包括：主題的終極關懷；人物的頑強剛烈；衝突的尖銳；結局的悲慘；結構的緊湊等等，這一切，形成極富張力的悲劇「場」。其中的形式和關係一經改變，就會波及整個「場」；如果改變過多，悲劇「場」就不復存在。從這個意義上說，古代戲劇很少能符合悲劇的上述審美規定。本節以西方戲劇為參照，在跨文化的視野中，探討中國古代缺少悲劇的深層原因：

（一）從戲劇的源頭——古老的祭祀儀式看，古希臘以植物神死而復生為內容的祭祀為悲劇定下了基調，而以祝頌祈禱為主的中國祭祀儀式沒有悲劇所需的陰慘悲烈的氣氛

　　戲劇與人類早期的宗教祭儀有著密不可分的血緣關係。古希臘戲劇直接脫胎於酒神兼植物神祭祀，這種祭祀在地中海地區廣泛流行，當地人相信，是神的婚姻和死亡、復生造成了大地一年一度的春秋更迭、草木枯榮。為了讓植物繁茂、人畜興旺，他們定期舉行儀式，祭祀那些以自身生命的衰亡和復甦帶來大地冬去春回現象的神。這種祭儀，大約在西元前七世紀傳入希臘本土，表現為對酒神兼植物神狄俄尼索斯的祭祀。

　　傳說中狄俄尼索斯在受到巨人泰坦迫害時，化為各種形態，最後變為一頭公牛被撕碎吞食。他的心臟被雅典娜救了下來，宙斯用這顆心臟造出新狄俄尼索斯，又用被雷電擊死的泰坦的骨灰造出人類，人因而兼有了泰坦和狄俄尼索斯的雙重因素。[7]這則神話雖然表現的是巨人和化為動物外形的狄俄尼索斯之間的爭鬥，卻有著深沉的悲劇內涵：靈魂註定要經歷再生輪迴和地獄淨化，並進入各種植物、動物和人體諸形態，肉體是易逝的，人生是痛苦的，萬物終要復歸它由之產生的東西。這種觀念衝擊了希臘人原有的崇尚現世生活的人生觀，在希臘哲學中摻入了愈來愈濃的神秘主義成分。

　　此外，對於痛苦特別敏感的希臘人認為，世間呈現各種形態的事物，包括最奇異的人，都受命運女神的神秘力量控制，人註定了要終身奮鬥，但卻無法逃避無情的命運，命運無處不在，無時不在。這些思想都貫穿在希臘悲劇中。

7　E・策勒爾撰，翁紹軍譯：《古希臘哲學史綱》（濟南市：山東人民出版社，1992年），頁15。

　　弗雷澤的《金枝》描述了古希臘人祭祀酒神兼植物神的陰慘淒愁的戲劇性儀式。「我們發現克里特人每隔兩年舉行一次紀念狄俄尼索斯的節日活動，充分表現了對狄俄尼索斯的熱情。他在生命垂危時的所作所為和遭受的苦難，都在敬奉他的人群跟前表演出來。敬奉的人群當場用牙撕裂一頭活著的公牛，然後在樹林中到處亂跑，瘋狂地呼叫。有人捧著一個精緻的盒子走在人群前面，據說盒子裡盛的是狄俄尼索斯的神聖的心臟。」[8]人們在祭祀另一植物神阿多尼斯的時候，街道上「一路擺著棺材和屍體形狀的偶像，亂糟糟的婦女的哭鬧聲，悲悼阿多尼斯的死亡。」[9]這種祭儀經過演變，成為以表現人與命運搏鬥為主旨、從神話傳說中吸取題材的希臘悲劇。可見，希臘悲劇始終籠罩著不可知的命運陰影，在超出現實層面、指向終極意義的空間演繹人生悲劇。

　　英國學者墨雷認為，被人類學家稱為「金枝國王」的遍及全世界的儀式故事，[10]是構成希臘悲劇基礎的基本思想，墨雷特別提醒人們注意：

　　　　這種死亡和復仇，在我們遠古的祖先間，真的是以人的流血來

8　J‧弗雷澤撰，徐育新等譯：《金枝》（北京市：中國民間文藝出版社，1987年），頁
　　565。

9　J‧弗雷澤撰，徐育新等譯：《金枝》（北京市：中國民間文藝出版社，1987年），頁
　　490。

10　「金枝國王」，是流行於世界很多地方的以國王兼祭司為犧牲的古老儀式。英國人
　　類學家弗雷澤在自己的著作《金枝》中對這類儀式作了大量描述。本來「金枝」
　　（The Golden Bough）在古羅馬維吉爾的史詩《埃涅阿斯記》中，指的是史詩主人
　　公埃涅阿斯，為了到陰間向父親的靈魂了解自己的命運，而折取的一段樹枝。在弗
　　雷澤的書中，指羅馬附近叢林中的神廟祭司兼「森林之王」，日夜手持利刃，警覺
　　地看守著的一棵高大聖樹，如果有逃奴能折取樹上的一根樹枝，就可以與祭司決
　　鬥，他如果殺死祭司就能取而代之，這位新王又得重新過上看守「金枝」的提心吊
　　膽的生活。詳見J‧弗雷澤撰，徐育新等譯：《金枝》（北京市：中國民間文藝出版
　　社，1987年）及其中譯本序。

演出的。神聖的國王真的「殺死殺害者」，而自己又命定被
殺。王后可能做她丈夫的殺害者的妻子，要不就一同處死。深
染人類早年歷史的不是蒼白的神話，也不是寓意故事。這是人
為了不致餓死的強烈的食欲，他記得很深切：為了活命，不管
願意與否，總得灑出許多鮮血。[11]

　　著名的悲劇〈普羅米修士〉，就是古老的以氏族首領作為人祭的
反映。他帶給人類的火，並不是像中國傳說中的燧人氏那樣辛辛苦苦
鑽木所得，而是從天上偷來的聖火，尼采曾這樣分析希臘人眼中普羅
米修士盜火的神話：

　　　關於普羅米修士神話的假想，是原始人對那作為一切新興文明
　　的真正保障物之火的最高價值的信仰。但是如果人類自由使用
　　火而不把它看作從天空發紅光的雷電和溫暖的陽光而來的賜予
　　的話，這對有思想的原始人來說似乎是一種罪過，似乎是對神
　　聖自然的一種掠奪行為。這樣，這個原始的哲學問題便立刻在
　　人與諸神之間，安上了一個不能解決的矛盾，它像巨石一樣，
　　躺在一切文化的大門口。人類最高的幸福必須以罪過來換取，
　　還要為它付出代價，被侵犯的諸神使人類遭受無盡的悲傷和痛
　　苦以懲罰他們所具有的巨大野心。[12]

　　普羅米修士因盜火而被作為獻祭鎖在高加索的懸崖上，正是希臘
人對於人與自然之間關係看法的曲折反映：人對於自然的野心，必然
會給自己帶來悲傷和痛苦；人從自然得到的一切，必須以罪過和犧牲

11 G・墨雷：〈哈姆萊特和俄瑞斯特斯〉，葉舒憲編：《神話──原型批評》（西安市：
　陝西師範大學出版社，1987年），頁250-251。
12 F・尼采撰，劉崎譯：《悲劇的誕生》（北京市：作家出版社，1986年），頁55。

換取；人類進入文明的門檻，處處躺著犧牲者的屍骸；人與自然之間，充滿對立、掠奪、復仇。這一切決定了希臘人的祭儀以至戲劇藝術的基調。

　　古希臘人的這種人與自然關係的觀點，應該源於他們的生活環境。希臘人生活在無論是社會或自然都在劇烈變動的地方：希臘早期十分發達的文明，曾數次由於外來遊牧民族的野蠻侵略而發生大的斷裂，如小亞細亞一帶的文明，在西元前二十世紀前後，已經達到極高的成就，結果在西元前十三世紀前後被北歐移居希臘半島的阿開亞人毀滅，而阿開亞人又同樣沒有逃脫被後來的野蠻民族擊敗的命運。有學者指出：

> 在西方文化中，希臘人是最早體驗到變動現象的民族，他們生活在一個歷史以特別的速度運動著的時代裡，生活在一個地震和侵蝕以在其他地方罕見的暴力改變著大地面貌的國度裡。他們看到的整個自然就是一種不斷變化的場面，而人類生活又比任何其他事物都變得更為劇烈。在古希臘人的悲劇、神話中，都強烈地反映出他們體驗到的變動和不和諧。但是他們又執著地追求永恆與和諧，企圖用宇宙的本質和秩序的必然永恆來調和變動的事實。[13]

這種歷史的實際變動，與追求和諧的理想之間的巨大矛盾，使希臘人感到尤為痛苦。儘管希臘人從各方面去尋求和諧，如他們總結出「黃金分割」比例，柏拉圖則超越變幻無常的現象，提出「理念論」，但是他們的痛苦仍然深切地表現在宗教儀式和悲劇中。

---

13 張廣智、張廣勇：《史學：文化中的文化》（杭州市：浙江人民出版社，1990年），頁143。

　　與西方不同，中國的祭儀表現出另一種氣氛。從現有的資料看，
中國的古老祭祀，形式是身體的跳動（舞）、口中念念有詞或狂呼高
喊（歌、詩、咒語）、各種敲打齊鳴共奏（樂），內容以祈禱和歌功頌
德為主，《呂氏春秋》〈古樂〉：

> 昔葛天氏之樂，三人操牛尾，投足以歌八闋：一曰〈載民〉，
> 二曰〈玄鳥〉，三曰〈遂草木〉，四曰〈奮五穀〉，五曰〈敬天
> 常〉，六曰〈達帝功〉，七曰〈依地德〉，八曰〈總禽獸之極〉。

這是農耕社會對於天地萬物和人的自然生命出自肺腑的禮讚。另伊耆
氏〈蠟辭〉也是對自然的祝頌、祈禱：「土反其宅，水歸其壑，昆蟲
毋作，草木歸其澤。」
　　中國人對鬼神的態度一直很實際，費孝通先生作過評說：

> 我們對鬼神也很實際，供奉他們為的是風調雨順，為的是免災
> 逃禍，我們的祭祀很有點像請客、疏通、賄賂。我們的祈禱是
> 許願、哀乞，鬼神在我們是權力，不是理想；是財源，不是公
> 道；……一個跪在送子觀音前磕頭的婦女，她的心裡絕不會有
> 犧牲這兩個字，她的行為無異於在街上做買賣，香燭和磕頭是
> 陰冥之間的通貨。[14]

對於祭祀中必不可少的「樂」，郭沫若先生的解釋是：

> 所謂「樂」（嶽）者，樂（洛）也。凡是使人快樂、使人的感

---

14 費孝通：《美國與美國人》（北京市：生活‧讀書‧新知三聯書店，1985年），頁110-
　111。

官可以得到享受的東西，都可以廣泛地稱之為樂（嶽）。但它以音樂為其代表，是毫無問題的。[15]

這種使人快樂的音樂，很難融入悲劇的氛圍。

　　王國維先生認為，〈九歌〉已有戲劇表演的萌芽，范希衡先生的遺著〈論〈九歌〉的戲劇性〉中，也談到〈九歌〉的歌詞幾乎句句詩中有戲。但由范先生還原後的〈東君〉臺詞底本，只是象徵性地表現了東君日出到日落的活動，並無實際情節。另一演員巫作為人與神溝通的代表，「不是在威嚴的自然神面前單純地乞求嘉惠和恩典、獻上犧牲的弱者，而是試圖憑藉自己符號行為的力量操縱和幫助太陽的運行，維持自然的正常秩序的強者。」[16]他們兩人的表演、語言全是抒情性的。與古希臘那種陰慘恐怖、夾雜了事件表演的祭儀相比，中國戲劇母體中那種抒情優美的語言、從容舒緩的語調、澄澈浪漫的氣氛、以及充分發揮人的想像力變化自如的詩意環境，哪能含有悲劇的基因呢？

　　和古希臘人與自然的緊張關係不同，中華文明中，人與自然表現出互相接納的和諧。中國人以通達的眼光看待日出日落、冬去春來等自然現象，如《論語》〈陽貨〉：「天何言哉；四時行焉，百物生焉，天何言哉。」四時按規律正常變化，萬物也依時生長，這是天道的自然運行。人類對自然的利用是天然渾成的，如傳說中的農業創始者神農氏，在神格上相當於希臘的狄俄尼索斯，但他卻是因為天雨粟，於是耕而種之，結果五穀興旺，百果藏實。另班固《白虎通義》〈號〉則曰：「神農因天之時，分地之利，制耒耜，教民農作。」文化英雄都是應運而生，如《韓非子》〈五蠹〉這樣描述遠古文化英雄的業

15 郭沫若：〈青銅時代・公孫尼子與其音樂理論〉，《郭沫若全集》（歷史編第一卷）（北京市：人民出版社，1982年）。

16 俞建章、葉舒憲：《語言：符號與藝術》（上海市：上海人民出版社，1988年），頁81。

績：「上古之時，人民少而禽獸眾，人民不勝禽獸蟲蛇。有聖人作，
構木為巢以避群害，而民悅之，使王天下，號之曰有巢氏。民食果蓏
蚌蛤，腥臊惡臭而傷害腹胃，民多疾病。有聖人作，鑽燧取火以化腥
臊，而民悅之，使王天下，號之曰燧人氏。」韓非子連用「有聖人
作」，那真是一個需要並且產生了聖人的時代。雖然在中國古人心
中，自然同樣為神所控制，但人應去順應自然、利用自然，這些神自
然也會給人以幫助，即便是發生了自然災害，人類去治理它也可以得
到神的佑助，如「十日並出，焦禾稼，殺草木」之時，天帝賜給神箭
手羿彤弓素矰，讓他解救天下的人。另傳說中大禹治水，同樣有河神
來獻河圖。

　　誠然，中國古代也有以人祭祀的現象，《易經》卦爻辭中談到人
祭，李澤厚《美的歷程》中則把吃人的饕餮作為早期奴隸制時期的標
準符號：

> 「非我族類，其心必異」，殺掉甚或吃掉非本氏族、部落
> 的敵人是原始戰爭以來的史實，殺俘以祭本氏族的圖騰和
> 祖先，更是當時的常禮。[17]

但中國的人祭在《左傳》中就受到指責，孔子更進一步譴責那些以俑
殉葬者：「始作俑者，其無後乎？」再說，中國很少用身居高位的人
為神獻祭。[18]作為人祭的奴隸和俘虜，在當時只是「會說話的工具」，
他們慘遭殺害被認為是天經地義的，奴隸和俘虜的非人地位，決定了

---

17 李澤厚：《美的歷程》（北京市：文物出版社，1982年），頁38。

18 裘錫圭先生曾考證中國有以巫獻祭的古俗，但這不同於地中海地區普遍的以祭司兼
國王獻祭。另傳說成湯曾為祈雨而自願以身禱於桑林：「余一人有罪，無及萬夫；
萬夫有罪，在余一人。無以一人之不敬，使上帝鬼神傷民之命。」但上天通情達
理，聖人自有天相，結果化悲為喜：「火將燃，即降神雨」，悲劇也隨之化解。

他們的獻祭與普羅米修士的獻祭在當時所引起的悲劇效果不可同日而語。

　　中國的祭祀，基本上都是與神（也是祖先）同樂，古希臘人在命運淫威之下的靈魂顫慄，在中國不多見，在希臘卻化作了一朵朵帶血的藝術之花──悲劇。誠如尼采所說：

> 希臘人特別易於感受細微而深刻的痛苦，他們曾洞察自然和歷史的破壞力量，……但藝術救了他們，透過藝術，他們重新獲得了生命的意義。[19]

　　正是這種古老祭儀中表現出的歧異，成為中西戲劇、乃至中西文學走上不同道路的最初原因。

（二）作為戲劇的前期基礎，古代文學存在一些不利悲劇生成的因素

　　希臘悲劇脫胎於祭祀儀式，而中國戲劇是文藝發展到一定階段的產物，中國文藝在漫長的發生、發展過程中，存在著一些不利於悲劇文體產生的因素，這表現在很多方面，其中最為突出的是：

1 中國早期敘事文學情節淡化，抽空了悲劇的基礎

　　亞里斯多德認為，在悲劇藝術的六種成分中，最重要的是情節，即事件的安排，它是悲劇的基礎和靈魂。[20]

　　古老民族最早發生的敘事文學是神話、史詩，中西文學就此走的是不同道路。

　　希臘神話經過了集約化的過程，孕育出洋洋灑灑的史詩和系統完

---

19 F‧尼采撰，劉崎譯：《悲劇的誕生》（北京市：作家出版社，1986年），頁42。
20 亞里斯多德撰，羅念生譯：《詩學》（北京市：人民文學出版社，1984年），頁21-23。

備的《神譜》。如長篇史詩《伊利亞特》，表現的是特洛亞戰爭關鍵的一段，它以阿喀琉斯的憤怒開篇，以赫克托爾的葬禮結束，這種情節安排本身表現了對集團代表——個體英雄的命運和多姿多彩人生的關注。正是這種重敘事的傾向，為悲劇的產生打下了基礎。

中國早期也有美麗的神話，但由於農耕方式在時空上對勞動者的束縛，神話缺少流傳和集約，後世見到的文本多是片斷、概述性的，不突出人物性格，不追究事情因果。此外，怪誕非禮的神話在歷史化和倫理化過程中的變形和流失，導致神話僅以零散、說教的寓言方式進入文化視野。如《莊子》〈逍遙遊〉中以很短的篇幅敘述了有關鯤鵬的神話片段，然後很快就轉入說理，在這兒，神話已經完全失去了原來的性質，它不再是對於「神事」的「描繪」，而是經過清醒的理性目光透視，變形為一個譬喻，成為說理的輔助材料。[21]

從史詩方面來說，黑格爾認為：一個民族早期的偉大功業和事蹟多為史詩性的，它們大半是對外族的征討，或是民族對外敵的防禦戰。中國上古時代並不缺乏為史詩提供素材的氏族戰爭，誠如李澤厚先生所言：「大概從炎黃時代直到殷周，大規模的氏族部落之間的合併戰爭，以及隨之而來的大規模的、經常的屠殺、俘獲、掠奪、奴役、壓迫和剝削，便是社會的基本動向和歷史的常規課題。暴力是文明社會的產婆。炫耀暴力和武功是氏族、部落大合併的早期奴隸制這一整個歷史時期的光輝和驕傲。所以繼原始的神話、英雄之後的，便是這種對自己氏族、祖先和當代的種種野蠻吞併戰爭的歌頌和誇揚。」[22]

---

21 尼采在《悲劇的誕生》中對蘇格拉底的論述也可以作為這種看法的佐證，尼采認為，蘇格拉底作為理性時代崛起的標誌，真正欣賞的一種詩是伊索寓言，他是帶著清醒的微笑來欣賞寓言中所含有的真理。參見F・尼采撰，劉崎譯：《悲劇的誕生》（北京市：作家出版社，1986年），頁79。

22 李澤厚：《美的歷程》（北京市：文物出版社，1982年），頁38。

不過，中國對於武力征伐的誇耀和頌揚，主要是通過獰厲厚重的青銅禮器含蓄地表現的。以十分明白的語言為表現媒介的文學，並沒有在這方面發揮自己的功能。儘管可以想像得到，在戰爭的當時或稍後，一定有很多關於戰事的講述流傳。但是因為中國正統文學歷來的重教化性質，使得這些口口相傳、富於刺激性的戰爭描述被排斥在表現範圍之外。中國最早的詩歌總集《詩經》中的作品雖然很多來自民間，卻經過官方整理、編纂，用以教育、娛樂貴族和了解民情。《史記》〈孔子世家〉言：「古者詩三千餘篇，及至孔子去其重，取可施於禮義。」孔子刪詩說雖不足信，但是《詩經》的編定宗旨卻由此可知，所以即使民間有關於戰爭的傳說也被砍除，留下的是一些概述和頌揚祖先業績的詩歌，如〈公劉〉，是周民族歌頌自己的先祖公劉偉大業績的詩，詩中概述了公劉率領族人從紹遷往豳地、並在豳地興旺起來的經過，內容包括遷徙、相宅、定居、祭祀、開墾坡地、安居樂業，每節皆以「篤公劉」開頭，是道地的頌歌結構。這種詩歌既與史詩的基本風貌不相吻合，也偏離了悲劇的主題設定。

2 中國文學親屬之間復仇、殺戮主題的缺乏，弱化了最能「引起恐懼和憐憫之情」的悲劇效果

復仇、殺戮是希臘文學的常見主題，希臘神話中的復仇、尤其是親屬之間復仇的故事很多，為最適宜於演出復仇事件的悲劇提供了素材。如《伊利亞特》中長達十年的特洛亞戰爭就是神對神以及神對人、人對人的報復引發的。取材於神話的悲劇更有大量血淋淋的親屬復仇故事。如悲劇家埃斯庫羅斯的三部曲《俄瑞斯特斯》，始終貫穿著親屬復仇與殺戮的主題：母親為獻祭的女兒復仇而殺死丈夫，兒子為父親復仇而殺死母親，母親為自己復仇而催促復仇女神追殺兒子。

亞里斯多德在《詩學》中開出了長長一串親屬復仇的家族名單，他說：「現在最完美的悲劇都取材於少數家族的故事，例如阿爾克邁

翁、俄狄浦斯、俄瑞斯特斯、墨勒阿格洛斯、堤厄斯忑斯、忑勒福斯以及其他的人的故事。」[23]因而亞里斯多德得出結論：「（可怕的或可憐的行動）一定發生在親屬之間、仇敵之間或非親屬之間仇敵的人們之間。如果是仇敵殺害仇敵，這個行動和企圖，都不能引起我們的憐憫之情，只是被殺害的痛苦有些使人難受罷了；如果雙方是非親屬非仇敵的人，也不行；只有當親屬之間發生苦難事件時才行，例如弟兄對弟兄、兒子對父親、母親對兒子或兒子對母親施行殺害或企圖殺害，或作這類的事──這些事件才是詩人所應追求的。」[24]

當希臘人從美學層面探尋悲劇效果時，中國人卻從倫理層面化解親屬復仇意識。和古希臘徹底打破舊的氏族關係不同，以血緣關係為紐帶的家族結構是中國社會的基本單位，中國人以家族為單位，國家也以宗法為支柱，國王是大家庭的家長，基層官員是「小民」的父母官，「忠」是「孝」的擴大化和政治化，所以，社會關係中的禮義準則，實際上是家庭成員之間人倫原則的擴大和衍化。

聖人以孝治天下，為了維護家族和國家的安定和興旺，一切都得從家族內部做起。早在《尚書》〈堯典〉中，就已經有對人民「敬敷五教」的要求，「五教」指的是「父義，母慈，兄友，弟恭，子孝」。這樣一來，家族成員之間輩分森嚴，禮數周全，不得有任何破壞家族利益的舉動。家族倫理成為中國人的傳統倫理，孝悌在人倫綱常中，佔有特殊地位。《孝經》〈三才章〉：「孝，天之經也，地之義也，民之行也。」它要求對父母兄長恭敬順從、精心侍奉，儘量博得長輩的歡心。反之，則犯了忤逆大罪。中國的量刑因罪犯和被害人的關係不同而各異，忤逆之罪處罰最重。《孝經》〈五刑章〉：「五刑之屬三千，而罪莫大於不孝。」《孝經》從漢代起作為學生必讀書，歷代皇帝還以

---

23 亞里斯多德撰，羅念生譯：《詩學》（北京市：人民文學出版社，1984年），頁21。
24 亞里斯多德撰，羅念生譯：《詩學》（北京市：人民文學出版社，1984年），頁40。

重獎的方式鼓勵孝行。此外，孔子的忠恕之道在調節親屬關係方面也起到很大作用，親屬之間即使有什麼仇恨，也要寬厚為懷，不能以牙還牙。嚴厲箝制加常規教育，親屬復仇意識因而少有發生。孝道在中國佔有如此重要的地位，重教化的中國文學當然不敢染指親屬復仇主題。相反，與當時的意識形態相適應，出現許多歌頌孝道的作品。如著名的舜的故事：舜的父親和弟弟三次圖謀害死舜，舜得到妻子的幫助，都化險為夷。結果，舜不但不復仇，反而「復事瞽叟，愛弟彌謹」。一個血淋淋的復仇事件就這樣消解了。

中國文學迴避具有濃厚悲劇意味的親屬復仇主題，但中國古代王宮中親屬之間確實有時也發生爭權奪利互相殘殺的事件。於是，有關親屬復仇的敘事悄悄地移位：由文學文本變為起陳古刺今作用的歷史文本，換言之，由歷史承擔的說教意味極濃的概述性敘事擠壓了屬於文學的描述性話語空間。如《左傳》〈隱公元年〉所記家族內部的紛爭：武姜因兒子莊公寤生而嫌惡他，甚至幫助小兒子謀反。這種事情在文學中本來可以演繹成一段悲劇故事，可《左傳》卻略去二人的直接衝突，一再突出莊公的寬宏忍讓，「多行不義必自斃」，失敗的還是大叔段，而莊公與母親的和解以及末尾的說教仍宣揚了孝道。孝悌忠恕造成復仇意識的消解，文學的特殊功利性使得作品對親屬復仇主題迴避，悲劇的產生更為困難。

3 中國古代主流文學中男性形象設計的陰柔化，使得悲劇人物的塑造失去憑依

悲劇舞臺主要是男性的空間，男性形象的設計模式，規定了戲劇的美感機制。在這方面，古代西方和中國也體現出不同的審美向度。

希臘屬於擴張性極強的海洋文化，崇武尚力的傳統延續得極久。文學人物高大健壯、勇武過人又殘忍剛烈，酷愛行動且富於激情，這樣的人物是悲劇的合適主角。文藝復興的悲劇繁榮也主要是個性解放

風潮的結果,莎士比亞劇中全是充滿活力、頑強剛烈的人物。

中國內聚性很強的農耕方式注重兢兢業業的文化英雄,削弱了遠古時代對於武力的推崇,建立起崇文尚德的傳統。在禮義之邦,文官地位高於武將。另一方面,家族為基本單位的活動方式,又使個人始終處於家族的庇護和控制下,為數不少的傳統男性很少以個人去面對現實;或者以個人面對現實時,他實際上是面對著一個複雜的家族式團體,心理上常存有一定的依賴感和膽怯感,性格處於內向、保守、淡泊的狀態。封建社會後期,迂腐文弱的才子更成為文學中男性形象主流。從嫦娥棄勇武的羿而奔柔和的明月,到崔鶯鶯對多愁多病的張君瑞一往情深;從屈原以香草美人自喻,到歷史上大量文人用以自況的「棄婦」、「怨婦」詩,中國古代文學中的男性按社會設置逐步走上一條陰柔化道路,缺少悲劇人物必有的剛烈之氣。

從敘事張力看,越是個體意識強烈的主體,當他與周圍現實處於嚴重衝突時,人生有價值的東西被毀滅引起的心靈震撼越強烈;從悲劇產生的美感說,越是剛健之魂,其生的強悍和死的慘烈,越能激起敬畏之情。黑格爾強調,在戲劇中,自覺活動的主體是行動的原由和動力:「主體所抱的個人目的,與旁人的目的發生衝突和鬥爭,結果必然導致糾紛和衝突,並進而導致違反主體原來意願和意圖的結局,從而揭示人物的目的、性格和衝突的真正內在本質。」[25]

朱光潛也認為:「悲劇主角還往往是一個非凡的人物,無論善惡都超出一般水平,他的激情和意志都具有一種可怕的力量。甚至伊阿古和克莉奧佩特拉也能在我們心中激起一定程度的崇敬和讚美,因為他們在邪惡當中表現出一種超乎我們之上的強烈的生命力。」[26]由此可知,中國文學中的男性形象,很多是難以成為悲劇主角的。當我們

---

25 A・黑格爾撰,朱光潛譯:《美學》(北京市:商務印書館,1984年),卷3下,頁244。

26 朱光潛:《悲劇心理學》(合肥市:安徽教育出版社,1992年),頁120。

看到戲劇中唐明皇面對哀哀哭泣的楊貴妃全無救護之意，只想自保時，難道還能把他當作悲劇主角嗎？

4 中國重優美、多感傷的文學傳統和俳優戲的逗笑風格均與悲劇的審美特徵不符

西方戲劇大多講求三一律，除莎士比亞的作品外，悲劇對時間、地點、情節的整一性要求很嚴，與喜劇的界線也十分清楚。這種以悲劇整體效果為目的的結構，為產生「伴隨著充溢的生命與緊張活動」的悲劇快感，和營造悲劇必要的緊張、恐懼氣氛創造了條件。

同西方文學注重宏觀上的結構剪裁不同，中國文學更為重視微觀的字句錘鍊以及由此而生成的優美意境、婉轉旋律。這方面的有意識追求，在漢魏六朝被推向高潮，歷代文人都相當自覺地把對於文學形式美的特徵研究發揮到了極致。

中國戲劇是在詩、詞、曲的基礎上發展起來的，劇中不僅唱的部分是曲，而且一些說的部分也是詩詞，這些優美的曲詞品味起來芳香滿口，餘味無窮。但是另一方面，冗長的唱段也沖淡了戲劇原有的氣氛，把觀眾的注意力引向對曲詞本身的審美玩味中。

中國戲劇是多種藝術的綜合，各種表演手段在這裡得以鋪排。演員尤其是主角在遵循程式化表演的同時，又有極大的表現美的自由，唱、念、做、打都可以加上自我表現的華彩。結果，劇情的展開往往因此而拖延，戲劇特有的嚴整性遭到了破壞。

前文已經論及，中國的「戲」、「劇」二字都有戲謔、開玩笑的意思。中國戲劇的前身是俳優戲，其調謔取笑的風格在戲劇中留下極為濃重的痕跡，即使一些情節頗為淒慘的戲劇，也夾雜滑稽的對白和引人發笑的場面。無疑，這種游離於劇情之外的喜劇手段與悲劇莊重嚴肅的美學風格相悖。

美輪美奐的中國戲劇在世界上是一個奇蹟，但它異彩紛呈的表

演，常常把觀眾的審美注意引向不同方面；鬆散冗長的結構，又造成劇場秩序的鬆弛，這對悲劇氣氛的營造顯然不利。

悲劇的美，是一種壯烈緊張之美。朱光潛曾談到：「浪漫主義時代的歐洲文學整個瀰漫著拜倫式的感傷和憂鬱情調，極能引起憐憫……卻缺少悲劇詩當中最基本的東西，很少令人鼓舞和振奮。」[27]

在中國，對於失意弱小者的同情很早就成為一種道德關懷主題，並促成了文學的感傷傳統。中國文學從《詩經》開始就帶有感傷色彩，古人評詩有「哀而不傷」、「怨而不怒」之說，後世詩人更盡情地寫愁：鄉愁、病愁、離愁、亡國愁、人生短促之愁、不得志而愁、風愁、雨愁、春愁、秋愁、對月愁、對水愁、對鏡愁、對花愁……愁，成為一個經久不衰的文學話題。中國古代戲劇自然也洋溢著濃濃的感傷哀怨的氣氛，劇中時時出現表現哀愁的唱段和場面。這種感傷的風格與悲劇悲壯剛烈的風格是相違的。

（三）中國缺少悲劇文體的另一個重要原因，是哲學和後起的宗教以及大眾心態對悲劇意識的消解

尼采在《悲劇的誕生》中，把希臘悲劇說成是醉狂、騷動的酒神精神與靜穆、適度的日神精神的融合。當酒神精神在冷靜明晰的理性之光下變色破碎時，希臘悲劇也就到了盡頭。在希臘，西元前五世紀出現的智者哲學把對外部世界的思考轉向對人的精神和道德本質的關注。蘇格拉底開闢了西方的理性主義傳統，他把人作為自己探究的中心，認為人應該積極思索現世生活的意義和最高的善，對自己的行動後果負起責任。當這種理性之光逐步照亮文藝領域，就造成神話的死亡，也造成植根於神話的希臘悲劇的消逝。

從埃斯庫羅斯到索福克勒斯，再到「劇場中的哲學家」歐里庇得斯，希臘悲劇由神話走向現實，也經歷輝煌走向衰落：原有的悲劇中

---

27 朱光潛：《悲劇心理學》（合肥市：安徽教育出版社，1992年），頁120。

所表現的面對眾神和命運的困惑、抗爭，轉向對人的心理與激情的展示；大膽甚至盲目的衝動變成在人的經驗範圍內的權衡；悲劇人物不僅控訴神的專橫殘忍，而且用合乎邏輯的雄辯證明行動的合理性；以往超越正義觀念的災難結局帶給人的形而上思考，轉為符合世俗的正義以及機械降神的理想結局帶給人的欣慰，一切都讓人感到合乎常理。戲劇理論家勞遜說：「在優利辟提斯的作品中我們發現他對公正以及它和意志問題的關係作了一個新的、深刻的闡釋。」[28]

尼采則偏激地認為導致希臘悲劇死亡的兇手是歐裡庇得斯，而罪魁禍首是蘇格拉底：「歐里庇得斯作品的主角不得不以證據或反證來證明他行為的合理性，而因為這個理由，歐里庇得斯作品中的主角，常有喪失悲劇同情的危險性。因為我們誰能閉著眼睛看不到辯證性中的樂觀因素呢？這種樂觀因素在所有推論法中都佔優勢，並且唯有在一種冰冷意識的明晰氣氛中才能存在。一旦這種樂觀因素進入到悲劇裡面，過分成長而蔓延到狄俄尼索斯領域，便使狄俄尼索斯領域消滅，最後悲劇變成了上流社會的家庭劇。」[29]希臘悲劇正是在掙脫命運羅網的同時，也完成了自身的悲劇解脫。

中國從西周開始，禮樂制度就逐步取代了尊神事鬼的巫風，倫理品格滲入民族精神。春秋戰國時代，學術由官師之學分裂為私家之學，華夏大地百家競興，以倫理為核心的理性旗幟高揚。翻閱諸子言論，存在著諸多與悲劇意識相抵牾的觀點。

儒家學說以「仁」為核心，講求在此基礎上的義禮智，強調中庸、中和、忠恕。在與人的和諧交往中，追求主體的完滿、生命的價值。儒家以超然、樂觀的態度對待自然和天，如「死生有命，富貴在天」，孟子認為，人遭受苦難是「天將降大任於斯人」前的考驗，重

---

28 L‧勞遜撰，邵牧君、齊宙譯：《戲劇與電影的創作理論與技巧》（北京市：中國電影出版社，1978年），頁19，。

29 F‧尼采撰，劉崎譯：《悲劇的誕生》（北京市：作家出版社，1986年），頁79。

要的是人應「動心忍性」，變壞事為好事。人生之憂在於「德之不修，學之不講，聞義不能徙，不善不能改」，君子應做到克己修身，盡己成人，才能不憂不懼，坦坦蕩蕩。這種強調自身道德修養、強調在社會中實現自身的哲學無疑與強調個體獨立、強調衝突的悲劇意識格格不入。

中國另一重要傳統哲學——道家學說的核心是道，道是天地萬物之始，對一切不偏不倚，無為而無不為。人是道的化生物，因而也必須致虛守靜、見素抱樸、少私寡欲，才能無為而化，清靜得正，全生避害。老子提倡以柔勝剛，絕聖棄智，出世而復歸自然。莊子更進一步把老子思想導向虛無，他以超然、順從的態度對待世事，提倡虛己遊世。道家認為任何事物都不能走極端，「禍兮福之所倚，福兮禍之所伏」；把事物的相對性絕對化，「此亦一非是，彼亦一非是」。而後起的老莊學派更宣揚聽任自然、固位保身以及物我、生死、貴賤齊一的哲學。這種安時處順、超然出世的思想實際上迴避、取消了悲劇的核心——事物的矛盾衝突和人的抗爭。

此外如墨家宣揚的尚賢、尚同、兼愛、非攻，法家的以法、術、權作為「帝王之具」輔以賞罰的專制主義君主集權政體的主張，農家注重對民衣食方面的初級關懷等等，都與重衝突、重個體、重突變、重命運的悲劇意識相悖。

西元一世紀前後佛教傳入中國，參與了中國文化的建構。佛學宣揚因果報應，生死輪迴，認為宇宙中的一切都是虛幻、暫時的，人因為貪戀無意義的生，才陷入永恆的生死輪迴，萬劫不復。要脫離苦海，必須清心寡欲、知足常樂、慈悲為懷，經過修行達到涅槃。影響較大的大乘佛教宣揚普渡眾生以及通過佈施、持戒、忍辱、精進、止觀等求得解脫。而為中國人尤其是文人所樂於接受的禪宗，則完全中國化、世俗化了。禪宗主張我心即佛，日常生活的一切，都與成佛有關。只要君臣父母、仁義禮信這些世間法不壞，就可入涅槃。這種無

須苦修苦煉，自自然然地過一輩子也可頓悟成佛的活法，在重現世的中國深得人心。然而，無論是看重來世的佛教，還是也可享受今生的禪宗，與注重抗爭、直面人生苦難的悲劇意識都是不相合的。

戲劇觀眾中占大多數的市民，則從自己的世俗生存出發，雜取各家學說，形成一套淺顯又深奧，零碎又全面，看似互相矛盾、卻全靠隨機把握的說不清道不盡的市民處世「哲學」。這套「哲學」被凝定為豐富的民間俗語，在某種程度上成為中國大眾的行為準則、價值尺度。其中一些俗語如「一生皆是命，半點不由人」的順從命運，「一不積財，二不結怨，睡也安然，走也方便」的鼓吹安貧樂道，「一身不入是非門」的避免矛盾，「人無根本，水食為命」的初級關懷，「忍氣饒人禍自消」的忍讓處世，「人隨大眾不挨罵，羊隨大群不挨打」的行為模式等等，消解著市民的悲劇意識。有些俗語如「寧可站著死，不能跪著生」、「忠臣不事二主」、「有理走遍天下」表現了重節重理的主旋律，但同時又有「好死不如賴活」、「良臣擇主」、「認理不認人，只怕不了事」從反面補充，這些互為補充的俗語為進亦可、退亦安的行動提供了依據。而以安然的態度等待善惡的自然結果，如「善惡終有報，只爭早與遲」等，反映了市民對懲惡揚善的無奈的延擱和樂天的期待，這種期待直接體現在中國戲劇常見的「大團圓」結局中。

總的說來，可操作性極強的中國哲學、宗教以及市民處世原則，盡其可能地關注現世，關注道德，關注直接生存需要，在這種文化背景下，以體現個人與宇宙、個體與群體衝突為宗旨的悲劇必然失去賴以產生的根基。

（四）從社會背景方面看，中國早期社會不能為貴族文藝的悲劇提供適宜的土壤，後期應市民階層需要而興盛的戲劇，在審美趣味方面已偏離了悲劇的基質

文藝成為精神貴族的專利以後，就走上一條從貴族化向平民化緩

慢發展的道路。希臘悲劇作為貴族文藝，是社會的產物。相比之下，中國早期不具備產生戲劇的社會條件。而到了中國戲劇產生的時代，在市民文學的潮湧中，悲劇已經沒有了合適的生存土壤。

希臘悲劇是早期城邦經濟和奴隸主民主政體的產物。發達的奴隸制城邦經濟、寬鬆的生活為戲劇表演提供了經濟基礎和觀眾來源。當時的悲劇演出是國祭，是教育和娛樂手段，又為公民參與公共活動、培養城邦意識提供了機會。

華夏早期大規模的社會組織是應抗洪和戰爭需要產生的，洪水或戰爭來臨時，凝聚力極強，平時則以家族形式存在，總體鬆散，個人對於「家」的責任有時高於對「國」的義務。此外，在經濟貿易方面，中國早期的城市也相對落後。所以，無論從組織或經濟形式看，當時都不具備產生悲劇的條件。

中國戲劇成熟於元代，這時，封建社會有了一千多年的發展，在繁華的城市中，市民形成一個富庶的龐大階層，他們的地位宋元以後也有了極大提高。而文化階層位置又下降到與下層接壤的地帶，推動了文人與市民的接觸。此外，頻仍的戰亂讓人感到世事的不定、無常，深重的壓迫使人覺得人生不堪重負，這些造成人們普遍的深層憂慮，促使他們在藝術方面尋求自我實現和解脫，作為市民文藝的戲劇應運而生。而市民階層拒絕深度，走向平面的欣賞趣味，使得這時產生的戲劇已接近黑格爾所說的「介乎悲劇和喜劇之間的普通戲劇和正劇」。

所謂普通戲劇或正劇：

> 有時以市民生活和家庭範圍裡的動人的情景為主題……它的主要題旨經常是道德的勝利。它往往觸及金錢和財產，等級的差別，不幸的戀愛，下層社會小人物的毛病和氣質，總之，每天都擺在我們眼前的事物，不在舞臺上也可以看到，所不同者在

這種有道德傾向的劇本裡，善人總是勝利，惡人總是遭到譴責和懲罰，否則就是悔過，所以戲劇的和解就在這種道德的結局，使人皆大歡喜。[30]

　　這種題旨和結局都與悲劇截然不同的市民劇，在中國又有自己的表現方式。中國的市民階層從事的是商業和手工業，但經營規模大體上是小農經濟自然經營的翻版，其一部分資金常用於購買田地和房產。由於科舉對商人子弟開禁，市民中的很多人集地主、商人、官宦於一身。經濟上與封建生產方式保持著有機聯繫，政治上仍然依附於封建階級，他們既難以擺脫固有的農民意識，又無法與封建勢力對立和抗衡。所以，當時的市民戲劇在呼喚個性解放、反對封建意識的同時，又常以金榜題名成全婚姻，避免觸動等級制度；而集正義、國法於一身的青天大老爺，不僅帶來善惡各有其報的結局，且維護了封建秩序的合理性。這類結局所帶給人的心理平衡和欣慰與悲劇帶給人的震盪、激奮相去甚遠。

　　歐洲文學人物的發展遵循著由高到低的軌跡，即由神到半神半人的英雄，再到王公貴族，最後到普通人。古希臘悲劇主角是神、英雄與國王，莎士比亞悲劇主角也是身居高位的人物，法國古典主義悲劇，更是規定必須寫王公貴族。「人物的地位愈高，隨之而來的沉淪也愈慘」，當悲劇主角下移到普通人物時，以崇高感為審美特徵的悲劇效應也隨之弱化。因此，隨著「市民悲劇」的興起，即使產生過震撼人心的悲劇的西方文化土壤，也褪去了往昔悲劇的光輝。

　　而中國姍姍來遲的戲劇，表現的都是日常生活中的普通人，即使一些劇碼塑造的帝王，也有著和普通人一樣的感情，遭到不幸的主人公多為下層人民。這些小人物叫天不應、叫地不靈的遭遇確實能激起

---

30 朱光潛：《悲劇心理學》（合肥市：安徽教育出版社，1992年），頁120。

觀眾的同情，但這同情並非能激起人敬畏、驚奇之情的悲劇審美感
受，因而這樣的戲劇也不能列入文體意義上真正的悲劇。

　　每一種文體都具有它應該得到承認的價值和被欣賞的方式。任何
一種文體的繁盛或缺乏，都有它特定的文化背景。擁有或是缺少悲
劇，並不能說明一個民族文學的優劣，本書只是通過跨文化比較，探
尋悲劇在古代中國未能較大規模生成的原因，重於對悲劇的美學關注
而不是對它的價值評判。中國是抒情文學的泱泱大國，抒情詩以及它
給中國藝術帶來的特有詩意，同樣令世界上所有文明國度的人迷戀和
驚羨。

附錄

附錄一

廣義修辭學：研究的語言單位、方法和領域

　　判斷一個學科的價值，關鍵在於它能否在現代學術、現代理論的基礎上產生具有說服力和吸引力的成果，並以此發展新的理論和方法。二十世紀三〇年代以來，中國修辭學進入了自己的「現代」階段，確立了基本上以辭格為中心的研究方法，成果頗豐。時至今日，這種基本不變的研究路徑已經遭到各方面的質疑：對於話語材料的修辭研究是否還有其他的方法？運用單純的辭格分析方法其解釋力是否能滲透至話語材料這一有機整體本身？

　　中國現代修辭學開山之作《修辭學發凡》出版以來的八十多年裡，各學科在發展學術話語系統的同時，也更新了自身面貌、改變著人們的學科認知。修辭學如何發展，不僅關係到它作為社會科學門類之一的學科定位：修辭學必須發揮自己的獨特優勢完成其特有的社會功能；也關係到修辭學的生存前提，應該產出得到社會認可的有價值的成果。這才是修辭學發展的硬道理。

　　修辭學的學科價值，在於其不可替代性，在於它與其他學科的差異，其全部成果價值也在於此。因此我們不得不面對以下問題：

　　──修辭學和其他語言學科研究的共性是什麼，它自身的研究特色是什麼？

　　──現代修辭學是中國修辭學研究的一個階段，作為參照，前人做了什麼？

——其他語種的修辭學研究怎麼做？

考察以上問題，我們可以把修辭學科的基本問題概括為三個方面：研究的語言單位、研究方法和研究領域，考慮到修辭觀的不同，本文僅就廣義修辭學討論這些問題。

一　廣義修辭學研究的語言單位

修辭學以語言作為自己的研究對象，已是一個不爭的事實，這也是它和其他語言學科的共性。但是和其他語言學科相比，修辭學研究的語言單位有自己的特色。

語言學將語言單位定為不同層級：詞、短語，句子，此外還有複句和句群。語言學其他學科有各自明確的研究角度，同時也界限分明地包幹了自己的研究對象，如詞彙學研究的是詞和固定短語，語法學研究詞、短語、句子以及複句、句群的結構規律。儘管近幾年「語篇」問題也每每被提及，但是我們看到的語篇研究，只是把語篇視為一個個孤立句子的連綴體，這種只有拆解沒有總體觀照的方法不可能重視語篇的完整和有機性，因而，實質上仍然是一種詞級或句級研究。可以說，語言學其他學科關注的是句級以下的語言單位。

長期以來，辭格研究為修辭學研究的主流，雖然表面上看，許多辭格是句子的組合，但如果細細考察，可以知道，在辭格中完成修辭功能的，仍然是一些詞、短語或句子，難以超越句層級。如「比擬」辭格：「小巷靜靜地沉睡在兩堵高牆之間」，承擔比擬功能的僅僅是「沉睡」這一個詞；另如「詭諧」辭格指「有意用違反邏輯或有悖常理的、似是而非的話語來傳情達意，造成滑稽幽默、詼諧風趣效果的一種修辭方式」，由於詭諧「違反邏輯、有悖常理」，似乎涉及的語言篇幅會比較長，但仍然沒有超過詞句層級：

這是不正之風，你承認不承認？

老天爺很少刮正南風，正北風，正東風，正西風，不是東南風，東北風，就是西南風，西北風，都是不正之風。[1]

這一例的修辭效果在於將自然界的風強行定位為「正風」和「不正之風」，以此說明社會上搞「不正之風」的正常，辭格關鍵在於「自然風向」與「社會風氣」被生拉硬拽上的類似關係，分析焦點仍然在句層級以下。

可以進入語篇層面的辭格極少，且可以進行辭格操作的語篇長度極其有限，如「仿擬」類的「仿篇」、「仿體」，其「模仿」的源文本限於極短的微篇。

廣義修辭學研究的語言單位不僅包括詞句，且要向作為話語有機整體的語篇、文本、甚至文體的修辭設計伸展。如《紅樓夢》如何以怨寫愛：寶黛交往方式多為吵、鬧、哭，而極少卿卿我我、談情說愛，但就是這樣看來違背常理的修辭設計卻把這段愛情刻畫得刻骨銘心、催人淚下；[2]另如在空間修辭設置方面，話本小說往往把都市寫得流光溢彩，機遇多多，連以往總是在人跡罕至的山水之間遇仙得道的機會也被挪到繁華城市，另一方面，話本對於山水之間天災人禍的渲染替代了古代抒情詩對於青山綠水、淳樸人情的歌頌。[3]即使是以詞句為研究對象，廣義修辭學也會考察它與語篇、文本甚至文體的關係，如《李雙雙》中女主角不同的身分符號如何構建起展示她不同人生歷程的語篇，整個身分符號系統與文本建構的關係。[4]

1　譚學純、濮侃、沈孟瓔主編：《漢語修辭格大辭典》（上海市：辭書出版社，2010年），頁102。
2　可參見本書第五章「愛與怨：主題的修辭詩學考察之四」中的相關內容。
3　朱玲、林佩璇：〈城市和山水：話本小說的空間修辭幻象〉，《福建師範大學學報》（哲學社會科學版）2008年第6期。
4　譚學純：〈身分符號：修辭元素及其文本建構功能〉，《文藝研究》2008年第5期。

在廣義修辭學看來，一則意義完整的話語材料，無論篇幅長短，都是一個獨特的有機整體。「手術刀式」的「解剖」，最終是要達到對整體語義的挖掘，對整體的深度了解，而不是把話語材料拆解得互不相干，雞零狗碎。廣義修辭學之所以這樣確立自己的研究對象，不僅因為話語材料本身的特性，也因為對以往修辭學的思考。

中國先秦兩漢時期，由於「修辭學思想在萌芽時便和內容緊密結合在一起論述」，「未出現專論或側重論述語言表達形式的著作，沒有像古希臘那樣誕生修辭學專著，但當時提出的修辭原則、修辭理論卻十分精當」[5]，可見這時候人們對修辭的關注比較宏觀，對具體的修辭操作層面注意較少。南北朝時期，修辭研究不僅關注宏觀，關注具體問題如文體風格，也注意到一些修辭細部，劉勰曾稱讚《詩經》是「一言窮理」、「兩字窮形」。我們所熟知的古代詩詞研究，在文本層面注重體制限定，如韻律、節奏、對仗、字數等；由於詩詞總體結構改變甚少，因而修辭研究主要關注詞句：「兩句三年得，一吟雙淚流」之類的創作體會倡導了當時的修辭觀，「詩眼」、字詞錘鍊成為創作佳話。這種研究對象的確定和詩體文學的短小形制相匹配：儘管「有句無篇」的批評也時有耳聞，但「字斟句酌」的解釋力基本上可以輻射至全篇。這樣的研究形成了慣性，古代對篇幅較長的散文的研究，也多重詞句，如歐陽修《試筆》〈蘇氏父子〉評論：「文章變體，如蘇氏父子以四六述敘，委曲精盡，不減古人。自學者變格為文，迨今三十年，始得斯人」，至於這種變體對文體結構及文風究竟有哪些影響則沒有觸及。

當古代小說戲曲逐漸走向成熟之後，僅僅以詞句為研究對象的方法往往捉襟見肘，評點開始出現少量作品局部結構研究，但是這些研究多為「串講式的」、即時的、品味性的，且很少同文本總體相聯繫，更沒有基於文本整體的抽象和概括。

5　易蒲、李金苓：《漢語修辭學史綱》（吉林市：吉林教育出版社，1989年），頁6。

　　《修辭學發凡》的出版，對古代修辭研究的即時體驗性、無體系性，以及侷限於字詞層面的過於微觀性，起到了十分有效的糾偏作用，成為中國修辭學的一面旗幟。不過，《修辭學發凡》論述重點是辭格，對辭格以外一些修辭學概念的「語焉不詳」，也許是因為陳望道先生當年或無暇顧及這些他看來不是太重要的概念，或可供研究的相關漢語資料一時還無法收夠。此外，我們可以看到的一個明顯事實是：《修辭學發凡》的所舉例證，古代詩詞的比重大大多於散文體，尤其是現代散文體。而在這時，話語轉換已經成為中國進入現代的一個刻不容緩的任務。

　　中國現代話語是伴隨著西方思想的大量湧入而出現的，以往幾乎無處不見的詩體讓出了它在華夏文明中長期佔據的驕人位置，為了適應思想的變革，幾乎所有的現代文體都發生了根本變化：全面鋪開的散文體，明顯拉長的話語篇幅，大大增加的語義容量，形成有機整體的複雜結構，互相配合的各類修辭設置、合乎邏輯和有意識違背常理的修辭架構……複雜的、大語義容量的現代文體已經運行了上百年，僅僅以字詞為中心，最大不超過句為研究對象的傳統方法其解釋力難以抵達現代文體的全篇，因而，現代話語不僅需要詞句級，更需要超句級，直至文本、文體層級的修辭研究。

　　修辭研究的語言單位也是國外修辭學關注的對象，眾多學者都把關注的目光投向了超出句子層級的話語和文本層面：

　　在梵・迪克看來，大多數情況下古典修辭學描述都是在詞和詞組，即句級語法上進行，但儘管如此，我們看到的是，古希臘科克拉斯《修辭藝術》涉及的修辭研究還是進入了文本層級，他研究演說論辯的布局：引言、申辯或論證、結論，並建立了自己的修辭研究體系。修辭學家高爾吉亞和智者學派不僅注重辭藻和句法，也注重演說風格和技巧。我們在亞里斯多德的《修辭學》中，同樣可以看到他在研究論辯和訴訟總體的修辭設計方面的努力：《修辭學》討論了題材

與說服方法，「怎樣論證事情是可能的或不可能的；是發生了或沒有發生；怎樣使用例子、語言、格言；修辭式推論有哪些主要形態（即部目）；對方的論證怎樣反駁」。第三卷的研究不僅涉及到措辭用字以及句式、節奏等，而且也涉及到演說的風格與文章布局。[6]

因而，托多洛夫認為，從現代的「話語類型學」，「我們進入了話語分析領域或本文（按：即『文本』，下文直接引語中的『本文』同此）語言學或其古代名稱——修辭學。」[7]

羅蘭・巴爾特也把修辭學定位為「研究話語的語言學」：「很顯然，話語本身（作為許多句子的總體）是經過組織的，而且由於經過組織，看上去才像是高於語言學家的語言的另一種語言的信息。話語有自己的單位、規則、『語法』。話語由於超出了句子的範圍，雖然僅僅由句子組成，自然應是第二種語言學的研究對象。這種研究話語的語言學，在很長時間裡曾經有個光榮的名稱：修辭學。」[8]

池上嘉彥則認為：「語言學曾有一個默契的前提，即作為其對象的最大單位是句子。自古以來語法總討論句子的內部結構以及句子的種類之類的問題，句子以外的問題被當作修辭學的一個部分而不再是語法的問題。」[9]

梵・迪克特別關注文本整體的修辭學結構，文本被普遍看成超越句子的語言學本體。他區分了使文本句段和相應情境顯得更「好」的修辭格用法，以及涉及文本整體的修辭學結構，後者不僅與句或句列

---

6 參見亞里斯多德撰，羅念生譯：《修辭學》（北京市：生活・讀書・新知三聯書店。1991年），第二卷和第三卷。

7 李幼蒸：《理論符號學導論》（北京市：中國社會科學出版社，1993年），頁367。

8 羅蘭・巴爾特撰：〈敘事作品結構分析導論〉，《馬克思主義文藝理論研究》，編輯部編選，張裕禾譯：《美學文藝學方法論》（北京市：文化藝術出版社，1985年），下冊，頁535。

9 池上嘉彥撰，林璋譯：《詩學與文化符號學——從語言學透視》（南京市：譯林出版社，1998年），頁53。

範圍內的特殊結構有關，而且與文本整體結構有關。[10]

正是從修辭學研究的本質、話語材料本身的特性出發，應現代話語研究的需要，吸收著名學者的理論依據，廣義修辭學確立了自己從詞句到語篇、文本和文體的全方位研究對象。這些，就是廣義修辭學，也是上面提及的眾多有國際影響的學者眼中修辭學研究的本體，除此之外，再無其他本體。

二　廣義修辭學的研究方法

學科分立，是人類認識史上的大事，它顯示了人們對於人類知識構成的板塊切分。學科的確立，意味著各個學科專業話語體系的建立和成熟。學科的確立是逐步完成的，學科研究方法也在不斷改進之中。卡西爾曾經指出蘇格拉底和前蘇格拉底哲學研究方法的不同及其顯示出的認識論上的根本差異：「蘇格拉底哲學的與眾不同之處不在於一種新的客觀內容，而恰恰在於一種新的思想活動和功能。哲學，在此之前一直被看成是一種理智的獨白，現在則轉變為一種對話。只有靠著對話式的亦即辯證的思想活動，我們才能達到對人類本性的認識」，「如果不通過人們在互相的提問與回答中不斷地合作，真理就不可能獲得。因此，真理不像是一種經驗的產物，它必須被理解為是一種社會活動的產物」。[11]

學科差異，是學科得以確立的前提，然而，當今社會，由於學科分類日益繁複細密，對成果和專案的學科歸屬認同往往不正常地佔據了學術評價的首要位置，導致學科隔膜日益明顯，嚴重影響了學術研究的品味和效應。儘管如此，我們還是可以看到，應社會和科學發展

---

10 李幼蒸：《理論符號學導論》（北京市：中國社會科學出版社，1993年），頁336。
11 E・卡西爾撰，甘陽譯：《人論》（上海市：上海譯文出版社，1985年），頁8。

的需要，很多學科從其他學科大量吸收學術資源，如生物、地質研究，都有數學、化學、物理方法和知識的大量參與，以至於在當前，沒有學科融合的前提，研究很難進入新的階段。廣義修辭學主張：基於修辭學的交叉學科性質，採用從多學科吸收學術資源的方法。[12]這不僅與當今學科發展趨勢一致，也與其作為語言學特殊學科的屬性相關，與修辭學史、話語材料和社會生活的關聯相關。

在研究方法方面，語言學其他學科重視的是語言使用規則的統一，而廣義修辭學研究則重視話語差異性及其效果。

在語言學其他學科看來，法律文件、演講材料、文學作品、日常交談……是沒有什麼差別的，而修辭研究的目的恰恰在於找出其語言的獨特性，因為這些有差別的語言現象，包括某些特殊詞語的選擇、句子、語段和語篇的設置和分布等等，往往成為文本話語系統的一些功能性形式標誌。

同樣，在語言學其他學科的學者眼裡，出自不同表達者的話語材料也是沒有什麼區別的：分析法庭辯護不太考慮它們是出自什麼樣的律師之口，更不用考慮某一位律師所使用的特殊話語手段如何使他在法庭上取勝。同樣，對不同作家作品作語音、詞彙、語法分析，也都顯示出無差別性、標準恆定性。如果見出區別，見出表達者出於不同目的進行的話語選擇和話語組織，那也被認為是修辭學研究的語言現象：因為這些差別往往是不同作家特有語言風格的構成要素之一，是作家應對不同語境和接受的需要做出的選擇。在這些風格標誌的後面，隱藏著個人和社會集團認知系統以及意識形態的操控。

而不同的話語接收者對話語表達的影響，更是修辭學不能輕易放棄的研究。

---

12 譚學純：〈修辭學：「交叉學科」抑或「跨學科」〉，《中國社會科學報》，2011年6月21日。

　　問題是，當我們對話語材料展開著重於差異性、綜合性的研究，並探究其生成的複雜語境時，就使修辭研究的另一端與語言學外的許多學科相連。如分析李雙雙的身分符號，必須聯繫當時特有的意識形態、文化心理；分析沈從文《邊城》特有的空間選擇和設計，也不能脫離湘西特有的文化和民俗。

　　長期以來，在許多人的認知系統中，「修辭學」和「修辭格」幾乎成了同義語。而長期流行的字詞錘鍊和辭格分析方法，往往表現為概念＋例證的研究模式，其操作程序多為：

　　得到一個他人的概念（並不限於辭格概念）──→ 為概念找例
　　證 ──→ 分析概念與例證之間的機械聯繫 ──→ 成就文章

這種研究方法並非孤立，它是瀰漫在那個特殊年代的人文科學普遍的研究風氣。如果我們回顧當年的各類文學研究，考察當時的一些人文學科研究專著，就可以發現修辭學和這些學科研究方法之間的親緣關係。對於這種狀況，雖然有些學科較早就有了危機感，及時擺脫了概念＋例證式的研究模式，但在很多領域這種方法仍然長期操縱著我們的研究思路。

　　陳望道是《共產黨宣言》的翻譯者，也是中國接受辯證唯物主義思想較早的一位學者，閱讀《修辭學發凡》，可以發現，陳望道的修辭綱領深受馬克思主義思想的影響：在方法上講求宏觀上的二分，如積極修辭和消極修辭，微觀研究則重視對研究對象的規格化分析，講求一致的標準。全書的體系設置、方法確立，為後來的中國修辭學研究設置了一條規範化、格式化道路。這種研究方法與國內一段時期內的特殊語境十分契合。畢竟，相對於西方屢屢插足於政治的修辭研究而言，機械的辭格研究是政治保險係數最高的一種方法。

　　多種因素給中國修辭學研究造成的長期方法論影響，也許是學術

前輩們始料不及的。智慧而又富有開拓精神的前輩——這可以從他們為修辭學及修辭格建立整個體系的氣魄看出，如果得知後世很多人一直在勤勉地為他們所總結出的辭格找例證（或者充其量說是很有趣的例證），一些人忙於擴大他們的辭格體系，以至於當前的漢語辭格體系龐大得到了讓人眼花繚亂的地步，他們會有什麼樣的反應呢？

在西方，從古希臘開始，修辭學就成為社會需求的話語應答。亞里斯多德明確表示：「修辭學是辯證法的分支，也是倫理研究的分支。」[13]他認為，每一種演講者都應該知道一些行動模式對人類的作用，必須表明他關心接受者的幸福，知道什麼是「好的、善的」，因而《修辭學》用較多篇幅研究「幸福」「仁慈」等倫理學概念。《修辭學》和《詩學》一起，建立了修辭學和詩學的綜合理論，為後世效法並成為新修辭學派發展的基礎。十九世紀到二十世紀初，當傳統修辭學研究漸漸衰落，大學修辭課程僅僅教授一些學生考過就忘的辭格，後來又產生了在文本內部進行封閉式研究的方法時，一些學者及時出來糾偏：形式主義方法的代表人物受到指責，依據是他們理論特點模糊，原則膚淺，對美學、心理學、社會學的普遍問題漠不關心等等。[14]

巴赫金認為，形式主義研究只注重修辭的細微末節而忽視風格社會基調，這種現象導致了「隨著體裁命運的變化而來的文學語言重大歷史變故，被藝術家個人和流派的細小修辭差異所遮掩」，「修辭學對自己要研究的課題，失去了真正哲理的和社會的角度，淹沒在修辭的細微末節之中，不能透過個人和流派的演變感覺到文學語言重大的不關係個人名字的變化」。把修辭學變成了「書房技巧的修辭學」，接觸

---

13 亞里斯多德撰，羅念生譯：《修辭學》（北京市：生活・讀書・新知三聯書店，1991年），頁25。

14 鮑・艾亨鮑姆：〈「形式方法」的理論〉，托多羅夫編選，蔡鴻濱譯：《俄蘇形式主義文論選》（北京市：中國社會科學出版社，1989年），頁21。

的「不是活的語言，而是語言的生理上的組織標本」。[15]因而他提出「社會學形制的修辭學」概念：「正是這個社會語境，決定著詞語的整個修辭結構，它的『形式』和它的『內容』，並且不是從外部決定，而是從內部決定。」[16]

上世紀興起的話語分析學或文本科學研究更是廣泛依據語言學以外學科，如行為科學、社會學、心理學、文學理論、認知科學，以及哲學學科。梵‧迪克同時也為這一新學科制定合理限制：「本文科學本身並不等於心理學、社會學、經濟學等等，而是研究在一切科學中被觀察的通訊——解釋程序，語境和文本結構，因此本文科學即跨學科科學。」[17]

而二十世紀的流派眾多、研究對象各異的美國修辭學，「都似乎在試圖形成一種新的修辭學體系。從心理學、社會學、人類學、語義學、語言學、論辯、動機研究或其他行為主義等領域中汲取研究成果來豐富自己的學說，是這些論著表現出來的共同特點」，因而，這些研究都對「語言和意義、倫理和思想、論辯和知識這些主題與修辭學之間的關係有了突破性的理解」。[18]

三　廣義修辭學的研究領域

學科分立，為各種學科研究劃分了相應領域，以及行使功能的主要社會面。由於全方位地研究各個層級的語言單位，不受話語是否採

15　巴赫金撰：〈長篇小說的話語〉，錢中文主編，白春仁等譯：《巴赫金全集》（石家莊市：河北教育出版社，1998年），卷3，頁37。

16　巴赫金撰：〈長篇小說的話語〉，錢中文主編，白春仁等譯：《巴赫金全集》（石家莊市：河北教育出版社，1998年），卷3，頁81。

17　李幼蒸：《理論符號學導論》（北京市：中國社會科學出版社，1993年），頁362。

18　胡曙中：《美國新修辭學研究》（上海市；外語教育出版社，1999年），頁2。

用辭格的限制，並從多學科吸取學術資源，廣義修辭學研究，可以涉及所有應用話語的領域，其功能，則是從語言入手，為社會多方面的需求服務。

毫無疑義，各個學科都有自己的「責任田」，然而對「責任田」的經營，有單一的「粗放型」和綜合的「集約型」的差別：比喻性地使用這兩個概念，是為了說明，不能只從字面去看待所涉及領域的研究意義。

以文學語言研究為例，或許有人認為，文學僅僅滿足人們的審美需要，離政治、法律、經濟等社會「重頭戲」太遠，不足為道。但事實遠非如此，文學語言的廣義修辭學研究，是通過對作品語言各個層級的考察，看政治、看人生、看社會百態，分析傳統的、現實的語境對於文學話語的掌控，分析語言表現出的作家對社會各種意識形態的順應或叛逆。因而，文學語言的集約型研究，同樣可以作用於社會。

應該說，把文學語言研究理解為單純的審美語言形式研究，是一種誤解。相反，如果採用「粗放式」經營，放棄了領域話語的特徵研究，或忽視了對話語社會意義的挖掘，即使直接選擇了政治話語作為研究領域，結果只能是脫離語言的空談，或者只是在語言現象上打轉，無法從語言角度透視政治話語的複雜本質。

自修辭學誕生以來，西方修辭研究的領域幾經變更，其社會功能也隨之變換。

古希臘修辭研究涉及承擔重要社會功能的法律演講、政治演講和宣德演講。中世紀則更多為宗教服務。十八世紀，維柯在《新科學》中為詩性科學正名，改變了自然科學的發展帶來的人們對於人文科學的偏見，詩性語言成為關注對象。隨著社會的發展、可供研究的話語材料種類的增多，修辭學也大大地擴展了自己的研究範圍。在當代美國，修辭學甚至把自己的研究領域擴展到了「言語之外的一切生活中的規範形式」，如對迪士尼、對監獄佈局的「修辭」分析。儘管在有

些人看來，當代西方修辭學研究對象已經有些不著邊際，但這些研究確實生氣勃勃，發揮了特有的社會功能。

　　當然，廣義修辭學仍然堅持以言語形式呈現的各領域「話語」為研究對象，走這條路，需要研究者有語言學知識和「語言感覺」，把語言分析落到實處，也需要研究者具備特定領域的學科知識以及所涉及其他學科的知識。如果修辭學研究仍然重複老路，成果必然瘦弱不堪；然而，如果堅持自己的特殊學科性質，又可能因為「血統不純」而在多種評審時被拒之門外。儘管這樣的路走起來不乏艱辛，然而廣義修辭學除此之外，無其他出路。

　　自然科學是為人們認識和順應、改造自然提供依據；社會科學則是為人們認識和改造、順應社會及人化的自然而提供依據。修辭學因其社會功能而被列入社會科學，無論它處於什麼狀態，社會科學都不應該忽略它。正因為修辭學是社會科學，它的社會性應該在研究中得到體現，修辭研究者的社會責任感也應該在修辭學研究中得到體現。

　　綜上所述，廣義修辭學是應修辭學科、話語材料的本質以及話語「現代性」的需要而產生的。在研究的語言單位方面，廣義修辭學主張展開句級以下和超句級，直至進入文本、文體層面的全方位話語研究；在研究方法方面，廣義修辭學研究在運用語言學科知識的同時，重視從多學科吸取學術資源；同時主張將研究視野擴展到社會話語的各個領域。

附錄二

修辭研究：巴赫金批評了什麼
——兼談廣義修辭學觀

　　發展和突破是包括修辭學在內的所有學科的生路，走這條路，需要不斷獲取對學科認識和方法有指導意義的高層次理論營養，而不是提供一個永不過期的理論外殼，讓學步者據此給無窮無盡的資料貼標籤，或者依樣畫葫蘆尋找例證，將學術研究變成注水遊戲。

　　從《修辭學發凡》開始，中國現代修辭學歷經八十多年的學術浮沉，「修辭學向何處去」的困擾，也日益濃重。解決「向何處去」的問題，離不開「從哪裡來」的思考，當年陳望道先生從國外獲得了修辭研究認識和方法上的營養，時至今日，國外修辭研究面貌幾經更新，了解和學習國際關注度高的學者的修辭理論和研究方法，墾拓中國修辭學的學術空間，也許可以為我們擺脫困境提供價值參考。

一　可能的質疑和本文的看法

　　在修辭學界談論巴赫金，不得不首先回答可能會有的質疑：

　　質疑一：巴赫金是文藝學家，不是修辭學家，或曰他研究的只是文藝學的修辭學，不是語言學的修辭學，因而他的理論不能指導語言學的修辭研究。

　　我們的看法：在重視學科歸屬甚於學術成果本身價值的學術環境中，人們習慣於把享譽國際的巴赫金劃歸文藝學權威人士。其實巴赫

金理論及作家作品研究很多屬於修辭研究範疇：[1]

　　巴赫金著作頻頻用到「修辭」、「修辭學」和「語言」、「話語」等概念，很多論述中這些概念的出現十分密集。《巴赫金全集》（1998）六卷，卷卷討論到「修辭」、「話語」、「語言」等問題：

　　第一卷內容包括「文學作品的內容、材料與形式問題」、「審美活動中的作者與主人公」，這一時期的研究被巴赫金總結為「主要地從事語言創作美學」；

　　第二卷十篇論著討論了「生活話語與藝術話語」、「文藝學中的形式主義方法」、「馬克思主義與語言哲學」等問題，二〇年代末，有人崇拜地認為《馬克思主義與語言哲學》的作者身上「還藏著一位語言學家」；

　　第三卷展示的是巴赫金的修辭理論和實踐，如〈長篇小說話語〉、〈小說的時間形式和時空體形式〉、〈長篇小說話語的發端〉、〈史詩與小說〉；

　　從第四卷的篇目就可以看出巴赫金對修辭問題的關心，如〈拉伯雷與果戈理——論語言藝術與民間的笑文化〉、〈諷刺〉、〈關於長篇小說的修辭〉、〈中學俄語課上的修辭問題〉、〈多語現象作為小說話語發展的前提〉、〈言語體裁問題〉、〈文學作品中的語言〉；

　　第五卷〈陀思妥耶夫斯基詩學問題〉，有專章分析「陀思妥耶夫斯基的語言」，另外還討論了莊諧體、反諷式仿擬、情節佈局等與修辭相關的問題；

　　第六卷〈拉伯雷創作與中世紀和文藝復興時期的民間文化〉中，

1　有關文藝學和修辭學的劃界、性質以及理論和方法的交叉問題，非本文討論對象，
　　暫不涉及。而文藝學界和修辭學界文學語言研究的異同，是一個需要理性思考和據
　　實分析的問題，可參見譚學純：〈中國文學修辭研究：學術觀察、思考與開發〉，
　　《文藝研究》2009年第12期。

有專章討論「拉伯雷小說中的廣場語言」，其他章節則涉及到「語言狂歡化」，以及誇張、怪誕、滑稽戲擬、「各類對天發誓、盟誓、罵人話和罵人用語」。

　　評判學術理論、方法以及研究成果，首先應看其理論是否有充分的解釋力；其次看其可操作性，是否能分析實際問題。當文藝學和語言學界都研究修辭時，我們更應該從其研究價值出發來決定是否接受，而不是從「學科歸屬」出發去拒斥某種理論；再次，一個不容忽視的現象是，閱讀古今中外文藝批評史、美學史，能夠清晰地感受：很多理論被文藝學界視為文藝理論、被美學界視為美學理論，同時又被修辭學界視為修辭理論，這是學科交叉性質造成的。修辭研究多元共存的格局，源於個體基於個人觀點和知識結構對於方法和領域各異的選擇，不應該是有此無彼的出於學科和地域考慮的否決。在這方面，西方修辭研究的開放性、多層面格局為我們提供了有價值的參照。

　　質疑二：中國必須走西方修辭學的復興之路，西方修辭學（rhetoric）所研究的論辯、訴訟等等修辭，屬於非文學領域，而巴赫金的主要研究對象是文學作品，沒有借鑒意義。

　　我們的看法：陳望道《修辭學發凡》主要研究辭格，這種研究決定了其研究對象主要為詩體文學，加上後來各方面的種種原因，文學作品的辭格研究成為中國長期以來以中外語言文學專業人員為主要構成的修辭界的主打方向。應該說，辭格研究僅僅是修辭研究的一種類型，文學修辭則是修辭研究一個不可或缺的領域。而巴赫金在對文學現象和作品進行修辭研究時，由於能從哲學、社會學高度把握論及到的語言問題，實際上提出了可以涵蓋很多領域修辭研究的方法論、認識論問題，此外，巴赫金也在一些非文學研究的論文中，提出了可以適用眾多領域的修辭觀。因而，他的修辭觀及研究方法帶給我們的啟發不僅僅限於文學修辭領域，而是遍及各個領域的話語研究。

　　在提出自己的觀點、強調自己的修辭研究區別於同時期同類研究

時，巴赫金旗幟鮮明地指出了一些修辭研究的弊端，如「純語言學」方法的修辭研究、脫離文本整體以及社會學觀點的「書房技巧」研究等等。

二　巴赫金的修辭觀：批評「純語言學」研究，倡導「超語言學」研究

巴赫金認為，修辭研究面對的是「活生生的具體的言語整體，而不是專門作為語言學專門研究對象的語言。這後者是把活生生具體語言的某些方面排除之後所得的結果；這種抽象是完全正當和必要的。但是，語言學從獲得語言中排除掉的這些方面，對於我們的研究目的來說，恰好具有頭等的意義。因此，我們在下面所作的分析，不屬於嚴格意義上的語言學分析。我們的分析，可以歸之於超語言學」。[2]

巴赫金所說的「語言學」，是相對於「超語言學」的「純語言學」，他認為「純語言學」研究不適於包括文學作品在內的話語材料，因為：

（一）「純語言學」研究的語言單位實質上沒有超越複句。雖然純語言學的研究對象也擴展到了文本，但研究者仍然把文本看成是語法單位的集合，把對文本的分析化為對不同結構句子的分析。此外，巴赫金認為當時的語義學研究「還根本沒有建立起一個部門來研究較大份量的詞語整體，如長篇的人生表述、對話、演說、論著、長篇小說等等」。[3]而「超語言學」重視話語材料的意義整體性，因為各類句子一旦構成文本，必然遵從意義連貫性的規則，成為與「文內語境」

2　巴赫金：〈陀斯妥耶夫斯基詩學問題〉，錢中文主編，白春仁等譯：《巴赫金全集》（石家莊市：河北教育出版社，1998年），卷5，頁239。

3　巴赫金：〈文學作品的內容、材料與形式問題〉，錢中文主編，曉河譯：《巴赫金全集》（石家莊市：河北教育出版社，1998年），卷1，頁344-346。

和「文外語境」[4]有著密切而複雜關係的意義整體。巴赫金認為「純語言學」沒有從這個層面去關注、也無法處理此類研究對象。

（二）「純語言學」以對句子的研究取代對文本的研究，忽視二者之間的意義斷層：「語言學所理解的方法論上純而又純的語言，到這裡突然中斷，馬上出現了科學、詩歌等等」。雖然文本是由小到詞、大到複句、語段的語言單位呈線性組合而成，但在構成元素「詞」「複句」「語段」等和作為意義整體的文本之間，有著必需挖掘的意義聯繫，例如，研究文學語言，問題不在於它有「哪些語言學特徵（有時人們太熱衷於討論這個問題了）」，而在於：「語言學涵義上的語言整個地作為材料，對詩歌有什麼意義」，因為，「詩歌所需要的，是整個的語言，是全面的、包括其全部因素的運用；對語言學含義上的詞語所具有的任何細微色彩，詩歌都不是無動於衷的」。[5]文學作品是詞語的組合，但這些詞語，經作家有意識的選擇、組織，已經形成不同層級的整體：結構層面的單句、複句、章節和場次；內容層面的主人公外形、性格、身分、環境和行為，最終形成一個經過修辭加工和完成的倫理生活事件的整體，此時，詞語已經進入「語言學意義上和佈局意義上的詞語整體不斷轉化為審美建構的已完成的事件整體的過程」，這也是實現藝術任務本質內容的過程。[6]如果不能深入探討各個語言單位和意義整體之間的關係，研究只能觸及皮毛。

（三）「純語言學」研究修辭的另一不足是極端抽象性。修辭特色在差異中體現，卻被只重抽象的「純語言學」所忽略。巴赫金以陀思妥耶夫斯基的作品為例，指出「從純粹的語言學觀點來看，在文學

4　參見譚學純、唐躍、朱玲：《接受修辭學》（上海市：上海教育出版社，1992年），頁57-70。

5　巴赫金：〈文學作品的內容、材料與形式問題〉，錢中文主編，曉河譯：《巴赫金全集》（石家莊市：河北教育出版社，1998年），卷1，頁345-346。

6　巴赫金：〈文學作品的內容、材料與形式問題〉，錢中文主編，曉河譯：《巴赫金全集》（石家莊市：河北教育出版社，1998年），卷1，頁349-350。

作品語言的獨白用法和複調用法之間，實際上沒有任何真正本質的差異」。[7]語言學把所有的具體表述，都歸於「語言統一體」，頂多視為「一種新的語言結構」。因而，語言學所界定的那個語言，不能進入語言藝術的審美整體[8]，巴赫金認為採用「純語言學」標準，無法揭示文本的修辭特質。

巴赫金的修辭觀不是孤立的，哈貝馬斯也曾提出：「一旦存在於句子的語言學分析與話語的語用學分析間的區別依稀難辨，普通語用學的對象領域就將面臨崩潰的危險。」[9]他進而批評「我不懂為什麼語義學理論就應該壟斷性地遴選出語言的呈示性功能、而置語言在其表達性功能和人際功能發展中所具有的特殊意義於不顧」。[10]

應該說明的是，巴赫金批評純語言學的修辭研究，但並不否認修辭的語言性，他倡導超語言學的修辭研究，同時認為「不能忽視語言學，而應該運用語言學的成果」，因為它們「研究的都是同一個具體的、非常複雜而又多方面的現象——語言」，但二者的區別更為重要。[11]只是這種區別在很多純語言學的修辭研究中似乎人為地消除了。雖然巴赫金沒有提出「超語言學」獨立、完整、明確的理論體系，但從其一系列理論和研究實踐中，我們可以讀出「超語言學」各個層面的基本面貌。

7　巴赫金：〈陀斯妥耶夫斯基詩學問題〉，錢中文主編，白春仁等譯：《巴赫金全集》（石家莊市：河北教育出版社，1998年），卷5，頁240。

8　巴赫金：〈文學作品的內容、材料與形式問題〉，錢中文主編，曉河譯：《巴赫金全集》（石家莊市：河北教育出版社，1998年），卷1，頁344-346。

9　哈貝馬斯撰，張博樹譯：《交往與社會進化》（重慶市：重慶出版社，1989年），頁27-28。

10　哈貝馬斯撰，張博樹譯：《交往與社會進化》（重慶市：重慶出版社，1989年），頁30。

11　巴赫金：〈陀斯妥耶夫斯基詩學問題〉，錢中文主編，白春仁等譯：《巴赫金全集》（石家莊市：河北教育出版社，1998年），卷5，頁239-240。

三　巴赫金批評修辭研究拘於「書房技巧」，倡導詩學層面的修辭研究

　　學界認為巴赫金的理論中包含了「文化詩學」、「歷史詩學」等，雖然巴赫金本人並沒有提出這些概念，也沒有獨立的相關系統論述。同樣，巴赫金沒有提出「修辭詩學」的概念，但巴赫金在批評「書房技巧」（修辭技巧）的同時，曾明確提出「詩學」是「詩藝和修辭學」的現代變體[12]，他實際上倡導了詩學層面的修辭研究。因此我們用《廣義修辭學》的核心概念之一「修辭詩學」來表述巴赫金別具特色的修辭研究。

　　巴赫金對於當時崇尚技巧分析的形式主義的批評十分尖銳，他甚至使用了雅克布遜同類批評的極端表達：「只知技巧的、語言學的現實，只知道『如牛叫一樣單純的』語言」[13]，致使文本的修辭研究變成找出某種手法的簡單實錄。在巴赫金看來，單憑「手法的新穎」是不能有任何積極建樹的。它在頗大程度上甚至是虛假的，手法本身並沒什麼價值，其存在也不能說明什麼問題。[14]

　　巴赫金批評瑣細、靜態的修辭技巧研究，倡導修辭詩學層面的研究。

　　在文本之內，巴赫金注重局部語言單位和文本整體結構的關係，重視「體裁」的修辭功能。分析散文體作品，尤其是長篇小說，是只

12　巴赫金：〈文學作品的內容、材料與形式問題〉，錢中文主編，曉河譯：《巴赫金全集》（石家莊市：河北教育出版社，1998年），卷1，頁345。

13　雅克布遜曾經在《現代俄國詩歌》中說過：「詩歌的事實就是簡單得如同牛叫一般的詞語」，不過，他後來也更改說法，認為「詩歌是發揮著美學功能的語言」。

14　巴赫金：〈學術上的薩里耶利主義〉，錢中文主編，柳若梅譯：《巴赫金全集》（石家莊市：河北教育出版社，1998年），卷2，頁11-12。另，《巴赫金全集》第二卷中包括此文在內的十篇文章，雖然用了巴赫金朋友的署名，但實際上或為巴赫金所寫，或他參與了寫作，參見《巴赫金全集》（1998）第二卷卷首說明。

注意技巧的形式主義修辭學「所完全無法理解的。這種修辭學充其量
只能較好地分析散文體創作中的一些小片斷，而這些小片斷對散文體
來說並無很大的代表性和重要性」。[15]

　　然而，長期以來，關注「修辭的細微末節」，甚至拈詞摘句，將
之作為修辭分析的主要對象，已經成為眾多修辭研究的傾向。這種分
析路數，其解釋力不僅無法達到語義含量豐富的文本，也無法說明一
輪完整交流的話語的總體狀況。因為「實現著形式的一切佈局因素所
以能成為整體，即形式的整體，首先是作品所以能成為一個表述整
體，原因不在於說了什麼，而在於如何說，在於話語活動時時刻刻能
感到自己是一個完整統一的活動。」[16]

　　在文本之外，巴赫金重視「社會學形制」的修辭學，認為割裂修
辭研究對象與社會的聯繫，導致「在大多的情況下，修辭學只是書房
技巧的修辭學，忽略藝術家書房以外的語言和社會生活」，「修辭學對
自己要研究的課題，失去了真正哲理的和社會的角度」，「不能透過個
人和流派的演變感覺到文學語言重大的不關係個人名字的變化」。把
修辭研究對象變成「語言的生理上的組織標本」。[17]他認為，單純地統
計某首詩裡的母音數量，或者考察構築短篇小說的技術手法，這並不
是研究，更不是科學。[18]

　　文學作品體裁的修辭變化，以及處於複雜進化中的文學事實，絕
不是純粹的語言現象，它們都承載了複雜的歷史和社會變化，因而，

---

15 巴赫金：〈陀斯妥耶夫斯基詩學問題〉，錢中文主編，白春仁等譯：《巴赫金全集》
　（石家莊市：河北教育出版社，1998年），卷5，頁267-268。
16 巴赫金：〈文學作品的內容、材料與形式問題〉，錢中文主編，曉河譯：《巴赫金全
　集》（石家莊市：河北教育出版社，1998年），卷1，頁365。
17 巴赫金撰：〈長篇小說的話語〉，錢中文主編，白春仁等譯：《巴赫金全集》（石家莊
　市：河北教育出版社，1998年），卷3，頁37。
18 巴赫金：〈缺乏社會學的社會學觀點〉，錢中文主編，王加興譯：《巴赫金全集》（石
　家莊市：河北教育出版社，1998年），卷2，頁74。

不是單句的句法和語義，而是與社會緊密聯繫的文本語義序列應該成為研究對象；不是手法，而是手法的功能、結構意義，應該成為修辭研究的「主角」；「結構原則」及其在歷史現實中的更替，應成為首先考慮的研究對象。[19]巴赫金的這些論述，把研究對象的動態特徵及其社會歷史功能，放到修辭研究不能迴避的地位。

　　其他一些學術聲譽甚高的學者也提出與巴赫金遙相呼應的看法：

　　弗萊曾經批評一些修辭學家：「在修辭批評中最為突出的一點便是絲毫不考慮文體：修辭批評家只管分析他面前的對象，根本不管它是一部戲劇，一首抒情詩，還是一篇小說。事實上，他甚至會斷言文學中並不存在文體差異」。造成這種現象的原因是他「看不到作為具有某種合理功能的人工製品的結構」。[20]

　　《小說修辭學》的作者布斯則明確認為所謂的「技巧分析」方法之於小說修辭研究無用，同時他認為「技巧」這一概念如果「被擴大來概括作者藝術手段的一切可見的符號」，「概括作者可以做出的選擇的幾乎全部範圍，那它會非常適合我們的目的。」[21]周憲則在〈小說修辭學譯序〉中指出，布斯研究小說修辭，並不是去探討我們通常理解的措辭用語或句法關係，而是研究作者敘述策略的選擇與文學閱讀效果之間的聯繫。

四　巴赫金的「對話」理論蘊含了修辭哲學思想

　　《巴赫金全集》同樣沒有提出「修辭哲學」概念，但是，巴赫金

---

19 巴赫金：〈學術上的薩里耶利主義〉，錢中文主編，柳若梅譯：《巴赫金全集》（石家莊市：河北教育出版社，1998年），卷2，頁14。

20 弗萊：〈作為原型的象徵〉，葉舒憲選編，葉舒憲譯：《神話──原型批評》（西安市：陝西師範大學出版社，1987年），頁148。

21 布斯撰，華明等譯：《小說修辭學》（北京市：北京大學出版社，1987年），頁83。

認為修辭研究與普通哲學美學關係密不可分，他的很多修辭理論都是基於哲學角度，其中最為明顯的是他認為話語的本質是對話。

　　巴赫金所說的「對話」，不同於語言學「外在的表現於佈局結構上」的「對話語」：「語言學當然熟悉『對話語』這種結構形式，並且研究其句法以及詞彙語義方面的特點。不過，語言學研究對話，是把它看成為純語言學的現象，亦即從語言的角度來研究它，因此全然不會涉及交談者對語之間對話關係的特色。」[22]「話語內在的對話性（包括對話中的和獨白語中的對話性），那種滲透話語整個結構及其語義和情味的對話性，幾乎完全被忽略不計。可恰恰是話語這種內在的對話性，這種不形之於外在對話結構，不從話語稱述自己對象中分解為獨立行為的對話性，才具有巨大的構築風格的力量。話語內在的對話性，表現在一系列語義、句法和佈局結構的特點上」[23]。

　　「對話」關係普遍存在於交流之中：「語言只能存在於使用者之間的對話交際之中。對話交際才是對話語言的生命真正所在之處。語言的整個生命，不論是在哪一個運用領域裡（日常生活、公事交往、科學、文藝等等），無不滲透著對話關係。……話語就其本質來說便具有對話的性質。所以，應該由超出語言學而另有自己獨立對象和人物的超語言學，來研究對話關係。」[24]

　　對話關係滲透於話語的所有構成：「不僅僅是完整（相對來說）的話語之間，才可能產生對話關係；對話語中任何一部分有意義的片斷，甚至任何一個單詞，都可以對之採取對話的態度，只要不把它當成是語言裡沒有主體的單詞，而是把它看成表現別人思想立場的符

---

22 巴赫金：〈陀斯妥耶夫斯基詩學問題〉，錢中文主編，白春仁等譯：《巴赫金全集》（石家莊市：河北教育出版社，1998年），卷5，頁241。

23 巴赫金撰：〈長篇小說的話語〉，錢中文主編，白春仁等譯：《巴赫金全集》（石家莊市：河北教育出版社，1998年），卷3，頁58-59。

24 巴赫金：〈陀斯妥耶夫斯基詩學問題〉，錢中文主編，白春仁等譯：《巴赫金全集》（石家莊市：河北教育出版社，1998年），卷5，頁242。

號，看成是代表別人話語的標誌。」[25]

　　巴赫金批評「傳統修辭型的言語只知道有自己（即自己的語境），只知道自己的對象，自己直接表現的情味，還有自己統一的又是唯一的語言。超出它的語境而存在的其他言語，它只看作是與己無關的言語，屬語言現象，是沒有主體的言語，只是普通的說話的能力而已。按照傳統修辭學的理解，直接表現的言語在表述自己對象時，僅僅從自己對象方面遇到阻力（即對象難用言語囊括，對象難以言傳）；它在駕馭對象的過程中，並不感到他人言語強大和多方的抗拒，沒有誰妨礙它，沒有誰同它爭辯。」[26]

　　巴赫金「對話」理論蘊含了修辭哲學思想。修辭研究「對話」關係，必然研究表達者、接受者以及他們所處世界之間的複雜、深層的關係。這意味著：

（一）修辭融入了表達者對包括接受者在內的外部世界的積極思考

　　修辭融入了表達者對世界的積極思考，經過思考，表達者必然會把所理解的東西，納入到自己的事物和情感世界裡去。文本中的每一個語義單位，都顯示了表達者對世界的理解。例如在陀思妥耶夫斯基的作品中，作者看待世界的原則，就變成了對世界進行藝術觀察的原則，構築小說的語言整體的原則。[27]表達者考慮接受者，就意味著考慮對方獨特的視野，獨特的世界。表達者力求使自己的話語，連同制約這些話語的視野，能針對理解者的他人視野，並同這理解者視野的

---

25 巴赫金：〈陀斯妥耶夫斯基詩學問題〉，錢中文主編，白春仁等譯：《巴赫金全集》（石家莊市：河北教育出版社，1998年），卷5，頁243。

26 巴赫金撰：〈長篇小說的話語〉，錢中文主編，白春仁等譯：《巴赫金全集》（石家莊市：河北教育出版社，1998年），卷3，頁54-55。

27 巴赫金：〈陀斯妥耶夫斯基詩學問題〉，錢中文主編，白春仁等譯：《巴赫金全集》（石家莊市：河北教育出版社，1998年），卷5，頁10-11。

一些因素發生對話關係。這種針對性必然會給話語增添新的因素。說話者向他人視野深入，在他人的疆界裡、在聽者統覺的背景上來建立自己的話語。這才是巴赫金闡釋的「對話」。[28]

（二）修辭是表達者對包括接受者在內的外部世界的積極回饋

對話關係到表達和接受的複雜互動，分析話語材料，必須考慮這種動態過程中的積極回饋：在一個談話的集體裡，每個人所接受的話語，都是來自他人的聲音，充滿他人的聲音。每個人講話，他的語境都吸收了取自他人語境的語言，吸收了滲透著他人理解的語言。每個人為自己的思想所找到的語言，全是這樣滿載的語言。正是由於這個原因，一個人的語言在許多人的語言中所處的地位，對他人語言的各種不同感受，對他人語言作出反應的不同方法——這些可能就成了超語言學研究每一類語言（其中也包括文學語言）時所要解決的最重要的問題。[29]「面對這個新的世界，即眾多各自平等的主體的世界，而非客體構成的世界，無論敘述、描繪或說明，都應採取一種新的角度」[30]，因而，巴赫金批評雅可布遜的說法：「一系列詩歌手法用於大都市風格中，由此而來馬雅可夫斯基和赫列勃尼科夫的大都市詩篇」，他認為「倒過來說才是正確的，正是大都市主義產生了這些詩人的都市主義詩篇，並決定了他們特別的修辭風貌。」[31]

---

28 巴赫金撰：〈長篇小說的話語〉，錢中文主編，白春仁等譯：《巴赫金全集》（石家莊市：河北教育出版社，1998年），卷3，頁61-62。

29 巴赫金：〈陀斯妥耶夫斯基詩學問題〉，錢中文主編，白春仁等譯：《巴赫金全集》（石家莊市：河北教育出版社，1998年），卷5，頁269。

30 巴赫金：〈陀斯妥耶夫斯基詩學問題〉，錢中文主編，白春仁等譯：《巴赫金全集》（石家莊市：河北教育出版社，1998年），卷5，頁6。

31 巴赫金：〈學術上的薩里耶利主義〉，錢中文主編，柳若梅譯：《巴赫金全集》（石家莊市：河北教育出版社，1998年），卷2，頁12-13。

　　修辭包含著表達者對外部世界的積極思考和回饋，這也是國外很多著名學者的思想。西方一些學者認為，文藝復興時期的神學和哲學概念，是後來道德化風景（paysage moralis）的基礎：造物主以類比方式設計了宇宙，用一套繁瑣的相符（correspondences，又譯：「相應」或「通感」──譯者）體系，將肉體、道德和精神聯繫起來。十七世紀，象徵和類比宇宙的形而上學，成為玄學派詩人修辭策略的基礎。十八世紀，心靈與自然之間的類比原理，成為描述風景的詩歌「美感現象同道德教誨兩兩結合」的基礎。[32]

五　從巴赫金的修辭觀審視廣義修辭學

　　巴赫金是嚴謹而睿智的學者，他不是僅僅為自己的研究貼上「XX」或者「XX 學」的標籤，而是有著深刻的思想，他的一些論述切中了修辭研究之弊。在沉甸甸的專著中，巴赫金的理論和作品分析實踐相結合，以無可懷疑的說服力印證了科研絕不應該只是根據已有的結論進行連篇累牘的填空和資料羅列，一定得有基於理論與材料支撐的新的分析和論述；印證了修辭研究不是專注於「書房技巧」層面的「小兒科」（這曾是中國修辭學研究遭詬病的關鍵字之一），而應具有理論的可提升性。巴赫金也是值得敬重的學者，在嚴酷的環境中，即使不能用自己的名字發表研究成果，他也不搞學術韜晦，不舉學術白旗，而是堅持自己的學術人格和學術個性。巴赫金的學術影響力輻射到了多學科：在哲學、美學、文藝學、語言學、符號學等話語場域，巴赫金的名字成為博大精深的學術符號。

　　巴赫金的修辭思想散見於《巴赫金全集》各卷，雖然他並沒有在

---

32 保羅‧德曼撰，李自修等譯：《解構之圖》（北京市：中國社會科學出版社，1998年），頁11。

某一篇文章中集中、系統地闡釋自己完整的修辭觀，也沒有用一套完整的概念、範疇支持和解釋「超語言學」的修辭理論，但他從不同維度展示了修辭研究可以「是什麼」以及「為什麼」。由此我們可以審視廣義修辭學理論與巴赫金修辭理論的聯繫和區別：[33]

《廣義修辭學》嘗試構築「雙向互動，立體建構的多層級框架」，「雙向互動」指兩個主體（表達者／接受者）的雙向交流行為，理論基礎可以追溯到作者一九九二年出版的《接受修辭學》；「立體建構的多層級框架」指修辭研究對象分佈於修辭技巧、修辭詩學、修辭哲學三個層面）[34]；而「表達──接受」互動體現在修辭技巧、修辭詩學、修辭哲學各個層面之中。

廣義修辭學「兩個主體、三個層面」的理論框架為我們提供了修辭研究多元格局中的一種可能性，《廣義修辭學》提出並闡釋的「修辭詩學」概念，將文本、文體作為修辭產品的整體納入了研究視野，研究各類修辭元素如何共同促成一種有意義的修辭文本或文體的建構，例如角色配置、情節調動、人物身分符號的轉變等等的文本功能，這樣的整體研究視角可以避免巴赫金所批評的「純語言學」的弊端；在「修辭哲學」層面，廣義修辭學不僅重視修辭所包含的表達者對外部世界的思考和回饋，同時也重視修辭參與表達者和接受者對世界的認知，參與他們的人格建構，這樣的研究契合了巴赫金的「對話」理論；考察技巧、文本、文體，以及考察修辭與人之間的關係，廣義修辭學都提倡結合各類語境，不能脫離社會學觀點，這樣的視野和巴赫金提出的「超語言學」以及「社會學形制修辭批評」理論具有共通性。

與巴赫金嚴厲批評「書房技巧」不同，廣義修辭學不拒絕修辭技

---

33 廣義修辭學借鑑和吸納的中外修辭思想和理論資源是多方面的，巴赫金理論是其中之一。對於其他修辭思想和理論資源的討論，限於本文篇幅，暫且從略。

34 譚學純、朱玲：《廣義修辭學》（合肥市：安徽教育出版社，2001年），頁4。

巧研究，而是把修辭技巧作為《廣義修辭學》「三個層面」的一個層級，倡導並踐行從修辭技巧走向修辭詩學和修辭哲學的研究，重視修辭技巧、修辭詩學、修辭哲學三者在學術目標、研究單位、理論資源、技術路線，乃至讀者群體諸方面的差異性，認為不宜用修辭技巧的知識譜系評價修辭詩學或修辭哲學的研究成果；同時也反對用修辭詩學或修辭哲學的眼光否定修辭技巧。

　　任何理論都需要接受實踐檢驗，廣義修辭學理論及其解釋框架自然不例外。《廣義修辭學》出版十多年來，其團隊在修辭研究實踐中觀察與思考，在實踐中自我檢驗、自我修正，努力使廣義修辭學成為一個開放性建構的理論體系，這種修正和延伸見於二〇〇八年的《廣義修辭學》修訂版以及一系列成果。這些後續研究，盡力減少巴赫金批評的修辭研究之弊，希望為修辭研究曾遭詬病的「小兒科」形象注入另一種氣象，探討修辭研究價值提升的可能性。

附錄三

表達與接收：關鍵信息和規範程序
──臺灣一次醫療事故的啟示

　　二〇一一年八月二十四日晚上到二十五日清晨，因為「愛滋檢測呈現陽性反應」的口頭通知被誤聽為「陰性反應」，臺灣臺大醫院和成大醫院將愛滋病毒感染者邱志明的心臟等器官移植至五名病患體內。直到八月二十六日，臺大醫院才赫然發現，醫檢師報告的電子文檔上，器官捐獻者邱志明的愛滋檢測呈現陽性反應！這個消息震驚了所有聽到這則新聞的人。

一　醫療責任事件和話語信息傳遞

　　通過報導，我們得知，這是一個責任事件：在對器官捐獻者做了血液檢測之後，口頭傳達被誤聽，再加上沒有按照規定對檢驗報告的電子文檔進行確認，這一連串的失誤，導致重大醫療事故的發生。

　　但是我們換一個角度審視，就可以發現，這同時也是一個話語表述引起的事件：

　　負責檢驗的臺大醫院在口頭通知協調員的時候，表達和接收雙方在信息交流時，沒有對重要信息傳遞過程中的關鍵信息、規範程序作出特殊處理。

　　日常生活對話，人們往往力求簡短以節約時間，表述隨意則可減輕思維負擔。但是這種簡短和隨意，往往由於語境極為明確，不至於

造成語義信息的缺失和誤解；此外，日常生活瑣事，信息不足、傳遞失誤也不會導致重大損失；如果事件經過流程長，即使有失誤也可以在較長的過程中糾正。

但是，由於在很多情況下，話語的長度與信息的清晰度相關：沒有足夠的說明，往往不能讓接受者清晰、充分地把握對方的語義信息，所以，除非特殊情況，很多工作和生活中的重大事情，在表述和接受時，雙方都會注意到話語長度必須能滿足清楚、全面傳輸信息的需要：表述者會根據心目中預設的接受者以及客觀接受者的需要，組織並選擇表達方式；而接受者也會在感覺到信息接受不足時向對方提出進一步的傳遞要求。

重要信息交流，交流程序也十分重要。大家都熟悉以往無線電信息交流中呼叫和應答雙方的信息交流模式，今天，因為通訊便捷，人們在交流過程中逐漸變得輕鬆隨意。但是，重要信息的傳遞應該有必要的程序規定，以保證信息準確無誤地為對方接受。

二　重要信息傳遞中關鍵信息和規範程序的特殊處理

在傳遞至關重要的信息時，表達和接受雙方應該對其中的關鍵信息做特殊處理，同時要有必要的傳遞程序。

（一）重複以突出關鍵信息

臺大醫院的通知，其中最關鍵的信息應該是器官捐獻者的愛滋病毒檢測是陽性還是陰性，這個信息關係到器官移植能否實施，關係到五個器官接受者的生命安全，關係到未來五個家庭的幸與不幸。無論業內還是業外人士，都應該認識到準確傳遞檢測結果至關重要，尤其是檢驗方已經得知檢測結果為陽性時，更應該對此引起警覺。但我們得知的情況是：臺大醫院通知對方醫院的器官移植協調員時，說的是

愛滋病毒檢驗結果為「reactive」」，即陽性，結果對方聽成了「non-reactive」，陰性。

　　在此案例中，對於關鍵信息「陽性」，表達方應該用清晰的語音重複幾遍，以引起接受方對關鍵信息的重視。這樣，即使第一次誤聽，在重複聽取後，也會獲得糾正的機會。

　　其實，在其他交流中，關鍵信息重複輸出也是很常見的：交通工具的站點播報，教師上課時對重要內容的強調，家長對孩子的叮囑……往往都會借助「重複」，以引起對方的重視，讓對方準確接受。

（二）正反表述、說明和追問以明確關鍵信息

　　在傳遞關鍵信息時，應該注意增加話語有效長度：使用肯定句和否定句兩種方式予以確認；同時進行補充說明。此次事件的信息傳遞，表達方如果使用這樣的句式：「是陽性，而不是陰性」，甚至還可以進一步說明「不能進行器官移植」；或者接受方說：「是陽性，而不是陰性」，「那就不能進行器官移植」，可以確保信息傳遞萬無一失。

　　雖然檢測報告關鍵信息的第一次傳達被誤聽，但如果接收方立刻多次追問，以確認其中的關鍵信息：如人名、事件進行時間、尤其是陰性和陽性的檢測結果，最終就能得到清楚準確的信息；而表達者也會意識到接收方對信息的把握也許不夠清楚，從而不斷輸出正確信息，直到信息被對方準確無誤地接收為止。

（三）選用最佳語種、不用語氣詞以確認關鍵信息

　　從報導中我們可以知道，信息交流雙方在傳遞信息時，「陰性」和「陽性」使用的是英語。在日常表述中，因為「諾」、「了」或「呢」之類的詞和「non」發音接近，因而不排除有時會把這類的沒有任何語義的詞誤解為否定詞「non」；反之，「non」有時也會被誤認為不表達任何語義的語氣詞，或者被誤以為只是對方的一個口頭禪。

在傳遞重要信息時，為了避免這種重大失誤發生，表達方一方面要防止自己在表述時帶上語氣詞，另一方面也可以在用英語表述後，再用漢語清晰地複述一遍，可以避免誤解；或者在表達方用英語表述後，接受方提出要求，讓對方用漢語再表述一遍，也可達到目的。總之，儘量使用語音差異較大的表述方式去傳遞關鍵信息，可以讓信息更為清晰。

　　口頭傳遞信息的特點是具有一過性：書面信息我們可以保留、回看，而口頭傳遞的語流瞬間就會消逝。所以使用口頭傳遞渠道，或者不得不只能使用口頭傳遞渠道時，為了彌補這種一過性的缺陷，對信息傳遞規範程序應該有特殊規定，表達和接收雙方應該有意識地對關鍵信息進行特殊處理，上面提到的重複、正反表述，補充說明，以及選擇最佳語種表達等等手段，都可以避免信息錯誤傳遞帶來的損失。應該說，用語言去解決現實中存在的問題是最經濟的，信息，尤其是關鍵信息傳遞時，按照規範程序，從不同角度多說幾句話，或許能夠獲得其他費時費力的解決方法所難以達到的效果。

附錄四

諷諫：中國古代修辭策略和認知調整

　　諷諫是中國古代政體下發生的特殊言語行為，古人將一系列修辭策略成功運用於諷諫，不僅顯示了言語雙方認知體系對言語活動的制約，更顯示了這一言語行為對其認知體系的調整。

　　每個人、每個社會，都有自己對於世界的一個相對穩定的認知體系，西方著名學者米歇爾・福柯認為，「認知體系」是一種文化中支配其語言、感知手段、交流、方法、價值觀念以及行為層次的一套準則，是限定某一時期的話語的一套獨特秩序。後來，福柯用「理性構成」代替「認知體系」，這一新的概念認為，人的知識結構是由某一共同的語言主題或某些理性構成的。「理性構成」涉及的重要下位概念為角色、理性行為、規則、權力、知識等。[1]解構主義者福柯對於這些概念的語義做出自己獨到而深刻的分析，在他的認知體系理論中，話語受制於規則、知識，而規則和知識，都出自人的設計，打上了權力關係的印跡。因而，話語既受認知體系的規約，又決定、改變著人的認知。福柯的理論揭示了理性構成中諸成分與權力關係的實質：說到底，規則、知識都出自於人的權力的設定，因而也是可以改變的，成功地創設話語環境，採用恰當的修辭策略，可以對人們的認

1　索尼婭・福斯、安・吉爾撰，顧寶桐譯：〈米歇爾・福柯的修辭認知理論〉，大衛・寧等：《當代西方修辭學：批評模式與方法》（北京市：中國社會科學出版社，1998年），頁196-201。

知體系進行微調，從而達到言說的目的。

雖然福柯著作中的主要分析對象是近現代的，但是他的觀點卻有助於我們分析許多話語現象，包括中國古代別具特色的諷諫。

在古代社會，人們對社會的認知是在特定的社會體制——君主專制下形成的，君權神授，君主擁有至高無上的權力。在《規訓與懲罰》中，福柯從不同角度解析了「權力」。他描述了十八世紀發生在巴黎格列夫廣場令人毛骨悚然的酷刑：因謀刺國王，達米安被以極端殘忍的方式公開處決。這種公然無視人的尊嚴以及生理承受極限的行刑，顯示了國王的權力，以及挑戰這種權力的可怕後果。當然，權力也會以較為溫和的方式出現，如作為理所當然的、強制性的「規則」，如學校、醫院以至監獄中實施的一系列「規訓」。總的來說，無論以極端方式，還是以微妙、潛在的方式存在，權力都是無處不在的。

中國古代專制體制，在權力運作之下，運用包括言語在內的各種手段，盡其所能地構築起強大的認知體系，這個體系內部有一整套角色規定、規則和知識，它制約著包括言語在內的社會行為，威嚴地規定著人們所擁護、服從和反對、拒斥的事物。君尊臣卑的政治角色定位，來自於專制政治的「規則」，這就決定了君臣的話語角色定位是「命令和服從」；政治話語的內容是國家大事；當君臣之間看法不同時，國君的話具有決定價值；一般來說，臣子的意見必須轉換為國君的命令才能為人們所接受。在這樣的對話關係中，君臣的個人角色被遮蔽，他們都是在政治表述中扮演符合規則的角色，說著按照規則他應該說或必須說的話。

另一方面，中國古代社會有著崇智尚德的傳統，言語活動受到人們的重視。諷諫成為專制體制孕育出的極具特色的政治修辭，其功能得到歷代重視。從根本上說來，社會危機都是因利益衝突而起，但化解這些危機卻可以借助於語言：因為一切衝突的解決都離不開合適的定位，對衝突的任何定位都離不開語言，此外，在應對衝突的各種行

為中，語言行為不僅在費效比方面最為經濟，而且也可以讓衝突雙方
獲得足夠的面子。

　　成功的諷諫，可以使人們的社會認知系統中的部分「知識」和
「規則」在特殊語境中得到調整，從而突破權力的許可，打開另外一
條能夠為雙方接受的小小通道。在諷諫中，話語權重新分佈：君臣的
話語角色變為被說服和說服的關係，君主話語的絕對權力得到修正和
補充。大臣們也往往利用這一變化，擴大自己的話語權，對君主施加
一些言語影響。在這樣的社會集團關係之中，可以出現權力的暫時流
動，君主的一些行為導致的社會危機也可以借此消除。當然，在大多
數情況下，最後關頭國君的話具有決定性價值作為固有的「規則」並
沒有改變。

　　由於古人特有的重體驗勝於重邏輯的語用觀，以及話語材料在實
際運用中靈活多變的特性，諷諫活動中的修辭策略呈現出多彩的風貌。

一　政治話題轉向個人話題

　　政治事件與國家命運息息相關，當關涉到君主的政治事件危及國
家安全、命運時，諷諫便成為化解危機的重要手段。而在諷諫中降低
重大政治事件信息的刺激性，轉換事件的詮釋角度，以達到更為溫和
人性的接受效果，就成為諷諫者的修辭策略。

　　〈觸龍言說趙太后〉是古代諷諫的著名成功案例：

　　西元前二六五年，趙惠文王駕崩，年幼的孝成王繼位，其母趙太
後代掌國政。秦起大兵圖謀吞併趙國，趙向齊求援，齊提出條件：
「必以長安君為質，兵乃出。」

　　國家存亡是關係全體國人命運的大事，如果換一種政治體制，可
能會經過國家某一群體成員之間的討論表決來定奪處理對策。但在君
主專制體制下，趙國危急之時，不管大臣們的意見如何有道理，國家

命運最後都取決於統治者的個人決定。

〈觸龍言說趙太后〉的文外語境，是在此之前大臣們已經與太后有過話語交鋒，因為雙方都迴避不了關鍵問題：送長安君做人質，所以交鋒的激烈程度可想而知：大臣們一定急於直奔主題，其話語，請求中不乏逼迫，恭敬中暗含威脅。人多勢眾的大臣們輪番言語轟炸，咄咄逼人地施展著言語暴力，他們的話語權無形中極度膨脹，暗中打破了君臣之間原有話語權分佈的靜止狀態。太后顯然意識到這一點，她成功地利用了自己的「角色」所擁有的話語特權：「老婦必唾其面」的最後通牒，不僅表現了她對此前話語交鋒的強硬態度，也顯示她對此後可能參與言語交鋒者的話語權的全面剝奪。

話語角色在話語交流中的地位不容小覷，不同的話語角色分佈，實際上暗中規定了話語權分佈的失衡：「誰在說話？在所有說話個體的總體中，誰有充分理由使用這種類型的語言？誰是這種語言的擁有者？誰從這個擁有者那裡接受他的特殊性及其特權地位？反過來，他從誰那裡接受如果不是真理的保證，至少也是對真理的推測呢？」[2]古代君臣與角色相應的話語權分佈，決定了在當時情況下，只有太后可以以「必唾其面」讓屬下閉嘴，而大臣們面對如此語言強勢束手無策，「送長安君為人質」只能陷入僵局。

雖然按照規則，諷諫涉及的多是牽動國家前途和命運的政治話題，然而，在中國古代，幾乎與專制政體處於同等重要地位的，是古老穩定的家族體系網絡，它同樣建構起完整的認知體系以及與之相應的「規則」，這個家族認知體系強調家庭成員之間的血緣、倫理和親情關係，以及上下輩之間的義務和責任。

一般情況下家國之間的關係是平衡、和諧的，但一旦這種和諧被

---

2 米歇爾‧福柯撰，謝強、馬月譯：《知識考古學》（北京市：生活‧讀書‧新知三聯書店，2003年），頁54。

打破甚至發生衝突，當事人必須做出選擇時，儘管「國破何以家為」之類的話語在中國人的認知體系中佔據相當份量，但要做出放棄家庭的決定還是相當艱難的。

中國家國一體的形制，使得這兩種「認知體系」之間總是保持著互相纏繞難分難解的關係。國家之間的征戰與救援，把家庭攪進了國際關係的處理中：齊國發兵救趙的條件是「必以長安君為質」，這就把國家政治事件轉化為與之糾纏的、取決於個人處理的家庭私事，國家命運聚焦於母親是否願意奉獻幼子做人質的親情問題，國家毀滅的場景為即將到來的母子生離死別的慘痛場景所取代。

正是在這種情況下，觸龍完成了一次短時高效且意義重大的言語活動。

按當時政體的「規則」，太后和觸龍的話語權分佈有明顯差別，趙國危難之時，君臣話語交流的核心離不開危難的解救方法。但觸龍在切入話題時，卻巧妙地將政治話題轉換至個人、家庭話題，這樣，太后與觸龍的話語角色定位就暫時擺脫了當時專制政治的「認知體系」規約，進入另一條軌道。

在共存意識占主導地位的古代社會，群體內部的親和氣氛，會減輕個體孤獨無力的感覺，但個人往往也容易被忽視。尤其在群體和個體利益發生衝突的時候，個體服從群體就成了不可違背的規則。威嚴的太后正是在這裡顯現出她的弱勢：她是一個孤苦的女人，丈夫去世，她缺少正常情況下可以得到的支持和關心；她是一個艱難無助的母親，女兒遠嫁，她違背母親的正常心理，希望女兒不要回來；兒子幼小，她必須把他撫養成人。眼下，那麼多人都對這位小兒子虎視眈眈，保護兒子是這位母親的本能和責任。雖然太后是個有魄力的女人，但作為女性承擔男性社會的君王角色，面對眾多的重大問題，其內心負擔可想而知。

觸龍作為男性官員，角色身分和其他大臣是一樣的。但他成功地

把自己轉換為面對多重個人問題的弱勢形象：病足而不能疾走；殊不欲食而自強步；已衰老而憐愛的兒子出路未定，願及未填溝壑而托之。觸龍的話語又明顯地體現出個體之間的小心體貼：「竊自恕」、「恐太后玉體之有所郄」，「日食飲得無衰乎」，這就使他的父性角色暗中向母性角色移位，讓母性很強的太后產生認同心理。接著，觸龍才自然地轉換到同個人話題相糾結的政治話題：真愛子女，就必須讓子孫有功於國，否則無以自托於趙。

觸龍說服趙太后，雖然在家與國這兩種認知體系極具張力的衝突中展開，但由於觸龍冷靜地體察到這兩種認知體系在人們心中的份量，實現了政治話題向個人話題的轉換。在短時交流之後，家國之間的利益達到一致，家國之間的緊張關係歸於和諧。對個人窘境的體察、對母性的體味，使觸龍有了成功進行這次政治話語交際的基本素質。正是在個體人性溝通的情況下，太后爽快地答應：「諾，恣君之所使之。」

二　緊張語境化為輕鬆語境

話語的角色效應，與話語發佈的場所即語境息息相關。官員會議、辦公室的話語效應不同於馬路邊的交談；法官的法庭發言效應不同於私下會話；醫院，可以成為「醫生使用他的話語和話語可以找到其合理起源及其應用點（它的特殊的對象及證明手段）的機制所在地點」。[3]

傳統禮制是中國古代社會規則的核心部分，維護尊卑秩序成為每個人的基本義務。「非禮勿視，非禮勿聽，非禮勿言，非禮勿動」

3　米歇爾‧福柯撰，謝強、馬月譯：《知識考古學》（北京市：生活‧讀書‧新知三聯書店，2003年），頁55。

（《論語》〈顏淵〉）規訓著古人的一言一行，權力在此顯示出其強大的控制力。在這樣的大語境中，人們循規蹈矩、謙恭有禮。

古代王宮更是等級森嚴的語境，王權在此得到集中顯現。君臣交往中，「君要臣死，臣不得不死」成為人們頭腦中根深蒂固的「規則」。所以當臣子們就重大問題向君王勸諫時，氣氛往往十分緊張，他們冒著「文死諫」的危險，小心謹慎，嚴肅敬慄，惟恐言語有一點差池。

話語目的和規則難以改變，但語境卻是可以變動的，成功地利用相對寬鬆的語境，可以消除「犯上」話語可能帶來的危險，達到言說目的。

中國文化的一道特色風景是宴飲，它為古人提供了獨特的小語境。本來古代宴飲被納入傳統禮儀，有著不可忽視的政治功能，如上古時期的蠟祭大饗宴，是參加者表明各自價值的場合，他們憑自己的財力進行獻納，根據各自的地位佔有座席。宴飲這種具有特色的聚會形式，每每讓參加者感受人際親密，享受成功喜悅，使得環境更為融洽，秩序更為明確穩定；另一方面，人們在享受美味佳餚時，個人基本需求得到暢快滿足，酒這種烈性飲料，又總會使飲者精神興奮、話語滔滔，而醉酒者的失言、失態也往往得到人們的諒解。因而，宴飲作為輕鬆隨便的私人化場合，為古人創造了禮制嚴格規約之外的語境，許多原本艱難的話題都在觥籌交錯之中展開。

《史記》〈滑稽列傳〉中，齊威王罷長夜之飲，是因為淳于髡利用了宴飲場合進行諷諫：楚大兵夜退，「威王大悅，置酒後宮，召髡賜之酒，」在和諧歡快的語境中引出了相關話題：當淳于髡回答齊威王「先生能飲幾何而醉」時，描述了不同場景之下他的不同酒量，並總結說：「酒極則亂，樂極則悲，萬事盡然，言不可極；極之而衰。」以諷諫焉。

在中國，因為酒可以成為人際關係的潤滑劑，醉狂之後的失言往

往可以得到諒解。據劉義慶《世說新語》載，晉武帝不覺得太子愚笨，一心想把帝位傳給他，很多大臣直言勸諫。一次，武帝坐在淩雲臺上，衛瓘「因如醉跪帝前，以手撫床曰：『此坐可惜！』帝雖悟，因笑曰：『公醉邪？』」「醉」，為雙方提供了除去尷尬的臺階。另據《宋史》〈儒林傳〉載，陳亮拒官不做，每天與狂士飲酒，醉中戲為大言，言語冒犯了皇帝。後來他與侍郎何澹結下仇恨，何在孝宗皇帝處誣告陳亮圖謀不軌。孝宗經過一番了解後，說：「秀才醉後妄言，何罪之有！」於是赦免了陳亮。「醉」為言語「犯上」的狂士撐開了一把保護傘。

此外，古代的俳優表演也是嚴正社會生活之外的特色場合，按照當時「理性構成」的規則，俳優地位極為低下，在正常的國家政治生活中根本沒有話語權，但有些俳優卻成功地利用了表演的輕鬆語境，把滑稽表演和笑話轉變為政治修辭，改變了自己的單純搞笑「角色」，也從而改變了社會對他們的「認知」。據《史記》〈滑稽列傳〉記載，暴虐的秦始皇曾打算把北郡應當設防禦敵的邊地改建成大遊獵場，昏聵的秦二世則荒唐地想把長城全刷上漆。他們身邊的俳優均表示「贊同」，並且說，不設防搞獵場太好了，敵人來了，可以讓麋鹿去頂；城牆上漆很好，敵人來了爬不上那麼滑的牆，只是不好蓋那麼大的蔭室好讓漆陰乾。俳優的特殊身分和搞笑的特殊語境，強化了話語的幽默色彩，卻掩藏起其中的諷刺意味和矛頭指向。結果，他們的言外之意自然為帝王所接受。

諫者成功地創設和利用輕鬆語境，正是因為按照「規則」，這些語境可以提供極大的話語自由，使諷諫話語變得隱晦幽默而被接受。

三　邏輯推理轉為形象訴說

我們日常所推崇、被視為言語行為依據的「知識」，在福柯看

來，也有著「角色」和「權力」的介入。福柯以醫生為例說明特殊角色的權力在創建「知識」方面的重要性，在現代社會，「醫生的身分包含著能力和知識的標準、機制、系統、教育規範，確保──不是沒有任何界限標誌的──知識實踐和試驗的合法條件。」「醫囑不能出自隨便什麼人之口；它的價值，它的成效，它的治療能力本身，或者籠統地講，它的作為醫囑的存在與按規章確定下來的角色是不可分的，這個角色有說出醫囑的權利，因為醫生要求醫囑有解除痛苦和死亡的權力。」[4]

各個民族都把經典看作是「放之四海、古今而皆準」的「知識」。經典往往可以突破文體的界限，成為指導社會行為的「寶庫」。

在中國，《詩經》是最早的詩歌總集，但在古人的認知系統中，《詩經》超越了純文學的界限，具有多方面功能，比如它可以使接受者「多識於草木鳥獸之名」，可以「正得失，動天地，感鬼神」，（〈毛詩序〉）可以作為教化的材料。《詩經》中的詩句也成為人們社會「知識」系統的重要組成部分，得到當時理性構成的認可。

諷諫是向國君進言，信息發出者除了有足夠的勇氣外，還必須謹慎而機智地選擇話語方式。《詩經》在古人認知體系中作為固有「知識」的份量，使得諷諫者很自然地把它當作話語材料的首選，〈詩大序〉就曾說：「上以風化下，下以風刺上，主文而譎諫，言之者無罪，聞之者足以戒。」此外，古人認為《詩經》的修辭手法也具有強烈的政治色彩，鄭玄〈毛詩序〉說：「賦之言鋪，直鋪陳今之政教善惡。比，見今之失，不敢斥言，取比類以言之。興，見今之美，嫌於媚諛，取善事以喻勸之。」這些總結雖然可能違背了創作者的初衷，但卻符合上古用詩的傳統。

4　米歇爾・福柯撰，謝強、馬月譯：《知識考古學》（北京市：生活・讀書・新知三聯書店，2003年），頁55。

　　上古詩歌獻納成為君王聽政的組成部分，據《國語》〈晉語〉：「古之王者德政既成，又聽於民。於是乎使工誦諫於朝，在列者獻詩。」

　　《荀子》〈大略〉說：「善為《詩》者不說。」即善於用《詩》表達己意的人，可以不使用日常語言，詩句成為諫阻的現成話語材料。《國語》〈周語〉載周景王二十一年打算鑄造大錢，單穆公勸阻，引用《大雅》〈旱麓〉：「瞻彼旱麓，榛楛濟濟。愷悌君子，干祿愷悌。」說明消耗民資民力對國家不利。

　　《詩經》有時甚至代替了「諫書」。據《漢書》〈儒林傳〉載，昌邑王嗣立又以行淫亂被廢後，他的老師王式也被判死罪，「治事使者責問曰：『師何以亡諫書？』式對曰：『臣以詩三百五篇朝夕授王，至於忠臣孝子之篇，未嘗不可不為王反復誦之也，至於危亡失道之君，未嘗不流涕為王深陳之也。臣以三百五篇諫，是以亡諫書。』使者以聞，亦得減死論。」王式作為昏君的老師，沒有上諫書給君王因而獲罪，但是他認為自己給王講解《詩經》中的「忠臣孝子之篇」和「危亡失道之君」，就是以《詩經》代替了諫書，由此可見《詩經》在古代政治修辭中所占的重要地位。

　　《詩經》作為固有「知識」被頻頻用於政治生活，形成了中國諷諫特有的言此意彼的形象訴說方式，這一方式削減了直言勸諫咄咄逼人的氣勢。《禮記》〈經解〉曰：「孔子曰：『如其國，其教可知也。溫柔敦厚，詩教也。』」孔穎達《正義》曰：「溫，謂顏色溫潤；柔，謂性情和柔。詩依違諷諫，不切指事情，故曰溫柔敦厚詩教也。」漢代立「六經」，《詩經》的美、諫、風、刺成為文學的四大功用，以形象化訴說為基本特徵的文學作品的直接政治功用被發揮到極致。這一點在漢賦中也得到體現，漢大賦在對物質世界竭盡鋪飾誇誕之描寫之後，「其要歸引之節儉，此與《詩》之風諫何異」。（《史記》〈司馬相如列傳〉）

　　另外，中國古代寓言沒有發展為獨立的語篇，很多都裹夾在諷諫
中，成為諷諫的形象訴說話語。如戰國時蘇代為解決燕趙爭端，遊說
趙王罷兵，但他先沒有涉及正題，而是說起虛構的「鷸蚌相爭，漁翁
得利」的見聞，趙王接下來的一句「得非蘇卿識禽語乎」，說明他還
沒有領悟蘇代形象訴說的策略。蘇代又點出「臣恐強秦之為漁父
也」，趙王終於恍然大悟：「善」。另《戰國策》〈齊策一〉中，「靖郭
君將城薛，客多以諫」，靖郭君將他們全拒之門外。一齊人得到只說
三個字的許可後，「趨而進曰：『海大魚。』因反走。」接著他又應靖
郭君的要求，對三個字進行解說：「君不聞海大魚乎？網不能止，鉤
不能牽；蕩而失水，則螻蟻得意焉。」最後齊人點出形象訴說的「隱
喻義」：「今夫齊，亦君之水也；君長有齊陰，奚以薛為？夫齊，雖隆
薛之城到於天，猶之無益也。」

　　福柯強調「知識」的重要地位，認為它是個人充當某種角色時遵
循具體規則的話語，涉及某些權力關係的話語。古代《詩經》和寓言
頻頻在政治修辭中發揮作用，正因為它們在古代「知識」體系中有著
特殊份量。

　　在中國，周以後人的意識的覺醒帶來了「言」的意識的覺醒，西
元前六世紀早期，詩人的吟唱化為論者的言辯，辯者時代促成了古代
中國的理性浪潮，大批辯者以諷諫為手段匡救天下，實現自己的政治
理想，證明自己的人生價值。同時他們又繼承了詩人傳統，具有良好
的文學修養，形象訴說成為諷諫的主要方式之一。

　　古希臘亞里斯多德曾為「修辭」定義：「一種能在任何一個問題
上找出可能的說服手段的功能。」[5]西方修辭術始於演講和訴訟，這
是當時希臘城邦奴隸主民主政治「權力」的體現；亞里斯多德的《修

5　亞里斯多德撰，羅念生譯：《修辭學》（北京市：生活‧讀書‧新知三聯書店，1991
　　年），頁24。

辭學》系統地總結了當時的各方面「規則」和「知識」，研究了適應
於這些「規則」和「知識」的修辭技巧。中國古代發達的諷諫在不同
程度上作用於接受者的認知，改變了接受者對重大事件的單一處理方
法，在當時的社會體制下同樣發揮了重要功能。雖然中國古代諷諫的
修辭策略，雖然沒有被系統總結而達到理論化、體系化，但諷諫者對
修辭策略的重視，可以和西方比美。

作者簡介

朱　玲

　　一九五一年生，福建師範大學文學院教授、博士生導師，文學語言學博士點（自主設置）學科帶頭人。主要研究領域：文學語言學、修辭學等。獨著、合著八種，發表論文六十餘篇。曾獲首屆「安徽文學獎」理論獎、安徽省高校人文社科優秀成果二等獎、福建省哲學社會科學優秀成果二等獎、三等獎。

本書簡介

　　本書從修辭詩學層面展開文學原型研究。全書分為兩部分：上篇探討中國具有代表性的情愛原型系統比翼鳥和連理枝，以及一系列文學主題如神與人、遊與歸、狂與醒、愛與怨、真與幻作為對立修辭設置在文本層面的呈現，區別於僅重視辭格和字句錘煉的傳統修辭研究，本書重在研究意象群以及主題如何成為修辭設置，發揮修辭功能和社會功能，考察其中的文化因素如何表現和參與修辭表達者和接受者的精神建構；有別於文體的風格學研究，下篇從文體稱名用字的語義演變入手，層層解剖中華傳統文學文體建構的美學特徵和文化成因。

福建師範大學文學院百年學術論叢・第三輯 1702C02

意象・主題・文體——原型的修辭詩學考察

作　　者　朱　玲
總 策 畫　鄭家建　李建華

發 行 人　林慶勳
總 經 理　梁錦興
總 編 輯　張晏瑞
編 輯 所　萬卷樓圖書股份有限公司
　　　　　臺北市羅斯福路二段 41 號 6 樓之 3
　　　　　電話 (02)23216565
　　　　　傳真 (02)23218698

發　　行　萬卷樓圖書股份有限公司
　　　　　臺北市羅斯福路二段 41 號 6 樓之 3
　　　　　電話 (02)23216565
　　　　　傳真 (02)23218698
　　　　　電郵 SERVICE@WANJUAN.COM.TW
香港經銷　香港聯合書刊物流有限公司
　　　　　電話 (852)21502100
　　　　　傳真 (852)23560735

ISBN 978-986-478-176-8
2018 年 9 月再版
2016 年 12 月初版
定價：新臺幣 480 元

如何購買本書：
1. 劃撥購書，請透過以下郵政劃撥帳號：
　　帳號：15624015
　　戶名：萬卷樓圖書股份有限公司
2. 轉帳購書，請透過以下帳戶
　　合作金庫銀行　古亭分行
　　戶名：萬卷樓圖書股份有限公司
　　帳號：0877717092596
3. 網路購書，請透過萬卷樓網站
　　網址 WWW.WANJUAN.COM.TW
大量購書，請直接聯繫我們，將有專人為
您服務。客服：(02)23216565 分機 610

如有缺頁、破損或裝訂錯誤，請寄回更換

國家圖書館出版品預行編目資料

意象・主題・文體——原型的修辭詩學考察 /
朱玲著.
-- 再版. -- 臺北市：萬卷樓, 2018.09
面；公分. --（福建師範大學文學院百年學術
論叢・第三輯・第 2 冊）
ISBN 978-986-478-176-8（平裝）
1.中國詩 2.詩學 3.詩評

820.8　　　　　　　　　　　　107014172